嫌疑人

The Suspect

Michael Robotham

［澳］迈克尔·罗伯森 著

吕卓琳／叶家晋 译

CNS PUBLISHING & MEDIA 湖南文艺出版社 HUNAN LITERATURE AND ART PUBLISHING HOUSE 博集天卷 CS-BOOKY

谨以此书献给我生命中的四个女人：

薇薇恩、亚历山德拉、夏洛特和伊莎贝拉

卷一

Book One

“那是我干的。”我的记忆说。
“那不可能是我干的。”我的自矜说，
不肯退让。最后——我的记忆屈服了。

弗里德里希·尼采

《善恶的彼岸》

第一章

站在皇家马士登医院倾斜的青石板瓦屋顶上，放眼望去，在一片烟囱管帽和电视天线间，你会看到更多的烟囱管帽和电视天线。眼前的景色仿佛《欢乐满人间》里的那一幕：烟囱清扫工们旋转着手中的扫帚，在屋顶上跳舞。

站在这里，我刚好能望见皇家阿尔伯特音乐厅的穹顶。若天气晴朗，我或许还能看到汉普特斯西斯公园，不过我怀疑，伦敦的天气永远都不可能那么晴朗。

“这儿风景挺好。”我说着，扫了一眼蹲在我右边十英尺[①]开外的年轻人。他叫马尔科姆，今天是他的十七岁生日。他又高又瘦，那双乌黑的眼睛看着我时总会微微发抖，他的皮肤白得像抛光纸。他穿着睡衣，头上戴了一顶羊毛帽，盖住自己的秃头。化疗是一位残忍的理发师。

现在只有三摄氏度，但凛冽的寒风让温度降到了零度以下。我的手指早已被冻得麻木，鞋袜里的脚趾也几乎失去知觉，而马尔科姆脚上什么都没穿。

如果他现在往下跳，或摔下去，我根本够不到他。即便我沿着檐沟把手伸到最长，离他也还有六英尺远。他知道的。他已经计算好角度了。听

---

① 1英尺约合30.48厘米。——译者注。全书页下注均为译者注，之后不再一一标出。

他的肿瘤医生说，马尔科姆智商极高。他会拉小提琴，还会说五种语言，但他一句话也不肯跟我说。

在过去的一小时里，我一直在问他问题，给他讲故事。我知道他听得到我的声音，但对他来说，我的声音不过是噪声。他全神贯注于和内在自我的对话，他们在争论要不要结束生命。我想加入他们的辩论，但如果他不邀请我参与，我也无能为力。

针对如何处理人质劫持以及威胁性自杀事件，英国国家医疗服务体系有一套完整的指导方案。一支重大案件小组会在事件发生时迅速成立，小组成员包括一些资深员工、警察，以及一位心理医生——我。我们的第一要务是了解有关马尔科姆的一切，这或许能让我们确定到底是什么事将他逼到了这步田地。我们还会采访他的医生、护士和病友，还有他的朋友和家人。

主要的谈判者是这个行动小组的中坚力量。自然，最后的一切都会落在我身上。这就是为什么此刻我正站在屋顶上，被寒风吹得四肢麻木，冻得半死，而我的队友们却在屋子里喝着咖啡，采访医院职工，研究活动挂图。

我对马尔科姆了解多少？我只知道他的右后颞区长了一个原发性脑瘤，离脑干很近，十分危险。肿瘤导致他左半边身体瘫痪，一只耳朵失聪。这周是他化疗的第二个疗程的第二周。

今天早上，他的父母来探望过他。肿瘤医生告诉了他们一个好消息：马尔科姆的肿瘤似乎在缩小。一小时后，马尔科姆留下一张字条，上面只有两个字："抱歉。"他离开病房，从四楼的一扇天窗钻了出去，爬上屋顶。想必是有人没把窗户锁好，或者他想办法把它打开了。

情况就是这样，我对这个年轻人的了解仅此而已。他要承受的东西比同龄人多得多。我不知道他有没有女朋友，有没有喜欢的足球队，或者有没有崇拜的银幕英雄。我更了解他的疾病，而不是他这个人本身。这就是为什么我一直在挣扎，不知道该从何下手。

毛衣下的安全带紧紧地勒着我，很不舒服。它看起来就像是那种父母用来绑住自己刚学会走路的小孩，以防他们乱跑的奇特装置。万一我失足坠落，安全带就能救我一命，前提是我的队友没有忘记将它的另一端固定好。这种担心听起来可能很荒谬，但在危机发生时，这样的细节有时恰恰会被人遗忘。或许我应该退回窗户那里，叫人去检查检查。这么做会不会不够专业？是的。但这么做明智吗？是的。

屋顶的鸽子粪星星点点，青石板瓦上覆盖着地衣和苔藓。它们看上去就像是被嵌进石板里的植物化石，但实际上，地衣和苔藓让屋顶变得滑溜溜的，危机四伏。

“我说这些可能没多大意义，马尔科姆，不过我觉得，你的感受我也能理解一点。”我再一次尝试跟他沟通，“我也疾病缠身。不是说我也得了癌症，我没有。拿我跟你对比就好像拿苹果跟橙子对比，不过，不管是苹果还是橙子，它们毕竟都是水果，是吧？”

右耳中的耳机开始“刺啦刺啦”作响。“老天，你在搞什么？”一个声音说，“别跟他聊什么水果色拉了，赶紧把他拉进来！”

我把耳机扯了下来，任它在肩膀上晃荡。

“你知道为什么人们总是说‘没事的，一切都会好起来的’这句话吗？因为他们已经不知道有什么能说的了。我也不知道还能跟你说什么，马尔科姆。我甚至不知道该问你什么问题。

“大多数人不知道怎么跟身患疾病的人打交道才算得体。很不幸，这个世界上没有一本书教你这方面的礼仪，也没有一张‘什么该做什么不该做’的清单。你要么摆出一副泪眼汪汪、马上就要哭出来的样子，要么强颜欢笑，跟对方打趣聊天。还有一个选项，就是装作什么事都没有发生。”

马尔科姆没有回应我。他的目光越过屋顶，凝望远方，仿佛灰蒙蒙的天幕高处有一扇小小的窗户。他的白色睡衣很单薄，袖口和领口上有一圈蓝色的针脚。

从膝盖间，我看到地面上有三辆消防车、两辆救护车，还有六辆警车。其中一辆消防车的转台上有一架云梯。在这之前，我一直都没怎么留意过那架梯子，但现在我注意到了，因为我发现它在缓缓上升。他们这是要干什么？就在这时，马尔科姆用背抵着倾斜的屋顶，站了起来。他蹲在屋顶边缘，脚趾扣在檐沟里，就像一只栖息在树枝上的鸟儿。

我听到有人在尖叫，原来是我自己。我在朝底下的人喊叫。我疯狂地打手势，示意他们赶紧把梯子移开。马尔科姆看起来格外冷静，我反倒像是那个要跳楼自杀的人。

我胡乱摸索到耳机，塞进耳朵，只听到一阵混乱。重大案件小组的人在朝消防总长嘶吼，消防总长在朝他的副官嘶吼，后者又在朝某人嘶吼。

“别，马尔科姆！等一下！”我的声音听起来无比绝望，“看那架梯子。它下去了。看到了吗？它下去了。”血液在我耳朵里奔腾，嘭嘭作响。他仍蹲在屋顶边缘，弯了弯脚趾，接着又舒展开。我望向他的侧脸，看到他长长的黑色睫毛在缓缓扇动。他的心脏在狭窄的胸腔中如鸟儿般跳动。

“看到下面那个戴红头盔的消防员了吗？”我说着，想打断他的思绪，让他意识到我的存在，“就肩膀上有黄铜纽扣的那个。你觉得我有没有可能从这里啐中他的头盔？”

就在那一刹那，马尔科姆向下扫了一眼。这是他第一次对我说的话和做的事情有所反应。他的心门开了一道缝隙。

“有些人爱吐西瓜籽，也有些人爱吐樱桃核。在非洲，有人喜欢吐大型动物的粪便，挺恶心的。我以前读过一本书，书上说，人类吐扭角林羚粪便的世界纪录有三十英尺远。我觉得扭角林羚应该是某种羚羊吧，不过我也不是这方面的专家。我更喜欢经典的吐口水，它的要义可不在于长度，而在于精度。”

现在，他看着我了。我把头猛地往前一送，一团白色的唾沫从我嘴中喷出，呈弧线形飞落。唾沫被风吹得向右偏，打在了警车的风挡玻璃上。在一片沉默中，我思考着这口口水到底哪里吐得不对。

“你没考虑风速。”马尔科姆说。

我摆出一副洞悉一切的样子，点了点头，尽管他说的话我难以苟同，但我内心尚未冻结的一部分泛起了一丝暖意。“你说得对。这里的建筑构成了一个小小的风洞。”

“你在找借口。”

“光说不练假把式。”

他望向地面，考虑着我的话。他双手抱膝，似乎在取暖。这是一个好迹象。

过了一会儿，一小团唾沫在空中划过一道弧线，朝下飞去。我们目不转睛地盯着它下落，几乎想用意念控制它的方向。唾沫正好砸在一个电视记者的双眼之间，马尔科姆和我同时发出一声懊恼的叹息。

我的下一口唾沫落在了门前的阶梯上，没有打中人。马尔科姆问我能不能换一个目标。他想再吐中那个电视记者一次。

“真可惜我们没有水弹。”他说着，把下巴抵在膝盖上。

“如果能让你随便把水弹扔到别人头上，你会扔谁？”

“我爸妈。”

“为什么？”

“我不想再做化疗了。我受够了。”他没有继续解释，但他也不需要解释。相较于其他任何治疗手段，化疗的副作用更为糟糕。呕吐、恶心、便秘、贫血和极度疲劳叫人不堪忍受。

“你的肿瘤医生怎么说？”

“他说我的肿瘤在缩小。”

“这是好事啊！”

他冷笑一声，说：“他们上次也是这么说的。其实，他们只是把癌症在我的身体里赶来赶去。但他们赶不走它。它换个地方又藏起来了。他们从未和我说过要把病‘治好’，他们只说要让我的病情‘缓解’。有时候医生什么都不跟我说，只跟我爸妈说悄悄话。”他咬住下唇，血液涌向凹陷的位置，形成一块深红色的咬痕。

“我爸妈觉得我怕死，但其实我根本不怕。你看看医院里的那些孩子。跟他们比起来，至少我还算有过一段生活。能再活五十年固然很好，但我说过，我真的不怕死。”

“你还要做几次化疗？”

“六次。做完之后就听天由命了。我不介意掉头发。很多足球运动员都爱剃光头。看看大卫·贝克汉姆。他就是个‘二传手’，但他是最出色的球员。只可惜他没有眉毛。”

“我听说贝克汉姆是故意把眉毛拔掉的。”

“他找有钱人帮他拔的？”

“对。”

我几乎把他逗笑了。在静默中，我听到马尔科姆的牙齿在打战。

“如果化疗失败，我爸妈肯定会叫医生继续尝试。他们永远也不会放过我。”

“你年纪已经不小了，可以自己做决定。”

“跟我说没用，跟他们说去。”

“如果你想，没问题。”

他摇了摇头，我看到他眼里泛起泪花。他想忍住，可大滴大滴的泪珠从他长长的睫毛上掉落，他抬起前臂，擦去眼泪。

“你跟谁聊过天吗？”

“我喜欢其中一个护士。她对我一直很好。”

“她是你的女朋友吗？”

他脸红了。在他的苍白皮肤的衬托下，他的头看起来仿充满了血。

“为什么你不进屋，然后咱们慢慢聊呢？如果不给我点东西喝，我可没口水能吐了。”

他没有回答，但我看到他的肩膀垂了下去。他又沉浸在和自己的对话中了。

“我有一个女儿，她叫查莉，今年八岁。”我说着，想过去抱住他，“我记得，那时她大概四岁，我们在公园里，我在推她荡秋千。她跟我说：‘爸爸，你知道吗，如果你把你的眼睛闭得紧紧的，紧得能看到白色的星星，等你再睁开时，你就来到了一个全新的世界。’这个想法挺美好的，对不对？”

“但这不是真的。”

“它可以是真的。”

“除非你自欺欺人。”

“为什么不呢？有什么在阻止你这样想吗？人们总觉得愤世嫉俗、悲观处世很简单，但真要达到那样的心境，其实异常艰难。相比之下，满怀希望地面对生活简单多了。”

“我脑子里长了一颗动手术都治不好的肿瘤。”他语气狐疑地说。

“没错，我知道。”

我的话听起来空洞无比，我不知道马尔科姆会不会也这么觉得。我曾对我说的话坚信不疑。十天的时间可以改变很多事情。

马尔科姆打断了我的思路。“你是医生吗？”

“心理医生。”

“再跟我说一遍，我为什么要下去？”

“因为这里很冷，很危险，而且我见过人从楼顶摔下去会变成什么样子。进来吧，里面暖和。”

他往下扫了一眼，地面上，救护车、消防车、警车和媒体的面包车汇聚成了一片海洋。“吐口水比赛是我赢了。”

“行，你赢了。”

“你会劝劝我爸妈吗？”

“肯定会，我保证。”

他想站起来，但他的脚冻僵了。他左边身子瘫痪，左手根本使不了劲。他要用两只手才能站起来。

“别动。我让他们把梯子送上来。”

“不要！”他慌张地说。我看懂了他脸上的神情。他不想自己被救下来时还要面对闪光灯的洗礼，外加记者的采访。

“行。我来救你。”我大为惊讶，自己居然说出了这么勇敢的话。我侧过身，屁股抵着墙，颤颤巍巍地朝他的位置移动——我太害怕了，腿都不敢站直。我没忘记身上的安全带，不过我也坚信，没有人会那么无聊，把安全带的另一端解开。

我沿着檐沟一点一点移动，满脑子都是事情出差错的画面。如果这是一部好莱坞电影，马尔科姆将在最后一刻，脚下一滑，摔下大楼，而我则会迅速俯身，在半空中抓住他。又或者角色互换，我摔下去，他把我救上来。

但换个角度看，因为这是真实生活，不是电影，我们很可能会双双坠亡，又或者马尔科姆活了下来，而我则是一个把自己摔得粉身碎骨的救人勇士。

尽管马尔科姆没有动，但我看到，他的眼睛里流露出了新的情绪。几分钟前，他已经准备好义无反顾地从屋顶一跃而下。而此刻，当他想活下去时，脚下的虚空便化作了深渊。

美国哲学家威廉·詹姆斯（他患有幽闭恐惧症）在一八八四年写了一

篇探究恐惧本质的论文。在这篇论文里，他举了一个人遇到熊的例子：他是因为感到害怕而逃跑，还是他先开始逃跑然后才感到害怕？换句话说，一个人有时间去思考某件事物是否可怕吗，还是人对可怕事物做出反应会先于思考本身？

从那时起，科学家和心理学家便就这个类似“先有鸡还是先有蛋”的问题，展开了无休止的争论。哪样东西先出现——是人自觉产生的恐惧意识，还是剧烈的心跳和喷涌的肾上腺素，驱使我们战或逃？

现在，我知道答案了，但我太过害怕，忘却了问题。

我离马尔科姆只有几英尺远了。他双颊映着浅蓝色的光，身体不再发抖。我背抵着墙，一条腿向下伸，撑起身子，让自己站起来。

我朝马尔科姆伸出手，他望了半晌，接着也缓缓向我伸手。我一把抓住他的手腕，将他拉了起来，臂弯箍住他纤细的腰。他的皮肤冷得像冰块。

我解开安全带前部，拉长带子。我把安全带绕过他的腰，再重新扣好，将我们俩紧紧地绑在一起。他的羊毛帽抵着我的脸颊，触感粗糙。

“你要我做什么？”他声音沙哑地问。

“祈祷带子的另一端系牢了。”

第二章

比起在家跟朱莉安娜待在一起，马士登医院的屋顶可能更安全。我已经记不清她到底骂了我什么，但我似乎还记得她用过的一些词，说我“不负责任、疏忽大意、做事粗心、不够成熟、不配为人父母”。她骂我之前还往我脸上甩了一本《嘉人》杂志，接着逼我保证以后绝对不会再做这么傻的事情。

查莉却恰恰相反，拉着我叽叽喳喳问个不停。她穿着睡衣，一个劲地在床上蹦蹦跳跳，问我屋顶有多高，我害不害怕，消防员叔叔有没有准备好一张大网来接住我。

“太好喽！我也可以跟别人说些刺激的新闻了。”她激动地捶打我的手臂。还好朱莉安娜没听见。

每天清晨，我挣扎着起床之后就会进行一个小小的仪式：我一边弯腰系鞋带，一边思考今天会是怎样的一天。如果是一周的头两天，而且精力充沛，我的左手手指就会很愿意配合我。我能把纽扣扣进相应的扣眼，让皮带准确地穿过裤耳，甚至还能打个漂亮的温莎结。但如果我状态不好，比如说今天，那就大不一样了。我望着镜子里的男人，他要双手通力合作才能刮胡子，走到餐桌时，他的脖子和下巴上还会沾些卫生纸碎片。在这样的早上，朱莉安娜会对我说：“洗手间里有把全新的电动剃须刀，就等着你用呢。”

“我不喜欢电动剃须刀。”

“为什么？”

“因为我喜欢泡沫。”

“泡沫有什么好喜欢的？”

“这个词听起来很可爱啊，你不觉得吗？很性感——抹泡沫。简直是靡靡之音啊。”

她咯咯地笑了起来，却还佯装嗔怒。

“人们在身体上抹肥皂，抹沐浴露。我觉得我们应该在司康饼上抹点果酱和奶油。夏天到了还得抹上防晒霜……如果我们有夏天。”

“爸爸，你怎么那么傻啊！”查莉吃着麦片，抬起头对我说。

“谢谢你，甜心。”

“你不去当喜剧演员真是浪费了。”朱莉安娜说着，把沾在我脸上的卫生纸捏走。

我坐在餐桌旁，往咖啡里倒了一勺糖，开始搅拌。朱莉安娜注视着我。勺子突然一动不动。我集中注意力，命令左手动起来，但怎奈再强大的意志力也无法催动它。我平稳地把勺子递到了右手。

“你什么时候去见乔克？”她问道。

“周五。”请不要再问我任何问题了。

“他会告诉你测试结果吗？”

“他只会告诉我们，我们已经知道的事。”

“但我以为——”

“他又没说！”我讨厌自己突然高了八度的声音。

朱莉安娜瞪着眼睛一眨不眨。“我知道我让你生气了。我还是喜欢你傻里傻气的时候。”

“是，我就是个傻瓜。谁都知道。”

我看透了她。她觉得我又在强装大男子气概，隐瞒自己的真实感受，摆出一副积极的态度，内心实则早已崩溃。我的母亲跟她如出一辙——她都成了一个坐在扶手椅上望闻问切的心理医生了。她们为什么就不能把这些事情留给真正的专家，让他们去把一切搞砸呢？

朱莉安娜转身背对我。她把过期的面包撕成小块，撒到屋外，等鸟儿来吃。同情别人是她的爱好。

她穿着一身灰色的慢跑服，脚上穿着运动鞋，头上的棒球帽盖住了她的黑色短发，她看上去更像是二十七岁，而不是三十七岁。她并没有和我一起优雅地变老，而是找到了永葆青春的秘诀，不像我，下个诊台还得挣扎两下。她周一练瑜伽，周二练普拉提，周四和周六进行循环训练。在这期间，她要做家务，带孩子，教西班牙语课，还得挤出时间去拯救世界。她甚至让生孩子都看起来像是一件不费吹灰之力的事情，不过，除非我自寻死路，否则我永远也不会这么跟她说。

我们结婚十六年了，每当别人问我为什么想成为一个心理医生时，我都会说："因为朱莉安娜。我想搞清楚她到底在想什么。"

我失败了。我到今天都还没搞清楚。

一般来说，周日早晨是我的自由时间。我会边喝咖啡，边读完四份报纸，一直喝到舌苔变厚。在经历了昨天的事情后，我打算避开头条新闻，尽管查莉坚持要把我的"事迹"剪下来，做成一本剪贴簿。我觉得能这样耍一次"酷"也挺酷的。明明昨天之前，查莉还觉得我的工作比打板球还无聊。

查莉今天穿得很暖和，牛仔裤、汗衫，还披了件滑雪夹克，因为我答应她今天要带她出去玩。她狼吞虎咽地吃完了早餐，然后就不耐烦地盯着我——她坚持认为我喝咖啡喝得太慢了。

装车的时候到了。我们把几个纸盒从花园棚里搬出来，放到我那台老旧的梅特罗牌小汽车旁边。朱莉安娜坐在门前的台阶上，膝盖上放着一杯咖啡。“你们都疯了，你们知道吗？”

“或许吧。”

“你们会被逮捕的。”

“那就是你的错了。”

“怎么就成我的错了？”

“因为你不肯跟我们一起去呀。我们需要一个跑路司机。”

查莉突然发话了：“来吧妈妈。爸爸说，你以前就是一个跑路司机。”

“那时你妈我年轻不懂事，而且还不是你们学校委员会的一员。”

“知道吗，查莉，我跟你妈第二次约会的时候，她爬上旗杆把南非国旗扯了下来，结果被警察抓走了。”

朱莉安娜对我怒目而视。“跟她说这些干吗！”

“你真的被抓走了吗？”

“我被警告了而已。那是两回事。”

车顶行李架上放着四个盒子，后备厢里有两个，后座上还有两个。查莉的上唇缀着细微的汗珠，仿若抛光玻璃般晶莹剔透。她迅速脱下滑雪夹克，塞进座椅间的空隙。

我转身面向朱莉安娜。“你真的不跟我们一起去？我知道你很想来的。”

“如果我跟你们去了，那谁把你们保释出来？”

“你的母亲大人。”

她眯起眼睛，但还是把咖啡杯放回了屋里。“事先声明，我反对这件事。”

“收到。”

她朝我伸出手，示意把车钥匙给她。“我来开车。”

她从玄关的衣架上拽了件夹克，然后带上门。查莉挤在后座的纸盒间，兴奋地探过身来，说：“快再和我说说那个故事。”我们开进紧挨着摄政公园的阿尔伯特王子路，这时路上正好没什么车。“别因为妈妈在这儿就说一点不说一点哟。”

我没法把整个故事都告诉她。有一些细节，我自己都不是很确定。故事的主角是我的姨婆格雷西——她才是我成为心理医生的真正原因。她是我外婆最小的妹妹，享年八十岁，在她的一生里，有将近六十年没踏出过屋子。

我在伦敦西部长大，她的住处离我那儿只有一英里[①]远，是一幢古老的维多利亚式豪宅，屋顶上建有小型角楼，带一个金属阳台和一个地下煤窖。前门上有两块方形彩色玻璃。我会把鼻子抵在上面，看着姨婆匆匆忙忙地穿过走廊给我开门，彩色玻璃令眼前的画面变作了数十块碎片。她只会把门打开一点，刚好够我溜进去，然后迅速把门关上。

姨婆很高，骨瘦如柴，一双眼睛清澈湛蓝，金发间夹杂着几绺斑驳的银丝。她经常穿一条黑色天鹅绒长裙，黑色的裙子衬得她的珍珠项链闪闪发光。

“芬尼根，快来！来！约瑟夫来啦！”

芬尼根是只杰克罗素梗犬，但它不会吠，因为它以前跟邻居家的德国牧羊犬打了一架，把声带打坏了。虽然它不吠，但总是喘着气，像是在试演哑剧里的大恶狼。

格雷西会和芬尼根讲话，简直把它当成人了。她读当地的报纸给它听，还会问问它关于地方问题的看法。无论芬尼根怎么回应，吸气、呼气还是放屁，她都会点头表示同意。芬尼根甚至在餐桌上也有一席之地，它坐在桌旁的椅子上，格雷西就掰碎蛋糕喂它，但一转头又责备自己怎么可以“用手喂动物”。

---

① 1英里约合1.6093公里。

格雷西给我倒茶时，总是先加半杯奶，那时我还小，茶对我来说太浓了。坐在餐椅上，我的脚只能勉强够到地板。如果我往后坐，双脚就会直直地卡在白色蕾丝桌布下面。

多年以后，我的脚够得到地板了，亲格雷西的脸时也要弯腰了，她依然往我的茶里加半杯牛奶。大概是因为她不舍得我长大吧。以前，我从学校回家，她会招呼我一起靠在躺椅上，握紧我的手。她想知道我每天都做了什么，上课学了什么，玩了什么游戏，甚至想知道我吃的三明治是什么馅的。她会问清楚每个细节，仿佛要在脑海里想象出我走过的每一步。

格雷西是个典型的广场恐怖症患者——她不敢去任何公开场合。她曾试图跟我解释这个病，后来慢慢厌倦了我的问题，就会随便搪塞过去。

“你怕不怕黑？”她问我。

“怕。”

“如果灯突然熄灭了，你会害怕发生什么？”

“我怕有怪物抓我。”

“你见过那只怪物吗？”

“没有。妈妈说世界上没有怪物。”

“她说得对。怪物不存在，但你说的怪物又是从哪里来的呢？”

“这儿。”我拍了拍头。

“没错，我也有一只怪物。我知道它不存在，但它就是缠着我。”

“那你的怪物长什么样？”

“它有十英尺高，还带着把剑。如果我出门，它就会把我的头砍下来。”

“这是你瞎编的吧？”

她笑了，想挠我痒痒，逗我笑，但我把她的手推开了。我要的是一个坦诚的答案。

她厌倦了这对话，干脆闭上眼睛，把散落下来的缕缕白发塞进扎紧的发髻里。“你看过恐怖电影吗？主角想要逃走的时候，恰恰启动不了汽车，他不停地拧车钥匙，踩油门，但是引擎响了几声就熄火了。你看到坏人步步紧逼，手里提着把枪或刀。然后你不停地对自己说：‘快走！快走！他就要来了！’”

我点点头，睁大了眼睛。“嗯，你想象一下这种恐惧感，”她说，“再放大一百倍，你就知道我出门的感受了。”

她站了一会儿，走出房间。这次谈话结束后，我再也没有重提这个话题。我不想让她感到沮丧。

我不知道她过得如何。每隔一段时间，一家律师事务所就会寄支票过来，格雷西只是把它们放在壁炉台上，每天盯着它们，直到支票过期。我猜那是她继承的部分遗产，但是她不想和家里的钱扯上任何关系。我不知道原因，那时候还不知道。

她是个裁缝，专门制作婚纱和伴娘的裙子。我经常看到前厅悬挂着丝绸和透明硬纱，准新娘站在小板凳上，格雷西则叼着好些大头针。男孩们肯定不喜欢这个地方，除非他们想当试衣模特。

楼上的房间里摆满了格雷西称之为“收藏品”的东西。其实就是些书本、时尚杂志、一卷卷布料、棉线轴、帽盒、几包羊毛、相册集、布绒娃娃，还有一些未开封的珍贵盒子和衣箱，我不知道里面装着什么。

大部分“收藏品”都是回收来的，或是她买的商品。她不会亲自出门购物，而是让别人邮寄过来。商品册子总是被摊开放在咖啡桌上，每天，邮递员会寄给她一些新东西。格雷西的世界观很狭隘，不过这倒不奇怪。电视里播的新闻时事好像都会夸大冲突和痛苦。她看到人类在自相残杀，荒野正逐渐消失，炸弹飞落爆炸，国家遭受饥荒。不过这些都不是她逃离外部世界的原因，当然，看到这种新闻，她就更不想出门了。“看到你还那么小，我就忧心忡忡，”她告诉我，“这不是一个适合当小孩的时代。”透过凸窗，她瞥了眼外面，不禁战栗了一下，好像看到了什么可怕的命运在等待着我。而我只看到了一个杂草丛生、无人打理的花园，白色的蝴蝶在苹果树粗糙的枝干间上下飞舞。

“难道你从没想过到外面走走吗？”我问她，“你就不想到河边走走，抬头看看星星，或者去花园，欣赏一下大自然？”

“我已经很久没这么想过了。”

“那你最怀念什么？”

“没有。”

“一定有的。”

她想了想，说：“我以前很喜欢秋天，特别是当叶子变色，开始飘落的时候。我们以前会去邱园，我在大道上奔跑，把落叶踢起来，然后再去接住它们。弯曲的叶子一下从一边飘到另一边，像小小的船只飘浮在空中，最终缓缓落到我的手里。”

“我可以蒙住你的眼睛。”我提议道。

“不可以。”

“那如果在头上套一个箱子呢，那样你就可以假装自己在室内了。”

“我觉得行不通。”

“等你睡着了，把你的床推出去呢？”

“还要把我连人带床抬下楼？”

“嗯，那是有点难办。”

她搂着我的肩膀。“你不用担心我，我在这儿也很快乐。”

在那之后，我们还时常开这种玩笑，这成了我们的笑料。我常常给她提意见，想法子带她到户外，或者提议出去娱乐一下，比如玩滑翔伞或者翼上行走[①]。每到这时，格雷西就会佯装害怕，说我真是个小疯子。

查莉不耐烦地问：“那她的生日呢？”我们在圣约翰伍德小区内行

① 一种极限运动，运动者在飞机飞行途中在机翼上行走。

驶，刚好经过罗德板球场。闪烁的交通灯照亮了昏暗的外墙。

“你不是想听整个故事？”

“对啊，但我已经老大不小啦。”

朱莉安娜咯咯地笑了起来。“瞧，她这挖苦劲是从你那儿学的。”

“行吧，”我叹了口气，“那我就跟你说说格雷西的生日吧。她从没跟我说过她的年纪，但我知道她要过七十五岁生日了，因为我翻她相册的时候瞄到了一些照片的日期。”

“你说过，她很漂亮。”查莉说。

“她是很漂亮。不过，你从老照片里很难看出来，因为照片里的人从来不笑，女人们永远一副死气沉沉的表情。但格雷西不一样。她的眼睛总是闪闪发亮，仿佛下一刻就要偷笑似的。她总喜欢把腰带系得紧一些，站起来时，阳光便会从她衬裙间洒下来。”

“她可是个打情骂俏的老手。”朱莉安娜说。

“什么是‘打情骂俏的老手’？”查莉问。

“当我没说。”

查莉眉头一皱，抱住膝盖，把下巴抵在牛仔裤膝盖处的补丁上。

“要给格雷西制造惊喜很难，因为，当然啦，她从来不出门。”我解释道，“我必须趁她睡着的时候，才能——”

“你那时几岁？”

“十六岁。我还在查特豪斯公学上学。”

查莉点点头，把头发高高地扎起来。她扎头发的动作跟朱莉安娜一模一样。

“格雷西家里有个车库，但她用不上，因为她不需要开车。车库里有一扇向外打开的大木门，还有一扇通向洗衣房的内门。我先把车库打扫干净，把垃圾清走，然后把墙壁冲洗了一遍。”

“你的动作肯定很安静吧？”

“当然。”

“然后你在车库里挂上了彩色小灯？”

“挂了几百个呢。看起来就像天上一闪一闪的星星。”

“然后你弄到了那个大袋子。”

“没错。我花了足足四天。我一边扛着那个麻袋，一边骑车。看到我的人肯定以为，我是个扫街工人，或是个公园巡逻员。”

“他们还可能以为你是个疯子。”

“还用说吗？”

“像我们这样的疯子吗？”

“没错。”我偷偷扫了眼朱莉安娜，她没有怼我。

“后来呢？”

“在她生日的那天早上，格雷西走下楼，我让她闭上眼睛。她挽着我的手臂，我领着她穿过厨房，走进洗衣房，来到车库。就在她打开门的那一刹那，无数片落叶像雪花般在她腰际飘落。‘生日快乐。’我说。你真应该看看她当时的表情。她看了看落叶，然后看了看我。有那么一会儿，我以为她生气了，但接着，她朝我露出了一抹美丽的微笑。”

“我知道后来发生了什么。”查莉说。

“没错，我以前跟你说过。”

“她跑进了落叶堆里。”

“对。我们一起跑了进去。我们把落叶扔向空中，脚下也踢个不停。我们拿落叶扔对方，还堆出了几座落叶山。最后，我们都累得筋疲力尽，倒在了落叶堆成的床上，抬头看着星星。”

“但它们不是真的星星，对不对？”

“确实不是，但我们假装它们是。”

肯萨尔绿野公墓的入口在哈罗路上，一不留神就会错过。朱莉安娜把车开上狭窄的路，停在一圈树木中间，这里是离守墓人小屋最远的地方。我从风挡玻璃向外看去，纵横交错的小路和花圃间，是一排排整齐的墓碑。

“这是违法的吧？”查莉小声问。

“没错。”朱莉安娜答道。

“不完全是。”我一边把车上的盒子卸下来，递给查莉，一边反对。

“我能拿两个。”她说。

“行，我拿三个，然后我们再回来拿剩下的。除非妈妈想——”

“我待在这儿就好。”她坐在驾驶位上，动都不动。

我们出发了，一开始，我们沿栽种了树木的小道行走。坟墓间的草坪宛如修长的手指。我走得很小心，不想踩到地上的花朵，或者让小腿撞上一些比较小的墓碑。哈罗路传来的声音渐渐消失，取而代之的是断断续续的婉转鸟鸣，还有每隔一段时间，城际特快列车传来的轰鸣声。

“你知道咱们要去哪儿吗？”查莉在我身后问，轻声喘气。

“运河那边。你想休息一下吗？”

“我没事。”然后，她的声音狐疑起来，“爸爸？”

“怎么了？”

“你之前说，格雷西爱踢落叶？”

“对。”

“她已经去世了，所以她不能再踢落叶了，对不对？”

“嗯，不能了。”

“我的意思是，她没法复活。死人都是不能复生的，对不对？我看过一些讲僵尸和木乃伊的恐怖动画片，它们死了之后还会活过来，但这是不可能发生的，对不对？”

“不可能。”

“格雷西现在在天堂，对不对？那就是她死后会去的地方，天堂。”

“没错。”

“如果是这样，我们捡这些落叶，还有什么用呢？”

每每这时，我就会把查莉交给朱莉安娜。但朱莉安娜会反手把查莉递回给我，说：“你爸是个心理医生。他懂这些东西。”

查莉在等待我的回答。

“咱们现在做的事情是有象征意义的。”我说。

“‘象征意义’是什么？”

“你有没有听别人说过‘礼轻情意重’？”

“每次我拿到不想要的礼物，你就要唠叨这句话。你说，就算那礼物很糟糕，我也要感激送礼物的人。”

“我其实不完全是那个意思。”我换了个说法，“格雷西姨婆已经不能再踢这些落叶了。但不管此刻她身在何方，如果她能看得到我们，她一定在欢笑。她会感谢我们现在所做的事情。这才是最重要的。”

“她会在天堂里踢落叶吗？”查莉又问了一句。

“当然会。”

“你觉得她在天堂里，是在外头踢呢，还是说天堂里也有屋子？”

“我不知道。”

我把我的盒子放到地上，然后把查莉抱着的盒子拿了下来。格雷西的墓碑是一块简单的方形花岗岩。某人落下的一把沾满泥的铁锹靠在墓碑的黄铜牌匾上。我想象着，几个盗墓者坐在这里，喝茶休息，只不过，如今的盗墓者早已把体力活交给机器来完成了。我把铁锹扔到一边，查莉用滑雪夹克的袖子擦了擦碑文。我偷偷溜到她身后，把一整盒落叶倒到了她的头上。

“嘿！你这不公平！”查莉抓起大把落叶，塞进我的套衫后面。不一会儿，我们的四周到处都是落叶。格雷西的墓碑被我们的秋日祭品掩埋，连痕迹都看不到了。

在我的身后，有人很大声地清了清喉咙，我听到查莉轻轻地惊叫了一声。

灰蒙蒙的天空下，守墓人的身影出现在我眼前，他将双手放在胯部，双腿分开而立。他穿着一件豌豆绿色的夹克，脚上是一双码数过大、满是泥巴的惠灵顿鞋。

“介意解释一下，你们在干什么吗？”他冷冷地问。他往前踏了一步。他的脸又平又圆，额头很宽，头顶没有头发，让人联想到了托马斯小火车。

“一言难尽。”我的声音听起来有些无力。

“你们这是在毁坏墓地。”

这话说得太荒唐了，我忍不住笑了起来。

“可我不这么觉得。”

“你竟然觉得很好笑？你犯了恣意毁坏他人财产罪。你在犯罪，在乱扔垃圾——”

“严格来说，落叶算不上垃圾。”

“别跟我耍花招。”他结结巴巴地威胁我。

查莉决定加入我们的谈话。她一口气就把前因后果解释完了：“今天是格雷西的生日，她去世了，我们没法给她办生日派对。她也不喜欢在户外活动。所以我们就准备了些叶子，她很喜欢踢落叶。不过不用担心，她不是僵尸，也不是木乃伊。她不会死而复生。她现在在天堂。你觉得天堂里有树吗？”

守墓人惊愕地看着她，过了好一会儿才反应过来，她最后一句话原来是在问自己。他努力想说点什么，但徒劳无功，一句话也说不出来。他的怒火完全消散了。他蹲下来，和查莉平视。

“小姑娘，你叫什么名字？”

“查莉·路易斯·奥洛克林。你呢？”

“我姓格雷夫森德。”

“你这姓氏真有意思。”

“我也这么觉得。”他笑着说。

他又看向我，神情大不相同，冷冰冰的。“你知道我想捉住那个在墓地里乱扔树叶的家伙，想了多少年吗？”

“大概十五年？”我提出建议。

“我觉得是十三年，不过我还是相信你说的。你瞧，我都能算出来你什么时候现身了。我还记下了日期。本来两年前我就能捉住你，如果当时你不是开了另一辆车。”

“那是我妻子的车。”

“而去年的今天，我刚好休息——那天是星期六。我叮嘱那个白人小子盯紧你们，谁知道他觉得我太固执，没必要为一堆落叶生气。”

他用鞋尖蹬了蹬那些令人不愉快的土堆，说：“我对待工作非常认真。如果人们来这里，想在墓旁种橡树就种，想把孩子的玩具留下就留下，那还得了。我们允许这种行为的话，后果就不堪设想了。”

“这份工作一定很不容易吧。”我说。

“太他妈不容易了！”他瞥了眼查莉，“请原谅我刚才的用词，小姑娘。”

查莉咯咯地笑了起来。

越过他的右肩，我看到运河的另一边有蓝色的警车顶灯在闪烁，曳船道上停着警车，现在又来了两辆。灯光映在漆黑一片的水面上，一闪一闪地照着冬树的树干。这些冬树形如哨兵，守卫着墓地。

几名警员正盯着运河边的一道沟渠。他们看起来都愣住了，直到有人开始封锁这片区域，他们才将蓝白相间的警戒线缠绕在树干和围栏上。

格雷夫森德沉默了一会儿，不知道做什么好。他本来打算当场抓个现行，却没想过之后要做什么。而且，他也没料到查莉会在这里。

我把手伸进大衣口袋，拿了个保温杯出来。另一个口袋里还有两个金属杯。“我们喝杯热巧克力如何？一起吗？”

“你可以用我的杯子，”查莉说，“我愿意分给你用。”

他思考了一下这算不算贿赂，然后用清晰柔和的嗓音说：“不如这样吧，要么我逮捕你，要么喝杯热巧克力。”

“妈妈说过我们会被逮捕，”查莉突然高声说，“她说我们疯啦。”

“你应该听妈妈的话。”

我给了守墓人一杯热巧克力，另一杯给了查莉。

“格雷西姨婆，生日快乐。”她祝福道。格雷夫森德先生咕哝着，想给我一个得体的回应，他还在为自己的妥协速度之快感到震惊。

就在那时，我注意到，两个盒子在黑色紧身裤和运动鞋上方晃来晃去地向我们靠近。

“这是我妈。她负责给我们把风。”查莉说。

“那这一定不是她的强项。”格雷夫森德回应道。

“确实不是。”

朱莉安娜来了，放下箱子，接着轻声惊呼，和查莉的反应差不多。

“妈妈，别担心，你不会再被逮捕了。”守墓人听到这话，抬了抬眉，朱莉安娜只好心虚地笑笑。我给大家分热巧克力，大家聊了一小会儿。格雷夫森德聊起了对埋在这个墓地的作家、画家和政治家的看法，语气间仿佛他们是他的密友，但其实，那些人离世已有一个世纪之久了。

查莉在踢树叶玩，但突然间，她僵住不动了。她的目光顺着斜坡，望向底下的运河。弧光灯亮起，运河边搭起了一顶白色大帐篷。一盏闪光灯在反复闪烁。

“发生什么事了？”她问，想走下去看看。朱莉安娜伸出手，轻轻地把她拉了回来，手臂像围巾似的，绕在她的肩膀上。

查莉看了看我，然后又看了看守墓人。“他们在干吗？”

没人回答。我们只是静静地看着，内心受某种超乎悲伤的情绪的牵引，越发沉重。空气渐凉，散发着一股潮湿、腐败的气味。远处的货运场里，钢铁摩擦，传来一阵令人战栗的尖啸，仿若痛苦的哭喊。

运河上有一条小船。船上的人身着黄色荧光背心，向河两边探寻着，用手电筒照亮了河面。其他人排成一排，低着头，沿岸缓行，仔细搜索着什么。偶尔会有人停下来，弯下腰。后面的人便静静等待，也不打破队形。

“他们丢了什么东西吗？”查莉问。

“嘘。”我低声道。

朱莉安娜一副索然无味、事不关己的表情。她望向我。是时候该走了。

就在这时，一辆验尸车停在了大帐篷旁。后门打开，两个穿着连体工作服的人在可折叠手推车上拉开一个担架。

在我的右肩方向，一辆警车穿过墓园大门，开了进来，警灯在闪烁，但没有鸣警笛。后面还跟着另一辆警车。

格雷夫森德已经转身，朝停车场和守墓人小屋走去。

“来，咱们快离开这儿吧。”我说着，把杯中冷却的巧克力渣倒掉。虽然查莉还是不知道到底发生了什么事，但她知道，现在要保持安静。

我拉开车门，她灵巧地钻进暖和的车里。越过引擎盖，在八十码[①]开外的地方，我看到守墓人在和警察交谈。警察指着运河的方向，拿出笔记本，记下谈话细节。

朱莉安娜坐在副驾驶座上。她想让我开车。我的左臂在颤抖。我紧紧地抓住变速杆，让自己的手臂镇定下来。开过警车旁，一位警探抬起头，扫了我们一眼。那是个中年警探，脸上长满麻子，鼻子扁塌塌的，仿佛被人揍了一拳。他穿了件皱皱巴巴的灰色大衣，脸上一副冷漠、怀疑的表情，仿佛他已经不是第一次经手这样的苦差事，但每次都同样难熬。

---

① 1码约合91.44厘米。

我们的视线相遇，他的目光似乎穿透了我。他的眼神里没有光，没有故事，也没有笑意。他挑起一边眉毛，把头歪向一侧。那时，我们的车已经远去，我仍紧紧地握着变速杆，努力想换到二挡。

接近墓园入口时，查莉透过后窗，回头望去，问我们明年能不能再来。

第三章

每个工作日早上，我都会穿过摄政公园，走路去上班。每年到了这个温度骤降的时令，我都会穿上防滑鞋，披上羊毛围巾，一副永远忧郁的表情。忘掉全球变暖吧。年纪越大，世界越冷。这是不争的事实。

太阳宛如一个淡黄色的球体，飘浮在灰暗的天空中。慢跑的人低着头，从我身边跑过，运动鞋在湿漉漉的柏油路面上留下印迹。春日将近，园丁们应该在种球茎，但他们的手推车里却装满了水。我看到他们在工具棚里抽烟、打牌。

我走上樱草山大桥，远眺运河河岸。一艘孤零零的窄船停泊在曳船道旁。水雾如烟，从河面上袅袅升起。

警察到底在找什么？他们找到了谁？

昨晚，我看了电视上的新闻，今天早上也听了收音机——没有任何消息。我知道，这只是病态的好奇心在做祟，但一部分的我却觉得，自己是这件事的目击者——哪怕不是案发时的目击者，也是事发后的目击者。就像你在《绳之以法》里看到的情节，警察请求知情者向他们提供信息。提供信息的人永远是别人，绝不会是我们认识的人。

我再次动身，一阵细雨飘落，沾湿了我的夹克。邮局大楼矗立在渐暗的天空下。这样的标志性建筑，往往可以让人们在城市中辨认方位。街道或许会通向死胡同，或者毫无理由地曲曲折折，但依靠高耸的大楼，人们便不至于在规划古怪的城市中迷路。

我爱伦敦的这片美景。它看起来壮丽依旧。只有细细观察，你才能看到腐败之处。不过，你或许可以说，这样的话放在我身上同样适用。

我的办公室在大波特兰街的一栋建筑里，这栋建筑看起来就像是一座用白色箱子堆出来的金字塔，建筑灵感来源于设计师的童年。举目仰视，这栋建筑似乎没有尽头，我总有点希望能看到一台起重机，吊几个箱子，把建筑的空隙填满。

我走上前门台阶，听到汽车鸣笛后转过身去。一辆鲜红的法拉利跑车停在人行道上。驾驶座上是芬威克・斯平德勒医生，他抬起一只戴着手套的手，朝我挥了挥。芬威克看起来像是个律师，但其实他是伦敦大学医院精神病药物学部门的主管。他还开了一家带诊疗室的私人诊所，紧挨着我的诊所。

"早上好啊，老同学！"他喊道，就这么把车停在人行道中间，逼得行人从一旁绕行。

"你就不担心在这儿停车招来警察找你麻烦吗？"

"搞个这个。"他说着，指向贴在风挡玻璃上的医生标识，"就说出了紧急医疗事故，这样的借口再适合不过了。"

他跟着我走上台阶，推开玻璃门。"前几天晚上，我在电视上看到你了。真是精彩。那样的状况，我可撑不起来。"

"瞎说，你肯定可以——"

"我一定要跟你说说我周末干了什么。我去苏格兰打猎了，杀了头鹿。"

"鹿你都杀？"

"有什么不能杀的。"他轻蔑地挥了挥手，"一枪射穿了那个浑蛋的左眼。"

接待员按了一个开关，安全门打开，我们走进电梯。芬威克对着电梯镜子，仔细检查自己的仪表，拍掉肩部起褶的布料上的头屑，他身上的那件西装价格不菲。看到他量身定制的西装不合身，我就知道他的身材走样了。

“最近还跟妓女有来往吗？”他问。

“我开讲座。”

“还换了这么个名头啊？”他嘎嘎大笑，把手伸进裤兜，“那你怎么收费？”

如果我告诉他我不收费，他决不相信。“她们给我优惠券。以后我想找她们，就拿优惠券换。我现在有一整个抽屉的优惠券。”

他几乎被这句话呛到了，脸憋得通红。我强忍笑意。

芬威克虽然是个很成功的医生，但他和大多数人一样，竭尽全力想成为另一个人。这就是为什么他坐在跑车里的样子总让人隐隐觉得好笑。就像看到比尔·盖茨穿着沙滩裤，或看到乔治·W. 布什在白宫。怎么看都不对劲。

“你那病，还好吗？”他问。

“还好。”

“我都注意不到了，老同学。对了，我突然想起来，辉瑞公司在测试一种新型混合药物。你随时过来，我给你看看数据……”

他和制药公司来往之密切向来闻名。他的办公室就是辉瑞、诺华和罗氏制药的神社；从钢笔到浓缩咖啡机，几乎每一样东西都是“进贡”的。他的社交生活也是如此——在考斯划船，在苏格兰钓鲑鱼，或者在诺森伯兰郡捕猎松鸡。

我们走到转角，他扫了一眼我的办公室。一位中年妇女正坐在候诊室里，紧紧地攥着一个橙色鱼雷状的救生圈。

“老同学，我真不知道，你是怎么做到的。”芬威克喃喃道。

“做到什么？”

“听他们说话。”

“听他们说话，我才能知道他们的症结在哪里。”

“搞那么麻烦干什么？开些抗抑郁的药，把她打发回家就是了。”

芬威克不觉得心理疾病存在精神和社会因素。他断称那完全是生理性疾病，说白了，只要找对药物组合，这些病大可用药物治好。

每天早上（他下午不上班），病人一个接一个地走进他的诊室，他敷衍了事地回答几个问题，然后就递给他们一张药单，再开一张一百四十英镑的账单。如果病人想说说症状，他也不想听，只想推荐哪个药好。如果病人说吃了药有副作用，他就减轻剂量。

奇怪的是，他的病人很爱戴他。他们来看病，只想着开了药就好，也没想过别的。开的药越多越好。大概因为他们觉得，这样才叫物有所值。

如今，倾听病人的诉求已经落伍了。病人们都期待我能开张包治百病的神奇药方。当我告诉他们，我只是想聊聊时，他们失望透顶。

“玛格丽特，早上好。很高兴看到你成功做到了。”

她举了下游泳圈。

“你走了哪条路？”

“帕尼特大桥。”

“那是一座坚实可靠的桥，建成很多年了。”

她患有过桥恐惧症——她害怕过桥。更惨的是，她住在泰晤士河的南岸，每天送孩子上学都得过桥。她会随身带着一个游泳圈，以防万一，生怕桥突然坍塌，或者被浪潮卷走。我知道，这听起来毫无逻辑，但这就是普通恐惧症患者的症状。

“我应该搬去撒哈拉沙漠。”她并不完全是在开玩笑。

我告诉她，有种病叫沙漠恐惧症，患者怕沙子和沙漠。她觉得我是在瞎编。

三个月前，玛格丽特的恐惧症在送孩子上学的途中突然发作。一小时后才有人察觉到她的异常。她的孩子在大哭，紧紧地抓住她的手。而她整个人被恐惧攫住，害怕得连话都说不出来，也不会点头。路人以为她打算“跳桥”。但其实，当时的玛格丽特纯粹是在用意志力强忍大桥带来的恐惧。

自从那件事后，我们做了很多工作。每当她开始莫名感到恐惧，她脑海里的荒唐想法便跟着无限循环，我们想帮她打破这个循环。

“当你过桥的时候，你觉得会发生什么？”

“桥会塌。”

“为什么会塌？”

“我不知道。”

“桥是用什么造的？”

“钢铁、铆钉和水泥。”

“这座桥建成多久了？”

“好多年了。”

“这么多年来，桥塌过吗？”

“没有。”

每个病人的治疗时长是五十分钟，在下一个病人到来前，我还有十分钟的时间写笔记。我的秘书米娜，工作时精确得像一个原子钟，一分一毫都不差。

“光阴一去不复返啊！”她一边说，一边拍打别在胸前的时钟。

她是印度裔，但比草莓和奶油更具有英伦风情。她穿着及膝长裙、合脚的鞋子和羊毛衫。她让我想起以前上学时，那些爱读简·奥斯汀的小说、天天幻想着邂逅自己的达西先生的女孩。

不幸的是，她很快就要走了。她准备带着她的猫，去巴斯城开一家家庭旅馆。我几乎能想象出那地方的样子——每张花边桌布上都立着一个花瓶，每颗三分钟水煮蛋旁都整齐地摆放着猫咪雕像和黄油面包条。

米娜在给新的秘书准备面试。经过层层筛选，她已经列好了一份最终候选人的名单，但我知道，我肯定会难以抉择。我一直希望她能改变主意。如果我也能学猫那样，用柔和的呼噜声把她挽留下来就好了。

正午时分，我环顾了一周候诊室。“博比呢？”

“他还没来。”

“他打电话了吗？”

“没有。”她刻意避开我的视线。

“你能帮我找找他吗？他已经两周没露面了。”

我知道，她不想给博比打电话。她讨厌博比。一开始，我以为她讨厌他是因为他总是放我鸽子，后来我发现，事情没有这么简单。他的出现会令她坐立不安。或许是因为他的体格，或许是因为他糟糕的发型，又或许是因为他肩上的头屑。她并不了解他。但话说回来，又有谁能完全了解他人呢？

我话音刚落，博比便出现在了走廊门口，拖着两条不自在的腿走来，脸上紧张兮兮的。他身材高大，体重超标，顶着一头亚麻棕色的头发，戴着一副金属框眼镜，布丁般胖嘟嘟的身子几乎要将他身上的大衣撑破，大衣口袋鼓鼓囊囊的，显得难看至极。

“抱歉，我迟到了。出了些事。”他扫视了一周候诊室，仍然不确定要把脚放在哪里。

“你这事出得挺久啊，两周？”

他刚跟我眼神接触，便立刻别过脸去。

博比一直对人怀有戒心，总是封闭自己，这些我早已习以为常，但这次不一样。他不是在保守秘密，而是在对我撒谎。简直就像当着对方的面拉上百叶窗，然后谎称自己不在家。

我迅速打量了他一番——鞋擦得锃亮，头发梳理过。他早上刮过胡子，但黑色的胡楂已经重新钻了出来。他的双颊因寒冷而变得红扑扑的，但同时，他又在出汗。我想知道，他在外面待了多久，才终于鼓起勇气，上来见我。

“你去哪儿了，博比？”

“我害怕了。”

“为什么害怕？”

他耸了耸肩。“我必须逃走。”

“你逃哪儿去了？”

“哪儿都没去。”

我懒得指出他话语中的矛盾之处。毕竟他说的话总是自相矛盾。他的手焦躁不安地摆动着，想找个地方藏起来，最后缩进了口袋里。

“你想脱掉大衣吗？”

“不用了。”

“嗯，至少先坐坐吧。”我朝我的办公室扬了扬头。他走进门，站在我的书架前，细读书名。书架上大多是心理学和动物行为学的书。最后，他停了下来，轻拍着一本书的书脊，那是西格蒙德·弗洛伊德的《梦的解析》。

“我以为弗洛伊德的观点如今都快声名扫地了。”他带着几不可闻的北方口音说，“他连歇斯底里和癫痫都分不清。”

“那不是他的专长所在。”

我指了指椅子，博比弯下腰，坐到椅子上，膝盖朝向门口。

他的档案里，除了我自己的笔记，相关资料很少，只有转院文书的原件、他的神经扫描结果，以及他住在伦敦北部的全科医生写的一封信。信里提到了“令人不安的噩梦”，以及“失控感”这样的字眼。

博比今年二十二岁，没有精神病史，也没有习惯性吸毒史。他的智力稍高于平均水平，身体健康，和他的未婚妻亚姬长期同居。

对他的过去，我有一些基本的了解。他生于伦敦，在公立学校接受教育，通过了结业考试，上过夜大，打过一些诸如送货司机和仓库管理员之类的零工。他和亚姬住在哈克尼的一座公寓里。她育有一子，在当地电影院的糖果店上班。据说是亚姬劝他来看医生的。博比遭噩梦折磨，情况一天比一天严重。晚上他会尖叫着惊醒，从床上猛冲下来，撞到墙上，仿佛在逃离梦境。

夏天来临前，我们的治疗似乎有点成效。接着，博比消失了整整三个月，我以为他以后都不会回来了。五周前，他又出现了，既没有预约，也没有解释。他看起来比以前更开心。他睡得更好了，做噩梦的情况也没有以前严重了。

眼下，事情出了岔子。他一动不动地坐在椅子上，但他频繁眨动的双眼不会错过任何东西。

“发生什么事了？”

“没事。”

“家里出了什么事吗？”

他眨了眨眼睛。“没有。”

“那这是怎么了？”

我用沉默逼他说话。博比烦躁不安，抓挠自己的双手，仿佛有什么东西在刺激他的皮肤。几分钟过去了，他越来越焦躁。

我问了他一个直接的问题，强迫他说话。“亚姬过得怎么样？”

“她读杂志读得太多了。”

“为什么这么说？”

“她想要一个现代童话。你知道女性杂志里写的那些废话吧——教她们怎么在做爱时高潮连连，怎么在保住自己的职业生涯的同时又成为一个完美的母亲。全都是鬼扯。真正的女人不会像是个时尚模特。真正的男人也不能被从杂志上剪下来。我都不知道，自己要当一个怎样的男人才对——是当一个追得上新时代潮流的男人，还是当一个有男子气概的男人。你跟我说啊！我是要跟一群男人喝得酩酊大醉，还是要对着悲情电影哭哭啼啼？我是聊跑车，还是聊当季主打色？女人觉得，她们想找的是一个男人，但其实她们只是想找一个自己的翻版罢了。”

“这让你做何感受？”

“沮丧。”

“对谁？”

“名单给你，你自己挑。”他耸起双肩，大衣衣领摩擦着他的耳根。他把手放在大腿上，手里拿着一张纸，折上又打开，纸上的折痕处已然磨损。

“你写了什么？”

“一个数字。”

“什么数字？”

“21。”

“能给我看看吗？”

他快速地眨了眨眼睛，把纸缓缓打开，放在大腿上按平，指尖在纸上滑动。纸上写满了数百个微小方正的“21”。数字从纸的中心呈扇形散开，组成一个风车叶片的图案。

“你知道吗，一张干燥的正方形纸，不能对折七次以上。”博比说，想改变话题。

“我不知道。”

“这是真的。”

“你口袋里还装着什么？”

“我的清单。”

“什么清单？”

“我要做的事情。我想改变的事情。我喜欢的人。”

“那你不喜欢的人呢？”

“也在上面。”

有些人的声音和他们的外貌并不相匹配，博比就是这样一个人。尽管他体格健硕，却显得比同样体格的人小，因为他的声音不够低沉，而且身子前倾时，他的肩膀会塌下去。

“你遇到了什么麻烦吗，博比？”

他猛地打了个激灵，动作甚是剧烈，连椅腿都离开了地面。他的头坚定地来回摆动。

“有人惹你生气了吗？”

他露出一副悲痛欲绝的表情，握紧了拳头。

“什么事让你生气了？”

他摇着头，嘀咕了些什么。

“抱歉，我没听到。”

他又嘀咕了些什么。

“说大声点。”

毫无征兆地，他爆发了。“别他妈再控制我的思想了！”

怒吼声在狭小的诊室里回荡。走廊两边的办公室的门纷纷开了，人们都在好奇出了什么事，内部对讲机上的灯闪烁起来。我按下接听键：“别担心，米娜。我没事。”

博比右侧太阳穴处青筋暴起。他用小男孩的声音低声说：“我必须惩罚她。”

“你要惩罚谁？”

他将右手食指上的戒指转了半圈，又转了回来，仿佛在拧旋钮，给收音机调频。

“我们都与彼此息息相关——这是六度空间理论，只不过有时候联系没那么强烈而已。无论是在利物浦、伦敦还是在澳大利亚发生的事，都是息息相关的……”

我不让他转移话题。“如果你遇到了什么烦心事，博比，我可以帮你。但你得先告诉我发生了什么。”

“她现在又在谁的床上呢？”他呢喃道。

“你说什么？”

“只有她死了，才会自己一个人睡。”

“你惩罚了亚姬吗？”

他把更多的注意力稍微转回到我身上，开始笑话我。“你看过《楚门的世界》吗？”

“看过。”

“嗯，有时候我觉得，我就是楚门。我觉得整个世界都在注视着我。我生来只是为了迎合他人。一切都是虚幻的：墙是胶合板搭的，家具是纸糊的。然后我想，只要我跑得够快，我就可以跑过转角，找到外景摄影棚。但我永远也跑不到那么快。每次我快要抵达时，他们已经建好了一条新的街道……一条又一条。”

第四章

就房子而言，我们活在天堂和地狱之间。我这么说，是因为我们虽无福在樱草山树木茂盛的极乐世界里安家乐业，却也终于从卡姆登最南部的小区逃之夭夭，那里遍地涂鸦，家家户户都装着百叶窗，肮脏不堪。尽管房贷数额巨大，水管毛病频出，但朱莉安娜爱上了我们现在住的地方。我不得不承认，其实我也很喜欢这里。夏天来临时，微风吹拂，如果风向正好，我们打开窗就能听到伦敦动物园传来的狮子和鬣狗的叫声。有种不开小篷车就能在非洲大草原上游猎的快感。

每周三晚上，朱莉安娜都要给成人班上西班牙语课，查莉会去她最好的朋友家过夜，我就能独享这栋房子了，平时也算惬意。我用微波炉热了汤，把法棍撕成两半，看着查莉在白板上留下的小诗，旁边还写着香蕉面包的菜谱。我感到一丝孤独。我希望她们都在。我想念她们的喧闹，她们的戏谑。

我漫无目的地上楼闲逛，从一间房漫步到另一间，看看我的“半成品”。窗台上，油漆桶排成一列，地板上铺着陈旧的地毯，像极了抽象派画家杰克逊·波洛克的画布。其中一间卧室已经成了储藏室，专门用来放箱子、地毯和一些被猫抓花的家具。查莉的旧婴儿车和高脚椅堆放在角落里，仿佛还在等待下一步指示。塑料盒里装着查莉的婴儿服，盒上贴着整齐的标签。

六年来，我们一直想再要一个孩子。目前为止，除了两次流产和无数泪水，我们一无所获。我不想尝试了，至少现在不想，但朱莉安娜还在坚持吃维生素片，研究尿液样本，测量自己的体温。我们所谓的做爱，更像是一场科学实验，一切的一切，都是为了找到最佳的排卵时刻。

当我把上面这些话说给她听时，她答应我，只要我们有了孩子，她就会定期、自愿地跟我享受鱼水之欢。

“等我们有了孩子，你绝对不会后悔，一刻都不会。”

“我知道。”

“这是咱们欠查莉的。”

“对。”

我很想扔给她一堆“万一”打头的问题，只可惜有这心没这胆。万一这病迅速恶化呢？万一这病遗传呢？万一我连自己的孩子都抱不动呢？我不是在多愁善感，只考虑自己。我为人实际。这个问题不是坐下来喝杯茶，吃几块全麦饼干就能解决的。这个病就像一列从远处的黑暗中朝我们疾驰而来的火车。看似遥远，但总会到来。

六点半，出租车来了，我们并入高峰时期的车流中。尤斯顿路通往贝克街方向的路段已经堵死了，再另找一条捷径，穿过这条到处是护柱、减速带和单向通行标志的险路已是不可能的事。

司机抱怨那些从英吉利海峡隧道偷渡过来的非法移民，说他们让交通问题越来越糟。我无法理解他的观点，因为非法移民又不开车，但我心情压抑，懒得跟他争论。

七点刚过，司机把我放在克勒肯维尔的兰顿大厅——这是一幢低矮的红砖建筑，有白边修饰的窗户，还有黑色的雨水管。除了前门台阶上亮着一盏灯，它看起来和一座废弃建筑无异。我推开双重门，穿过一个狭窄的门厅，走进大厅。地上的塑料椅子大致摆成几排。大厅一边的桌子上摆着一个带龙头的热水桶，旁边是几排杯碟。

大厅里来了约莫四十个女人。她们年纪不一，有花季少女，也有三十七八岁的。她们大多身披大衣，毫无疑问，其中一些女人的大衣下还穿着上班时的高跟鞋、短裙、紧身超短裤和长筒袜。空气中混杂着难闻的香水味和烟味。

台上，埃莉萨·韦拉斯科已经在发言了。她身材娇小，有一双绿眼睛和一头金发，说话时的口音让人感觉这个北方女人精神抖擞、言简意赅。她穿着一条及膝窄身直筒裙，还有一件紧身羊绒毛衣，活像二战时期的画报女郎。

她身后的白色投影屏上，是意大利艺术家阿特米希娅·津迪勒奇画的《抹大拉的玛丽亚[①]》。画的底角上写着四个首字母PAPT，其全称则以更小的字母写在下面："妓女也是人（Prostitutes Are People Too）"。

埃莉萨看到了我，如释重负。我想溜到大厅边上，免得打断她，但她碰了碰麦克风，人们纷纷转身。

"现在，请允许我向各位介绍，你们真正期待的讲演者。让我们欢迎，最近刚登上报纸头条的约瑟夫·奥洛克林教授。"

人群中传出一两声略带讽刺的掌声。真是一群难伺候的听众。我走上舞台边的台阶，汤在我的胃里咕噜咕噜地晃荡，然后我走进舞台上明亮的圆圈中。我的左臂一直在颤抖，我只好抓住身后的一把椅子，稳住颤抖的手。

我清了清喉咙，目光聚集在听众头部上方的某一点。

"在这个国家，妓女是未破的谋杀案中数量最庞大的受害者。过去七年里，有四十八名妓女被谋杀。在伦敦，每天至少有五名妓女遭到强奸，

① 《圣经》中耶稣的女性追随者。曾有一说法是，她是娼妓出身，后被耶稣感化，成为忠实的信徒。

十几名妓女被殴打、抢劫或者绑架。犯罪分子侵害她们不是因为她们有魅力，或罪有应得，而是因为她们容易接近，也更容易得手。比起社会上其他任何人，妓女是最容易接近，也是最默默无闻的。”

说完，我垂下头看了看观众，发现她们都在认真听，我松了一口气。坐在前排的一位女士，穿着带有紫色绸缎领子的外套，戴着柠檬黄色的手套。她双腿交叠而坐，外套下露出奶油一样的大腿，雪白柔滑，鞋子上的黑色细带缠绕在小腿上。

“不幸的是，你们无权挑选顾客。他们身材各不相同，尺寸也大小各异，有醉鬼，也有烂人——”

“还有一身肥油的。”一名金发女郎喊道。

“对，还有臭气熏天的。”一个戴墨镜的少女应和。

我等笑声平息下去。这里的大部分女人都不信任我。我不怪她们。妓女跟人打交道，不管是跟皮条客、嫖客，还是心理医生，大多风险重重。她们早已学会不再相信男人。

我希望自己可以让她们认识到，危险实实在在地匍匐在她们身边。或许我应该带上遇害者的照片。最近警方发现了一名遇害者，她的子宫被人剖了出来，扔在尸体旁。然而，这些妓女其实很清楚她们的危险处境，我没必要多此一举。这种危险一直都存在。

“我今晚不是来给你们发表长篇大论的。我只希望你们能注意安全。晚上在街上工作时，有多少个朋友或者家人知道你在哪儿？如果你突然消失了，多久才会有人告诉警方你失踪了？”

我让这两个问题缓缓地飘过她们的思绪，好似梁上浮动的蛛网。我的声音有点沙哑，听起来过于严厉了。我放开椅子，开始走向舞台前，左腿偏偏不肯动，险些绊倒。她们互相瞥了一眼——寻思我到底是个什么样的人。

“如果没有避孕措施，就别接客。处理好和朋友间的关系，确保有朋友知道你上了哪一辆车，车牌号是多少。只在明亮的地方工作，或者在安全屋里，最好带客户去你们的安全屋，而不是在他们车上做……”

四个男人走进大厅，站在大门旁。显然，他们是便衣警察。一些女人注意到了他们，略感惊讶，咕哝抱怨了几句。其中几个对我怒目而视，好像这是我的错。

“大家安静一下。我来处理。”我小心翼翼地从台上跃下，想拦住埃莉萨，让她先别和警察交谈。

我立刻便认出谁是里面的头儿了，就是那个我在肯萨尔绿野公墓见过的警探，有一张沧桑的脸，牙齿参差不齐。

他穿的还是那天那件皱皱巴巴的大衣，上面的污渍可以看出他吃了什么。他的橄榄球俱乐部领带上夹着比萨斜塔式样的镀银别针。

我还挺喜欢这个人的。他不怎么讲究衣着。太注重外表的男人看上去野心勃勃，却也让人觉得徒有其表。他讲话的时候目视远方，仿佛在预测未来。我在农民的脸上也看过这种表情，他们从来不留意眼前的事物，特别是其他人的脸。他抱歉地笑笑。

“不请自来，真不好意思，打扰了你们的会议。”他对埃莉萨说，语气略带嘲讽。

“那就请滚您妈的！”埃莉萨声音甜美，笑容恶毒。

“很高兴认识您，小姐，或者我应该称您为夫人？”

我站到他们中间。“有什么可以帮到您吗？”

他上下打量了我一番，问：“你是哪位？”

“我是约瑟夫·奥洛克林教授。”

“天哪，不会吧！哦，各位，他就是那个在屋顶上把孩子救下来的家伙。”他的声音嘶哑刺耳，“你是我见过的最勇敢的人。”他的笑声就像大理石直直地坠进下水道时发出的巨响。他突然想到了些什么。“你是研究妓女的专家，是吧？写过一本书什么的。”

“是一篇研究论文。”

他含糊地耸耸肩，示意其他同事让开，自己穿过通道，走了过来。

他清了清嗓子，对大厅里的人说：“我是隶属于伦敦警察厅的侦缉探长，文森特·鲁伊斯。三天前，我们在伦敦西区的肯萨尔绿野公墓发现了一具年轻女子的尸体。已死去有十天之久。在案件目前这个阶段，我们还无法确认她的身份，但我们有理由相信，她是一个妓女。我们会把这位年轻女子的速写像提供给在场的各位。如果你们有谁认识她，还烦请和我们联系。我们想知道她的名字、地址、和谁有过来往、她的朋友——任何可能知道她是谁的人，这些都会是莫大的帮助。”

我迅速地眨了眨眼睛，听到自己发问：“尸体是在哪里找到的？”

“她被埋在大联盟运河边的一个浅坑里。”

几幅画面仿佛记忆快照般朝我袭来。我还记得那顶白色大帐篷，那几盏弧光灯——犯罪现场的录像带、闪光灯的残影。从地下刚刚挖出来的女性尸体。我曾亲临现场。我曾望着她的尸体重见天日。

大厅仿佛变成了大而空的洞穴，回音四起。在场的人传阅着女子的速写像。人声渐杂。一只倦怠的手腕朝我伸来。这幅速写看起来就像考文特花园里，画家给摆好姿势的游客画的炭笔画。画上的年轻女人留着短发，有一双大眼睛。大厅里几十个女人都符合这个外貌特征。

五分钟后，几个警探回到鲁伊斯身旁，纷纷摇头。侦缉探长发了句牢骚，拿起手帕，擦了擦畸形的鼻子。

“你们知道吗，这叫非法集会。”他扫了一眼茶罐，说，“妓女们聚集在一起，享用茶点，这属于违法行为。”

“那茶是给我备的。”我说。

他不屑一顾地笑笑。“那你喝的茶一定不少吧。如果不是，那你就是在拿我当白痴。”他在挑衅我。

“你是个怎样的人，我一清二楚。”我大为恼火。

“哦？说说看，别吊我胃口。”

“你是一个置身大都市的乡下小孩。你在农场长大，给母牛挤过奶，在鸡棚里收过蛋。你打过橄榄球，但后来受的一次伤终结了你的体育生涯，可你不甘心，总想知道自己还有没有机会重返赛场。从那以后，你一直挣扎着保持减肥后的体重。你离了婚，也可能是丧偶，这就解释了为什么你的衬衫急需熨烫，大衣急需干洗。下班后，你爱喝啤酒，喝完啤酒再吃一顿咖喱。你在努力戒烟，这就是为什么你的手一直在口袋里摸索口香糖。你觉得，除非健身房里有拳击台和拳击袋，否则那种地方只有手淫狂才会光顾。你上一次旅游去的地方是意大利，因为你听别人说那里很漂亮，结果去完回来，你恨透了那里的食物、那里的人和那里的葡萄酒。”

我很惊讶，自己的声音居然如此冷漠无情。仿佛我被四周环绕着我的偏见感染了。

“真叫人印象深刻。这是你的派对把戏吗？”

“不是。”我喃喃道，突然窘迫不安。我想道歉，却不知该从何道起。

鲁伊斯的手在口袋里摸索了一会儿，然后停了下来。“跟我说说，教授。如果光是看了我几眼，你就能推测出这么多东西，那给你看一具尸体的话，你能说出多少东西？”

“你的意思是？”

“我的那位谋杀案受害者。如果我给你看她的尸体，你能告诉我多少信息？”

我不确定他是不是在跟我开玩笑。理论上来说，我或许可以提供一些信息，但我专于研究人的思维：我会判读他人的举止和肢体语言；我会观察他人的衣着，还有他们的交往方式；我会聆听他们声音中的变化，留意他们的眼球运动。一具尸体无法告知我这些。一具尸体只会让我反胃。

“别担心，她不会咬人。明天早上九点，我们在威斯敏斯特殡仪馆见。”他粗鲁地把地址条塞进我的夹克内袋。“之后，我们还能一起吃早餐。”他加了一句，自顾自地傻笑起来。

我还没来得及回应，他便在两侧警探的护卫下转身离开。他正伸手准备开门，就在这最后一刻，他突然转身面向我。

“你说错了一件事。”

“哪件事？”

“意大利。我爱上了那里。”

第五章

我们站在大厅外的人行道上，埃莉萨亲了下我的脸颊，说："很抱歉，发生了这样的事。"

最后一辆警车驶向远方，我的听众也纷纷离场。

"这不是你的错。"

"我知道。单纯想亲亲你罢了。"她故意伸手弄乱我的头发，又装出关切的样子，从包里掏出梳子，帮我把头发重新梳好。她站在我面前，轻轻按着我的头。从这个角度，我能清楚地窥视到她毛衣下的蕾丝胸罩包裹着的双乳，和那道深深的乳沟。

"再这样下去，旁人要说咱们的闲话啦。"她调笑道。

"有什么闲话好说。"我回答得有点唐突。她抬了抬眉毛，微不可察。

她点了一支烟，用打火机的盖子熄灭火焰。就在那一瞬间，我看到倒映在她绿色双瞳中的金色火焰。不管埃莉萨怎么用心打理，她的头发看起来总像是刚睡醒一样凌乱。她把头一歪，专注地看着我。

"我在电视上看到你了。你很勇敢呢！"

"我当时害怕极了。"

"他没事吧，那个屋顶上的男孩？"

"他没事。"

"那你呢？"

我没料到她会问我这么一个问题，一时不知如何作答。我跟着她回到大厅，帮她把椅子叠起来。她拔掉投影仪的插头，接着递给我一箱小册子，册子上也印着《抹大拉的玛丽亚》这幅画。

埃莉萨把下巴搁到我肩上，说："抹大拉的玛丽亚是妓女的守护神。"

"我倒觉得，她是个得到了救赎的罪人。"

她有点不高兴，更正我："《诺斯底福音书》称她为预言家。人们还称她为'使徒之使徒'，因为她带来了耶稣复活的消息。"

"这些你全信了？"

"耶稣消失了三天，第一个发现他还活着的人是一个妓女。要我说，这一点也不意外！"她没有笑，语气里也没有打算和我说笑的意思。

我跟着她回到前门的台阶，她转身锁好门。

"我有车，可以捎你一程。"她边说边摸索钥匙。走到拐角处，我看到了她那辆停在停车收费器旁的红色大众甲壳虫。

"我选择那幅画，还有另一个原因。"她解释道。

"因为那是一个女性画家的作品。"

"不仅如此，还有这个作家的经历。阿特米希娅·津迪勒奇十九岁的时候被导师塔西强奸，但他矢口否认。被审讯时，他还把阿特米希娅描述成一个道德低下的画家，说她出于妒忌，编造了强奸的故事。他指责她是'一个贪得无厌的妓女'，还叫上朋友，提供不利于她的证据。他们甚至还找来接生婆，要看看她还是不是个处女。"埃莉萨一声悲叹，"过了四个世纪，世道还是如此。唯一的区别是，现在我们不会给性侵案受害者施以酷刑，夹上拇指夹，逼问她们是不是在说真话。"

埃莉萨打开汽车广播，示意她不想再聊了。我靠在后排座椅上，听菲尔·科林斯唱《天堂里的另一天》。

与埃莉萨初次见面是在二十世纪八十年代中期，在布伦特福德一家儿童之家的肮脏的面谈室里。那时，我刚以一名临床实习心理医生的身份加入西伦敦卫生局。

她走进房间，坐下，点了一根烟，对我视而不见。那时她才十五岁，然而举手投足间流淌出的优雅和自信，让人久久移不开视线。

她用一只手肘撑着桌子，夹着的烟离嘴巴有几英寸远，目光从我身上掠过，凝视着墙上高处的一扇窗户。烟雾钻进她凌乱的刘海。她的鼻子破了，有一颗门牙缺了一小块。她时不时会用舌头舔一舔牙上的缺口。

埃莉萨被人从一家“黑房子”里救了出来——“黑房子”是建在废弃房子地下室里的临时妓院。门被人用铰链拴住，无法从里面打开。她和另一个未成年妓女被囚禁了三天，被几十个男人强奸了。法官把她交到了护理人员的手里，但埃莉萨在儿童之家啥都不干，就是变着法子想逃出去。把她送到寄养家庭吧，她年纪太大了，让她独自生活吧，她又太年轻了。

跟她第一次会面时，她望着我，神情又好奇又带着点轻蔑。她已经习惯了和男人打交道。操纵男人对她来说易如反掌。

“你多大了，埃莉萨？”

“你早就知道了吧。”她说着，示意了一下我手里的文件，“你慢慢读，我慢慢等，你开心就好。”她在嘲弄我。

“你父母在哪儿？”

“希望已经死了吧。”

根据文件记录，埃莉萨一直跟她的母亲和继父住在利兹，十四岁生日刚过，她就离家出走了。

回答我的问题时，她惜字如金——如果能只用一个词，干吗要用两个？她的语气又傲慢，又冷漠，但我知道，她的内心被伤得很重。终于，我成功将她惹火了。“你怎么什么都不知道？”她嘶吼道，眼神激愤。

是时候冒个险了。

“你觉得你是个女人，对不对？你觉得你懂得如何操纵像我这样的男人。不，你错了！我可不是那种想把你拽进小巷，最后扔给你五十块了事的家伙。别浪费我的时间。我还有更重要的事情要做。”

她的眼里怒火闪动，但紧接着，泪水渐渐盈满眼眶，怒火消散了。她号啕大哭起来。有史以来第一次，她的行为举止终于像一个十五岁的少女了。她一边抽泣，一边说出了自己的经历。

她的继父是利兹的一个成功的商人，靠着买公寓整修翻新，赚得盆满钵满。对埃莉萨妈妈这样的单身母亲来说，埃莉萨的继父非常诱人。傍上他，她们就能搬出地方政府的出租住房，住进带花园的豪宅。埃莉萨有了自己的房间。她还上了文法学校。

在她十二岁那年，有一天晚上，她的继父走进她的房间。“来跟你做些大人的事情。”他说。

“事后，他对我很好。”她说，“他经常给我买衣服，还给我买化妆品。”

这种事持续了两年，后来有一天，埃莉萨怀孕了。她的母亲骂她“荡妇”，质问她孩子的父亲是谁。她的母亲死死地盯住她，等她回答，而她瞥了一眼站在走廊门口的继父。他用食指比画出一个割喉的动作。

她离家出走了。她校服夹克的口袋里有一张纸条，上面是伦敦南部的一家堕胎诊所的名字。在诊所，她遇到了一位四十五六岁、面色和善的护士。那位护士名叫雪莉，在埃莉萨康复期间，给她提供了住所。

“校服别扔。”

“为什么？”

“以后可能还用得上。”

对那里的六个年轻女孩来说，雪莉就如同慈母一般，她们十分爱她。雪莉让她们感到安全。

“她儿子就是个极品浑蛋。”埃莉萨说，“他睡觉的时候，床下要放一把猎枪，还以为能随便跟我们做爱。下流坯子！雪莉第一次拉我出去接活时，她说：‘去啊，你行的。’那时，我穿着校服，站在贝斯沃特路上。‘没事的，就问他们想不想跟女孩玩玩就好了。’她这么跟我说。我不想让雪莉失望。我知道，如果我让她失望了，她就会生气。

“下一次她带我出去接活时，我用手帮几个男的解决了，但我没有跟他们做爱。我不知道为什么。我做了整整三个月。我长高了，校服已经不合身了，但雪莉说，我的腿还能帮我掩饰一下。我是她的‘小金罐’。”

埃莉萨并不把跟她做爱的男人叫“嫖客”。她不想暗示自己，他们在赌自己的钱花得值不值。[①]她就是她，没什么好赌的。她从未瞧不起他们，尽管他们中的大多数都在背着妻子、未婚妻和女朋友行不忠之事。这纯粹是金钱交易，简单的商业往来罢了：她卖东西，他们买东西。

几个月后，她已变得麻木。她现在有了一个新的家。后来有一天，一个男皮条客把她从街上抢走了。他想跟她签个一次性合约，他说。他把她锁在一栋房子的地下室里，向在门口排队的男人收钱。一个又一个肤色各异的男人轮番走上前。她一边讲述，一边又掐灭了一根烟。

“然后现在，你来到了这里。”

“而这里，没人知道该拿我怎么办。”

“你有什么打算？”

“我想一个人待着，别来烦我。”

① “嫖客（Punter）”一词在英文中亦有“赌客”之义。

第六章

国民医疗服务体系里的第一条定律是“废物管事”。这是英国文化的一部分。如果员工不能胜任工作或者难以相处，解雇他不如提拔他来得容易。

威斯敏斯特殡仪馆的值班主管是个光头男人，虎背熊腰，双下巴。他一见到我，顿时敌意重重。“谁让你来这儿的？”

“我约了鲁伊斯探长。”

“我怎么不知道？反正没有预约，一律不许入内。”

“那我可以在这里等他吗？”

“不可以。只有死者家属可以去等候室。”

“我可以在哪里等？”

“外面。”

我闻到了他身上的酸臭味，看到他腋下还有汗渍。他应该工作了一整晚，现在还在加班。他太疲惫了，情绪也跟着急躁起来。一般来说，我会同情轮班工人——就像我同情不合群的人和胖女孩，他们永远也得不到与人共舞的邀请。看管死人，这一定是份苦差吧。

我正准备和他说些什么，鲁伊斯就来了。主管又开始例行问话。鲁伊斯越过桌子，拿起电话喊道：“听着！你这个浑蛋！我看到外面报废的停车收费器旁边停着十几辆车。等我把你的同事全抓起来，他们就知道这是你干的好事了。”

几分钟后，我跟着鲁伊斯走在狭窄的走廊里，这里的天花板装了长灯管，水泥地板也上了漆。我们偶尔会经过一些房间，看到窗户上都结了霜。其中一间的门开着。我往里面瞄了眼，看到一张不锈钢桌，房间中央有一个连通下水道的管道。卤素灯悬挂在天花板上，旁边是麦克风引线。

我们走到走廊的更深处，刚好遇到三个身着绿色医用防护服的实验室技术员，他们围在咖啡机旁，没有人抬头看我们。

鲁伊斯走路飞快，讲话却慢条斯理。“周日早上十一点，我们在一个浅坑里找到了她的尸体。十五分钟前，我们接到了匿名电话，电话是从四分之一英里外的一个公用电话亭打来的。打电话的人称他的狗挖出了一只人手。”

我们推开双层有机玻璃门，避开了一个护工迎面推来的手推车。我想象着，白棉布下盖着一具尸体。尸体上摆着一小箱试管，里面装着血液和尿液样本。

我们到达前厅，那里有一扇大大的玻璃门。鲁伊斯敲了敲窗户，坐在一旁的操作员连忙开门，请我们进来。她有一头金黄的头发，发根却是黑色的，眉毛拔得只剩下牙线般细长的一条。墙边放着档案柜和白板。房间另一头的不锈钢门上贴着“闲人免进”的标签。

我突然想起了第一次上医学实践课的场景。那次我们得处理尸体，我晕了过去，闻了嗅盐才清醒过来。老师选我去演示如何取活检样本，我要拿一根一百五十毫米的针穿过腹部扎进肝脏。事后，他祝贺我打破了学校纪录，仅仅一次操作，就戳穿了那么多个器官。

鲁伊斯给操作员递了张纸。

她问：“需要准备正常的探视环境吗？”

“冰柜就好。”他答道，“但我需要一个呕吐袋。”她递给他一个棕色大纸袋。

沉重的大门“嗞”的一声打开了，仿佛打开了加压密封装置。鲁伊斯站到一旁，示意我先进去。我本以为会闻到甲醛的味道——以前我在医学院上学时，见过的尸体都有甲醛的味道，久而久之便形成了一种自然联想。但在这里，我没有闻到甲醛的味道，取而代之的是轻微的消毒剂和工业肥皂的气味。

墙壁由抛光钢铁制成。十几辆手推车整齐地排列在一旁。金属停尸柜占据了三面墙，看起来像加大型文件柜，柜门上装有方形把手，大得能用两只手同时握住。

我意识到，鲁伊斯还在说话。“根据病理学家估测，她在地下埋了有九到十天。她浑身赤裸，脚上穿着鞋，脖子上挂着一条金链，上面吊着圣克里斯托弗徽章作为守护符。我们没有找到她身上的其他衣物。尸体上没有遭到性侵的痕迹……”他看了眼停尸柜上的标签，双手握紧把手，“我觉得等你看到尸体，你就会明白，为什么我们能缩小死因范围了。”

滚轴转动，停尸柜平稳地滑出来。我的头猛然后仰，身体迅速远离。鲁伊斯把棕色袋子递给我，我弯下腰，吐了出来。一边呕吐一边喘气真的很难。

鲁伊斯一动不动。“如你所见，她的左脸受伤严重，眼睛完全闭合。某人对她下过重手。这就是为什么我们公布的是她的画像，而非照片。她身上有超过二十处刀伤——每一道伤口的深度均不超过一英寸。但怪就怪在这儿——这些都是自残所致的伤口。病理学家在伤口上发现了犹豫的痕迹。当时的她应该是鼓足了勇气，一刀一刀划过身体。”

我抬起头，瞥见了他倒映在抛光钢铁上的脸。那一刻，我看到的是恐惧。他肯定调查过数十桩罪案，但这桩案子不一样，因为他无法理解。

我的胃里已经没东西可吐了。我在寒冷中一边出汗，一边打战，接着，我直起身子，望向尸体。尚未有入殓师把这具可怜女人的尸体还原到死前的样貌，尊严自然也无从谈起。她一丝不挂，两臂伸直靠在身侧，双腿并拢。

她苍白的皮肤令她看起来更像是一具大理石雕像，只不过这是一具被肆意破坏过的雕像。她的胸部、手臂和大腿上覆满了暗红和粉红交杂的伤口。皮肤紧绷的地方伤口已开裂，活像空空的眼窝。其他地方的伤口则自然闭合，像轻轻哭泣的眼睛。

我在医学院见过尸检。我知道整个流程。法医会给尸体拍照，然后将尸体从脖子到胯部的部分刮干净，擦洗，最后剖开。她的器官会被拿去称重，胃容物会被拿去分析。体液、死皮薄片以及指甲下的泥土会被封存进塑料袋，或被制成载玻片。一个曾经光鲜靓丽、精力充沛、朝气蓬勃的人类，就这样变成了证据甲。

“她年纪多大？”

“二十五到三十五岁之间。”

“为什么你觉得她是一个妓女？”

“她失踪了差不多有两周，却没人报案。妓女平时怎么活动的，你比我更清楚。她们有时会消失几天或几周，然后又突然出现在其他红灯区。一些妓女喜欢跟着贸易商会的路线走，另一些偏爱卡车服务站。如果这个女孩跟家人或朋友联系紧密，到了现在这个时候，肯定早就有人报案了。她也可能是个外国人，但我们没有从国际刑警处收到任何消息。”

“我不确定，我能帮上什么忙？”

“你从她身上能看出些什么？”

虽然我不敢直视她那张肿胀的脸，但我已经默默记下了些细节。她把一头金发剪短了，这样洗起来更容易，也不需要经常打理。她没有打过耳洞，指甲修剪得很细致，看来她生前仔细呵护过。她的手上没戴戒指，也没有长期戴戒指的痕迹。她很苗条，皮肤白皙，臀部比胸部丰满。她的眉毛修得很整齐，比基尼线最近除过毛，阴毛呈完美的三角形。

“她有化妆吗？”

“只涂了点口红，画了眼线。”

“我得坐下读读她的尸检报告。”

“我去给你找间空的办公室。”

十分钟后，我一个人坐在桌旁，看着一沓用橡皮筋捆好的相册和文件夹，文件夹里夹了太多数据，鼓了起来。我找出她的尸检报告、验血结果和毒理学分析。

我看了眼摘要。

威斯敏斯特市验尸官

验尸报告

姓名：未知　　　验尸号：DX-34 468

出生日期：未知　死亡日期：未知

年龄：未知　　　验尸日期：2000年12月10日 早上9时15分

性别：女

解剖结果概述：

1.胸部、腹部及大腿处见十四道撕裂伤和切割伤，穿透深度1.2英寸。伤口宽度0.5～3英寸。

2.左上臂处见四道撕裂伤。

3.左颈及肩部处见三道撕裂伤。

4.锐器伤的方向普遍朝下，伤口类型包含刺伤及切割伤。

5.犹豫痕迹多数呈直线形，有的犹豫痕迹的切口比普通切口的深度更深。

6.左颧骨及左眼眶处见严重淤伤和肿胀。

7.右前臂处见轻微淤伤，右胫骨及右脚跟处见擦伤。

8.口腔、阴道及直肠拭子检查结果呈阴性。

初步毒理学研究结果：

血液乙醇——未检测到乙醇

血液毒品筛查——未检测到毒品

死因：

尸检X光检查显示，心脏右心室内含有空气，为严重且致命的空气栓塞症状。

我快速地扫了眼报告，寻找想要的细节。我对她到底是怎么死的并不感兴趣。相反，我想找到和她生活相关的线索。她有没有骨折过？有没有吸毒或者性病？她最后一顿饭吃了什么？是死前多久吃的？

鲁伊斯没敲门就进来了。

“我猜，你喝咖啡喜欢加奶不加糖。”

他放了个塑料杯在桌子上，里面装着咖啡，然后又拍拍口袋，想找支烟抽，但那支烟只存在于他的想象中。他只好磨了磨牙。“所以，有什么发现没有，跟我说说？”

“她不是妓女。”

“因为？”

“妓女进入这个行业时，年龄中值只有十六岁。而她已经二十五六岁了，可能还更大些。她没有长期性交的迹象，也没有性病。很多妓女都打过胎，因为嫖客经常强行不戴套，但这个女人从未怀孕过。”

鲁伊斯敲了三下桌子，好像敲下了一串省略号。他在等着我往下说。

“高级一点的妓女贩卖的是幻想。她们很注重外貌身材。这个女人指甲很短，发型很男性化，也不怎么化妆。她的鞋子合脚，也没佩戴多少珠宝。她不用昂贵的乳液，也没有涂指甲。她的比基尼线也只是稍稍修过毛……”

鲁伊斯又在房间里踱步徘徊，嘴巴微张，双眉紧锁。

“……她把自己照顾得很好。她定期锻炼，饮食健康。她很可能还担心自己会增重。我认为她的智商应该至少处在平均水平。她肯定接受过良好的教育，她的家庭背景应该是中产阶级。

“我不认为她是伦敦本地人。如果是的话，现在肯定已经有人报案说她失踪了。这样的女孩绝不会平白无故地失踪。因为她有朋友，也有家人。但如果她是来伦敦参加工作面试的，或者是来这里度假的，那么哪怕有一段时间联系不上她，她身边的人也不会感到意外。但他们很快就会开始担心了。”

我把椅子向后挪了挪，连站起来的力气都没有。我还有什么能告诉他的？

“那个徽章——那不是圣克里斯托弗徽章。我觉得，那很可能是圣卡美卢斯徽章。如果你细看，徽章上的人像，手里拿的是水罐和毛巾。”

“那个人是谁？”

“护士的守护神。”

这个说法引起了他的注意。他把头歪向一边，我几乎能看到，他在脑海里梳理着信息。他的右手推开一盒火柴，然后又合上。推开，又合上。

我胡乱翻了几页，扫了眼完整的验尸报告。报告里的一段话引起了我的注意。

尸体的左右前臂及大腿内侧有旧的撕裂伤口。疤痕程度表明，她曾尝试自己缝合伤口。这些伤口极有可能是自残所致，这表明，她过去曾尝试自伤或自残。

“我要看照片。”

鲁伊斯把那沓用橡皮筋捆着的文件夹推给我，紧接着说：“我要打个电话。我们可能找到了一个关于这个失踪女性的线索。一个住在利物浦的X光技师称，她已经有两周联系不上她的室友了。根据她的描述，她室友的年龄、身高、发色均跟我们这具无名女尸相符。而且，想不想听听这里面的巧合，夏洛克？她的室友是一个护士。”

他离开后，我打开第一个装着照片的文件夹，快速翻动。刚刚观察尸体的时候，她的手贴在身体两侧，我无法看到她的手腕或大腿内侧。一个自残者，身上有多处刀伤，均是自残所致……这肯定只是个巧合。

第一张照片是一块空地的广角照片，空地上散落着生锈的四十四加仑铁桶、几卷铁丝和脚手架杆子。照片的背景是大联盟运河，但在照片远处，我看到几棵老树，树的中间立着墓碑。

后面的照片逐渐聚焦在运河的河岸上。蓝白相间的警戒线缠绕在金属桩上，把这片区域围了起来。

第二组照片拍的是埋尸体的浅坑，浅坑上有一小块白色的东西，看起来像是被人丢弃的牛奶罐。镜头拉近，原来那是一只手，五指张开，从泥土中伸出，指向天空。探员们将尸体旁的土小心地刮走，筛选，并装袋。终于，探员们看到了尸体的全貌：一只脚被扭成诡异的角度，压在身下，左臂挡在眼前，仿佛在遮挡刺眼的弧光灯。

我迅速地扫过去，翻到了尸检照片。相机将尸体上的每一处污点、划痕和淤伤都拍了下来。我在找一张照片。

终于，我找到了。她前臂外翻，平躺在暗银色的手术台上。我摇摇晃晃地站起来，沿着走廊往回走。我的左脚突然不听使唤了，我只好把它像个钟摆一样，从后面来回甩到前面。

操作员按下按钮，示意我进入安全房，我的目光在同一排金属停尸柜上停留了几秒。四个在上。三个在下。我看了看标签，双手握紧把柄，把停尸柜拉了出来。这一次，我强迫自己直视她严重毁容的脸。仿佛一颗小火花点燃了记忆的引擎，我认出了她。回忆在我脑海中咆哮。她的头发比以前短。她变胖了一些，但也只是一点点。

我伸手抓住她的右臂，翻了过来，指甲掠过乳白色的伤口。在苍白的皮肤的衬托下，这些伤口状若犬牙交错的褶皱浮雕在皮肤上蔓延，逐渐淡去。她曾反复撕开这些伤口，拆开缝线，或者重新把它们缝一遍。她一直在偷偷做这种事，但很久以前，我也曾知晓她这个秘密。

“还想再看一遍？”鲁伊斯站在门口说。

“嗯。”我无法阻止自己的声音颤抖。鲁伊斯站到我面前，关上停尸柜。

“你不应该一个人来这里。你应该等我。”他语气凝重。

我含含糊糊地道了歉，在水槽里洗手，感觉他正盯着我。我要说些什么。

“利物浦那边呢？你找出是谁了吗？”

“那位室友被当地刑事调查部的人带到了伦敦。今天下午，我们应该就能确定死者的身份。”

“所以，你们已经推测出是谁了？”

他没有回答，催促我去走廊，让我等他整理好验尸报告和照片。我跟着他穿过错综复杂的地下迷宫，推开双层门，走到了停车场。

我一直在想，现在应该说点什么。我应该告诉他更多信息。然而我脑子里有另一个声音叫嚣着，别说了，事到如今，说这些也没什么意义了。反正他知道她的名字了。过去的事已成往事。那些事太遥远了。

“我说过请你吃早餐的。”

“我不饿。”

“嗯，不过我饿。”

我们穿过被烟熏黑的铁路拱桥，走进一条狭窄的小巷。鲁伊斯好像对这些小街了如指掌。虽然身形庞大，但是他走路很轻快，巧妙地避开了水坑和狗粪。

咖啡馆门前大大的窗户上凝结了一层薄雾，也可能是炸薯条机蒸出来的一层油脂。我们走进店里，头顶的铃铛丁零当啷地响了起来。店内空气浑浊，弥漫着香烟的气味，还闷热得让人难以忍受。店里没什么顾客，只有两个穿着羊毛衫，双颊凹陷的老头在角落打牌，还有一个围裙上沾着蛋黄渍的印度厨师。虽然现在已经算不上早上了，但这家咖啡店全天供应早餐。菜单上无非是西红柿酱烘豆、薯条、鸡蛋、培根和蘑菇的各种组合。鲁伊斯挑了张靠窗的桌子坐下。

"你想点什么？"

"咖啡就行。"

"这家店的咖啡很难喝。"

"那我还是喝茶好了。"

他点了全套的英式早餐，外加一份吐司和两壶茶。他摸索了一下口袋，想必在找烟，然后他装模作样地小声说忘带手机了。

他说："我也不想把你扯进这件事中。"

"不，你乐在其中。"

"好吧，是有点。"他眼角带着笑意，却一点也没有沾沾自喜的意味。他完全没有前天晚上的不耐烦，而是更轻松自在，沉着冷静。

"奥洛克林教授，你知道怎样才能当上侦缉探长吗？"

"不知道。"

"以前看的是你破了多少案，抓到了多少犯人。现在呢，则完全取决于你收到过多少投诉，越少越好，还取决于你能不能在预算内把案破了。我太过时了。自从《警察与刑事证据法》实施以来，像我这样的警察就很难生存下去了。

"现在他们说，警察要积极破案。你知道这意味着什么吗？这意味着给一宗案件分配的探员数目，取决于这起案件能不能在报纸头条占一席之地，能不能引起轰动。现在好像是媒体在搞调查，而不是警方。”

“我还没在报纸上看到这起案子的相关信息。”

“因为大家都觉得，受害者是个妓女。如果发现她是他妈的弗洛伦斯·南丁格尔，或者是个公爵的女儿，我手下就会有四十个探员，而不是十二个了。助理警察局长会出于‘案情复杂的需要’亲自带队。到那时，每份报道都要经过警察局的审查，每字每句都要得到他们的批准。”

“为什么他们找你来负责这桩案子呢？”

“就像我刚才说的，他们觉得死者是个妓女。‘扔给鲁伊斯就好了，’他们说，‘他会和几个警探一起查个水落石出的，好好吓唬吓唬那些嫖客。’有人反对，他们也不在乎。我的档案袋里已经装了一大堆投诉信了，多到内部事务处已经帮我多备了一个档案柜，专门用来放信。”

几个日本游客经过窗口，停下来看看黑板上的菜单，又看看鲁伊斯，决定不在这家吃了。服务员把早餐送过来了，刀叉用餐巾纸包着。鲁伊斯在鸡蛋上挤了点棕色酱料，再把鸡蛋切碎。我尽量不去看他的吃相。

“你看上去好像有问题想问。”说话时，他的嘴巴里塞得满满的。

“她的名字。”

“你也知道规矩。在确认尸体身份，通知死者家属前，我决不能把细节信息泄露出去。”

“我只是觉得……”我把说了一半的话咽回了肚子。

鲁伊斯抿了口咖啡，给面包抹上黄油。“她叫凯瑟琳·玛丽·麦克布赖德。上个月她刚满二十七岁。她是一名社区护士，不过这个你早就知道了。根据她室友的说法，她这次来伦敦，是来参加一场工作面试的。”

即便早已猜到真相，但亲耳听到时，我依然大为震惊。可怜的凯瑟琳。在这一刻，我该告诉他了。我本应该立刻告诉他。我为什么想给所有事都找个合理的解释？我为什么就不能想到什么说什么？

鲁伊斯身体前倾，盖过盘子，把西红柿酱烘豆舀到烤面包一角上。他张开嘴，正准备把叉子往嘴里送，手却突然凝滞在半空。“你为什么说，‘可怜的凯瑟琳’？”

我肯定把心里话给说出来了。我的眼神暴露了我的想法。鲁伊斯手一松，叉子“当啷”一声掉在盘子上。愤怒和怀疑在他的脑海里肆意穿行。“你认识她。”

这不是一句陈述，这是控诉。他生气了。

“一开始，我没认出她来。昨晚那幅速写缺少特点，看着谁都像。我以为你们找的是一个妓女。”

“那今天呢？”

“她的脸肿胀得太厉害了。她伤得太重，都已经……都已经……人不像人，鬼不像鬼了。看到那些伤疤的时候，我才确定那就是她。她以前是我的病人。”

对于我这番解释，他并不满意。“您要再敢对我撒谎，教授，我会把我的靴子狠狠地塞进您的屁股，让您鼻子都闻得到我鞋油的味道。”

“我没撒谎。我只是想确认一下。”

他一直盯着我。“如果我不问，你打算什么时候告诉我？”

“我肯定会找时间告诉你的。”

“对对对，是是是。”他把盘子推到桌子中间，“说，为什么凯瑟琳是病人？”

“她手腕和大腿上的伤疤——那都是她自己割的。”

“她曾试图自杀？”

“不是。”

我看到，鲁伊斯正琢磨着这几句话。我稍稍朝他倾身，试图跟他解释，当人被迷惑以及被负面情绪压垮时会做何反应。有些人会酗酒。有些人会暴饮暴食，或殴打妻子，或踢猫泄愤。还有很多人会选择把手贴在滚烫的烤盘上，或者用剃刀割开自己的皮肤，而且这类人的人数之多令人咋舌。

这是一种极端的应对机制。他们称之为“把内部痛苦转移到外部”。这类人发现把痛苦具象化，会让它们变得更容易应对。

“凯瑟琳想应对的是什么？”

“主要是自卑。”

“你是在哪里遇到她的？”

“她在皇家马士登医院当护士。当时，我是医院里的高级顾问医师。”

鲁伊斯搅动着茶杯里的茶水，目不转睛地盯着，仿佛它能告诉他什么。突然，他把椅子往后一推，提了提裤子，站了起来。

“你真是个古怪的浑蛋，你知道吗？”他往桌上扔了张五英镑的钞票。我跟着他走到外面。他沿人行小道走了几十步，又转身面向我。“行，你告诉我，我现在调查的到底是一桩谋杀案，还是自杀案？”

“她是被人谋杀的。”

“这么说，她是被逼这么做的——把自己割成那副模样？除了她的脸，没有任何迹象表明，她曾被人绑住，塞住嘴巴，或被迫割烂自己的身体。你能解释解释，这是怎么回事吗？”

我摇了摇头。

“哦哟，你不是心理医生吗！你应该能理解我们所处的这个世界才对啊！我只是一个警探，这已经他妈超出我的理解范围了。”

第七章

自从查莉出生，我就再也没喝醉过。乔克自作主张，帮忙把我的那份也喝了，毕竟，一个聪明理智、有责任心的父亲，绝不能喝得烂醉如泥回家。

买了新车，你就要戒酒，买了新房，你就喝不起酒，但为初生的宝宝干杯时，情况就不太一样了。那天我喝了很多，出租车刚开到大理石拱门附近，我便在车里大吐特吐起来。

就连乔克告诉我，我得了帕金森的那天，我都没有喝酒，而是出去睡了个女人。宿醉没有持续很久。那晚之后，我还时常感到内疚。

今天中午，我喝了两杯伏特加——我第一次喝这么多。我感觉自己醉了，因为我满脑子都是凯瑟琳·麦克布赖德的样子，赶也赶不走。我看到的不是她的脸，而是她裸露的尸体，毫无尊严的尸体：没穿内裤，甚至连一块遮羞布都没有。我想保护她。我不想让她暴露在众目睽睽之下。

现在，我理解鲁伊斯了——理解的不是他说的话，而是他当时的神情。她不是死于某人的一时冲动，也不是有人出于贪婪或者妒忌，在厨房中将她杀害。凯瑟琳·麦克布赖德遭受了惨无人道的折磨。她往自己身上割的每一刀，都像斗牛士助手插进牛颈的倒钩，让她精疲力竭地死去。

一九八七年，美国心理学家丹尼尔·韦格纳做了一个著名的有关思想抑制的实验。这个测试可能来自陀思妥耶夫斯基的创作。韦格纳召集了一群人，叫他们不要去想一只白熊。如果测试者脑海里出现了白熊，就要响铃。不管多么努力，没有一个人能抑制住这个想法超过几分钟。

韦格纳提出，人脑中有两个互相对抗的思考过程。一个让我们竭力去想白熊以外的所有东西，而另一个则会让我们竭力不去想的东西缓缓渗入脑海。

凯瑟琳·玛丽·麦克布赖德就是我的白熊。我无法把她从脑海中赶走。

我本应中午就回家，再取消掉下午的预约。但我没有那么做，而是在办公室里等博比·莫兰来就诊。他又迟到了。米娜把他带进来时，对他态度敷衍，冷冰冰的。已经六点了，她想早点回家。

“我一点也不会想和你的秘书结婚。”他说，感觉有点不妥，又问了句，“她该不会是你的妻子吧？”

“不是。”

我示意他坐下。他坐下时，臀部的肉填满了整张椅子。他攥着自己的外套袖口，看起来心不在焉，忧心忡忡。

“最近如何？”

“不用了，谢谢，我刚刚喝过了。”

我停顿了下，看看他有没有意识到自己答非所问。他没有任何反应。

“博比，你知道我刚刚在问你什么吗？”

“问我想喝茶还是咖啡？”

“不是。”

他的脸上闪过一丝疑惑。“但是你也准备这么问我。”

“所以你是在读我的心思吗？”

他紧张地笑了下，摇了摇头。“你相信上帝吗？”他问。

“你相信吗？”

“以前相信。”

“后来呢？”

“我找不到他。上帝应该无处不在才对。我的意思是说，他不应该跟我玩捉迷藏。”他扫了眼昏暗的窗户上自己的身影。

“你喜欢怎样的上帝呢，博比，是心存报复的上帝，还是宽宏大量的上帝？”

“心存报复的上帝。”

“为什么？”

“人要为自己的罪行付出代价。不能因为他们乞求原谅，或在临终时忏悔，就毫无来由地赦免他们。做了错事，必须受到惩罚。”

最后这句义正词严的话，仿佛一枚掉在桌上的铜币，令空气都为之震颤。

“你在为什么事情感到抱歉，博比？”

“没什么事。”他回答得太快了。他所有的肢体语言都在叫嚣着，反对嘴巴说的话。

“当你发脾气的时候，你有什么感觉？”

“我感觉大脑在沸腾。”

“上一次有这种感觉是什么时候？”

“几周前。”

“发生了什么事？”

“没事。”

“谁让你生气了？”

“没人。”

向他直截了当地提问毫无意义，他只会装傻，装听不见。我改变了策略，跟之前一样，让他慢慢积累情绪，最后彻底爆发，像从山上滚下的巨石。我还记得那一天——十一月十一日，因为那天下午他爽约了。我问他，他是什么时候醒过来的，他早餐吃了什么，他什么时候离开的家门，我慢慢把他逼到他失控的那个点。他坐地铁去了伦敦西区哈顿花园的一家珠宝钟表店。他和亚姬准备在春天结婚。博比本来都安排好了，去珠宝店领结婚戒指。结果，他和珠宝店的人大吵了一架，气冲冲地离开了。当时天在下雨。他快迟到了。他站在霍尔本广场，想叫一辆出租车。

说了这么多后，博比突然又退缩了，改变了话题。“你觉得，老虎和狮子打架，谁会赢？”他不带感情地问。

“为什么问这个？”

“我想听听你的看法。”

“老虎和狮子不会打架。它们住在世界上不同的地方。”

“我知道，但如果它们真的打了起来，你觉得谁会赢？”

“这个问题毫无意义。空洞愚蠢。”

“心理医生不就爱干这种事吗——问没有意义的问题？”就因为这么一个问题，他的举止来了个一百八十度大转弯。他突然变得又自大又好斗，边说话边拿手指戳我。“你不是总爱问别人在一些假设情境下会怎么做的问题吗？怎么不来问我？问啊！‘如果我是影院里面第一个注意到有火苗在燃烧的人，我会怎么做？’你不就爱问这种问题吗？我会去灭火吗？还是去找影院经理？还是会疏散大楼？我知道你们这种人是干什么吃饭的。别人给你一个正常的回答，你却想尽法子，逼一个理智的人看起来像个疯子。”

“你是这么觉得的吗？”

“是知道。”

他描述的是精神状态检查。显然，以前有别的医生用这种方法评估过博比，但他的医疗记录里根本没提过这一点。每次我对他施压，他就会表现出敌意。是时候再给他添一把火了。

“让我来跟你说说我知道什么，博比。那天出了一件事。你被激怒了。那天你过得很糟心。是因为珠宝店的人吗？他干了什么？”

我的声音尖锐又无情。博比哆嗦了一下，怒发冲冠。“他就是个浑蛋骗子！他弄错了结婚戒指上的刻字。他拼错了亚姬的名字，却怪在我头上。他说我给他的名字本来就是错的。那浑蛋还想加收我一笔钱。”

“你做了什么？”

“我把他的柜台玻璃砸烂了。”

“怎么砸烂的？”

“用拳头。”

他举起手给我看。他的整个手掌下缘已然变色，覆满了浅黄色和紫色的淤伤。

“后来发生了什么？”

他耸了耸肩，摇了摇头。这不是事情的全部。他肯定还隐瞒了什么。在上一次的治疗中，他提到了要惩罚“她”——惩罚一个女人。那肯定是他离开珠宝店之后发生的事情。他站在大街上，怒气冲冲，脑子在沸腾。

“你第一次见到她是在哪里？”

他迅速地眨了眨眼睛。“音像店，她刚从店里出来。”

“那时你在干什么？”

“排队打车。那时天在下雨。她抢了我的出租车。”

“她长什么样？”

“我不记得了。”

“她年纪多大？”

“我不知道。”

“你说她抢了你的出租车——你跟她说过什么吗？”

“我觉得没有。”

“你做了什么？”

他哆嗦了一下。

“她当时跟别人在一起吗？”

他扫了我一眼，犹豫了一下。“你什么意思？”

“她当时跟谁在一起？”

“一个小男孩。”

“那男孩多大？”

“五六岁吧。”

“当时他在哪儿？”

“那女人拽着他走路。他在尖叫。我是说，真的是在大声尖叫。她努力装作没听到。她就像在拖着一个死沉死沉的重物，拖着他往前走。那孩子一个劲地尖叫。我在想，她为什么就不能跟孩子好好说话呢？她怎么能任由自己的孩子尖叫呢？他显然承受着极大的痛苦，或者说惊恐。周围人无动于衷。我气坏了。他们怎么能就这么站着，袖手旁观呢？”

“谁把你气坏了？”

“所有人。他们的漠不关心把我气坏了。那个女人对孩子的漠视把我气坏了。我也讨厌那个小男孩，然后被这样想的自己气坏了。我只想让他闭嘴，不要再尖叫了……”

“你干了什么？”

他的声音低了下来，变成耳语。“我想让那个女人叫孩子不要再尖叫了。我想让她听他说话。”他闭上了嘴巴。

“你跟她说话了吗？”

“没有。”

“后来呢？”

“出租车的车门开着，她把他推了进去。那孩子拼命蹬腿。等孩子上了车，她也挤了进去，转身准备关门。她的脸就像一副面具……你知道吧，毫无表情。她把胳膊往后一甩，砰！她一肘子砸到了他的右脸上。他向后瘫倒……”

博比停顿了一下，然后又似乎要继续讲下去。他闭上了嘴。沉默弥漫开来。我没有打扰他，任由沉默钻进他的大脑——钻进他思绪的犄角旮旯。

“我把她从出租车里拽了出来。我抓住她的头发，把她的脸往车窗上撞。她摔倒了，想滚到一旁避开我，但我死命踹她。”

“你觉得，你当时是在惩罚她吗？”

“当然了。”

“这是她罪有应得的吗？”

“当然了！”

他直勾勾地盯着我——面如白蜡。那一刻，我的脑海里浮现出一个孩子孤零零地站在操场角落里的身影，他肥胖不堪，高得出奇，被人唤作“果冻屁股”“猪油桶”；对这个孩子来说，世界不过是一个空旷的无人之境。这个孩子希望所有人都看不到他，却又偏偏被上天诅咒，走到哪儿都那么显眼。

“今天，我看到了一只死鸟。”博比心神恍惚地说，“它的脖子断了。有可能是被车撞死的。”

“有可能。”

“我把它从路上拿走。它的尸体还是暖的。你想过死亡吗？”

“我觉得，死亡这件事每个人都想过。”

“有些人罪该万死。”

“那你觉得哪些人该死，应该由谁来决定？”

他苦笑一声。“反正不是你这种人。”

这次治疗时间比预期长，米娜早已回家，跟猫玩去了。旁边的办公室大多已房门紧锁，浸在黑暗中。清洁工们穿过走廊，清空垃圾箱，手推车蹭过壁脚板，把板上的油漆蹭了下来。

博比也已离开。但当我凝视着昏暗的窗子时，我仍能想象出他那张汗津津的脸，上面还沾着几滴那个可怜女人的血。

我真应该预料到这种情况。他是我的病人，我的责任。我知道，我不可能抓住他的手，逼他来见我，但即便知道这一点，我也丝毫不觉得宽慰。说到被店员敲竹杠的那一段时，博比都快哭出来了，比起被他袭击的女人，他还是更为自己的遭遇感到难过。

对我的一些病人，我总是想关心，却关心不起来。他们花九十英镑来我这儿，却只是盯着自己的肚脐眼，或者抱怨一些跟我说没用，要跟爱人说的事情。博比跟他们不一样。我不知道为什么。有时候，他木讷得像个生活不能自理的人，但他的自信和才智却又能令我暗暗吃惊。他会对不该发笑的事情发笑，会毫无征兆地情绪爆发，他蓝玻璃般的眸子既暗淡又冷冰冰的。

有时，我觉得他在等待着什么——仿佛崇山将移，或九星将连成一线。一旦事情就位，他就会告诉我，这一切到底是怎么回事。

我等不到那一刻。我现在就要知道他在想什么。

第八章

我的忧虑很大程度上源于拳王穆罕默德·阿里。当年，他点燃亚特兰大奥林匹克运动会圣火的时候，每个人都感动得落泪。

为什么我们都哭了？因为他曾经是个多么伟大的运动员啊，如今竟沦落到这个地步——一个走路只能拖着脚、说话含混不清、身体颤颤巍巍的跛子。曾经的他身手敏捷，像纷飞的蝴蝶一样灵活，如今却像牛奶果冻一样颤抖。

我们会永远怀念运动员。因为如果一名科学家的身体受限，比如斯蒂芬·霍金，我们会觉得他们至少还有赖以实现人生价值的活跃思维，但倘若一个运动员瘸了腿，那就像鸟儿没了翅膀，飞得越高，跌得越惨。

今天是周五，我坐在乔克的办公室里。他的真名是埃姆林·罗伯特·欧文斯博士——苏格兰人，却有个威尔士的名字——不过我之前一直只知道他的昵称[①]。

他身材结实，宽阔挺拔，肩膀有力，脖颈很粗，整个人看起来更像一个前拳击手，而不是脑外科医生。他的办公室里挂着好几幅萨尔瓦多·达利的画作，还挂着约翰·麦肯罗拿着温布尔登奖杯的签名照。麦肯罗在上面签了个“认真你就输了！”。

---

① 乔克（Jock）在英语里有“苏格兰佬”的意思。

乔克让我坐到诊台前。他撸起袖子，手臂黝黑强壮。他靠着这条手臂，把网球打得像飞鱼导弹一样快。和乔克打网球，一般来说都是一件痛苦的事。球总是对着你的身体飞来。即使在空旷的场地打球，他也不管不顾，直往你身体方向抽球。

我每周五都会和乔克打网球，不是因为我们热爱网球，而是因为他对过去耿耿于怀。一个高挑的女大学生选择了我，而不是他。那是差不多二十年前的事情了，而当年的那个女大学生就是我现在的妻子。时至今日，他还会为此生气。

“朱莉安娜过得怎么样？”他边问我，边用笔灯照我的眼睛。

“很好。”

“这个你一直遮遮掩掩的病，她怎么看？”

“她还在和我聊，我还没完全告诉她。”

“你有没有把病情告诉过谁？”

“没有。你说我要正常地生活。”

“没错。正常地生活！”他打开文件夹，草草记下笔记，又问，“有颤抖吗？”

“不怎么颤抖。有时候，我想从椅子或者床上起来，但手脚不听使唤。”

他又写了点笔记。“这叫作‘开始做事时的犹豫’。我老是这样，特别是电视上有橄榄球比赛的时候。”

他觉得自己得走来走去，看着我的目光追随着他。

“你睡得怎么样？”

“不太好。”

“你应该听听让人放松的录音带。你知道的，就是有人用很无聊的声音说话，你听着听着就睡着了。”

“这就是为什么我要来这里。”

乔克格外用力地拿橡胶锤子锤了一下我的膝盖，我打了个激灵。

“这肯定就是你那块古怪的骨头了。”他挖苦道，后退了一步，“好了，你知道常规步骤的。”

我闭上眼睛，让双手贴在一起，食指对食指，中指对中指，就这样让五指相对。我差点就成功了，要不是无名指没对上。我又试了一遍，这次我的中指没对准。

乔克把手肘撑在桌上，让我和他掰手腕。

“你们有这么多高科技，怎么还用这么原始的方法。真让人惊讶。”我说着，用力握住他的手。我感觉他快要把我的手指捏碎了。“我觉得你只是为了寻开心。掰手腕和测试一点关系也没有吧。”

“你怎么猜着的。”他说话的时候，我用力想把他的手压下去。我的脸一定憋得通红。他在消遣我。在那一瞬间，我真想揍这个混账一顿。

我认输了，瘫在椅子上，活动手指。乔克的脸上没有半点得意。他还没告诉我接下来要做什么，我就自觉地站了起来，在房间里绕圈，尝试像踏步前进一样把手臂甩起来。我的左臂看起来就像是挂在身上的，没有知觉。

乔克剥下香烟外面的透明包装纸，剪掉末端。他用舌头把烟卷好，舔舔嘴唇，然后点燃。他闭上眼睛，笑了起来，任由烟雾从嘴里飘出。

“天哪，这根烟我都盼了一天了。”他说。看着烟雾缠绕着飘向天花板，让它就像填满整个空间一样填补我们之间的沉默。

“所以，我到底是怎么回事？”我开始有点烦躁不安了。

“你得了帕金森病。”

“我早就知道了。”

“那你还想我说点什么？”

“跟我说一些我还不知道的东西。”

他轻轻咬了咬嘴里的烟，说：“你早就查过资料了。我相信你连完整的帕金森病的历史都能说出来，包括每个理论、研究情况，以及哪个名人也患上了这种疾病，等等。得了，告诉我，我要开什么药？你平时要怎么搭配饮食？”

我讨厌他说对了。我把相关的资料读了个遍，甚至能把章节名和句子背给他听。上个月，我花了大量时间上网搜索关于帕金森病的信息，阅读相关的医学期刊。我了解有关詹姆斯·帕金森博士的一切。他是一名英国医生。一八一七年，他描述了一种他称之为“震颤麻痹”的病。我可以告诉他，英国有十二万名帕金森病患者。在六十岁以上的人群中，帕金森病患者更为常见，每七个患者中就有一个在四十岁时开始出现帕金森病的症状。差不多四分之三的患者一开始会感到手脚发颤，而有些人并不会。

我当然有去寻找答案。不然我还能干什么？但这个病根本就没有答案。所有专家说的都是一个意思——帕金森病是所有神经系统疾病中，最复杂难懂的一种。

“你之前给我做的测试呢？”

“我还没拿到测试结果。下周前应该就能拿到了。然后就可以给你开药了。”

“什么药？”

“一种混合药。”

他说起话来开始像芬威克了。

他弹了弹烟灰，身子前倾。我见他次数多了，越发觉得他像一个总裁。再过一会儿，他就会系上彩色背带，穿上高尔夫球袜。“博比·莫兰最近怎么样？”

“不太好。”

“发生了什么？”

“一名女士拦下了他打的出租车，他就把对方踢到不省人事。”

乔克一时忘了嘴里叼着烟，突然吸了一口气，顿时被呛得剧烈咳嗽起来。“棒极了！又是一个令人愉快的结局。”

当初把博比转手给我的正是乔克。一位当地的全科医生把博比转手给他，让他给博比做一些神经系统检查，但他发现博比的身体什么毛病都没有，于是让我接手了。当时，他是这么跟我说的：“别担心，他上过保险。或许你还能赚上一笔。”

乔克觉得，我一有机会就该坚持“开药原则”，而不该坚守比我的房贷还昂贵的社会良知。讽刺的是，在大学读书的时候，他的为人就跟我现在一样。当我这么提醒他时，他说，那是因为过去所有好看的姑娘都是左翼分子。他是一个追捧“爱之夏”[①]的社会主义者——上女人才是他的目标。

没人死于帕金森病，它会陪着你进棺材。这是乔克的陈腐格言之一。这句话很适合印在汽车保险杠贴纸上，毕竟，它只够得上“杀人的不是枪，是人”这种话的一半荒谬。

得知自己患上了这个病时，我的第一反应是“为什么是我？”。但经历了在马士登屋顶和马尔科姆的一番遭遇后，我感到尤为懊悔。他身患比我更严重的疾病，却赢了康克戏[②]。

我开始意识到事情不对劲，是在十五个月前。我常常感到疲倦。有些日子，我感觉自己仿佛在泥浆里走路。那时我仍旧每周打两次网球，还身兼查莉足球队的教练。训练时，我要同时跟上十几个八岁小孩的步伐，把自己想象成齐内丁·齐达内，组织他们进攻，将球传给他们并完成复杂的二过一动作。

---

① 1967年发生在美国旧金山的以“爱”为名的嬉皮士文化运动。

② 一种西方游戏，两人各持一个穿在绳上的七叶树果互相击打，看谁先将对方的砸碎。这里代指前文的“吐口水比赛”。

但慢慢地，我发现自己球踢不到位了，如果我突然加速，我还会把自己绊倒。查莉觉得我在扮小丑。朱莉安娜觉得我变懒了。我则怪罪于自己四十有二的高龄。

回望当时，我能察觉到一些征兆。我的字越写越潦草，系纽扣成了一大挑战。有时，我很难从椅子上站起来，下楼梯时，我要紧紧地抓住扶手。

后来，我们和往年一样，去威尔士给我父亲庆生。那次是我父亲的七十大寿。我带着查莉去大奥姆斯角散步，俯瞰彭林湾。一开始，我们还能看得到远处的海鹦岛，而后，一阵大西洋风暴席卷而来，像一头巨大的白鲸，吞掉了海岛的身影。我们顶风前进，望着海浪冲击着岩石，感受溅起的水花打在身上的刺痛感。查莉问我："爸爸，你左手为什么不摆起来？"

"什么意思？"

"你的手。它都垂着不会动了。"

她说得对，我的手臂正毫无用处地垂在身侧。

第二天早上，我的手臂似乎又恢复了正常。我没跟朱莉安娜提起这事，更没告诉我的父母。如果我说了，我的父亲，这个上帝的准私人医师，一定会严肃斥责我的疑神疑鬼，并在查莉面前取笑我。当年，我放弃了医学，投身行为科学与心理学的研究，他一直不肯原谅我的选择。

私底下，我一个劲地胡思乱想。我幻想自己得了脑瘤或脑血栓。万一我是轻微中风呢？万一严重中风就要来了呢？我的想象力几乎就要让自己相信，我的胸口在隐隐作痛了。

过了一年，我才去找乔克，让他帮我看看。那时，他也注意到我的身体有些不对劲的地方。有一回，当我们走进网球俱乐部的更衣室时，我突然整个人向右歪，逼得他半路停下脚步。他还注意到，我的左臂总是软绵绵地垂在身侧。乔克拿它开了个玩笑，但我感觉，他正密切地观察我。

诊断帕金森病不需要诊断测试。像乔克这种经验丰富的神经科医生，依靠的是观察。帕金森病主要有四种临床症状——手、臂、腿、下巴和脸战栗或颤抖，四肢及躯干僵硬，动作缓慢，以及身体姿势不稳定或平衡和协调性受损。

它是一种慢性病，随时间逐渐变得严重。它不会传染，通常也不会遗传。关于帕金森病有许多理论。一些科学家认为，帕金森病的病因是自由基与邻近分子发生反应，对组织造成损害。还有科学家认为，帕金森病是由杀虫剂或食物链中的其他污染物导致的。科学家并没有完全排除遗传因素的影响，因为他们发现，帕金森病似乎表现出轻微的家族遗传倾向，而且，它可能还和年龄有关。

事实上，帕金森病的病因既有可能是以上几者的结合，也有可能跟它们毫无关系。

或许，我应该心怀感激。在我和医生打交道的经验中（伴随我成长的人中有一个就是医生），只有在以下这种情况下，他们才能给你提供明确无误的诊断：你站在诊室里，头上插着把喷胶枪。

下午四点半，下班高峰临近，人流向地铁和公车站涌动。我努力穿过人群，走到卡文迪什广场时，雨点飘落，我叫了一辆出租车。

霍尔本警察局的前台是个面色红润的巡佐，他胡子刮得很干净，秃顶上寥寥无几的头发被捋得甚是平整。他靠着前台，把饼干浸在茶里，撒了报纸第三页照片里的女人一胸脯饼干碎屑。我推开玻璃门，他舔了舔手指，然后在衬衫上擦了擦，把报纸藏进柜台下。他朝我微笑，脸上的肉也跟着抖动。

我出示了名片，问他能否让我看看博比·莫兰的犯罪记录。他的脾气突然变差了。

“我们现在很忙，您只能在这儿等着，请您见谅。”

我回头看了看。审讯室里只有一个消瘦的少年，他穿着破破烂烂的牛仔裤和运动鞋，短袖上印着AC/DC乐队的成员。他在木凳上睡着了。地板上有被烟卷烧过的痕迹，金属垃圾桶旁散落着一地仿佛在肆意交欢的塑料杯。

巡佐故意放慢动作，不急不慢地走到一排靠着后墙的文件柜前。他裤子后面沾了块饼干，饼干的粉红色糖衣在他屁股上融化开来。我笑了。

我在犯罪记录中看到，博比十八天前在伦敦中心被逮捕过。他在鲍街地方法院认罪，保释后于十二月二十四日再次出庭，在老贝利①接受审判。他的蓄意伤害行为触犯了《侵犯人身法》第二十条规定——袭击他人并导致他人身体严重受伤的，最高处五年监禁。

博比的陈词长达三页纸，格式为双倍行距。陈词中凡有改动之处，均在页边位置留有签名。②他没提到那个小男孩，也没提到和珠宝商的争吵。那个女人插了博比的队。博比将她打到下巴骨折，颧骨凹陷，鼻骨断裂，三根手指指骨碎裂。

“我在哪里可以看到保释条件？”

巡佐翻了翻档案，目光跟着手指逐行寻找，最后抽出一份法院文书。

“案情摘要已经交给埃迪·巴雷特了。”他反感地咕哝了一声，“一盏茶的工夫，这家伙就已经把罪名降到实际身体伤害罪了。”

博比怎么请得起埃迪·巴雷特这种律师？他是全国最有名的辩护律师，很会自抬身价，擅长写完美精练的辩词。

“保释金是多少？”

“五千英镑。”

---

① 伦敦中央刑事法院。

② 法庭陈词等相关法律文档，若有涂改，必须在修改位置签字或按手印确认，方才具有法律效力。

考虑到博比的境况，五千英镑可是笔大数目，他不可能拿得出手。

我瞄了眼手表，才五点半。我打给埃迪，接电话的是他的秘书，背景音是埃迪的吼叫。她向我道歉，让我等一下。我听到他俩在朝对方嘶吼，就像在听《潘趣与朱迪》[①]木偶戏一样。过了一会儿，她终于有空了。埃迪给我腾出了二十分钟时间见面。

从这里去赞善里大道，走路比打的更快。我匆匆穿过大门，爬上狭窄的楼道，穿梭于满楼梯的法庭文件中，来到三楼。

埃迪一边打着电话，一边把我领进他的办公室，指向一张椅子。椅子上堆着两份文档，我只好把它们移开，然后坐下。埃迪看起来快六十岁了，但他的真实年龄可能比他的外貌年轻十岁。每次看到他在电视上接受采访，我就会想起斗牛犬。他跟斗牛犬一样，走路时爱大摇大摆，肩膀几乎一动不动，屁股前后摇摆。他甚至还有硕大的门牙，用来扒人一层皮再顺口不过了。

当我提到博比的名字时，埃迪一脸失望。我猜，他可能希望这是一起医疗事故案。他坐在椅子上转了一圈，开始在档案柜的抽屉里找东西。

“关于那次袭击，博比有跟你提过什么吗？”

“他的陈词你又不是没读过。”

“他有没有提到说，他见到了一个小男孩？”

“没有。”埃迪疲倦地打断了我的话头，“听着，我不希望出师不利，罗西妮[②]，但请你跟我解释一下，为什么我他妈在跟你说话？没有冒犯的意思。”

“哪里的话。”凑近看，他更令人生厌。我又开始说话了。“博比有

---

① 剧中，潘趣总和自己的妻子朱迪吵架斗嘴。

② 指著名美国女演员罗西妮·巴尔，她十七岁时曾住过精神病院，亦曾被诊断为患有多重人格障碍。

没有跟你提过，他当时在接受心理治疗？”

埃迪脸色一变。“没有！快跟我说说。”

“我是他的心理医生，从接诊他到现在大概有半年了。我觉得，以前还有别的医生评估过他的精神状况，但我找不到相关记录。”

“有精神病史——真是越来越棒了。”电话响了，他拿了起来，并示意我继续往下说。他打算同时进行两场对话。

“博比有没有跟你说过，为什么他当时突然发脾气？”

“她拦了他的出租车。”

“其实，真正原因不是这个。”

“你尝过在下雨的周五下午，在霍尔本区打车的滋味吗？”他低声轻笑。

“我觉得，原因不仅仅是打车那么简单。”

埃迪叹了口气。“听好了，波莉安娜[①]，我从来不要求客户把事情的真相告诉我。我的工作只是让他们免受牢狱之灾，至于他们以后会不会回到社会上，重复犯同一个错，我一点也不关心。”

“那个女人长什么样？”

“照片里看起来他妈的一团糟。”

“她多大年纪？”

“四十五六岁。黑发。”

“她穿着什么样的衣服？”

“等一下。”他挂了电话，朝他的秘书嘶吼，让她把博比的档案拿过来。他迅速翻了几页，喃喃自语：“她穿着盖到大腿中部的裙子、高跟鞋、短夹克衫……如果你让我评价一下，我想说，她年纪也不小了，还在装嫩。你为什么想知道这些？”

① 美国儿童文学作家埃莉诺·波特笔下的人物，常用于代指盲目乐观的人。

我不能告诉他。这还只是一个初步的设想。“博比会被怎么判？”

“眼下他估计要坐牢了。苏格兰检察署不肯降低指控级别。”

“坐牢也帮不了他。我可以出具一份精神分析治疗报告。或许，我能把他弄进一个愤怒管理的治疗项目里。”

“你想让我怎么做？”

“写一份书面申请。”

埃迪已经拿起钢笔写了起来。我已经记不清，上一次像他这般行云流水地写字是什么时候了。

“谢谢你。”

他嘟囔了一声：“这就是一封信，又不是一个肾。”

如果说任何一个男人都有心理问题，那他也许是有拿破仑情结[①]，或者他是想用言行弥补自己丑陋的面容。他开始烦我了。他已经不再对这个话题感兴趣。我赶紧把剩下的问题问了。

“是谁交的保释金？”

“不知道。”

“是谁打电话找的你？”

“他自己。”

我还没来得及问下一句，他就打断了我：“听着，奥普拉[②]，我准备出庭了，我打算去撒个尿。这个小疯子是你的麻烦，我只是帮这个可怜的傻子辩护。你能不能先打开他的脑子，看看里面是不是搭错了哪根筋，再回来找我？祝你度过愉快的一天。”

---

① 也被称为“矮个子症候群”，即身材矮小的人更具暴力倾向。

② 指奥普拉·温弗瑞，著名美国女演员、制片、脱口秀主持人。

第九章

朱莉安娜和查莉在楼下看电视。我坐在阁楼地板上，在装着旧案例笔记的箱子里翻找凯瑟琳·麦克布赖德的文件。我不知道自己为什么要这么做。或许我想让她在我脑海中复活，这样我就能问她问题了。

鲁伊斯不信任我。他觉得我在隐瞒什么。我真应该早点告诉他，我真应该把一切都告诉他。但就算我说了，事情也无法挽回。凯瑟琳已经死了，死人不能复生。

所有笔记本上都标有年月，方便寻找。凯瑟琳的数据记录在其中两本里，它们的封面是暗绿色的，书脊上的斑点是蠹鱼[①]大肆啃噬后留下的痕迹。

我打开楼下书房里的灯，开始读以前的笔记。A4纸上画着整齐的并行线，宽大的页边上记录了每次的预约日期和时间。评估细节、医学笔记和观察结果都在上面。

我回忆中的凯瑟琳是怎样的呢？我仿佛还能看到她，穿着浅蓝色制服，衣领和袖子上绣着深蓝色镶边，在皇家马士登医院的走廊里漫步。她朝我招手，脸上带着微笑。她的腰带上总是挂着钥匙环。大多数护士都会穿短袖制服，但凯瑟琳不一样，她爱穿长袖。

---

① 蛀食织物、纸张等的小虫。

一开始，我和她不过是点头之交，对我来说，她只是偶尔会在走廊或者咖啡店碰面的同事罢了。她剪了一头短发，发型像个男孩子，额头高高的，嘴唇很饱满，身上有种中性美。她会紧张得把头歪到一边，从来不敢正视我。我好像经常能碰见她，特别是我离开医院的时候。过了一段时间，我发现是她在故意制造偶遇。

终于有一天，她开口问我能不能聊聊。过了好几分钟，我才意识到她只想作为患者咨询一下。我给她安排好预约，第二天她如约就诊。

从那次开始，她每周都见我一次。她会把一条巧克力棒放到我桌上，在银色锡纸上掰碎巧克力，就像孩子们在分糖吃。她每吸完一根薄荷味的烟，就吃块巧克力。

“你知道你的办公室是整家医院唯一可以吸烟的地方吗？”她告诉我。

“我猜这就是为什么那么多人爱找我吧。”

她那时二十岁，通情达理，是个唯物主义者。她还和一个医院职员关系暧昧。虽然不知道她的对象是谁，但我怀疑他已经结了婚。她有时会说“我们”，意识到自己说漏嘴，又改口称“我”。

她很少笑。她总是歪着头，用一只眼睛看着我。

我怀疑她以前也看过心理医生。她提的问题都很清晰准确。她知道病史采集和认知疗法是怎么一回事。她这么年轻，不可能懂这些心理医学的知识，所以我觉得她以前一定接受过心理治疗。

她说，她觉得自己毫无价值，无足轻重。她和家人很疏远，分居已久，她尝试过弥补家庭关系，又怕“糟蹋家人的完美生活”。

她边说边吃巧克力，偶尔把手伸进款式老套的长袖里挠挠皮肤。我觉得她有所隐瞒，但我只能等她信任我的时候再告诉我。

到了治疗的第四个阶段，她终于缓缓卷起袖子。向我展示伤疤，她有点尴尬，但同时我也感受到了她的挑衅和沾沾自喜。她想让我为她深深的伤口感到震惊。这些伤口就像生命地图，我可以从上面读出她的经历。

凯瑟琳十二岁的时候第一次自残。她的父母十分厌恶对方，提出离婚。她感觉自己被夹在中间，像一个被两个小孩争夺拉扯的洋娃娃。

她用纸巾包着镜子，对着桌角砸碎了它。接着，她用一块碎玻璃划破了自己的手腕。鲜血给了她满足感。她不再感到脆弱无助。

她的父母把她抱进车里，载她去医院。一路上，他们为谁该对女儿的伤负责争执不休。凯瑟琳内心很平静。她在医院里过夜，临睡前她抚摸自己的伤口，亲了亲它，说了声“晚安”。

“我终于找到了自己可以控制的东西。”她告诉我，“我可以决定我要划多少刀，要划多深。我喜欢疼痛。我渴望疼痛。我活该。我知道我有受虐倾向。如果你见过我的前任就会明白，或者你听下我做的都是些什么梦。”

她从来都不承认自己在精神病院待过，也不承认接受过集体心理治疗。她隐瞒了自己大部分过去，特别是和家人相关的经历。有很长一段时间，她不再自残。但是复发之后，她更狠心地惩罚自己，伤口越切越深。她大多在手臂和大腿上动刀，因为那里的伤口能用衣服遮住。她还发现，用乳霜和绷带可以淡化疤痕。

如果伤口需要缝针，她就去事故急救中心，那里离马士登医院很远。她不敢冒险在马士登医院缝伤口，怕丢了工作。在急救中心，她会告诉分诊护士一个假名，有时也会假装自己是外国人，不会讲英语。根据以往的经验，她十分了解护士和医生是怎么看待自残者的。他们觉得自残者就是想引人注目，还要浪费别人的时间。给他们缝针的时候，医生常常连麻药都不打。他们对待自残者的态度就是，“你不是爱疼吗？那就再让你享受一下。”

但这些都没能改变凯瑟琳的自残行为。她要靠流血，摆脱麻木空虚的感觉。我的笔记本上还写着她说过的话：“我感觉自己充满了活力。我感觉平静。一切尽在掌控。”

书页间夹着几块深棕色的巧克力碎片。她爱把巧克力掰碎，扔到书页上。她不喜欢我记笔记。她想我听她说话。

为了不让她再流血，我给她推荐了几个替代方案。要感受疼痛不一定非得拿刀割自己，她可以在手里握一块冰，嚼滚烫的辣椒，或者往生殖器上抹镇痛油。这些疼痛不会在身体上留疤，也不会带来愧疚感。等我们打破了她的思维死循环，我们便能帮她建立新的、不伤害身体且不那么暴力的心理应对机制。

几天后，七月十五日，凯瑟琳在肿瘤病房找到了我。她臂弯里捧着一大包纸，紧张地左右张望。我看到她眼里闪过了某种不可名状的异样。

她示意我跟她走进一个小凹室，接着把那包纸扔到地上。我好一会儿才注意到，她开襟毛衣的袖子里塞满了面巾纸和纸巾。鲜血渗透了层层纸巾和衣服布料。

“求求你千万别让他们发现。”她说，“我真的很抱歉。”

“你这种情况一定要去急诊室。”

“不行！求求你了！我要保住这份工作。”

我的脑海里有数千个声音在告诉我，我要怎么做。我把它们通通忽略。我让凯瑟琳去办公室里等我，自己则去找了些缝线、针、蝴蝶夹、绷带和抗生素软膏。我拉上百叶窗，锁上门，给她前臂缝针。

“缝得不赖嘛！”她说。

“以前练过。”我给她的伤口涂了抗菌剂，“怎么弄成了这样？”

“我想喂熊来着。”

我没有笑。她一脸懊悔。“我和别人打架了。我不知道该惩罚那个人，还是惩罚我自己。”

“你男朋友？”

她眨了眨眼，强忍泪水。

“你用了什么？”

“剃须刀片。”

“刀片干净吗？”

她摇了摇头。

“行了。从现在开始，如果你非要割自己，你必须用这些。”我递给她一包装在消毒容器里的一次性手术刀。我还给了她一些绷带、免缝胶带和缝线。

“这些是我给你定的规矩。”我对她说，“如果你一定要伤害自己，那你只能割一个地方……你的大腿内侧。”

她点点头。

“我会教你怎么给自己缝针。如果你觉得你缝不好，那你一定要去医院。”

她睁大双眼。

“我不会逼你停止自残，凯瑟琳。我也不会把这事通报给你的上级。但你必须尽你所能，控制好伤势。我相信你。你不伤害自己，就算是报答我这份信任了。如果你感觉身体虚弱，你必须打电话给我。如果你做不到，还是割伤了自己，我也不会责怪你，或者轻视你。但同时，我也不会再来找你。如果你再割伤自己，我就一周不见你。这不是惩罚——这是对你的考验。”

我看得出，她在认真考虑接受这份提议的后果。她仍是一脸恐惧，但她肩膀的动作出卖了她内心的宽慰。

“从现在开始，我们要限制受伤的程度，而你要对此负责。”我继续说，“同时我们也会给你找到新的心理应对机制。”

我用枕头示范怎么缝针，给她上了一堂缝纫速成课。她开玩笑说，我在教她怎么做个好妻子。她站起来，准备离开前，搂住了我。“谢谢你。”她埋进我的怀里，紧紧地抱着我，我甚至能听到她的心跳声。

她走了，我坐在椅子上，呆望着纸篓里浸透鲜血的绷带。我想知道自己刚才是不是疯了。我已经能想象到验尸官义愤填膺地质问我，为什么我会把手术刀交给一个喜欢自残的年轻女子。他还会讽刺我，是不是也喜欢把火柴交给纵火犯，把海洛因交给瘾君子。

但是我没有别的办法了，只有这样才可以帮到凯瑟琳。如果强制要求她停止自残，她只会变本加厉，觉得别人都想控制她的生活，为她做决定，她会觉得自己毫无价值，得不到他人的信任。

我给了她选择的权利。希望她拿起刀片之前，可以想清楚为什么要这么做，衡量一下值不值得，也希望她考虑一下其他不伤害身体的应对方法。

之后的几个月里，凯瑟琳只割伤过自己一次。她前臂的伤口愈合了。我给她缝合的时候，下手干净利落，对一个多年没缝合过伤口的人来说，这算得上很了不起了。

我的笔记到这里就结束了，其实我和她的故事还没完结。当我回想起那些细节，我就尴尬得想回避，因为我本该预料到事情会发展成那样。

凯瑟琳开始注重自己的外表。她和我预约的时间是在她下班后，她会换上便服，化好妆，喷点香水，故意不扣衬衫最上面的扣子。她的改变不明显，都体现在这些微妙的细节里。她问我空闲时间会做什么。她说朋友给了她两张电影票，问我想不想跟她一起去?

有一个老掉牙的笑话说，人们花钱看心理医生，医生问的问题和他们的伴侣问的差不多，伴侣却不收钱。我们倾听患者的问题，解读他们的潜台词，给他们自信，教会他们喜欢真正的自己。

对像凯瑟琳这样的女人来说，一个耐心倾听，关心自己的男人魅力非凡，但有时候，她们会把医生对患者的关怀错当成私人的感情。

有一天，她突然亲了我一下，我被吓到了。当时我们在马士登医院的办公室里。我猛地推开她。她踉跄着往后摔倒在地。她以为这是我们游戏的一部分。“来糟蹋我吧，如果你想的话。”她说。

“我不想伤害你。”

“我一直都是个坏女孩。”

“你还不明白。”

“不，我明白。”她拉下裙子的拉链。

“凯瑟琳，你错了。你误解我了。”

我强硬的语气终于让她清醒过来。她站了起来，靠在我的书桌旁，裙子褪到膝盖，衬衫也被完全解开了。吊带丝袜掩盖了她大腿上的伤痕。我们都很尴尬，她更是难堪。睫毛膏顺着泪水流到她的脸上，她不管不顾，提着裙子跑了出去。

虽然她辞去了工作，离开了马士登医院，但那天发生的事给我留下的阴影，却一直笼罩着我的职业生涯。常言道：“被拒女人之怒火，犹胜地狱烈焰。”

第十章

朱莉安娜在闲置的卧室里做伸展运动。每天早上，她都会在卧室里做一些类似瑜伽的动作。这些动作的名号听起来就像美洲印第安女人的名字：“奔跑麋鹿”遇上“潺潺流水”。

朱莉安娜习惯了早起，每天早上六点半，她已洗漱完毕。我跟她完全不一样。昨夜，我的梦里充斥着鲜血淋淋、伤痕累累的脸庞。

朱莉安娜光着脚，只穿着睡衣上衣，轻手轻脚地走进卧室。她弯下腰，吻了吻我。

“昨晚你睡得不怎么踏实啊。”

我把她的头按在胸前，她轻拍我的脊柱，指尖在上面翩翩起舞，感受到我的颤抖。她的动作提醒我，她对我了如指掌。

“忘了告诉你，之前，查莉跟着唱诗班去唱圣诞颂歌了。”

“该死！我完全忘了这回事。”那是周四早上的事，查莉在牛津街唱诗。“我当时跟那个探长在一起。”

“别担心，她会原谅你的。听说在回家的公交车上，有个叫瑞安·弗雷泽的男孩亲了她一口。”

“不要脸的小崽子。”

“她跟三个朋友合力抓住了他，把他摁住了。真不容易。”

我们放声大笑，然后我把她拉到身上。

“在床上陪陪我。”

她笑了笑，灵巧地滑到一旁。“不行。我很忙的。”

“来吗？”

“现在还不是时候。你要保护好你的‘伙计们’。”

我的“伙计们”指的是我的精子。但从她嘴里说出来，这些“伙计们”听起来像一个个伞兵。

她开始穿衣服了。她把白色的比基尼内裤顺大腿提起，拉到位置后啪的一声松开。接着，她把内衣举过头顶，肩膀一低，送入胸罩的肩带。她不会再给我一个吻。如果她再吻我一口，我可能就不会放她走了。

她离开卧室，我躺在床上，听她在房子里走动，她走路时几乎足不沾地。我听到她往水壶里倒满了水，把门前台阶上的牛奶拿进了屋。我听到她拉开了冰箱门，按下了烤面包机的开关。

我从床上挣扎着起来，走了六步，进了浴室，打开淋浴喷头。地下室的锅炉打了个嗝，水管“咕噜咕噜”地作响。我站在冰冷的瓷砖上等水来，身子瑟瑟发抖。喷头在颤抖。我感觉，水龙头附近的瓷砖随时会松动掉落。

喷头干咳了两下，冒出一声刺耳的怒叱。一股浑浊的细流淌了下来，突然又断了。

“锅炉又坏了！”朱莉安娜在楼下喊道。

好样的！棒极了！某处，一个水暖工正在嘲笑我。毫无疑问，他正在跟他的水暖工同事吹嘘，他是如何假装帮人修好了侏罗纪时代的锅炉，还收了那人一笔足够去佛罗里达快活两周的钱。

我用一个新的剃须刀，就着冷水刮了胡子，没有割到自己。这看起来像是一次不值一提的胜利，但值得留意。

我走进厨房，看见朱莉安娜正用按压式咖啡壶做好咖啡，并在一块全麦吐司上抹好了上等果酱。吃米饼的时候，我总感觉自己就像个小孩。

我还记得跟她初次见面时的情形。那年她是大一新生，在伦敦大学读语言学。我则在攻读研究生学位。我是那种连亲妈都不会夸我帅的人。当时的我留着一头棕色鬈发，有一个梨形鼻子，皮肤稍稍暴露在阳光下就会立刻长雀斑。

那时我选择留在大学继续攻读学位，下定决心要睡遍学校里的每一个荡妇，结果到了第一学年末，我还没拿定主意要睡谁，但和其他想成为风流浪子的同学不一样，我用力过猛了。我也曾赶时髦，故意不修边幅、起哄捣乱，但甚至在这方面，我都一败涂地。不管我在别人家地板上拿夹克当枕头睡了多少晚，它都不肯起皱，也不肯沾上污渍。我想让别人觉得我潇洒颓废，还带着知识分子独有的忧郁，但最后呈现出的效果，反倒让我看起来像个赶着去参加人生中第一场面试的人。

我曾在南非大使馆外特拉法加广场的一场集会上发言，大肆抨击种族隔离的罪恶。“你很有激情嘛！”听完我的演讲后，她这么对我说。她在酒吧里向我做自我介绍，还让我从我们喝的那瓶酒里给她倒一杯双份威士忌。

当晚，乔克也在——他正忙着邀请女孩子们在他的T恤上签字。我知道，他肯定不会错过朱莉安娜。她是酒吧里的一张新面孔——还是一张俏面孔。他把手绕到她的腰上，说：“只要能陪在你身边，我就能变成一个更好的人。”

她没有露出半点笑容，拿开了他的手，说：“可惜了，‘勃起’算不上个人成长。”

众人哄堂大笑，除了乔克。接着，朱莉安娜在我的桌子旁坐下，我无比惊讶地望着她。我从未见过有谁能如此老练地杀了我挚友的威风。

当她夸我“很有激情”时，我努力忍住，没有脸红。她笑了起来。她下唇上有一块黑色雀斑。我想亲吻那块雀斑。

她灌了五杯双份威士忌，最后醉倒在吧台上。我把她抬上一辆出租车，把她带回了我在伊斯灵顿的卧室兼起居室。那晚，她睡在日式床垫上，我睡沙发。早上起来，她亲了亲我，感谢我如此富有绅士风度。接着，她又亲了我一口。我仍记得那一刻她的眼神。那里面流露出的不是放荡。她的眼睛不是在说："咱们找些乐子，看看会发生什么事吧。"而是在说："我要做你的妻子，怀上你的孩子。"

我们一直是一对古怪的情侣。我素爱安静，为人实际，讨厌闹哄哄的派对，不喜逛酒吧，周末习惯回家。她则是家中独女，父亲是一位画家，母亲是一位室内设计师。平日里，她打扮得像二十世纪六十年代的佩花嬉皮士[①]，永远只关注他人最好的一面。朱莉安娜从不去派对——因为派对会为她而来。

三年后，我们结婚了。那时，我早已被朱莉安娜管教得服服帖帖——我学会了把脏衣服放进篮子里，平时把马桶坐垫放下来，晚宴上不能贪杯。与其说朱莉安娜"改掉了我身上这样那样的小毛病"，倒不如说她修补了我品格上的一些缺陷。

那已经是十六年前的事了。如今回望，犹似昨日。

朱莉安娜把一份报纸推到我面前。报纸上是一张凯瑟琳的照片，头条标题是："议员侄女饱受折磨而死"。

> 内政部副部长塞缪尔·麦克布赖德听闻自己二十七岁的侄女惨遭谋杀，悲恸难当。
>
> 昨天，众议院议长代表议院向这位布莱顿勒桑兹的工党议员表达了最诚挚的哀悼，后者神情十分悲痛。
>
> 六天前，警方在西伦敦肯萨尔绿野公墓的大联盟运河旁发现了凯

① 指鼓吹世界和平和博爱的嬉皮士。

瑟琳·麦克布赖德的裸尸。她身上有数道刀伤。

“目前，我们正集中精力追查凯瑟琳最后的行踪，并寻找在她死前几天见过她的人。”领导此次调查的侦缉探长文森特·鲁伊斯如是说。

“根据我们掌握的信息，她曾在十一月十三日从利物浦坐火车去了伦敦。我们相信，她是来伦敦参加一场工作面试的。”

凯瑟琳双亲离异，她和家人疏远多年，曾在利物浦当过社区护士。

“她的童年十分艰难，她似乎迷失了方向。”凯瑟琳的一位朋友称，“最近，她的家人也曾尝试跟她和解。”

朱莉安娜又倒了一杯咖啡。“过了这么多年，凯瑟琳又出现了，你不觉得这很古怪吗？”

“古怪？你想说？”

“我不知道。”她微微颤抖了一下，“我是说，她给我们带来了那么多麻烦。你差点连饭碗都丢了。我还记得，你当时有多生气。”

“那是因为她受伤了。”

“那是因为她怀恨在心。”

她扫了眼凯瑟琳的照片。那张照片是她从护士学校毕业那天拍的。照片里，她笑容灿烂，手里紧紧地握着一张毕业证书。

“现在呢，她又回来了。警察找到她的时候，我们就在现场。怎么这种事都能让我们碰上？然后警察还叫你去帮忙辨认她的——”

“所谓巧合，无非就是几件事同时发生罢了。”

她翻了个白眼。“你说起话来，真像一个名副其实的心理医生。”

第十一章

博比总算守时了一次。他穿着一身工装——灰色衬衫配长裤。衬衫胸前的口袋上绣着“奈瓦斯普林”几个字。我再一次惊讶于他的身高。

我努力控制好字母间的连笔，写完最后一条笔记，然后抬头，看看他准备好没有。那一刻，我意识到，他永远都不可能完全准备好。乔克是对的——博比有点脆弱，还有点捉摸不透。他的脑海里装满了半途而废的想法、古怪的事实，还有只言片语的对话。

几年前，苏豪区开了一家名为“奇人怪客”的咖啡馆，原本打算招揽住在伦敦西区的所有怪人——发型狂野的艺术家、变装皇后、朋克摇滚乐迷、嬉皮士、色情网站记者，还有纨绔子弟。但这个愿望从未实现。相反，咖啡馆里坐着的都是普普通通的白领，他们成群结队地来，想一探怪人们的究竟，最后却只能干巴巴地相互对望。

博比常常谈到他空闲时间的写作，他的故事里偶尔会夹杂一些文学典故。

“我能看看你写的东西吗？”我问。

“你只是随口说说吧。”

“不，我是真的想看。”

他认真考虑了一下，说：“或者，我下次带一本给你看看吧。”

“你一直都想当个作家吗？”

“自从我读了《麦田里的守望者》，我就开始想当作家。”

我的心不禁一沉，仿佛看到一个焦虑的少年，觉得霍尔顿·考尔菲德是当代尼采，而现在，那个少年长大了。

“你和霍尔顿有共鸣吗？”

“才不。他就是个白痴！”

我松了一口气。“为什么？”

“他太天真了，竟然想保护孩子，保留他们的纯真，不让他们掉进成人世界的深渊。他做不到。这不可能做到。人终究会堕落。”

“你是怎么变得堕落的？”

“哈！”

“和我说说你的父母吧，博比。你最后一次见到父亲是什么时候？”

“我八岁那年。有一天他去上班了，之后再也没有回家。”

“怎么回事？”

博比转移了话题。“他在空军部队工作。他不是飞行员。他是一个技工，负责维护战机，确保它们能随时起飞。那时他太年轻，没能参战，不过我觉得他并不为此遗憾。他是个和平主义者。

“在我小时候，他经常引用马克思的哲言，告诉我宗教是大众的鸦片。那时，我们几乎每周日都会从基尔本坐公交到海德公园，公交车上有一些把包装箱当成讲坛，站在上面布道的平信徒[①]传教士，他会朝他们发难。

“我还记得，有个传教士长得像《白鲸记》里的亚哈船长，一头白色长发被扎成马尾，他的声音低沉且有力。‘耶和华会以永恒的死亡惩罚你的罪过。’他一边说，一边直勾勾地盯着我。

“然后我爸喊了回去：‘你知道传教士和疯子有什么区别吗？’他顿

---

① 指没有圣职的普通信徒。

了一下，接着回答：‘他们听到的声音不同。’[①]所有人都笑了，除了传教士，他气鼓鼓的样子像极了河豚。‘听说你们接受所有面额的钞票，但更喜欢十英镑和二十英镑，这是真的吗？’我爸又问。

“‘你，先生，你会下地狱的。’传教士吼道。

“‘那还烦请您指指路？右转还是直走？’”

博比甚至连他们的声音都模仿得恰到好处。他有点局促不安地望着我，为自己的畅所欲言感到尴尬。

“你和他相处得如何？”

“他毕竟是我爸。”

“你们会一起做些什么吗？”

“小时候他会骑自行车载我，我坐在自行车的横杠上，在他的双臂之间。他以前骑得飞快，引得我哈哈大笑。有一次，女王公园巡游者俱乐部在英国踢比赛，他带我去看。比赛结束后，粉丝在谢泼德丛林街区打了起来。警察骑着马驱赶群众。我爸用衣服紧紧地裹着我，我应该觉得害怕才对，但是我没有，我知道没有什么能把他打倒，那些马也不能。”

他不说话了，挠着自己的手。

每个人的童年里都萦绕着一段神话故事。我们把自己的欲望和梦想强加其中，最后，故事变成了仅剩象征意义的寓言。

“你父亲后来怎么了？”

“那不是他的错。”他略带防备地说。

“他抛弃了你吗？”

博比突然从椅子上弹了起来，情绪失控：“你一点都不了解他！”他站在我面前，咬牙切齿，“你永远都不会理解他！你们这种人只懂得毁掉别人的生活。你把自己的生活建立在别人的痛苦和绝望上。别人一遇到麻

---

① 基督教认为，虔诚的教徒可以听到上帝的声音。

烦，你就立刻跳出来，告诉别人应该做何感想。你们就是吃人的秃鹫！”

他的怒火来得快，去得也快。他抹掉嘴角的唾沫星子，抱歉地看着我。他倒了一杯水，等待我的下一个问题，出奇地平静。

“和我说说你的母亲吧。”

“她喷廉价的香水，现在被乳腺癌折磨着，苟延残喘。”

“我很抱歉。她多大？”

“四十三岁。她不接受乳房切除的提议，她一直为拥有一对丰满的乳房而骄傲。”

“你会怎么描述和她的关系？”

“我托一个利物浦的朋友告诉我她的境况。她住在利物浦。”

“所以你不去看望她。”

“哈！”

他的脸因沮丧而扭曲，然后他克制住了自己的情绪。“那我就和你说下她是个怎么样的人……”他的语气仿佛在对我发起挑战，“她是杂货店老板的女儿。讽刺吗？和玛格丽特·撒切尔夫人一样。她从小在小商店里长大，尿布都是在收银台旁换的。她四岁的时候就能算出一篮子商品的价格，收钱，然后找零，不会出差错。

“每天早上和下午，包括周六和节假日，她都会在店里干活。她还会看货架上的杂志，幻想着逃离这一切，过上不一样的生活。就这样，我爸穿着一身空军制服出现了。他说自己是个飞行员。这是每个女孩都想听到的情话。他们在皇家空军马勒姆的联谊俱乐部上草草打了一炮，我妈就怀上了我。很快她就发现，他并不是飞行员。不过我觉得她并不在意……至少那时不在意。她说，她在我爸的谎言之下嫁给了他。”

“但他们没有分开？”

“没有。我爸离开了空军，在伦敦运输部找了份工作，负责修理公交车。后来，他在九十六路车上当售票员，那路公交车的终点站是皮卡迪利广场。他说自己很爱结交朋友，我倒觉得他也很爱那套空军制服。他以前骑车去公交汽车站，下班了再骑回家。”

博比再次陷入沉默，沉浸在自己的回忆里。我温和地鼓励他继续说下去，于是他又告诉我，他的父亲是业余发明家，经常冒出新点子来制造节省时间的机器。

“那时的人们总抱怨，捕鼠器质量太差了，要造个好一点的。他就在发明这种东西。”

“你的母亲怎么看？”

“她说他只是在浪费时间和他们的钱。上一秒她还在骂他不切实际，嘲笑他‘愚蠢的发明’，然后下一秒她又觉得他的梦想不够远大，没有抱负。”

他快速地眨了眨眼，他看着我，眼神古怪、黯淡，仿佛有什么东西打断了他的思绪。突然，他又想起来了。

“她才是真正的不切实际，我爸不是。她觉得自己空有自由意志，却生活在碌碌无为、无聊透顶的普通人中。不管她怎么努力，她都永远没法在亨顿那样的地方，过上波希米亚式的生活。她恨透了她住的地方——她恨房子外墙的小卵石灰浆，她恨网眼窗帘，她恨廉价的衣服，她恨劣等餐厅，她恨花园里的小矮人装饰品。工人阶级常说，‘我们能自己照顾自己’，但她对此嗤之以鼻，她只在他们身上看到了渺小和可怜，无足轻重和丑陋不堪。”

他感到有点无聊，好像他已经把这个故事反反复复讲了无数次，讲到不想再讲了。

“大多数晚上，她都会打扮一番，出去浪荡。我坐在床上，看她穿好衣服。她会试穿不同的衣服给我看。然后她让我帮忙拉上裙子的拉链，再穿好长筒袜。她说我是她的‘小小男子汉’。

“如果我爸不带她出去，她就自己出去，去酒吧或者夜总会。她笑起来有种淘气劲，仿佛在向所有人宣告她的到来。男人们会转头看看她。虽然她很丰满，但那些男人还是觉得她很性感。她怀孕之后胖了不少，那些肉再也减不掉了。她觉得那是我的错。每次她去跳舞，或者笑得太厉害的时候，她就会尿裤子。那也是我的错。”

他咬牙切齿地说出最后一句话。他掐起手背上松弛的皮肤，狠狠地又拧又扯，仿佛要把它们从手背上撕下来。他的身体垮了下来，又开始往下说。

“她爱喝白起泡葡萄酒，因为它看起来和香槟很像。她醉得越厉害，声音就越大。每当她醉了，她就开始说西班牙语，因为听起来很性感。你听过女人说西班牙语吗？”

我点了点头，想起了朱莉安娜。

“如果她和爸爸出去，她就不能这么放浪了。酒吧里的男人不会调戏身边站着丈夫的女人。但倘若她一个人出门，她便来者不拒，任由男人们搂她的腰，捏她的屁股。她经常彻夜不归，早上才回家，内裤揣在手提包里，鞋子在脚尖晃荡。她从不假装自己是一个忠于丈夫的女人。她不想成为一个完美的妻子。她想成为别人。”

“你爸爸呢？”

漫长的一分钟过去了，他才想好该如何回答。“他越来越渺小，似乎一点一点地消失了。被凌迟处死——我希望，这是我妈的死法。”

这句话悬在半空，久久不散，但此刻的沉默却是他刻意而为。仿佛某人用手指按住了钟表上的秒针。

“为什么你要用那个词？”

“哪个词？”

“‘凌迟处死’。”

他轻轻一笑，既不真诚，也不自然。“因为我想她那么死啊！慢慢地死去。痛苦地死去。死在自己手里。”

“你希望她自杀？”

他没有回答。

“你想象过她死掉的样子吗？”

“梦到过。”

“你梦到了什么？”

“我梦到我站在她旁边，看着她死掉。”

他盯着我，灰蒙蒙的眼睛犹如一池无底深潭。

被凌迟处死。这句话有一个更直白的翻译，叫“千刀万剐”。被博比拽下出租车的那个女人跟他母亲年龄相仿，衣着也相像。她对自己的儿子也是一副冷冰冰的态度。这能解释他的行为吗？答案离我越来越近了。我渴望理解暴力——这种欲望本身就潜藏着残暴。不要去想白熊。

另一位病人正在门外等待。博比缓缓起身，转身朝门口走去。

“咱们周一见。”我说道，把“周一”这个词咬得格外重。我希望他能记住日期。我希望他以后都能按时回这里就诊。

他点了点头，伸出手和我握手。这还是头一回。

“巴雷特先生说，你会帮我。”

“我会准备一份精神分析治疗报告。”

他点了点头。“你知道吧，我不是疯子。”

“我知道。”

他拍了拍头。“只是犯了个愚蠢的错误。”

说完他就走了。我的下一位预约病人，艾尔默夫人，已经坐了下来，跟我唠叨她上床睡觉前要去检查多少次门锁。我没心情听她讲话。我站在窗前，望着博比走到街上，朝车站走去。他仔细留意脚下，时不时避开人行道上的裂缝。

突然，他看见一个朝他迎面走来的年轻女人，停下了步伐。她从他身边走过，他整个人转了过去，一直盯着她看。有那么一会儿，我觉得他在盘算要不要跟踪她。他朝两边望了望，仿佛走进了一条丁字路口。接着，几秒后，他跨过地上的一条裂缝，继续向前走去。

我回到乔克的办公室，听他飞快地把我的检查结果读出来，虽然我一个字都没听懂。他想让我尽快开始治疗。

帕金森病并没有决定性的检测手段。但医生们能借由繁多的游戏和运动，来衡量疾病的发展情况。乔克按下秒表，让我沿着地板上的纸胶带向前走，接着再转身走回来。然后我还要闭上眼睛，单脚站立。

看到乔克拿出彩色方块，我发出一声沮丧的叹息。我要把方块一个个堆起来，这实在是太幼稚了。我先用右手，再用左手。我还没开始堆呢，左手就抖了起来，但当我拿起一个方块的时候，它又不抖了。

比这更难的是在网格里画小圆点。我瞄准了方块的中心，手里的笔却不听使唤。管它呢，一个愚蠢的测试罢了。

事后，乔克向我解释，像我这种一开始就出现颤抖症状的病人，预后要比别的病人好很多。如今，越来越多的新药物能减轻这些症状。

“你肯定能度过圆满的一生。”他说，语气仿佛是在照本宣科。看到我脸上的狐疑，他又赶忙补了一句，不想把话说得太绝对。“呃，也可能少活那么一两年吧。”

他一句话没提我的生活质量。

“干细胞研究会给这个病带来突破。”他加了一句，语气颇为乐观，“五到十年内，肯定能找到治愈方法。”

“那在这五到十年里，我能干什么？”

“吃药，和你的美丽娇妻做爱，看着查莉长大。”

他给我开了司来吉兰。“到了后面，你肯定得吃左旋多巴，”他解释道，“但我们有望把那一天的到来再推迟个一两年。”

“有什么副作用吗？”

“你可能会感到轻微恶心，睡不着觉。”

“棒极了！”

乔克没有理会我。“这些药无法遏制病情发展。它们能做的，只是掩盖一下你的症状。”

“所以我能把这个秘密藏得更久。”

他苦笑了一下。“迟早有一天你要面对。”

“如果我一直来你这儿看病，说不定我会死于吸二手烟。”

“这死法也不赖嘛。”他点起一根雪茄，从最底层的抽屉里拿出一瓶苏格兰威士忌。

“现在才三点。”

“我按照英国夏令时[①]的时间工作。”他也没问我喝不喝，就给我倒了一杯。“上周，朱莉安娜来找我了。”

我感觉自己在快速地眨眼。“她找你干什么？”

“她想了解一下你的身体状况。我没告诉她。我拿‘医生-患者保密协议’那些东西搪塞了过去。”他顿了一下，接着说，“她还想知道，我觉不觉得你有外遇了。”

“她为什么这么问？”

“她觉得你一直在跟她撒谎。”

我抿了一口苏格兰威士忌，酒精灼烧着我的食道。乔克透过烟雾望着我，等我回答。我并不生气，也没觉得自己有过错，只是感到异乎寻常地失望。朱莉安娜怎么能问乔克这种问题？她为什么不直接问我？

乔克还在等我回答。他看出了我的不自在，笑了起来，摇着头，就像一只被淋湿的狗。

① 英国夏令时比格林尼治标准时间早一小时。

我想说，“别拿这副表情看着我——你自己离过两次婚，大半辈子都在追女人的路上奔波”。

“当然，这不关我的事，”他幸灾乐祸地说，“不过，如果她甩了你，我肯定会去安慰她。”

他不是在开玩笑。如果朱莉安娜真的甩了我，他肯定会第一时间闻风而至，缠上朱莉安娜。

我迅速改变话题。“博比·莫兰——你对他了解多少？”

乔克来回摇晃酒杯。“不比你多。”

“他以前接受过精神病治疗，但他的医疗记录里根本没提过这一点。”

“为什么你觉得他以前接受过精神病治疗？”

“和我交谈的时候，他引用了精神状态检查里的一个问题。我觉得以前有别的医生评估过他。”

“你问过他吗？”

“问了他也不肯说。”

乔克摆出一副仿佛对着镜子练习过的表情，沉默不语，若有所思。正当我以为他要发表些高见时，他耸了耸肩：“他是个古怪的浑蛋，这是肯定的。”

“这是你的专业看法吗？”

他哼了一声。“我和病人接触时，他们大多处在无意识状态。我更喜欢那样。”

第十二章

一辆水暖工的货车停在房子前。车的滑门没关，车里摆放着多层收纳箱，里面装着银质及黄铜配件、直角管、S形弯管和塑料接头。

货车一侧的磁性垫子上印着公司的名字——“D. J. 摩根水暖工和煤气装配工”。我看到他在厨房里，手里捧着一杯茶，偷瞄朱莉安娜V领上衣下的乳房。他的徒弟正在花园里，给查莉演示如何用膝盖和脚踮足球。

“这位是D. J.，我们的水暖工。”朱莉安娜说。

他懒洋洋地站起身，手还插在口袋里，向我点头问好。他三十五六岁，皮肤黝黑，体格健壮，一头看起来湿漉漉的黑发从前额梳到脑后。他看起来像时尚生活节目里，专门帮别人翻修或改造房子的工匠。看得出，他正在问自己，为什么朱莉安娜这样的女人会跟我这样的男人好上。

“给乔[①]看看你给我看过的东西吧？”

水暖工朝她轻轻点了点头，作为回应，幅度小得几乎看不见。我跟在他身后，走进地下室上了闩的门。我们沿狭窄的木台阶下行，踏上地底的水泥地板。墙上有一盏低瓦数灯泡。深色的梁木和砖块将光线尽数吸走，只留下黑暗。

我在这座房子里已经住了四年了，但地下室的情形，水暖工比我还熟

① 约瑟夫的昵称。

悉。他指着我们头上的各式水管，和蔼可亲地介绍它们的名字，并解释了煤气和供水系统的工作原理。

我想问他一两个问题，但经验告诉我，不要在工匠面前班门弄斧。我动手能力不强，也不感兴趣，正因如此，我的手指脚趾还健在。

D. J. 用穿着工作靴的脚轻轻踢了踢锅炉。此举含义再明显不过：这玩意已经没用了，废物一个，搁这儿放着就是个笑话。

他才解释到一半，我就已经云里雾里了，只好问："那么，总共要多少钱？"

他慢悠悠地吐了口气，开始把要更换的东西罗列出来。

"人工费多少？"

"这要看工时。"

"那工时要多久？"

"我得先把所有散热器检查一遍，才能给个准数。"他随手捡起一袋受潮变硬的旧灰泥，把它扔到一边。那袋玩意得两个我才搬得起来。然后，他扫了一眼我的脚下。原来，我正站在一小摊水里，水从鞋缝里渗了进来。

我一边支支吾吾地说要节约开支，一边退回到楼上，努力不去想象他在我背后窃笑的样子。朱莉安娜从壶里倒出最后一杯温茶，递给了我。

"没什么事吧？"

"还好。这人你在哪儿找的？"我低声问。

"他往咱家信箱里扔了张传单。"

"有推荐人吗？"

她翻了个白眼。"他帮住在四十七号的雷诺兹一家修好了新浴室。"

水暖工们把工具从货车上抬下来，查莉将球扔进了花园的棚子里。她把头发梳到脑后，扎成马尾辫，双颊冻得通红。看到查莉的校服紧身衣上沾着草，朱莉安娜一顿责备。

“它们可以洗掉嘛。”查莉说。

“你又知道？”

“它们总是这样。”

查莉转身抱住我。“摸摸我的鼻子。”

“哎哟哟哟哟！鼻头冷，心头暖。”

“山姆能来咱们家过夜吗？”

“看情况。山姆是男孩还是女孩呀？”

“爸——爸！”查莉扮起鬼脸。

朱莉安娜打断了她。“你明天还要上足球课呢。”

“那下个周末呢？”

“爷爷奶奶要来。”

查莉的脸一亮，我的脸一沉。我完全忘了还有这回事。下个周末，上帝翘首以盼的私人医师将要在一场国际医学会议上发言。这无疑会是他的辉煌成就。种种名誉职务以及兼职咨询职位将纷至沓来，但他会礼貌地一一回绝，因为他讨厌舟车劳顿。我则会坐在一旁，静静地看着这一切，感觉自己又回到了十三岁。

我的父亲有一颗卓越的医学头脑。每本现代医学教科书里都有他的名字。医护人员处理事故伤者的方式，甚至战场医务人员的标准程序，都因他的论文而改变。

他的父亲，即我的祖父，是英国医学总会的创始人之一，也是任期最长的主席。作为医学总会的管理者，他声名在外，但他外科医生的身份倒是不太出名。尽管如此，他依然在医学伦理学史上占据着举足轻重的地位。

接着，这一切落到了我的身上，又或者说，没能落到我的身上。我的母亲在生了三个女儿后，终于产下了一个全家人期盼已久的儿子，也就是我。自然，整个家族都希望我能继承医学世家的衣钵，但我没有，我斩断了这条继承链。按照现代的说法，我成了家族里最弱的一环。

也许我父亲早就该知道会这样。我对橄榄球提不起一点兴趣，也毫无天赋，他早该从中看出端倪。我很确定，从那时起，他就把我看作失败品，往后，我在他的眼里只会越错越多。

他无法理解我对格雷西的敬爱。我也懒得跟他白费口舌。如果说我们的家族史是一张布，那么格雷西就是布上漏针的破洞——在我们的家族里，她的地位和我的叔叔罗斯肯德、我的表弟布莱恩相差无几，前者在战时拒服兵役，后者因在百货商店里偷了女士内裤而被捕。

我的父母从未提起过格雷西。我对格雷西的了解全是自己东拼西凑出来的，从这个表兄那儿打听一点，又从那个远方亲戚处知道一点。最后我总算搞明白大概发生了什么。

格雷西在一战的战场上担任护士，怀上了青梅竹马的恋人的孩子，可惜他战死沙场。那时她才十七岁，还未结婚，孤独而心碎。

“没有男人想娶一个带着孩子的女人。”她妈妈送她坐火车去伦敦的时候这样告诉她。

格雷西只看过自己的孩子一眼。哈默史密斯的拿撒勒修道院的修女在她腰部支起一块布，不让她看到自己的生产过程，但是她把布扯了下来。当她看到啜泣的婴儿，那么丑陋又那么美丽，她的心碎了，而面对心碎的人，纵使神医也回天乏术。

我的堂妹安吉丽娜说，精神病院和郡里的医院有格雷西的家庭照。然而我只知道，她二十岁出头就定居在里士满，我上大学时，她还住在那儿。

格雷西的死讯是我母亲打电话告诉我的。当时我大三，在读医学专业，电话打来的时候我恰好在考试——我考砸了。验尸官报告称，厨房起火后，火势蔓延到了一楼。即便如此，格雷西还是有充足的时间逃离火场的。

在火势不受控制之前，消防员曾看到她爬上二楼。他们说，她本可以从窗户里爬出来，逃到车库顶。如果确实如此，为什么消防员不这样进屋救她呢?

屋子里堆积的书本、报纸、杂志，加上洗衣房里罐装的纤维颜料和一瓶瓶染色剂，通通助长了火势。火焰温度太高，她所有房间里的“收藏品”最后都被烧成了一堆白色灰烬。

格雷西生前常常赌咒说，要想她离开这座房子，除非把她装进松木做的骨灰盒里。未承想，到了最后，她连骨灰盒都用不上，一把簸箕就够了。

那时我早已决定不当医生。只不过我不太确定，如果不做医生，我还能做什么。我有很多疑问，却没有答案。我想知道，为什么格雷西会那么惧怕这个世界。然而，更大一部分原因在于，我想知道有谁本来可以帮到她。

在我攻读学位的四年里，父亲一逮着机会就奚落我，叫我“心理学家先生”，或者揶揄我的诊台和墨迹测验[①]。我在《英国心理学杂志》上刊登了广场恐怖症理论，他既没有称赞我，也没有和其他家庭成员提及这件事。

自那时起，他便对我的事业不闻不问。我毕业后离开了伦敦，在默西塞德卫生局找了份工作。我和朱莉安娜搬去了利物浦——船首扁扁的渡轮、工厂烟囱、维多利亚时代的雕像，以及空空如也的工厂。

我们住的大楼像一座寒碜的教管所，外墙是一层小卵石灰浆，窗户上装有铁条。我们住在塞夫顿公园公交站的对面，每天早上，唤醒我们的是柴油机刺耳的声响，像极了老烟枪往水池里吐痰时的咳嗽声。

---

① 全称为罗夏墨迹测验，人格测量工具之一，主要用于临床诊断、精神病研究、人格研究和跨文化研究。

我在利物浦住了两年便决定离开，时至今日，我仍觉得离开那里就像逃离了一处绝境——于我而言，那是一座受瘟疫侵袭的现代城市，住满了愁眉苦脸的孩子，长期失业的游民，还有精神错乱的穷人。若不是有朱莉安娜陪伴，我可能早就溺死在这些人的愁云惨雾里了。

但同时，我又很感激这座城市，因为它帮我找到了归属。人生中第一次，我感觉伦敦就像我的家。我在西哈默史密斯医院干了四年，后来转去皇家马士登医院。我升任为医院的高级顾问，名字被写在马士登医院大厅里的抛光橡木板上，正对着医院前门。讽刺的是，父亲的名字也曾写在那块抛光橡木板上，后来被擦去了，照他的话说，他想“少承担些责任”。

我不知道这两件事有无关联。我也不关心。他怎么想，或者他为什么要做一些事情，早已不是我会担心的事。我有朱莉安娜和查莉陪伴。如今，我拥有了自己的家庭。别人怎么看我，我一点也不在乎——哪怕是他也一样。

第十三章

一提到周六早上，我就会想起湿漉漉的运动场，就好像人们一提到粉刺就会忆起青春期一样。在我的记忆里，童年时的冬天是这般景象——站在深及脚踝的污泥里，顶着能把人的蛋蛋冻掉的寒风，作为校十五人足球队第二梯队的一员在场上拼搏。而这时，上帝翘首以盼的私人医师的声音压过呼啸的狂风，传到我的耳中："不要呆站在那里！别像个醉鬼一样傻站着不动！"他大喊，"是边锋就有个边锋的样子！大陆漂移都比你快！"

谢天谢地，查莉是个女孩。她穿着足球服和齐膝短裤，头发扎在脑后，看着可爱极了。我不知道我是怎么成为她们学校的足球教练的。如果把我关于球类运动的知识印出来，只能印出一个茶杯盖大小，这大概就是为什么我麾下的猛虎队一个赛季下来都没赢过球。这个年龄的孩子踢球，就没必要算积分或者弄排行榜了。踢球就该乐在其中，让每个孩子都参与进来。话是这么说，家长不听也没办法。

今天，我们对阵的是海格特雄狮队，每次他们进球，猛虎队的队员们便只好拖着沉重的步伐回到半场中央，商量谁来开球。

"我们没有发挥好。"我抱歉地告诉对方教练。我低声祈祷："让猛虎队进一个球吧，一个就够了。进了球，我们就能大肆庆祝给对方看了。"

中场时间到，我们零比四落后。孩子们大口喝着橙汁。我夸他们踢得好。“他们没输过球，”我开始撒谎，“但咱们气势上把他们压住了。”

下半场，我把道格拉斯安排在己方小禁区，他是我们最强的球员。我让安德鲁当后卫，他是队伍里进球最多的球员。

“但我是前锋啊！”他抱怨道。

“让多米尼克踢前场。”

众人看向多米尼克，后者才刚弄清楚对方球门在哪儿。他傻笑了一下，把手伸进短裤，抓了抓。

“别去想怎么运球，怎么传球，也别老想着进球。”我说，“上了场，尽全力去踢就好了。”

比赛再度开始，一群家长围过来，唠唠叨叨地批评我的阵型变化。他们觉得我的战术不行。但我看似疯狂的战术，背后实则是有道理的。这个水平的足球比赛，能不能赢球，全看球员的势头强不强。球往哪儿滚，全场球员就跟着往哪儿跑。这就是为什么我要把最强的球员留在后场。

头几分钟，局面没什么变化。猛虎队只能追着对方球员的影子跑。然后，球落到了道格拉斯面前，他一个大脚，把球踢向前场。多米尼克忙不迭地想避开，结果摔倒了，一下带倒了对方两名防守队员。足球的滚动慢了下来。此刻，查莉离球最近。我喃喃低语：“别搞什么花里胡哨的东西，射门就是了。”

骂我偏心女儿也好，说我有成见也好，我不管。接下来这一球，堪称足球史上由一只六码足球鞋踢出的最惊为天人的一球——只见查莉稳稳地把球送了出去，足球在空中漂亮地飞转、上升、下降、转向，最终落入球网。球场外的人看到我们疯狂庆祝的场面，准以为我们赢了比赛。

我们的新战术把对方打蒙了，雄狮队溃不成军。甚至连多米尼克都瞎猫碰上死耗子地进了一球，那球刚好从他后脑勺反弹出去，绕过了门将。

最终，猛虎队以五比四的比分拿下了比赛。

朱莉安娜是我们的忠实粉丝，不过，她倒不是一个尽心尽力支持孩子踢足球的母亲。我觉得，她宁愿查莉去跳芭蕾，打网球，也不想她踢足球。她穿着一身长款黑色连帽外套，脚踏长筒靴，打扮得干净利索，郑重其事地对我们说，刚刚那场比赛是她见过的最激动人心的一场“趣味运动”。其实，光是听她把足球叫作“趣味运动”，就足以证明她平时基本不看球。

家长给孩子们裹上暖和的衣物，把他们泥泞的靴子装进塑料袋。我凝望着球场另一边，看到一个男人正双手插兜站在那里。望着那人的身影，我认出了他。

“探长，怎么周六一大早就出来了？看你的样子，也不像是出来运动的。”

鲁伊斯瞥了一眼慢跑道，说：“这个镇子里，气喘吁吁的人[①]已经够多了，这里居然还有。”

“你怎么知道我在这儿？”

“这还得感谢你的邻居。”

他剥开一颗水果硬糖，抛进嘴里，把硬糖咬得咔咔作响。

“有什么能帮你的吗？”

“你还记得一起吃早餐的时候，我和你说过什么吗？我说，如果受害者是哪个名人的女儿，我手下就有四十个探员，而不是十二个了。”

“记得。”

“那你知道，你的这位小护士不仅是一个工党议员的侄女，还是一位业已退休的郡法院法官的孙女吗？”

“我在报纸上看过一些关于她叔叔的报道。”

---

① 亦指给别人打电话却不说话，从中得到性快感的人。

“那些记者跟鬣狗似的，一窝蜂地找上了门—— 一边问我问题，一边拿相机对着我的脸猛拍。我被那些媒体围了个他妈的水泄不通。”

我不知道说什么好，目光越过他，看向伦敦动物园，等他往下说。

“你是个聪明人，对不对？接受过大学教育，拿了研究生学位，还是个咨询师……我觉得你应该能帮我破了这桩案子。你认识那个女孩吧？你和她以前是同事。我猜，你可能知道一点她的事。”

“她只是我的病人。”

“但是她和你聊过天。她和你说过她的故事。她有什么朋友，或者男朋友吗？”

“我觉得她曾和医院的某个员工有过暧昧关系。他可能结婚了，因为她不想提起他。”

“她提过他的名字？”

“没有。”

“你觉得她是那种爱拈花惹草的人吗？”

“不。”

“为什么你那么确定？”

“我不知道。感觉而已。”

朱莉安娜突然出现在我身边，挽起我的手。鲁伊斯转过头，向她点头问好。她戴着外套上的连帽，看起来像个修女。

“这位是侦缉探长文森特·鲁伊斯，我之前和你提过的那个警察。”

她的抬头纹出卖了她的担忧。“是关于凯瑟琳的事吗？”她脱下连帽。

鲁伊斯像其他男人一样看着她。她即使不化妆，不喷香水，也不戴珠宝，依然能吸引男人的目光。

“奥洛克林夫人，您对过去发生的事情感兴趣吗？”

她犹豫了一下。“看情况吧。”

“您认识凯瑟琳·麦克布赖德吗？”

“她给我们惹过不少麻烦。”

鲁伊斯给了我一记眼刀，我感到有点不妙。

朱莉安娜看向我，知道自己说错话了。查莉在喊她。她回头看了看，又转过来看鲁伊斯。

“我要先和您的丈夫聊聊。”他放慢语速说道，“以后，我会随时找您的。”

朱莉安娜点了点头，掐了我的手臂一下。“我带查莉去喝一杯热巧克力。”

“好。”

我们望着她从容优雅地迈过泥泞的水洼和几块草皮，离我们远去。鲁伊斯把头歪向一边，仿佛我翻领侧面写着什么，他正在细细端详。

“她那句话什么意思？”

在他眼里，我已经是一个没有信誉的人了。他不会再相信我了。

“凯瑟琳曾指控我，说我趁她处于催眠状态时性侵了她。她在几小时内撤销了指控，但撤销归撤销，调查还是免不了的。这都是一场误会。”

“这种事情怎么可能是误会？”

我告诉他，凯瑟琳如何把我职业上对病人的关注误解成了亲密行为，我还告诉他那天她吻了我，场面难堪至极。以及她的熊熊怒火。

“你拒绝了她？”

“对。”

“所以她就指控你了？”

“是的。她撤销指控后，我才知道发生了这回事，但我还是要接受调查。医院委员会调查期间，他们把我停职了。调查人员还采访了其他病人。”

“就因为一封控告状？”

“对。”

“你跟她聊过吗？”

“没有。她一直躲着我。我们再次见面，是在她要离开马士登医院的时候。她跟我道歉了。她找了个新男朋友，准备跟他一同北上。”

“你不生她的气？”

“我快被她气疯了。她差点毁了我的职业生涯。”话一出口，我又觉得太刻薄，于是补了一句，“她是个情感上很脆弱的人。”

鲁伊斯拿出笔记本，记了些东西。

“这也不是什么大事，你不用太在意。”

“不是在不在意，教授，我只是记录信息而已。你我都是喜欢把信息拼凑在一起，从里面找出蛛丝马迹的人。”他翻了一页，温和地笑了笑，“如今能找到一个人那么多信息，真是叫人吃惊。已婚。育有一女。无宗教信仰。在查特豪斯公学以及伦敦大学接受教育。心理学学士、硕士。曾于一九八〇年参与特拉法加广场举行的‘释放曼德拉’示威活动，并往南非大使馆上投影纳粹‘卐’字符，故被拘留。两次在M40高速公路上超速被抓，一张违章停车传票至今未付。一九八七年被叙利亚拒签，理由是曾到访以色列。父亲是一位著名的医生。有三个姐姐。其中一个在联合国难民署工作。你的岳父于一九九四年自杀。你的姨婆死在一场房子大火中。你买了私人医疗保险，名下有一笔一万英镑的透支贷款，你的汽车税下周三开始重新计费。”他抬起头，“我还没查你的纳税申报表，但我敢说，你开了私人诊所，因为你家房子肯定很他妈值钱。”

他快说到点子上了。他跟我扯了这么多，就是想给我传达一个信息：他想向我展示他的手腕。

他的声音越来越轻。“如果让我发现，在我调查这起谋杀案的时候，你在跟我隐瞒信息，我一定会把你送进监狱。到时候，你会跟一个想让你为耶稣放弃一切的亚迪[1]住进一间双人牢房，你有什么心理沟通技巧，大可以拿出来跟他试试。”他合上笔记本，把它塞进口袋。他往手心里哈了口气，加了一句：“感谢您的耐心，教授。”

① 指牙买加或西印度群岛的犯罪组织成员。

第十四章

穿过大厅时，博比·莫兰拦住了我。他比平时更加衣冠不整，大衣上沾着泥巴，口袋里装着纸张，鼓鼓囊囊的。我寻思他是不是睡不着，或者在等待什么可怕的事情发生。

他镜片下的眼睛迅速地眨了眨，然后小声地和我道歉："我现在非见你不可。"

我瞄了眼他头顶上方的钟，说："我还有其他病人——"

"求求你了！"

我应该拒绝。我不能同意让没预约的病人就诊。米娜会气疯掉。其实，米娜本可以把我的大小事务管理得妥妥当当，但偏偏有些病人不预约就来找我，或者预约了又不来。她会说："行李不是这么收拾的。"我会表示同意，虽然我不是很明白她这句话的意思。

我和博比一同上了楼，我让他坐下后，重新安排好我早上的日程。给我造成了这么多麻烦，他面露尴尬。他今天很不一样——头脑清醒了一点，开始活在当下。

"你问过我，我梦到了什么。"他盯着两脚间的一点。

"是的。"

"我觉得自己有点不对劲。我脑子里总有一些念头。"

"什么念头？"

“我会在梦里伤害别人。”

“怎么伤害他们？”

他神色悲哀地看着我。“我努力想保持清醒……我不想睡着。亚姬一直劝我睡觉。她不明白，为什么我要在凌晨四点，裹着羽绒服在沙发上看电视。这都是因为我做的梦。”

“梦里有什么？”

“不好的事情——但这不意味着我是个坏人。”他坐在凳子的边缘，眼睛扫来扫去。“我梦到一个穿红裙子的女孩。我不想见到她，但她总是出现。”

“在你的梦里？”

“是的。她只是看着我——视线穿过了我，仿佛我不存在。她在大笑。”

他忽然双目圆睁，像紧压着的弹簧突然弹开，语气也瞬间变了个调。他坐在椅子上，转了个身，双唇紧闭，双脚交叠。我听到，一个尖锐的女声从他嘴里冒了出来。

“好了，博比，不要撒谎。”

——“我不是碎嘴子。”

“他有没有碰过你？”

——“没有。”

“厄斯金先生可不想听到这个回答。”

——“别逼我说。”

“我们都不想浪费厄斯金先生的时间。他大老远地来这儿——”

——“我知道他为什么要来。”

“亲爱的，别用那种声音和我讲话。很不好听。”

博比把他宽大的手插进兜里，踢了踢地板。他的下巴抵着胸口，开始胆怯地呢喃。

——“别逼我说。”

“告诉他吧，然后我们就可以一起吃饭了。”

——“求求你，别逼我……”

他摇摇头，整个身子都跟着摇了起来。他抬起头，注视着我，眼里闪过一道光，仿佛认出了什么东西似的。

“你知道，蓝鲸的睾丸跟大众甲壳虫车一样大吗？”

“不，我不知道。”

“我喜欢鲸鱼。它们很容易画，雕刻起来也很简单。”

“厄斯金先生是谁？”

“我认识他吗？”

“你刚刚提到了他的名字。”

他摇了摇头，满脸狐疑地望着我。

“他是你见过的人吗？”

“我生于一个世界，现在却陷进了另一个世界，快被吞没了。”

“这是什么意思？”

“我不能崩溃，不能崩溃。”

他没有听我说话。他的思绪转得太快，已经没法在一件事上停留超过几秒。

“你刚刚在和我说你做的梦……梦里有一个穿红裙子的女孩。她是谁？”

“就是一个女孩。”

“你认识她吗？”

“她的手臂上没有衣服。她抬起手，用手指撩了撩头发。我看到了她手上的伤疤。”

“那些伤疤是什么样的？”

“这又没什么关系。”

“这关系很大！”

博比把头一歪，手指伸进衬衫袖口，从手肘滑到手腕。接着，他的目光重新落在我的身上。他的双眼空洞无神。他是在说凯瑟琳·麦克布赖德吗?

“她手上的伤疤是怎么来的？”

“她自己割的。”

“你怎么知道？”

“很多人都会割自己。”博比解开衬衫袖口，缓缓卷起左前臂的袖子。他手掌朝上，伸向我。细长的白色伤疤虽然很淡，但确确实实是伤疤。“它们就像代表荣誉的勋章。”他低语。

“博比，听我说，”我朝他靠了过去，“你对梦里的女孩做了什么？”

他的眼里溢满了恐惧，仿佛高烧般愈演愈烈。“我不记得了。”

“你认识这个女孩吗？”

他摇了摇头。

“她的头发什么颜色？”

“棕色。”

“眼睛呢？”

他耸了耸肩。

“你说，你在梦里伤害过别人。你也伤害了这个女孩吗？”

这个问题太直接，太咄咄逼人了。他以狐疑的目光看着我。“你这么盯着我干吗？你在录音吗？你是想把我说过的话偷走吗？”他左右张望。

“没有。”

“好吧，那你这么盯着我干什么？”

这时我才意识到，他说的是“帕金森病面具”。乔克提醒过我。他说，我的脸有可能会变得像复活节岛上的石像一般冷漠呆板。

我把脸别到一边，想再问他一遍，但博比的思绪已经飘到别的地方了。

“你知道吗，1961年，横竖倒过来写都是一样的吗？”

“不，我不知道。”

“下一次出现这样的年份，要等到6009年。”

“我要知道你梦到了什么，博比。”

“No comprenderas todavia lo que comprenderas en el futuro.”

“这句话什么意思？”

“这是西班牙语。‘此刻的你不会明白你终将明白的事情。’”他忽然皱眉，前额多了几条抬头纹，仿佛忘了什么东西。接着，他满脸迷惑。他已经不是思路中断这么简单了——他忘了自己在这里干什么。他看了看表。

“为什么你在这里，博比？”

“我总是有一些念头。”

“什么念头？”

“我会在梦里伤害别人。但这不是犯罪。这只是梦……”

三十分钟前，我们曾说过一模一样的话。他已经完全忘了这之间发生的事情。

CIA有时会采用一种名为“爱丽丝梦游仙境法”的审讯方式。这种方式得以成效，靠的是颠覆受审者的世界观，将受审者眼里一切熟悉、合乎逻辑的事物通通扭曲。审讯一开始，审问者会问一些听起来很普通，但实际上荒诞不经的问题。如果嫌犯试图做出回答，第二位审问者会立刻说一些毫不相干的，同样没有逻辑的东西，将嫌犯打断。

审问者会采取捉摸不定的行为和说话方式，可能话说到一半就变了，也可能时时都在变化。赞扬嫌犯时，他们会面带怒容，威胁嫌犯时，他们又和颜悦色。他们会在不该发笑的时候发笑，说话时不停地打哑谜。

如果嫌犯愿意配合，审问者便置之不理，但如果嫌犯不愿意配合，审问者反而会加以褒奖——嫌犯根本不知道为什么。同时，审问者还会操控审讯室的环境：把时钟往前拨一点，又往后拨一点；一会儿开灯，一会儿又关灯；有时隔十小时才给嫌犯送餐，有时又每隔十分钟送一餐。

想象一下，嫌犯日复一日地生活在这种环境里。他与世隔绝，一切对他来说正常的东西都不复存在，于是，他会努力抓住记忆里的一些东西。他可能会记录时间，或者在脑海里想象某个人的脸，某个地方。这些思绪就像联结着他心智的细线，被逐渐撕碎、磨损，直到他再也分不清何为真实，何为不真实。

和博比聊天就是这种感觉。听他毫无章法地从一件事说到另一件事，时不时冒出一些扭曲的押韵短诗和古怪的谜语，我已经快被逼到理智边缘了。但同时，他话语间透露出的神秘，又让我越陷越深，无法自拔，真实和幻觉间的界限逐渐模糊。

他再也不肯和我聊他的梦了。每次我问他那个穿红裙子的女孩是谁，他便对我不加理睬。沉默无法再逼他说话。他把自己封闭了起来，任谁都无法触碰到他。

博比离我越来越远了。和他初次见面时，我看到的是一个非常聪慧、口齿伶俐、富有同情心的年轻人，关心着自己的生活。此刻，我看到的是一个在梦中施暴，还可能有精神病史的边缘型精神分裂症患者。

曾几何时，我自认有把握治好他，可现在，他却在光天化日之下殴打了一位女性，还向我承认他在梦中“伤害”他人。那个手上有伤疤的女孩又是怎么回事?

深呼吸。回顾事实。不要强行把线索塞进谜题里。每十五个人里就有一个人曾伤害过自己，也就是说，每一间教室里就有两个这样的孩子，每辆拥挤的公交车上就有四个这样的人，每辆通勤列车上就有二十个这样的人，每场阿森纳主场比赛上就有两千个这样的人。

从事心理医生工作十六年，我清清楚楚地知道，绝不要相信病人有什么阴谋诡计，也绝不要试图去听他们听到的声音。如果一个医生被自己要治的病害死，那这个医生也就没什么用了。

第十五章

查莉的学校很漂亮：乔治王朝时期风格的建筑，坚实稳固，外墙布满紫藤。碎石英路从学校大门处开始拐弯，一直延伸到宽广的石台阶。停车场看起来像路虎揽胜和梅赛德斯的卖场。我把我的梅特罗车停到街角。

这所学校正在举办一年一度的募捐晚宴和拍卖活动。大堂里布置着黑白气球，酒席承办人员在网球场支起了大帐篷。

请柬上要求与会者穿“稍正式的便装”即可，但大多数妈妈都穿着晚礼服，因为她们很少出门，这个机会实在是难得。众人围在一个小有名气的电视明星旁边，后者正炫耀着自己健康黝黑的皮肤和一口光洁雪白的牙齿。等你把孩子送进昂贵的私立学校，你就会看到这种场面。和你擦肩而过的可能是外交官，或者电视竞赛节目里的主持人，还可能是个大毒枭。

今晚是我和朱莉安娜几周以来第一次一起在晚上外出，但我丝毫没有轻松自在的感觉，反而紧张不安。我不停地想象朱莉安娜和乔克见面时的场景。不知怎的，她知道我在对她撒谎。她什么时候会跟我摊牌？自从确诊了帕金森病，我的心情就变得很差，也不想和他人交流。或许我心中有愧吧。但更有可能的是，我悔不当初。这就是我为身边的人“消毒”的方式。

我正在一点点失去对身体的掌控。一方面，我能接受这个现实。只要我的思维仍然活跃，我就能好好地活下去。哪怕我的生活空间缩小到两耳之间，我还能好好活着。但另一方面，我已经开始思念我尚未失去的东西。

这就是我的现状——与其说是站在了人生的十字路口，毋宁说是走进了生活的死胡同。我有一个引以为豪的妻子，还有一个女儿，看着她的睡颜，我会幸福得哭出来。我今年四十二岁了，刚刚学会如何将直觉与知识合二为一，更好地诊断和治疗病人。我的下半辈子在前方等着我——那将是我的黄金年代。不幸的是，虽然我的大脑很乐意陪我过完下半辈子，但是我的身体已经无力，或者说即将无力与我共行。我的身体离我而去的速度越来越快。这是我生活中仅存的定局。

慈善拍卖会进行了很久。每次都那么久。主持人是一个专业的拍卖商，声音听起来像个演员，穿透力极强，即使不断有人小声交谈，还是听得一清二楚。每个班级会拿出两件班级内创作的艺术作品拍卖——大多是把同学们颜色鲜艳的画作粘在一起弄成的一幅拼贴画。查莉的班级有一幅作品是马戏团，另一幅画上是一片海滩，海滩上有彩色的海边临时浴场，彩虹色的伞和冰激凌小摊。

“挂在厨房一定很好看。”朱莉安娜对我说，挽住我的手臂。

“请水暖工花了我们多少钱来着？”

她无视了我的问话。“那条鲸鱼是查莉画的。”

我仔细观察那幅画，注意到地平线上有一块灰色隆起物。画画向来不是查莉的长项，不过我知道她很爱画鲸鱼。

拍卖会既能展现人性之美，也能暴露人性之劣。场面冷冷清清，比我和朱莉安娜这对有个独生女的夫妇更投入的，只有两位糊涂又多金的祖父母。

我出价六十五英镑买那幅沙滩画。当拍卖槌落下，礼貌的掌声响起时，那幅画的价格已经涨到了七百英镑。中标人是在电话里和我们竞拍的。你莫名觉得，自己仿佛置身于该死的苏富比拍卖行。

我们回到家时已是午夜后。保姆忘了打开前廊灯。黑暗之中，我被一堆铜管绊倒了，脚磕在台阶上，膝盖上有一块淤血。

“D.J.之前问我能不能把东西放在这儿。”朱莉安娜满含歉意地说，“别担心你的裤子。回头我拿去泡一泡。”

“我的膝盖怎么办？”

“还能怎么办，又不会死。”

我们去看了看查莉。她的床边放着一圈毛绒动物玩具，一个个面朝外，好似守卫堡垒的哨兵。她将拇指挨在唇边，侧身熟睡。

我在刷牙，朱莉安娜站在我身后的梳妆台旁卸妆。她透过镜子看着我。

“你在外面有女人了吗？”

我没料到，这个问题竟问得如此随意，顿时吃了一惊。我想假装没听到她说话，但为时已晚。我停下刷牙的动作。我的停顿出卖了我。

“怎么这么问？”

她擦掉睫毛上的睫毛膏。“最近，我总感觉你人在心不在。”

“我最近很忙。”

“你还是想留在这个家里的，对不对？”

“当然了。”

她仍旧盯着镜子里的我。我避开她的目光，在洗手池里冲洗牙刷。

“我们都已经不说话了。”她说。

我知道，接下来事情会演变成什么样子。但我不想让事情朝那个方向发展。她会举出翔实且丰富的例子，论证我失去了与人沟通的能力。她觉得，既然我是一个心理医生，那我就应该会把自己的感受说出来，分析到底发生了什么。为什么？因为我没日没夜地研究他人的思维。每天回到家后，单是帮查莉安排时间表，就已经逼近我的思考能力上限了。

朱莉安娜不一样。她爱滔滔不绝，乐于向周围人分享一切，最后解决问题。我害怕的不是和他人分享我的感受。我害怕的是一旦我开始倾诉，我便永远停不下来。

我打住她的话头。“结婚这么久，要说的东西也少了，”我无力地说，“这叫心有灵犀。”

“是吗？我现在在想什么？”

我假装没听到这句话。“我们已经习惯了彼此。这就叫‘亲密’。”

“亲不敬，熟生蔑。”

“不是这个意思！”

她从后面搂住我，双手从我胸前移到腰际，十指相扣。“如果朝夕相处的和你一个人，遇到重要的事却不肯和你促膝长谈，那这样的生活又有什么意义呢？”她把头抵在我的背上，“夫妻都会这样做。这非常正常。我知道你的心里很受伤。我知道你在害怕。我知道你在担心，如果病情恶化，未来该怎么办……查莉和我该怎么办……但是，乔，你不可能挡在我们面前，凭一己之力对抗全世界。面对这些，即便是你也保护不了我们。”

我的嘴巴干了，仿佛一场宿醉将至。这不是争吵——这是夫妻间的相互洞察。如果我不回答，朱莉安娜必会填上无言的间隙。

“你到底在害怕什么？你不会死的。”

“我知道。”

“对，上天待你不公。你没做错事，不应该受这种罪。但想想你拥有的——一座漂亮的房子，一份工作，一个爱你的妻子，一个崇拜你的女儿。如果这些加在一起，都比不过我们遇到的问题，那我们岂不是大难临头了？”

“我不想这一切改变。”我讨厌自己软弱无力的声音。

“它们不一定要改变。”

“我知道你在观察我，在我身上寻找病兆，看我哪里颤抖，哪里抽搐。”

“会疼吗？”她突然问。

“什么？”

“你的腿脚僵住、手摆不动的时候。”

“不疼。”

“我之前不知道。”她把拳头放进我的手心，卷起我的手指，包住她的手。她让我转身，我们四目相对。“这会让你感到难堪吗？”

“有时吧。”

“饮食上有什么要注意的吗？”

“没有。”

“那运动呢？”

“乔克说，运动有一定的帮助，但它不能阻止病情发展。”

“这个我也不知道，”她喃喃道，“你应该早点把这些告诉我。”她靠得更近了，嘴唇贴上我的耳朵。她的脸颊上挂着状若泪滴的水珠。我轻抚她的头发。

她的手顺着我的胸口往下抚摸。事后，我们躺在床上，我望着她的胸脯随心跳起伏。这是我们六年来第一次没有挑日子做爱。

电话响了。

“奥洛克林教授？”

“我是。”

“这里是查令十字医院。很抱歉吵醒您。”这个医生的声音听起来很年轻，我能听出他声音中的倦意。“您是不是有一位名叫博比·莫兰的病人？”

“是。”

“警察发现他躺在哈默史密斯大桥对面的人行道上。他说他要见您。”

第十六章

朱莉安娜翻了个身，把脸埋进我的枕头，将被褥拉到身上。

“怎么了？”她睡眼惺忪地问。

“有个病人出事了。”我往T恤上套了件长袖运动衫，开始找我的牛仔裤。

“你不会去的，对不对？”

“一会儿而已，我很快回来。”

凌晨这个点，我花了十五分钟才到达富勒姆。透过医院大门，我看到一个黑人清洁工正一边跳着古怪的华尔兹，一边推着地上的拖把和水桶。前台坐着一个保安。他示意我走急诊科入口。

塑料转门后，人们散坐在候诊室的各个角落，一个个看起来都疲惫不堪，心怀不满。分诊护士忙得不可开交。一个年轻的医生出现在走廊，和一个大胡子男人争论，后者的额头上压着一块血淋淋的破布，肩膀上还裹着一条毯子。

“如果你不肯坐下，那就准备在这儿等个通宵吧。”医生说。他转过身来，看着我。

“我是奥洛克林教授。”

过了一会儿，他才想起我的名字。他脑海中的记忆齿轮归位了。这个医生的一侧脖子上有一块胎记，他把白大褂的领子翻了起来，好遮住它。

几分钟后，我跟着这位白大褂走进一条空荡荡的走廊，从几辆亚麻手推车和停放在此的担架旁走过。

“他还好吗？”

“主要是割伤和淤伤。估计是从一辆车或者自行车上摔下来了。”

“他入院了吗？”

“没有，但没见到你，他死活不肯走。他一直在说什么‘要把手上的血洗掉’。这就是为什么我把他安排到了观察室。我不想他吓到其他病人。”

“脑震荡吗？”

“没有。他很焦虑。警察觉得他可能有自杀倾向。”医生回头望向我，“令尊是外科医生吗？”

“家父已经退休了。”

“我以前听过一次令尊的演讲。真是叫人印象深刻。”

“是。演讲这方面，家父确实很擅长。”

观察室外面有一扇小小的观察窗，与头齐高。我看到博比坐在椅子上，挺直了背，两脚触地。他穿着沾满泥渍的牛仔裤，一件法兰绒衬衫，外面套着一件军大衣。他拽着外套袖子，扯着一根松了的线，充血的眼睛呆滞地望着前方，目光聚焦在远处的墙壁上，仿佛在欣赏一出只有他能看到而别人都看不到的舞台剧。我走进观察室，他没有转头。

“博比，是我，奥洛克林教授。你知道你在哪里吗？”

他点了点头。

“你能告诉我发生了什么吗？”

“我不记得了。”

“你感觉怎样？”

他耸了耸肩，还是没看我。相较于我，他对墙壁更感兴趣。我能闻到他衣服上散发出的汗味和霉味。除此之外，还有一股难闻的味道—— 一股我很熟悉的味道，但我一下想不起来。某种医用试剂的味道。

“你在哈默史密斯大桥上做什么？”

“我不知道。”他的声音在发抖，“我摔倒了。”

“你还记得什么？”

“我和亚姬上床，然后……有时，我实在无法承受孑然一身。你有过这种感觉吗？我每时每刻都在被这种感觉折磨。我跟在亚姬身后，绕着房子踱步。我跟着她，一直在说我的事情。我告诉她，我在想什么……”

他终于看向我了，愁容满面，眼神空洞。我在另一个人脸上也见过这副表情。那是我的一位病人，他是一名消防员，曾眼睁睁地看着一个五岁小女孩被困在熊熊燃烧的汽车内，却只能听着她凄厉的尖叫声，心如刀绞。他救出了小女孩的母亲和她尚在襁褓中的弟弟，却再没能重返火海。

博比问：“你听过风车的声音吗？”

“是怎样的声音？”

“金属碰撞的声音，但当疾风袭来，风车叶片高速旋转，快到一片模糊时，你会听到空气哀号的声音。”他哆嗦了一下。

“风车是干什么用的？”

“它们让万物运转。把耳朵贴在地上，你就能听到它们的声音。”

“你说的‘万物’是什么意思？”

“灯光、工厂、铁路。没有风车，一切都会停摆。”

“风车是上帝吗？”

“你一无所知。”他不屑一顾地说。

“你见过风车吗？”

“没有。我不是说了，我能听到它们。”

“你觉得哪里能见到风车？”

“大海的中央，石油钻塔这种巨型平台上。它们从地球的中心——地核——抽取能量。我们消耗太多能量了。我们在浪费能量。这就是为什么我们一定要关灯节能。不然的话，我们就会打破大自然的平衡。如果我们把地核里的能量抽干，地核就空了。那一刻，世界会坍缩。”

“为什么说我们消耗了太多能量？”

“关灯，左、右、左、右。做正确的事。”他朝空气敬礼，“我以前是一个右撇子，但我教会自己用左手……压力越来越大了。我能感觉到。”

“哪里有压力？”

他拍了拍头。“我碰过地核，苹果核，铁矿石。你知不知道，等比例比较的话，地球大气比苹果皮还薄？”

他说话时在刻意押韵——这是精神病语言的特征之一。他靠简单的双关语和游戏文字，将脑中随机冒出来的想法连接在一起。

“有时，我会梦到自己被困在风车里，”他说，“到处都是旋转的齿轮，闪闪发光的刀锋，还有锤子敲击铁砧的声音。那是地狱里演奏的音乐。”

“这是你做的噩梦吗？”

他压低嗓门，鬼鬼祟祟地低语道：“我们当中，有人知道这一切是怎么回事。”

“是怎么回事？”

他往后一仰，对我怒目而视。他的双眸粲然发亮。接着，他似笑非笑，表情诡异。“你知不知道，载人飞船飞到月球所需要的时间，比乘公共马车穿越英格兰的时间还短？”

“不，我不知道。”

他得意扬扬地叹了口气。

“你在哈默史密斯大桥上做什么？”

“我躺在地上，听风车的声音。”

“当你进医院的时候，你不停地说，你要把手上的血洗掉。”

他想起来了，却一言不发。

“你手上的血是怎么来的？”

“仇恨是件很正常的事。大家心知肚明，但嘴上不说。别人伤害我，我就伤害别人，这很正常……”

他说的话毫无逻辑。

“你伤害了别人吗？”

“想象一下，你把所有仇恨都装进瓶子里。一滴仇恨，两滴仇恨，三滴仇恨……仇恨和其他液体不一样，它不会蒸发，就像油。然后，有一天，你把瓶子装满了。”

“然后呢？”

“你必须把它倒掉。”

“博比，你伤害了谁吗？”

“不然你还能怎么摆脱仇恨？”他拽着法兰绒衬衫的袖口，袖口上沾着些暗色的痕迹。

“那是血吗，博比？”

“不是，那是油。你没听我说话吗？这一切都和油有关。”他站起来，朝门口走了两步。“我现在能回家了吗？”

“我觉得你最好在这里待一阵子。”我尽量不露声色地说。

他眼神怀疑地望着我。“为什么？”

“昨晚，你经受了某种精神崩溃，或者叫记忆衰退。你可能经历了什么事故，或者摔了一跤。我觉得，我们要给你做一些测试，观察一段时间。”

“在医院里吗？”

“对。”

“普通病房？”

“精神病房。”

他立即听出了我话里的玄机。“去你妈的！你想把我关起来。”

“我们会把你视作自愿接受治疗的病人。如果你想的话，随时可以离开。”

“别跟我耍花招！你觉得我是个疯子！”他朝我咆哮。他想冲出去，某种无形的力量却将他拉住了。或许，他在我身上投入了太多注意力。

从法律上讲，我不能强行留住他。即便我有证据，我也无权强制博比入院治疗，或者羁押他。精神病专家、医生和法庭手握此特权，但卑微的心理医生一无所有。博比想走，我也拦不住他。

“你会来探望我吗？”他问。

“会。”

他扣好衣服，点了点头，表示同意。我陪他穿过走廊，同乘一部电梯。“你以前经历过这种空白期吗？”

“什么是‘空白期’？”

“就是记忆里有些时段凭空消失了。”

“一个月前经历过。”

“你还记得是哪一天吗？”

他点了点头。“仇恨必须倒掉。”

医院正门开了。走到门前台阶时，博比转身，向我表示感谢。我又闻到了那股气味。我知道它是什么了，是氯仿。

第十七章

氯仿是一种无色液体，密度为水的一点五倍，气味与乙醚相似，甜度为蔗糖的四十倍。它是一种主要用于工业的重要有机溶剂。

一八七四年，爱丁堡的苏格兰医生詹姆斯·辛普森爵士第一次将其用作麻醉剂。六年后，在维多利亚女王分娩她的第八个孩子利奥波德王子时，英国医生约翰·斯诺将氯仿献给了女王，供她使用。

只需在面罩或布料上滴几滴氯仿，便能在几分钟内产生用于外科手术的麻醉效果。患者会在十到十五分钟内醒来，常常头昏眼花，但很少会出现恶心或者呕吐的情况。氯仿危险性极高，大约每三千个病例中便有一例会出现致命的心脏停搏……

我合上百科全书，把它放回书架，给自己留了一张便条。为什么博比·莫兰的衣服上会沾上氯仿？他打算拿这种工业溶剂，或者麻醉剂，干什么呢？我似乎记得，止咳药和止痒膏里有时也含有氯仿，但用量极少，不足以产生那么独特的气味。

博比曾说他以前是快递员。或许他送的货里有工业溶剂。等下一个疗程，如果地面指挥能呼叫到汤姆船长[①]，我会问问他。

楼下的地下室里传来“砰砰砰”的敲击声。D. J. 和他的学徒还在修锅炉。据他所说，我们家整个内部管道系统看起来就像是一个有特殊癖好的疯子修的，他的特殊癖好就是把管子扭成九曲十八弯。我们家的墙壁里仿佛藏着一件现代雕塑作品。天晓得这得花我们多少钱。

我在厨房里倒了杯咖啡，和查莉并排坐在早餐吧台上。她把从图书馆借的书靠在一盒麦片上。我的晨报则靠在橙汁旁。

查莉在跟我玩一个游戏，游戏内容就是模仿我做的一切。我咬一口吐司，她就跟着咬一口吐司。我抿一口咖啡，她也跟着抿一口茶。我试图看夹在报纸缝隙间的新闻，她甚至连我歪头看报的样子也学得惟妙惟肖。

“你抹完橘子酱没有呀？”她一边在我面前挥手，一边问。

“抹完啦。对不起。”

“你的魂被小精灵抽走啦。”

“小精灵向你问好呢。”

朱莉安娜从洗衣房走出来，梳了下额前一绺散乱的头发。烘衣机在暗处隆隆作响。曾经，我们喜欢一起吃早餐，喝按压式咖啡壶做出来的咖啡，互相分享读到的晨间新闻。如今，她更喜欢让自己忙个不停。

她把碗碟装进洗碗机，把我的药放到我面前。

“医院出什么事了？”

“我的一个病人摔了一跤。他没事。”

她双眉微蹙。“以后这些紧急求救的事就少接吧。”

---

① “地面呼叫汤姆船长”是英国著名摇滚歌手大卫·鲍伊广为人知的歌曲《太空怪人》（*Space Oddity*）中的一句歌词。歌曲讲了汤姆船长驾驶飞船，因无法联系到地面控制中心而迷失在宇宙中的故事，讽刺了二十世纪六七十年代在毒品泛滥的社会中迷失自我、沉沦放纵的人。这里可以理解成“如果博比神志清醒”。

“我知道。这次是特例。”

她拿起一块四分之一大的吐司，咬了一口，开始帮查莉打包午餐盒。我闻到了她身上的香水味，留意到她穿了一条崭新的牛仔裤和她那件最好看的夹克。

“你要去哪儿？”

“我有一场‘理解伊斯兰教’的研讨会要参加。答应我四点回来，别让查莉一个人在家。”

“不行啊。我有约了。”

她嗔怪道：“咱们又不能把她扔在这儿不管。”

“我五点能到家。”

“行吧，我看看能不能找个保姆帮忙。”

我坐在办公室里，打电话给鲁伊斯。电话里，我隐约听到了工业设备的声音和潺潺的流水声。他身旁应该是一条小溪。

我刚报上姓名，就听到某种电子设备发出“咔嗒”一声，甚是清晰。我寻思他是不是要把我们的谈话录下来。

“我想问问凯瑟琳·麦克布赖德的事情。”

“嗯？”

“她身上有多少道伤口？”

“二十一道。”

“病理学家有没有在尸体上发现氯仿的残留痕迹？”

“你又不是没读过报告。”

“里面没有提到这一点。”

“你想知道什么？”

“这可能也不是什么很重要的事。”

他叹了口气。“咱们做笔交易吧。只要你以后别再为了问这些狗屁问题打给我，你那笔停车罚款，我也就一笔勾销了。”

我还没来得及说一声“抱歉打扰你了”，便听到有人在喊他的名字。他咕哝了一句“谢谢，不劳你费神了”，随即挂了电话。这个男人的沟通技巧跟殡仪师有一拼。

芬威克在我的候诊室里探头探脑，不时瞥一眼他的劳力士金表。我们准备去梅费尔区一家他最爱的酒店吃午餐。周日增刊上，这种档次的酒店往往广受好评，因为酒店里总有一位喜怒无常、英俊潇洒还和超模约会的主厨。据芬威克说，这里还是广为人知的名人聚集地，但似乎我在的时候，他们就不在。我确实在那里见过一次彼得·奥图[①]。芬威克叫他“彼得”，听上去跟他很熟的样子。

今天，芬威克显得格外平易近人。走去酒店的路上，他问起了朱莉安娜和查莉。点餐的时候，他把整张菜单大声朗读了出来，对每一道菜评头论足，就好像我是个文盲。我点了矿泉水，没有点红酒，他一脸失望。

“我发过誓，中午不沾酒精。”

“这太不合群了。”

“有些人下午还要上班。”

侍者来到我们桌旁，芬威克一丝不苟地跟他交代，自己点的餐要如何烹制，甚至对烤箱的温度以及要不要提前将肉嫩化这些细枝末节，都提了一番建议。倘若这位侍者不是傻瓜，他决不会把方才听到的指示传达给厨房。

“有没有人和你说过，别去惹给你做饭的厨师？”我问。

芬威克迷惑不解地看着我。

“算了，”我说，“你读大学的时候，肯定没试过自己挣学费吧。”

① 爱尔兰著名演员，凭借《阿拉伯的劳伦斯》一片成名。

“我有补贴啊，老同学。”

果然！

芬威克环视四周，寻找熟悉的面孔。我一直不是很确定，他干吗要找我出来吃午饭。十有八九，他会游说我投资房地产，或者投资一家生物技术创业公司。他对钱完全没有概念，更重要的是，他根本不知道普通人挣的钱有多么少，也不知道有多少按揭贷款等着他们偿还。

芬威克向来不是我征求意见的人选，但既然他在这儿，谈话也已陷入停滞，那我征求一下也无妨。

“问你一个假设性的问题，”我说着，把餐巾叠起来，又展开，“如果你怀疑自己的一个病人犯了重罪，你会怎么做？”

芬威克神色警觉。他回头看了一眼，仿佛担心有人会无意间听到我们的对话。“你有证据吗？”他低声问。

“证据倒没有……更像直觉吧。”

“有多严重，这个罪？”

“我不知道。可能是最严重的那种。”

芬威克倾身向我，一只手弯成杯状，盖在嘴边，样子可疑得不能再可疑。“老同学，你一定要报警了。”

“那医生-患者保密协议怎么办？它是我行医的最高原则。如果我的病人不信任我，我也帮不了他们。”

“这个原则在这里不适用了。想想塔里索胡的先例。”

塔里索胡是二十世纪六十年代的一个大学生，他谋杀了住在加利福尼亚州的前女友。在一次治疗中，他向他的心理医生透露，他打算杀掉她。遇害女孩的父母控告心理医生玩忽职守，最后赢了官司。

芬威克的鼻子紧张地抽动着，他还在说话。“如果你可以合理推断，你的客户向你表明了他将对某个第三方造成严重伤害的意图，那你就有义务披露这部分保密信息。”

“没错，但如果他并没有指明要威胁谁呢？”

“我觉得这并不重要。”

“不，这很重要。我们有义务保护目标受害人免受伤害，但前提是，病人向我传达了他打算采取暴力手段的意图，并且还指明了某一个人。”

“你在钻牛角尖。”

“我没有。”

“难道我们要放任一个杀人凶手在大街上闲逛吗？”

“我不知道他是不是杀人凶手。”

“一个人是不是杀人凶手，不应该让警察来决定吗？”

也许，芬威克是对的，但万一我过早地下了一个错误的结论，那怎么办？保密性原则是临床心理医学不可或缺的部分。如果我未经博比同意，对外透露了我和他治疗期间的细节，我便违反了数十条规定。我可能会受到协会的纪律处分，还可能面临诉讼。

我有多大把握认定，博比是一个危险人物？他殴打了出租车里的女人。除此之外，我还听他神经兮兮、冗长含混地讲过一些有关风车和一个梦中女孩的事。

芬威克将杯中红酒一饮而尽，又要了一杯。他真的很享受这种仿佛在当秘密间谍的感觉。我估摸，平时应该没什么人征求他的意见。

我们的饭菜上桌了，话题从保密性原则回到了我们熟悉的领域。芬威克和我聊了聊他最近的一些投资，以及假日安排。我感觉，他正把谈话引向某个方向，却又找不到恰当的时机，能让他自然而然地转移到那个话题上。等我们喝完咖啡，他终于决定单刀直入。

“有件事我想拜托你一下，乔。我不是那种爱麻烦别人的人，但我还是想麻烦你一件事。”

我的大脑已经开始自动思考如何拒绝。我实在想不出，芬威克能有什么事会需要我帮忙。

这番请求仿佛一块压在他胸口的巨石，令他忧心忡忡，一句开场白重复了好几遍。最后，他解释说，他准备和他交往已久的女友杰拉尔丁结婚了。

“真有你的！恭喜啊！”

他抬手打断了我。“对，呃，我们打算六月在西萨塞克斯郡举行婚礼。她的父亲在那儿有一座庄园。我想问你……那个……就我想说的是……我的意思是说……如果你愿意做我的伴郎，我会感到非常荣幸。”

有那么一会儿，我担心自己可能会笑出声。我和芬威克一点都不熟。虽说我和他的办公室相邻，共事了两年，但除了偶尔一起吃顿午餐，我和他没有任何来往，从未打过一局高尔夫或网球。我依稀记得，我在一场办公室里举行的圣诞派对上见过杰拉尔丁。在那之前，我一直怀疑，芬威克会不会是一个老派的单身花花公子。

“肯定还有人比我……”

“啊，是，这个自然。我只是觉得……那个，我只是觉得……”芬威克拼命眨眼，万念俱灰。

这一刻，我明白了。虽说芬威克总爱显摆自己认识哪个名人，还成功跻身上流社会，常常一副神气十足的样子，但他一个朋友都没有。不然，他为什么会选我当他的伴郎呢?

“我当然愿意，”我说，“只要你觉得没问题……”

芬威克激动得不行，我觉得，他要冲上来拥抱我了。他把手伸过饭桌，抓住我的手，使劲摇晃。他的笑容是那么的可怜，可怜得像一条流浪狗，让我想把他带回家。

回办公室的路上，他提了一堆我们能一起做的事情，包括置办一场单身汉派对。“咱们可以用一些你开讲座换来的优惠券嘛。”他腼腆地说。

我突然想起，八岁那年，我去寄宿学校上学的第一天学到的道理。第一个上台自我介绍的孩子，拥有的朋友最少。芬威克就是那个孩子。

第十八章

埃莉萨穿着一件泰式丝绸长袍，拉开门。灯光洒在她身后，映照出衣服下胴体的轮廓。我努力把注意力集中在她的脸上，但我的眼神背叛了我。

“怎么这么晚？我以为你几小时前就来了。”

“塞车。”

她站在门廊打量我，仿佛不确定要不要让我进屋。接着，她转过身，我随她穿过大厅，眼睛盯着她长袍下一扭一扭的屁股。

埃莉萨住在拉德布鲁克格罗夫一家改造过的印刷厂里，离大联盟运河不远。未上漆的横梁和木托梁相互交错，犹如建在盆景里的一座都铎式小别墅。

这地方堆满了旧地毯和古董家具，是她母亲去世时她从约克郡运过来的。她最引以为豪的是一把伊丽莎白一世时代的鸳鸯椅，椅臂、椅脚都雕刻得纤毫毕现。十二个面容精致的陶瓷娃娃在座位上端庄而坐，仿佛在等待别人邀她们共舞。

她给我倒了杯酒，坐在沙发上，拍了拍身旁的空位。她注意到我犹豫不动，顿时拉长了脸。“我说，你今天不对劲啊。平时，你会亲我脖子的。”

“对不起。”

她笑了笑，跷起二郎腿。我感觉身体里仿佛有某样东西碎了。

“天哪，看把你紧张的。我帮你好好按摩一下。”

她把我拉到沙发上，灵巧地坐到我身后，轻轻揉捏我肩胛骨间收紧的肌肉。她两腿张开，环绕着我的身子，我感受得到，她的大腿在摩挲我的后腰。

“我不应该来的。”

“那你为什么来？”

“我想来道歉。这都是我的错。你我的事，是我明知故犯了。”

“好吧。”

“你不介意吗？”

“反正你床上功夫很棒。”

“我不希望你这么看我们的关系。”

“那你想我怎么看？”

我思考了一会儿。“我们有过一段短暂的邂逅。”

她放声大笑。“才没有他妈的那么浪漫。”

我一阵尴尬，蜷起脚趾。

“发生了什么事吗？”她问。

“我觉得这对你不公平。”

“或许应该说，是对你妻子不公平？”

“嗯。”

“你从未告诉过我，为什么那晚你那么不安。”

我耸了耸肩。“我只是在思考生命和别的东西罢了。”

“生命？”

“还有死亡。”

“老天，别又来一个。”

“什么意思？”

“一个年近不惑，突然开始思考世间万物到底意味着什么的已婚男人？我以前总是碰到这种人。唠唠叨叨的！真应该收他们双倍服务费。那样我早就成富婆了。”

“我不是那样的人。”

“好吧，那你是怎样的？”

“如果我跟你说，我患了不治之症呢？”

她停下按摩我脖子的手，把我转了个身，面向她。“你想说的其实是这件事吗？”

我突然改变了主意。“不。我只是突然犯蠢而已。”

埃莉萨有些恼怒。她觉得我在玩弄她。“你知道你这人问题出在哪儿吗？”

“哪儿？”

“你从小到大，一直都是温室中的花朵。永远都有人照顾你。小时候是你母亲，后来是寄宿学校，然后是大学，再后来你结婚了，有了一个妻子。”

“你想说的是？”

“生活对你来说太容易了。你从没遇到过挫折。别人遭遇不幸，你帮他们重新站起来，可你却从未摔倒过。你还记得我们的第二次见面吗？”

我点点头。

“那你还记得你和我说过的话吗？”

我开始拼命搜索记忆。那是在霍洛韦监狱。埃莉萨用一把折叠刀捅伤了两个年轻男子，事后，她被控恶意伤害罪。当年她二十三岁，毕业后在肯辛顿一家安全押运公司工作，经常要乘飞机辗转于欧洲和中东。

一天晚上，有人打电话给她，叫她去骑士桥区的一家酒店。她并不认识那位客户。一进客房，她就感觉有些不对。一般来说，她的客户都是中年人，但这位却是一个年轻人。房间里的咖啡桌上放着一堆空啤酒瓶。

她还没反应过来，浴室门开了，走出来六个年轻人，那天正好是其中一人的十八岁生日，他们在开派对。

被强奸了一次后，她不再反抗。她一边求他们放她走，一边把目光集中在她的大衣上，她的手沿着床，一点一点地伸向大衣。男孩们轮流侵犯她，其他人则在一旁看《今日赛事》上曼联对切尔西的比赛打发时间。

埃莉萨几乎无法呼吸。流出来的鼻涕混着眼泪淌在脸上。终于，她把手伸进了大衣，手指钩住了刀。

瑞恩·吉格斯在中场线附近拿到球，带向左下路……某人的手从后面抓住埃莉萨扭动挣扎的头。史蒂夫·克拉克冲上来逼抢吉格斯，但后者切入了禁区，又晃了出来……一个皮带扣硌进她的胸膛……马克·休斯冲向门柱，引得对方两名中后卫奋起直追。吉格斯送出一脚横传。坎通纳凌空抽射，一击成功。球网鼓了起来，和埃莉萨的脸一样。

那人终于放开了她，她低声说了一句："游戏结束了。"

她把刀狠狠地捅进面前男孩的臀部。他的尖叫声响彻房间。接着她一个转身，又把刀捅进另一个男孩的大腿。

趁对方向后倒下之际，她一个翻身，抄起一个啤酒瓶，抓住瓶颈，往床头柜的柜角一砸，敲碎瓶身。她一只手拿刀，另一只手拿着一个破碎且锋利的瓶子，和他们隔床对峙。

她手里的刀只有两英寸长，所以两道伤口都不深。埃莉萨在酒店大堂报了警。她深知自己凶多吉少，但别无选择。她敷衍了事地做了笔录。每个男孩接受审讯时，身边都有一位律师。他们的口供一模一样。

埃莉萨被控恶意伤害，而年轻人们则被警署警长严肃地训斥了一顿。六个有钱、有权，早已赢在人生起跑线上的青年强奸了她，然后逍遥法外。

在霍洛韦监狱里还押候审时，她指名道姓要求见我。尽管她年纪已经大了一些，但看起来和当年一般脆弱。她坐在一张塑料椅上，头歪向一边，头发垂下来，遮住一只眼睛。她缺了一块的门牙早已补好。

“你觉得生活里诸事的走向，是我们能主宰的吗？”她问我。

“有一些可以。”

“那有哪些是不可以的呢？”

“那些我们无力掌控的事情就不可以：醉酒司机乱闯停车标志，彩票球的掉落顺序，在我们体内像流氓一样增殖分裂的癌细胞。”

“所以我们只能控制生活里无关紧要的事情？”

“那也得看运气。给你举个例子，是希腊剧作家埃斯库罗斯身上发生的事。一只老鹰误把他的秃头看成了岩石，往他头上扔了一只陆龟，把他砸死了。我猜，他绝没料到这是他的死法。”

她笑了起来。一个月后，她认了罪，被判两年有期徒刑。她在监狱洗衣房工作。每当想起往事，感到怨愤之时，她就会拉开烘干机的门，把头塞进去，冲着巨大且温暖的银色滚筒大声尖叫，让声音在脑中炸开。

我曾就“生活为何总是诸事不顺”对埃莉萨进行过一番言简意赅的说教，现在，她是想让我回想起我自己说过的话吗？她滑下沙发，轻手轻脚地穿过房间，寻找香烟。

“这么说，你跑这儿来就是想告诉我，以后咱们不能再上床了？”

“对。”

“你本来是想事前跟我说，还是事后跟我说？”

“我不是在跟你开玩笑。”

“我知道。对不起。”

她叼着香烟，任它下垂，重新系好长袍腰带。有那么一刻，我瞄到了她小巧玲珑的胸部。我说不清她是生气还是失望，又或许她并不在乎。

“等我写完给内政部的申请信后，你能帮我读一读吗？”

“当然。”

“然后，我需要你再来做一次讲座，可以吗？”

“我一定来。”

离开时，她吻了吻我的脸颊。我不想离开。我喜欢这座房子，喜欢它褪色的地毯、瓷娃娃、四帷柱大床。可现在，我感觉我已经在渐渐消失了。

除了楼下客厅窗帘间漏出来的一点光，家中一片黑暗。屋子里暖乎乎的。前厅的壁炉在燃烧。我能闻到无烟煤的味道。

最后一点红色余烬在炉栅里闪着火光。我伸手去按电灯开关，左手却颤抖起来。窗边的扶手椅上坐着一个人，我能看到他的头和肩膀的轮廓。那人的前臂撑在椅子宽大的扶手上。黑色的鞋子平放在抛光木地板上。

“咱们要好好聊聊。”鲁伊斯连站都懒得站起来。

“你是怎么进来的？”

“尊夫人说，我可以进屋等你。”

“有什么能帮到你的吗？”

“别跟我扯这些没用的。”他俯身向前，从黑暗中探出身来。他面色苍白，声音疲倦。“我问了病理学家关于氯仿的事。他们一开始没有注意。对着一具浑身刀伤的尸体，注意力就全在那上面了，都忘了要关注别的细节。”他转身盯着壁炉，“你是怎么知道的？”

“我不能告诉你。”

“这不是我想听到的答案。”

“我……一个假设而已。”

“愿意告诉我为什么吗？”

“我不能告诉你。”

他怒火中烧。亮光下，他的面容一点疲态都没有，硬朗得如同刀刻斧凿的一般。“我是一个老派的警探，奥洛克林教授。我上的是地方综合中学，一毕业就进了警队。我没上过大学，也没读过几本书。你会用计算机，我一窍不通，但我知道它们很有用。对我来说，心理医生就跟计算机一样。”

他的声音安静下来。“每次我进行调查，总有人跟我说，我不能干这个，不能干那个。总有人告诉我，我花太多钱了，我不能打谁谁谁的电话，我不能搜查哪里哪里的房子。我有成千上万件不能做的事情——这些事通通让我很窝火。

“我已经警告过你两次。如果在我调查这起谋杀案期间，你拒绝给我提供相关信息，我就会让你眼睁睁地看着我，把这一切，”他指了指房间、屋子和我的妻子，“摧毁殆尽。”

我不知道该说些什么同情他的话，让他卸下防备。我能跟他说什么？我有一个病人，他叫博比·莫兰，他有可能是，也有可能不是，一个边缘型精神分裂症患者。他看到一位和他母亲相像的女士，便将对方踢到不省人事——因为他想他母亲死。他喜欢列清单。他爱听风车的声音。他的衣服上有氯仿的味道。他随身带着一张纸，上面写了几百个“21”——凯瑟琳·麦克布赖德刚好在自己身上割了那么多刀……

如果我把这一切告诉他，他很可能会笑话我。没有任何确凿证据表明，博比和凯瑟琳之间有联系，但如果我把这一切说出去，就会有十几个侦探找上博比的家门，翻查他的过去，惊扰他的未婚妻和她的儿子，而我则是罪魁祸首。

博比将会知道，那些人是我派去的。他不会再信任我。不仅仅是我，他永远都不会信任我这类人。他对我的怀疑将会成真。他向我寻求帮助，而我却背叛了他。

我知道，他是一个危险人物。我知道，他的幻想正把他领向一个恐怖的地方。但除非他坚持来我这儿接受治疗，否则我可能永远都无法阻止他。

怨怒和敌意如同无烟煤的气味，悬浮在空中。鲁伊斯穿上大衣，朝前门走去。我的左臂在颤抖。机不可失，时不再来。做出决定吧。

“你搜索凯瑟琳公寓的时候，她是不是有一条红色的裙子？”

鲁伊斯如遭雷击。他迅速转身，朝着我逼近了一步。“你是怎么知道的？”

“这条裙子是不是不见了？”

“对。”

“你觉得，她有没有可能是穿着这条红裙子失踪的？”

“有可能。”

他的身形凝立在敞开的门中。他的眼睛里布满血丝，却仍目光如炬，死死地盯着我。他张开手指，握成拳头。他想把我大卸八块。

“明天下午来我办公室。我给你看一份文件。这份文件你不能带走。我甚至不知道它能不能帮上忙，但你一定要看看。”

第十九章

蓝色的马尼拉文件夹摆在我面前的桌子上。文件夹上装着一个扁平的圆轮，一根缠绕着圆轮的带子把文件夹封住。我反复将带子解开，又系好，解开，又系好。

米娜走进办公室，紧张地扫了一眼身后。她没敢说话，一直走到我桌前，才窃窃低语：“候诊室里来了个很吓人的男人。他说要见你。”

“没事的，米娜。他是一位警探。”

她惊讶地睁大双眼。“噢！他没跟我说。他只是——”

“冲你大吼大叫？”

“对。”

“带他进来吧。”我示意她靠过来一些，“大概五分钟后，给我打电话，提醒我去办公室外面参加一场很重要的会议。”

“什么会议？”

“反正很重要就是了。”

她朝我皱了皱眉，点点头。

鲁伊斯板着一张铁砧似的脸走了进来，我朝他伸手，他理都不理，我的手僵在半空，活像一个交通指挥员。他坐了下来，靠在椅背上，两腿一张，任大衣摊开。

“这么说，这里就是您工作的地方吗，教授？不错嘛！”他草草扫视了一圈房间，但我知道，他正在暗暗记下各处细节。“租这么一间办公室，得多少钱啊？”

“我不知道。我只是合伙人之一。”

鲁伊斯挠了挠下巴，在大衣口袋里摸索了一会儿，拿出一块口香糖。他慢慢拆开包装纸。

“心理医生到底是做什么的？”

“一些人会因为生活中的种种事情遭受创伤，我们帮助这样的人。他们当中，有的患有人格障碍，有的性生活方面有问题，有的患有恐惧症。”

“你知道我想到的是什么吗？两个心理医生路过一个被坏人袭击，倒在地上血流不止的人，其中一个对另一个说：‘咱们去找袭击他的人吧——他需要帮助。’”

他嘴上挂着微笑，眼里却只有冷漠。

“我帮助过的人里，既有受害人，也有行凶作恶的人，但还是受害人居多。”

鲁伊斯不为所动，耸了耸肩，把口香糖包装纸扔进垃圾桶。“说，你怎么知道红裙子的事？”

我低头扫了一眼文件夹，把带子解开。“几分钟后，我会接到一个电话。待会儿，我会因事离开办公室，但如果你想留在这儿，我也很欢迎。我的椅子坐起来，估计要比你的更舒服。”我打开博比的文件。

“等你搞定，如果还想跟我聊点什么，就去马路对面找我，我在那儿喝东西。但我不能跟你聊某个特定的病人或案例。”为了强调这点，我拍了拍博比的文件夹。“我只能大体上跟你讲讲人格障碍是怎么回事，还有精神病患者及精神变态者的行为举止。这一点希望你能记住，咱们讨论起来也容易些。”

鲁伊斯好像祈祷一般，双手合十，食指碰了碰嘴唇。“我不喜欢跟人玩游戏。”

“这不是玩游戏。你不肯这么干，我就帮不了你。”

电话响了。米娜说起套话，但没有说完。我已经走出办公室。

外头阳光明媚，天空一片蔚蓝。这样的天气感觉不像是十二月中旬，更像是五月里的一天。伦敦就是这么一座城市，偶尔献上美好灿烂的一天，提醒这里的人们，他们住的地方还不算太糟。

这就是为什么英国人是世界上最乐观的乐观主义者。我们爱炎热干燥的天气，哪怕只有一周，我们都能咀嚼着这段美妙回忆，度过整个夏日。年复一年，年年如此。春天到了，我们赶紧采购短裤、T恤、比基尼和莎笼，期盼着一个永远不会到来的绚烂季节。

鲁伊斯找到了我，我正站在吧台，小心翼翼地捧着一杯矿泉水。

“轮到你买单了，”他说，“我要一品脱[①]苦啤酒。”

午餐时间，酒吧里挤满了人。鲁伊斯走到前台窗户旁的角落，那里有张桌子，坐着四个男人。他们看起来像办公室勤杂员，但穿着裁剪得体的西装，还打着丝质领带。

鲁伊斯在桌子下亮出他的警徽。

“抱歉打扰你们，诸位绅士，但我在进行一项监视行动，目标是对面那家银行，现在要征用你们这张桌子。”

他朝窗外指了指，四个人同时转头，看向对面。

“别那么明显好不好！”

四个人迅速把头转了回来。

“我们有理由相信，一伙持枪抢劫犯已经盯上了这家银行。你们看到街角那个穿橙色背心的家伙了吗？”

---

① 1英制品脱约合568毫升。

“那个环卫工人？”其中一人问。

“对。嗯，他是我们队里的精英。银行隔壁那家内衣店的女售货员也是。现在，我需要你们这张桌子。”

“任您差遣。”

“悉听尊便。”

“我们还能帮上什么忙吗？”

我看到，鲁伊斯眼里闪过一丝狡黠的光芒。“唔，我们平时很少征用平民卧底，不过我刚好缺人手。你们分头行动，各占一个角落。不要让自己太显眼。我们的目标是一辆车，车里有一群人，其中有四个是站着的。”

“我们怎么联系你？”

“和那个环卫工人说。”

“有没有什么暗号？”其中一人问。

鲁伊斯翻了个白眼：“这是警方行动，又不是在拍他妈的007电影。”

等他们走了，他挑了张最靠窗的椅子坐下，把酒杯放在杯垫上。我坐在他对面，把杯子放到一边。

“你跟他们实话实说，他们也会把桌子让给你。”我说，说不准他是喜欢搞恶作剧，还是单纯不喜欢人。

“这个博比·莫兰，他是不是杀了凯瑟琳·麦克布赖德？”他拿手背擦掉沾在上唇的白沫。

这个问题微妙得像把一块砖头扔向我的脸。

“我不能和你讨论某个特定的病人。”

“他有没有承认杀害了她？”

“我不能告诉你，他可能对我说了什么，又或者没说什么。”

鲁伊斯眯起眼睛，脸上堆起皱纹，好像狭窄的迷宫，全身肌肉绷紧。忽然间，他吐了一口气，朝我咧嘴，我猜那是笑容。多年未笑，他已经生疏了。

“跟我聊聊那个杀了凯瑟琳·麦克布赖德的凶手怎么样？”

他似乎听懂了我之前跟他说的话。我驱散掉和博比有关的想法，努力根据我对这起罪案的了解，回想杀害凯瑟琳的凶手是一个怎样的人。整整一周，我夜夜失眠，什么都不想，就在想这件事。

“你在跟一个性欲变态人格者打交道，”我说，甚至认不出自己的声音，“杀害凯瑟琳的凶手表现出了强烈的性欲。”

“但尸体上并没有性侵的痕迹。”

“你这么想就错了，普通的强奸或性犯罪和这无关。这是一个极端的性欲错乱者。他的占有欲和伤害他人的欲望已经把他吞噬了。他爱幻想俘虏、囚禁、支配、折磨和杀戮他人的场景。在杀害凯瑟琳的过程中，他肯定把自己的一些幻想付诸实施了。

“想一想他对她做了什么。他把她从大街上掳走，又或者诱骗她跟他一起走。他追求的不是把受害人拖进暗巷，将对方快速又残暴地凌辱一番，最后杀人灭口这么简单。他的目标是将她击溃——有条不紊地摧毁她的意志，把她变成一个百依百顺、诚惶诚恐的玩物。但他还是不满足。他渴望得到至高无上的支配权，渴望她能完完全全地屈服在他的意志之下，甚至愿意自己折磨自己……”

我望着鲁伊斯——他随时会跟不上我的思路。“他几乎成功了，但最后，凯瑟琳的意志并没有完全崩溃。她还剩一点点反抗的念头。她以前是护士。即便手里只有一把短刀，她也知道要割哪里能痛快地死去。当她痛得无法再对自己下手时，她割开了脖子上的颈动脉。这引发了空气栓塞。几分钟内，她就咽气了。”

“你是怎么知道这些的？”

“我在医学院上了三年学。”

鲁伊斯盯着他的品脱玻璃杯，仿佛在看它有没有摆在杯垫的正中间。

远处，一座教堂响起钟声。

我继续道：“你要找的凶手，是一个孤独、不擅社交、性发育不成熟的人。”

“听起来就像满大街的青少年。”

“不。他不是青少年。他年纪偏大。很多年轻人一开始是这样的性格，但时不时就会出现一两个这种人，他们把自己的孤独和遭受的性挫折归咎到别人身上。每被人拒绝一次，他们的痛苦和愤怒就增长一分。有时，这种人会责怪某个特定的人。而有的时候，这种人会憎恨一整个人群。”

“他恨女人。”

“有可能，但我觉得，他憎恨的更可能是某一类女人。他想惩罚她。他会幻想那个场面，从中获得快感。”

“他为什么选了凯瑟琳·麦克布赖德？”

“我不知道。或许，她看起来像他想惩罚的那个人。他也可能是随机挑选的。他刚好掳走了凯瑟琳，于是给幻想中的施虐对象换上了她的样貌和衣着。”

“那条红裙子。”

“有可能。”

“他有没有可能认识她？”

“很有可能。”

“动机是什么？”

“复仇，控制，性满足。”

“三者取其一吗？”

“不，是三者都要满足。”

鲁伊斯身子微微一僵。他清了清喉咙，拿出他印有大理石花纹的笔记本。“那么，我要找的人是怎样的？”

“他应该三四十岁，在一个隐秘但周围有人来往的地方独居——可能是寄宿公寓，也可能是汽车宿营地。

“他可能有妻子，或者女朋友，智力在平均水平之上，体格强壮，但精神应该更加强大。他被自己的性欲和愤怒吞噬，但还不至于失去控制。他有能力管理好自己的情绪。他会警惕法医，知道什么痕迹会被发现。他不想坐牢。

“这个人，他成功地把自己的生活分成了完全割裂的几块。他的朋友、家人和同事对他脑子里想的东西一无所知。

“我觉得，他可能有施虐受虐狂倾向。这种倾向绝不是无中生有冒出来的。一定是有人带领他初尝了施虐受虐的滋味——第一次可能只是闹着玩。但后来，他自己把这种癖好发展到了前所未有的高度，远远超出了‘无伤大体的玩乐’的范畴。真正让我惊讶的，是他的沉稳自信。从尸体上，我看不出凶手有过哪怕一丁点的焦虑，或第一次杀人时的紧张……”

我停了下来，嘴巴又累又酸。我喝了一口水。鲁伊斯呆呆地望着我，身子挺得笔直，时不时记点笔记。我提高嗓音，再次压过周围的嘈杂。

“一个人决不会毫无征兆地在一夜之间变成一个完全成熟的施虐狂——手法还如此娴熟。即便是克格勃这种组织，也要花上好几年时间，才能把自家的审问者训练到这个地步。他的自控能力，还有他手段的复杂程度，简直叫人叹为观止。这些都是靠经验培养出来的。我觉得，这不是他第一次杀人。”

鲁伊斯扭头盯着窗外，在决定要不要接受我这份说辞。他决定不相信我。“扯淡！”

“为什么？”

“因为这个人听起来一点都不像你的博比·莫兰。”

他说得没错。这没道理。博比太年轻了，不可能发展出这么强烈的施虐癖。他太变幻莫测，太难以捉摸。要想完完全全控制凯瑟琳这样的人，不仅要有强大的心理技巧，还要足够狠毒，我严重怀疑博比有没有可能是这种人。体格上，他做得到；但心理力量上，他远远不够格。但话说回来，博比总能让我惊讶，关于他的精神状态，我也只是略知皮毛。他向我掩盖了很多细节，偶尔又透露那么一点，像撒面包屑一样，仿佛要领我走上一段天方夜谭般的旅途。

天方夜谭？对鲁伊斯来说，这一切就是天方夜谭。他站了起来，穿过人群，走向吧台。周围人匆匆忙忙给他让路。他给人一种自带闪光灯的感觉，警告人们不要靠他那么近。

我已经开始后悔了。我真不应该插手进来。有时，我真希望能把大脑关闭一小会儿，不要一刻不停地观察、分析。我真希望我只能关注世界的一隅，不用每时每刻观察别人怎么说话，穿什么衣服，往购物车里放什么，开什么车，养什么宠物，读什么杂志，看什么电视节目。我真希望我能闭上眼睛。

鲁伊斯又回来了，手里拿着一品脱啤酒，还有一杯准备跟在啤酒后喝的威士忌。他把液体燃料般的酒精灌进嘴巴，仿佛要冲掉嘴里的坏味道。“你真觉得是这个家伙干的？”

“我不知道。”

他抓住品脱玻璃杯，靠到椅背上。“你想让我监视他吗？”

“这得你自己决定。”

鲁伊斯略带不悦地呼了口气，发出一丝沙沙声。他还是不相信我。

“你知道为什么凯瑟琳会来伦敦吗？”我问。

“据她室友说，她是来参加工作面试的。但我们还没有找到相关的来往信件——估计她把信带在身上了。”

“电话记录呢？”

“查了她家里的电话号码，但啥都没查出来。她有一台手机，但手机失踪了。”

他把调查到的事实一件件说出来，不予评论，也不加修饰。凯瑟琳的过去和她当年接受治疗时告诉我的零星细节一一吻合。十二岁那年，她双亲离异。她勾搭上了一群不务正业的人，整天吸食胶毒，沾染了毒品。十五岁那年，她在西萨塞克斯的一家私立精神病院里待了六周。出于显而易见的原因，她的家人没把这件事向外人透露。后来，她当上了护士，似乎走到了人生的转折点。尽管她身上还有一些问题，但她也努力应对了。

“离开马士登医院后，她过得怎么样？”我问。

“她搬回了利物浦，跟一个商船水手订了婚。但最后还是分开了。”

“他是嫌犯吗？”

“不是。案发时，他在巴林。”

“目前有其他嫌犯吗？”

鲁伊斯挑起一边眉毛。“有志愿者的话，我们随时欢迎。”他苦笑一下，把剩下的酒灌下肚。“我要走了。”

“接下来你要做什么？”

“我会派手下把跟博比·莫兰有关的信息通通挖出来。如果我发现，他和凯瑟琳有联系，我会非常礼貌地请求他协助我进行调查。”

“你不会提到我的名字吧？”

鲁伊斯轻蔑地看了我一眼。“您尽管放心，教授，您的利益向来是我关心的头等大事。”

第二十章

我的母亲有一张俊秀的脸庞，鼻子小巧而笔挺，一头直发用银色别针向后别住，拢在耳后——自我记事起，她一直这么扎头发。可惜的是，我遗传了父亲乱糟糟的头发。如果它们再长那么半英寸，就会完全炸起来，让我看起来像触电了似的。

我母亲的外工字褶裙、没有图案的衬衫、低跟鞋，乃至身上的一切，无一不代表着她作为医生妻子的声望。她是一个墨守成规的人，去遛狗都要带手提包。

只消煮个鸡蛋的工夫，她就能安排好一场十二个人的晚宴。不仅如此，她还擅长组织游园会、校园节日、教堂庆典、慈善募捐会、桥牌锦标赛、旧物销售会、步行马拉松、洗礼仪式、婚礼和葬礼。虽然她擅长做这么多事，但在生活中，她从不会把支票簿上的账目结平，不会做投资决策，也不会在公共场合发表自己的政治观点。她把这些事情通通交给了我的父亲。

每当我回想母亲的一生，我总深感惋惜，她本来光明的前途，却被她弃如敝屣，一身才华没有施展。十八岁那年，她拿到了卡迪夫大学的数学专业奖学金。二十五岁那年，她发表了一篇震惊全美各大学的论文。她干了什么呢？她嫁给了我的父亲，安顿了下来，过上了循规蹈矩的生活，做出了无数妥协。

我总是爱想象她迎来了自己的“第二春”，跟一个来自希腊的侍者私奔了，或者在写一本热辣的言情小说。我想象着，有那么一天，她会突然抛掉她的谨慎、自律和得体的举止，在雏菊田里光着脚翩翩起舞，或者徒步穿越喜马拉雅山脉。这些都是很美好的想法，总比想象她日渐衰老，余生只能听我父亲对着电视嚷嚷个不停，或者听他大声朗读写给报社的信要美好得多。

他现在就在写信。和我们待在一起时，他只读《卫报》，而那份“斗牛士的红布”——他是这么称呼它的——足够给他提供写上十几封信的素材。

我的母亲在厨房，和朱莉安娜一起，讨论着明天的菜单。昨天不知道什么时候，大家决定把周日的午餐弄成一场家庭聚会。我的两个姐姐也会出席，她们的丈夫以及闷闷不乐的孩子也会来。能逃过这一劫的只有丽贝卡。她在波斯尼亚为联合国工作。上帝保佑她。

这周六早晨，我有诸多杂务要干，其中一项是把成堆的水暖器材从前厅搬到地下室。然后，我还要去耙树叶，给秋千上油，再去本地汽车修理厂买两袋煤回来。朱莉安娜要去商店购置食物，查莉跟她的祖父母去牛津街看圣诞彩灯。

分配给我的另一项杂务，是去买一棵树——一件吃力不讨好的事。修剪匀称的圣诞树，永远只存在于广告里。如果想在现实生活中找一棵一模一样的出来，那就免不了要大失所望。现实里的圣诞树，要不向左歪，要不向右歪；要不就是树根位置太茂盛，要不就是树冠位置太凌乱；要么有的地方光秃秃的，一片叶子都没有，要么两边树枝太疏或太密，看起来怪怪的。哪怕奇迹降临，真的让你找到了一棵完美的圣诞树，你也放不进车里，等你把它绑在车顶行李架载回家时，树枝早就不成样子了，断的断，折的折。你费尽九牛二虎之力把树拖进家门，满嘴松针，汗流浃背，等来的却只有那个叫人抓狂的、流传了无数个圣诞节的问题：“你就真的买不到比这更好看的吗？”

寒气把查莉的脸蛋冻得粉粉的。她的胳膊上挂着几个抛光纸袋，纸袋里装满了新衣服，还有一双新鞋子。

“我买了高跟鞋，爸爸。高跟鞋！”

“有多高呀？”

“就这么高。”她拿拇指和食指比出一个距离。

“我还以为你是个假小子呢。”我逗她。

“我没买粉色的，”她一本正经地说，“也没买裙子。”

上帝翘首以盼的私人医师给自己倒了一杯苏格兰威士忌。看到我的母亲光顾着跟朱莉安娜聊天，没有给他送上冰块，他大动肝火。查莉激动地打开纸袋。她突然停下动作。“这棵树！太好看了吧！”

“很好看吧。我找了三小时。”

我可不能把真相告诉她。其实，这棵树是我托一位朋友找的，他在白垩农场路上的希腊熟食店里工作，介绍了一个专门卖圣诞树的人给我，说这个人把圣诞树放在他那辆三吨重卡车的后车斗上卖，“半个伦敦的人”都过来买。

这桩生意怎么听怎么像骗钱的勾当，但这一次，我豁出去了。我的目标是买到一棵完美无瑕、堪称模范的圣诞树，结果还真给我买到了——这棵金字塔状的圣诞树散发着松木的香气，树干笔直，树枝分布均匀。

回到家后，我一直在客厅里来回走动，对着这棵树赞不绝口。我把“这棵树很好看吧？”说了一遍又一遍，末了还等别人附和我，朱莉安娜已经有点受不了了。

上帝翘首以盼的私人医师在向我阐述，他针对伦敦市中心交通拥堵问题给出的解决方案，而我在等他对这棵树发表评论。我不想催他。他说伦敦西区应在每天指定时间内禁止货运卡车上路。说完这个，他又开始抱怨，商场里有些顾客走得太慢，认为商场应该弄一个快慢道分流系统。

“我今天买到了一棵树。”我实在等不下去了，于是打断了他的话。他陡然住嘴，回头看了看。他站起来，更加仔细地打量了一番，在树的两边走来走去。接着，他往后一站，认真观察树形对不对称。

他清了清喉咙，问：“没有比这棵更好看的了吗？”

“有！有几十棵比它好看的！不对，有几百棵！这棵是长得最差的，垃圾货色，难看至极。我看着都替它难受，才把它买回家。算是收养了一棵毁了容的圣诞树吧。”

他满脸惊讶。“也没那么糟吧。”

“你真他妈的不可理喻。”我咕哝了一句，再也不想跟他待在一个房间。为什么纵使我们已经头发灰白，还有一笔像第三世界债务般等着我们偿还的按揭贷款，我们的父母却总能让我们觉得，自己还是那个长不大的孩子？

我躲进厨房，给自己弄了一杯金汤力，拿起杜松子酒瓶猛地往杯里倒，洒得整个吧台都是酒。我的父亲才来了十小时不到，我就已经要借酒消愁了。但至少，增援明天就会抵达。

在我童年的噩梦里，我总是在奔跑——想摆脱一只怪物，或者是染了狂犬病的狗，或者是一个壮得像英式橄榄球队里的二排前锋，没有门牙，长着菜花耳的尼安德特人。我总会在被抓住前的那一刻惊醒。醒来后，我还是会害怕。噩梦的可怕就在于此，因为恐怖的事情并没有结束。醒来时的那一瞬间，我们置身半空，或刚好在炸弹爆炸前一秒，或在众目睽睽下赤身裸体。

我已经在黑暗中躺了五小时。每当我想着一些开心的事，迷迷糊糊快要睡着的时候，我就会一下子胆战心惊地惊醒。这感觉就好像看一部烂得叫人发笑的恐怖片，哪怕再蹩脚，也总有那么一两个画面，能把你吓得魂不附体。

大多数辗转反侧的夜晚，我都在努力不去想博比·莫兰，因为一想起他，我就会想起凯瑟琳·麦克布赖德，而我不想涉足有关她的回忆。我寻思，博比会不会被拘禁了，他们是不是在监视他。我的脑海中总是浮现出一辆窗户不透光的货车停在他家外面的场景。

人是感觉不到自己被监视的——除非发现了什么线索，或者注意到了有什么地方不对劲。但博比在这方面异于常人。他会留意身边的种种迹象。一个精神病患者会相信电视在跟他说话，他会问自己，为什么路边有工人在修电话线，为什么家外面停着一辆窗户不透光的货车。

或许，这一切都不会发生。阴谋论者坚信，政府暗中搜集着所有公民的私人资料。如今，新科技满天飞，说不定鲁伊斯只需要往计算机里输入博比的名字，就能访问博比的私人数据，找到他想要的一切。

“别想那么多了。睡吧。”朱莉安娜耳语道。每当我有烦心事，她总能察觉出来。查莉出生后，我就没睡过一晚好觉。过了一段时间，睡不好觉成了习以为常的事。如今，我得了这个病，要吃药，就更加睡不着了。

朱莉安娜侧身躺着，被子裹在大腿间，一只手挨着脸放在枕头上。查莉睡觉的样子和她一模一样。她们睡觉时几乎不发出声音，动都不动。仿佛她们不想在梦中留下脚印。

周日早晨，房子里充满了厨房飘来的香气和女人们叽叽喳喳的聊天声。我本来要去生好壁炉里的火，打扫前门台阶，但我没有，而是偷偷去了趟报刊亭，拿了份早报。

我回到书房，把增刊和杂志放到一边，看报纸上有没有报道凯瑟琳的事。正当我准备坐下来时，我注意到，查莉鱼缸里养的一条凸眼金鱼漂在水面上，翻白肚了。有那么一会儿，我以为这是金鱼在耍什么把戏，但凑近了一看，它已经了无生气。它的鳞片上有几块灰色斑点——这是外来鱼真菌感染的迹象。

查莉还不怎么能接受死亡这个话题。中东王国的服丧期比这儿短。[①]我把鱼捞起来，放在手心里，看着这只可怜的生物。我不知道，如果我跟她说，有一条金鱼消失了，她会不会相信。她现在才八岁。但话说回来，她已经不相信圣诞老人，也不相信复活节兔子了。我是怎么把自己的闺女养成一个愤世嫉俗者的？

"查莉，有个坏消息要告诉你。你有一条金鱼消失了。"

"金鱼好端端的怎么会消失呢？"

"好吧，它没有消失，它死了。我很抱歉。"

"它在哪儿？"

"你并不是真的想看，对不对？"

"我想看。"

鱼还在我手里，我的手揣在口袋里。我张开手掌，露出金鱼的尸体，本该是件很肃穆的事情，反倒弄得像变戏法。

朱莉安娜是一个非常井井有条的人，她有一整套鞋盒和拉绳袋，专门拿来放家里死去的这些小生命。我把凸眼金鱼埋在李子树下，查莉在一旁看着。我把它埋在已故的仓鼠哈罗德和一只年幼的麻雀之间，前者我们只知道它是一只"老鼠"，后者撞上了法式玻璃门，把脖子折断了。

中午时分，家庭成员大多到齐了，除了我的大姐露西和她的丈夫埃里克，他们有三个孩子，但名字我都不记得了，只知道他们名字都是"i"音结尾，什么"黛比"、"吉米"和"博比"。上帝翘首以盼的私人医师曾希望露西用他的名字给她的大儿子命名。他希望自己的孙辈也叫"约瑟夫"。但露西固执己见，给大儿子取了另一个名字——忘了是"安迪"，

① 暗示上文的金鱼是一条原产于中东的外来鱼。

还是什么“加里”或“弗莱迪”来着。

他们经常迟到。埃里克是我见过的最健忘的人，偏偏还是一个空管。真是吓死人。他总是忘记我们住哪儿，每次来我们家都要打电话给我们问路。我实在不懂，这么一号人是怎么管好天上那么多架飞机，不让它们相撞的？每次我订好从希思罗机场起飞的航班，我总想提前给露西打个电话，问问埃里克是不是在执勤。

我的二姐帕特里夏正在厨房，和她新交的男友西蒙一起。西蒙是一位刑事律师，为一部揭露司法不公的电视剧工作。帕特里夏走出了离婚的阴霾，此刻正喝着香槟庆祝。

“庆祝归庆祝，没必要奢侈到喝博林格吧。”我父亲说。

“怎么就没必要了？”她说着，趁杯中气泡还没下去，赶紧啜了一口。

我决定把西蒙从这个处境中解救出来。刚进我们家门就要遭罪，实在对不住他。我们把酒带到起居室，寒暄了起来。西蒙长着一张可人的圆脸，像百货公司里的圣诞老人，不停拍打着自己的肚子。

“很遗憾听到你得了帕金森病的事。”他说，“真是太不幸了。”

我的心往下一沉。“谁告诉你的？”

“帕特里夏。”

“她是怎么知道的？”

西蒙突然意识到自己说错话了，开始不停地道歉。过去的一个月里确实有不少令我沮丧的时刻，但最沮丧的，还是看着一个跟我完全不熟的人，站在我面前，喝着我的苏格兰威士忌，替我感到难过。

还有谁知道这件事？

门铃响了。埃里克、露西和他们那几个名字以“i”音结尾的孩子匆匆走了进来，众人纷纷跟他们热情地握手，互吻面颊。露西看到我，下唇开始颤抖。她一把抱住我，我感到她的身体正抵着我的胸口打战。

“我真的很抱歉，乔。真的，真的很抱歉。”

我的下巴靠在她的头顶上。埃里克伸出手，放到我的肩上，仿佛在赐予我教皇式的祝福。我感觉，这是我这辈子最尴尬的时刻。

余下的午后仿若一场在我面前拉开帷幕的四小时的社会学讲座。我厌倦了别人不停地问我身体怎么样，于是躲到花园，查莉正和那几个名字以“i”音结尾的小孩玩耍。她在给他们看我们埋金鱼的地方。我终于记起他们的名字了：哈利、佩里和珍妮。

哈利是一个刚学会走路的小孩，他穿着一件棉夹克，戴着羊毛帽，活像一个缩小版的米其林轮胎人。我把他抛到空中，逗得他咯咯直笑。其他几个孩子假装我是一个怪物，抓着我的腿不放。我突然看见，朱莉安娜正站在法式玻璃门前，若有所思地望着屋外。我知道她在想什么。

午饭后，我们去起居室歇息，众人连声夸赞那棵树和我母亲做的水果蛋糕。

“咱们来玩‘我是谁？’吧。”查莉的嘴唇上还沾着蛋糕渣。众人齐声哀叹，但她装作没听见，一边给大家递笔递纸，一边连珠炮似的解释游戏规则。

“每个人都要想一个著名的人物。不一定是真人。可以是卡通角色，也可以是电影明星，甚至是莱西[①]……”

“我刚想选，你就说了。”

她朝我绷起脸。“别让任何人看到你写的名字。写完后，你要把纸片贴到一个人的头上，那个人就要猜自己是谁。”

游戏开始了，没过多久，起居室里便尖笑声不绝于耳。上帝翘首以盼的私人医师不明白，为什么大家要对着他额头上的名字狂笑不止：他头上贴的是《白雪公主和七个小矮人》里的“爱生气”。

---

① 1994年上映的美国电影《新灵犬莱西》里的一只流浪狗。

正当我开始投入游戏，门铃响了，查莉飞奔过去开门。露西和帕特里夏开始收拾杯碟。

“你看起来不像警察。”查莉说。

“我是警探。”

“那你有警徽吗？”

“你想看吗？”

“我觉得我最好看看。”

鲁伊斯把手伸进夹克内袋，就在这时，我出来帮他解了围。

“我们叮嘱过她，遇到陌生人要小心。”我抱歉地说。

“小姑娘挺聪明嘛。”他冲查莉笑了笑，样子顿时年轻了十五岁。有那么一会儿，我以为他会抚弄一下她的头发，不过，如今很少有人会这么做了。

“有什么能帮到你的吗？”

“有。”他含混不清地挤出一个字，接着拍了拍口袋，仿佛他写了一张用来提醒自己的便条。

“进来坐坐？”

“你不嫌麻烦的话。”

我把他领进我的书房，帮他把大衣脱下来。凯瑟琳的笔记原封不动地摊放在我的桌上。

“在做研究吗？”

“我只是想确保自己没有漏掉什么。”

“你有吗？”

“没有。”

“这一点，你可以交给我来判断。”

“这次不行。”我合上笔记，把它们放到一旁。

他绕着我的书桌走了一圈，瞥了一眼我的书架，端详房间里各式各样的照片，还有我从叙利亚带回来的当作纪念品的水管。

“他做过什么？”

“抱歉，再说一遍？”

“你说过，凯瑟琳并不是凶手杀的第一个人，那他做过什么？”

“练习杀人。”

“在谁身上练习？”

“我不知道。”

鲁伊斯站在窗边，望向花园对面。他扭了扭肩膀，上过浆的衬衫衣领抵在他耳朵下面。我刚想问问他在博比身上调查到了什么，他却打断了我。“他还会再杀人吗？”

我不想回答这个问题。假想中的情况永远凶险重重。他感觉到我在闪烁其词，不打算给我回避的机会。我必须说些什么。

“眼下，他应该还在回想凯瑟琳，回想她是怎么死的。等这些回忆消退之后，他可能还会去寻找新的体验，满足自己的幻想。”

“你怎么这么确定？”

“从他的行为可以看出，他非常放松，从容不迫。他没有失控，他的愤怒和欲望也没有将他占领。他是以一种心平气和、深思熟虑、近乎兴高采烈的心态，来制订杀人计划的。”

“其他受害者呢？为什么我们没有找到其他受害者？”

“或许这是因为你还没在受害者之间建立起联系。”

鲁伊斯往后缩了一下，又挺了挺胸。根据我的话推断，他遗漏了某些重要的东西，他讨厌这番推断。但同时，他又绝不会让这场调查毁于自己的心高气傲。他想理解这一切。

“你想从他的作案手法以及其手法蕴含的象征意义中找到线索，但没有可供比对的案子，你是找不到的。如果能找到另一个受害人，或许你就能觉察到某种模式。”

鲁伊斯用力磨牙，仿佛要把牙齿碾碎。我还能告诉他什么？

“他很熟悉这片区域。埋葬凯瑟琳要花不少时间。他知道，那附近没有能俯瞰运河的房子。他也知道，晚上什么时候曳船道空寂无人。”

“这么说，他是当地人。”

“或者以前是。”

鲁伊斯开始理解，要如何让案件事实去印证理论，将它们互相匹配，看看对不对得上号。众人正往楼下走。厕所传来冲水声。某个孩子爆发出愤怒的哭喊。

“但为什么他要选公共场所作为抛尸地点？他完全可以把她藏到荒郊野外啊！”

“他没想把她藏起来。他是故意让你找到凯瑟琳的。”

“为什么？”

“或许，他为自己的‘作品’感到骄傲，又或许，这只是他给你准备的一道开胃小菜。”

鲁伊斯面色阴沉。“我真不知道你是怎么干这份活的。你明知社会上有这些变态人渣在逃，怎么还吃得下饭，睡得着觉？怎么连他们想什么，你都了如指掌？”他双臂交叉，两手塞在腋下，“话又说回来，谁知道你是不是很享受这些事。”

“你什么意思？”

“我什么意思，你说啊！你在跟我玩侦探扮演游戏吗？给我看这个病人、那个病人的档案。打电话给我，问我各种问题。你觉得这样很好玩吗？”

“我……我被卷进这件事，又不是我愿意的。”

他品尝着我的愤怒。静默中，我听到楼下传来笑声。

“我觉得，你还是离开这里吧。”

他一脸满足，仗着自己体格健硕，不屑地看了我一眼，然后拿起大衣，走下楼梯。我筋疲力尽，甚至能想象出身体里的能量在逐渐枯竭。

鲁伊斯站在前门，把夹克领子翻了下来，回头望着我。“狩猎行动里，教授，有猎犬，也有蓄意破坏狩猎行动的人。敢问您是哪位？”

“我不崇尚猎狐运动。”

“是吗？狐狸也不崇尚。”

所有客人都走后，朱莉安娜让我上楼泡个澡。过了一会儿，我感觉到她爬上了床，靠在我身边。她转过身去，向后依偎在我怀里，我们俩身子紧贴。她的头发散发着苹果和肉桂的香气。

“我累了。”我低声道。

“这一天可真够漫长的。”

“我想说的不是这个意思。我一直在想，要做出一些改变。”

“比如呢？”

“就是一些改变。”

“你觉得那么做明智吗？”

“咱们可以去度假。咱们可以去加利福尼亚啊！咱们说要去度假，都说了好久了。”

“那你的工作怎么办……查莉还要上学？”

“她还年轻。带她出去玩六个月，收获可比在学校里学六个月多多了……”

朱莉安娜转过身来，拿手肘撑着头，直视我。“这是怎么回事？”

“没怎么回事。”

“最开始的时候，你跟我说，你不希望事情改变。你说过，未来不一定要改变。”

“我知道。”

“后来，你突然就不跟我说话了。我根本不知道你经历了什么，结果现在你又给我来这么一出！”

“对不起。我只是太累了。”

“不，你不仅仅是累这么简单。告诉我怎么回事。”

“我时不时就会有这个想法，觉得自己做得还不够多。看看，别人的人生里满是意外和奇遇，看完之后你会觉得，哇，我也要多做点什么。于是我就想要出去走走。”

“趁还有时间吗？”

“对。”

“所以还是和帕金森病有关？”

“不是……我不知道怎么解释……算了，当我没说。”

“我不想当你没说。我想让你开心，但我们没有钱——我们要还按揭贷款，要付水暖工工钱。这是你自己说的。或者夏天，咱们可以去康沃尔郡……”

“好。你说得对。康沃尔也很不错。”我努力让自己听起来很有热情，但我知道我失败了。朱莉安娜伸出一只手，搂住我的腰，把我抱紧了。她温热的呼吸喷洒在我喉头上。

“运气好的话，说不定那时我已经怀上了呢，”她呢喃道，“那样，咱们也不好去太远嘛。”

第二十一章

我头痛喉痒，可能是宿醉闹的，也可能是流感闹的。报纸上说，某种外来传染病正在大半个国家肆虐，源头好像是——反正是个去了就得染一身致病细菌回来的地方。

好消息是，除了失眠，服用司来吉兰并没有给我带来任何明显的副作用，而失眠这个症状，对我来说早已是家常便饭。坏消息是，这个药对我的症状没有任何改善。

早上七点，我打电话给乔克。

“你怎么知道这药没用？”他说，因被吵醒而不快。

“我感觉什么变化都没有啊。”

“没变化就对了。这个药不会让你的症状消失——它只会阻止它们恶化。”

“好吧。”

“给点耐心，放松。”

站着说话不腰疼。

“你有坚持锻炼吗？”他问。

“有。”我撒谎了。

“我知道，今天是周一，不过，你想打一盘网球吗？我会手下留情的。”

“几点？”

“六点，俱乐部见。”

朱莉安娜肯定能一眼把我看透，但至少我不用待在家里。昨天在家闷了一天，今天出去透透气也是我应得的。

今天，我的第一位病人是一个年轻的芭蕾舞者，身姿如瞪羚般优雅，却是一个不折不扣的贪食症患者，牙齿日渐发黄，牙龈萎缩。接着，玛格丽特来了，手里紧紧地抓着橙色救生圈。她递给我一份剪报，报纸上说一座以色列的桥塌了。她一脸“我早跟你说过！”的表情看着我。接下来的五十分钟，我让她好好思考一下世界上有多少座桥，这些桥多久才会塌一次。

三点钟时，我站在窗边，在行人中寻找博比的身影。我寻思他会不会来。他的声音冷不丁吓了我一跳。他站在门口，手在身子两侧上下摩擦，好像要蹭掉什么东西。

“那不是我的错。”他说。

“什么？”

“不管你觉得我做了什么，那都不是我的错。”

“你把一位女士踢到不省人事。”

“是。但除此之外，别无其他。”他眼镜的金色镜框闪闪发光。

“那种程度的敌意，肯定是有源头的。”

“你的意思是？”

“你是一个聪明的年轻人。你知道我在说什么。”

是时候跟博比当面对峙了，看看他在压力下会有什么反应。

“自从我接诊你开始，过去多久了？六个月。大半时间，你都消失得无影无踪。跟你约好时间，你总是迟到，或者无故爽约，还在凌晨四点把我吵醒，逼我下床……”

他迅速地眨了眨眼睛。我的语气非常礼貌，礼貌到他都不确定我是不是在指责他。

“……哪怕你来了这里，你也总是改变话题，支吾搪塞。你到底在掩饰什么？你到底在害怕什么？”

我把椅子拉近了些。我们几乎膝盖相触。我直视着他的眼睛，感觉就像看着一条斗败的狗，它却不知道要转头。他的一些行为，我看得一清二楚——特别是他的过去，但我看不透他的现在。他到底变成了一个怎样的人？

“让我来告诉你，我是怎么想的，博比。我觉得你渴望得到别人关怀，却不懂得如何与人交往。这一切始于很久以前。我在你身上看到了一个聪明、敏感的小男孩，每天晚上会竖耳聆听父亲推着自行车走进前门的声音。穿着售票员制服的父亲刚进家门，小男孩便等不及要听他讲故事，在他的工作坊帮忙干活。

“他的父亲是一个风趣、善良、机敏又极具创造力的人。他梦想一展宏图，创造出新奇而美妙的发明，改变这个世界。他在碎纸片上画草图，在车库里造样机。小男孩望着他工作。有时，在夜里，他还会蜷缩在木屑间，伴着车床的声音入睡。

“可是，他的父亲离他而去了。他人生中最重要的人——他唯一真正关心的人——抛弃了他。遗憾的是，他的母亲既没有留心，更没有抚慰他的痛苦。她觉得，他和他父亲一样，羸弱又不切实际。他永远不够好。”

我密切观察博比，留意他身上有没有出现抵触或反抗的迹象。他的眼球来回快速转动，仿佛在做梦，但不知怎的，他一直全神贯注地听着。

“……这个男孩极为敏锐，悟性极高。他的心智在成长，情绪越发极端。他开始逃避母亲。他年纪还太小，也不敢离家出走。于是，他逃进了自己的内心，在里面创造了一个外人既不可见也不可知的世界。在这个世界里，他受人喜爱，大权在握：一切奖惩均由他来定夺。在这个世界里，没人能嘲笑他，没人能贬低他，即便是他的母亲也不行。他既是克林特·伊斯特伍德，又是查尔斯·布朗森，还是西尔维斯特·史泰龙。他是救赎者，是复仇者，是法官，是陪审团，是行刑者。他可以宣扬自己的正义。他可以拿机关枪把整支校橄榄球队的人就地正法，还可以把校园恶霸钉死在操场的树上……”

博比的眼中闪烁着光芒，那当中有他被唤醒的回忆和记起的声音——是遮掩着他的过去的光与暗。他的嘴角在抽动。

“那么，这个男孩，他变成了一个怎样的人？一个失眠症患者。他罹患严重的失眠症，这令他神经紧张，用余光看东西。他想象自己被阴谋诡计缠身，人人都在监视他。他躺在床上，睡不着觉，只好做列表，还给列表加密。

“他想逃进内心里的那个世界，可有些地方不对劲了。他回不去了，因为有人向他展示了一样更加美好，更加激动人心的东西——真实的东西！”

博比眨了眨眼睛，捏着手背上的皮肤。

“你听过这句话吗，‘彼之蜜糖，吾之砒霜’？”我问他。

他漫不经心地回应了我的问题。

“这句话可以用来描述人类的性取向，也告诉我们，每个人都有自己独特的兴趣和品位。这个小男孩长大了，变成了一个年轻人，他尝到了一些令他既兴奋又苦恼的东西。某种罪恶的秘密，禁忌的乐趣。他担心，这会把他变成一个变态——从施加给他人的痛苦中获取性快感。”

博比摇头，他的瞳孔缓缓放大。

“但你需要指南——需要有人把你领进这个世界。而你一直对我三缄其口的，就是这件事，博比。那个带你走进新世界的特别女友到底是谁？伤害她时，你有什么感受？”

“你有病！”

“你还在和我撒谎。”不能让他转移话题。“第一次时是什么感觉？

你不想玩这种游戏，但她教唆了你。她对你说了什么？她捉弄你了吗？她嘲笑你了吗？”

“别和我说话！闭嘴！闭嘴！”

他攥着外套的袖口，捂住耳朵。我知道他还在听。我的话如同流水渗进他心灵的缝隙，并凝结成冰，越来越大。

“有人播下种子。有人教你爱上被控制的感情……又或者是给予痛苦的快感。一开始你想停下，但她想要更多。然后你发现自己已经停不下来了。你乐在其中！你根本就不想停下。”

“闭嘴！闭嘴！”

博比的身子在椅子边上前后摇摆。他双唇微张，注意力已经不在我身上了。我离答案只有一步之遥。我已经把手指伸进了他心灵的缝隙里。只要他给我一句肯定的答复，哪怕再微小，我也能抓住机会，撬开他的心理防线。可我已经词穷墨尽了，毕竟我只知道故事的零散片段。如果我冒进，反而可能失去他。

“她是谁，博比？她的名字是凯瑟琳·麦克布赖德吗？我知道你认识她。你是在哪里遇到她的？医院吗？寻求帮助并不是什么可耻的事情，博比。我知道你以前被人评估过。你遇到凯瑟琳的时候，她是病人还是护士？我想她应该是病人吧。”

博比捏着鼻梁，揉了揉托眼镜架的部位。他缓缓把手伸进裤兜，刹那间，一丝怀疑掠过我的心头。他的手指在摸索着什么。他比我重八十磅，比我年轻二十岁。门在房间另一边。我跑不过他。

他的手伸了出来。我呆若木鸡地盯着他的手。他拿出一条白色手帕，摊开放在大腿上。接着，他摘下眼镜，缓缓擦拭两边镜片，又把手帕夹在拇指和食指间，轻轻搓揉。或许，他正利用这个慢镜头般的习惯性动作来拖延时间。

他举起眼镜，对着太阳，检查镜片上还有没有污渍。接着，他将目光从眼镜上移开，转而直视我。“这些胡说八道的鬼话，是你现编的，还是花了一个周末炮制出来的？”

我像一艘泄气的橡皮艇，积聚在体内的压力如空气外泄般荡然无存。我高估了自己。我想问博比我哪里说错了，但他决不会告诉我。扑克牌玩家不会解释自己虚张声势的理由。我离终点已经很近了，但这就和美国国家航空航天局宣称自己的“火星极地登陆者”号已达成使命没什么区别——它的确抵达了目标星球，但坠毁、失踪了。

博比对我的信任已经有所动摇。他也知道，我在害怕他，这不利于建立良好的临床关系。看在老天爷的分上，我到底在想什么？他就像一个发条玩具，我给他上好了发条，而现在，我就要松手，任他横行了。

第二十二章

一辆白色奥迪车平稳地行驶在埃尔金大道上，经过我身边时慢了下来。我一只胳膊下夹着网球拍，右大腿上多了一块葡萄柚大小的淤伤，一瘸一拐地走在人行道上。开车的是鲁伊斯。看起来，他打算保持每小时四英里的车速，一路跟着我回家。

我停下脚步，转过身，面向他。他俯身打开副驾驶座的门。“你怎么了？”

“运动受伤。”

“打网球没那么危险吧？”

“你怕是没跟我的同伴交过手。”

我钻进车里，坐到他身旁。车里散发着一股发霉烟草的臭味，混杂着空气清新剂的苹果香气。鲁伊斯掉了个头，朝西边开去。

“我们这是去哪儿？”

“犯罪现场。”

我没有问为什么。他的一举一动告诉我，我别无选择。温度下降，接近冰点，街灯在薄雾中若隐若现。沿街窗户里，彩灯忽明忽灭，家家户户的门上都悬挂着装饰用的塑料冬青花环。

我们沿哈罗路一直往前开，接着转入斯克拉普斯小道。开了不到半英里，地势渐高，复又降到米特尔桥底下，穿过大联盟运河和帕丁顿铁路线。鲁伊斯靠边停车，关闭引擎。他下了车，等我出来。车门锁好后，他向远处走去，等我跟上他的步伐。吃了乔克那一记准头极高的杀球，我的大腿现在还是一动就疼。我轻轻揉了揉痛处，步履蹒跚，沿路走向大桥。

鲁伊斯在一道铁丝网眼栅栏前停下。他抓住一根金属桩，手一摆，借力跃上桥边的石墙。借助这根金属桩，他又下到了栅栏的另一边。他转过身来等我。

曳船道上一个人影都没有，四周建筑阒暗无人。时钟仿佛被往前拨了一大截，此刻犹似凌晨——世界倍加寂寥，床褥倍加温暖。

鲁伊斯手插在大衣口袋里，低着头，走在我前面。看起来，他正强压着怒火。往前走了大约五百码，铁轨出现在我们右侧。点点灯光映衬出维修棚的轮廓。旁边的一个货运场里停放着闲置的铁路车辆。

一列火车毫无预兆地从我们身边呼啸而过。火车的声音在铁皮棚和运河石墙间回荡，余音不绝，仿佛我们正站在隧道里。

鲁伊斯突然在小径上停下脚步。我差点撞上他。

“有认出来什么吗？”

我很清楚我们在哪儿，可我并不害怕，也不悲伤，只是愤怒。天色已暗，我很冷，而最令我生气的，还是鲁伊斯挖苦的目光和挑眉毛的动作，我已经受够了。有什么话就赶紧说，说完就赶紧让我回家。

“你看过照片。”

“对。”

鲁伊斯抬起手臂，有那么一瞬，我以为他要打我。“往那儿看，顺着建筑的边缘看下去。”

我顺着他手臂的方向望去，看到运河的石墙。石墙最前面的地上有一块颜色较深的狭长地带，那里一定就是警察找到她尸体的浅坑了。从他左肩头望去，我看到了肯萨尔绿野公墓里树木和墓碑的剪影。我想起那天，我们站在山脊上，望着警察把凯瑟琳的尸体挖出来。

“为什么你要带我来这儿？”我问，内心一阵空虚。

“发挥一下你的想象力啊——这不是你最擅长的吗？”

他很生气，出于某些原因，这股怒气是因我而起。除了强迫症患者，我很少遇到像他这样情感如此强烈的人。以前在学校里，我认识几个像他这样的孩子——铁了心要证明自己是个硬汉，天天找人打架。他们想证明的东西太多，却没有足够的时间去证明一切。

“为什么你要带我来这儿？”

“因为我有几个问题要问你。”他没有看我，“然后，我想和你聊聊博比·莫兰的事。”

“我不能和你谈论我的病人。”

“你不用说，听就好了。”他来回晃荡两只脚，“相信我，你会觉得很有意思。”他朝运河边走了两步，往水里啐了口唾沫，“博比·莫兰既没有女朋友，也没有一个名叫亚姬的未婚妻。他住在伦敦北部的一家寄宿公寓里，和一堆寻求庇护所的人排队等廉租房。他失业在家，已经整整两年没有工作了。这个世界上根本没有一家叫‘奈瓦斯普林’的公司——哪怕有，也不是一家注册在案的公司。

“他的父亲从未加入过空军——既不是技工，也不是机师，什么都不是。博比是在利物浦长大的，不是在伦敦。十五岁时，他辍学了。他在夜校待过，曾在兰开夏郡的一个庇护工厂[①]当过一段时间志愿者。我们发现，他既没有精神病史，也没有住院史。”

鲁伊斯一边说，一边来回踱步。他仿佛变成了一台蒸汽机，呼出的气息在空气中凝结，飘在他身后。“博比身边的人大多对他赞赏有加。据他的女房东说，他是一个非常干净整洁的人。她帮他洗衣服，从不记得他

① 一种非营利机构，专门为有肢体和视听障碍或智能不足的人提供重建职业工作能力训练的场所。

衣服上有过氯仿的味道。他以前庇护工厂的工头说，他是个‘热心肠的大块头’。

“这就是我觉得奇怪的地方，教授。您和我说的有关他的一切，全都是假的。如果你只是说错一两个细节，那我还能理解。人非圣贤，孰能无过。可我感觉，我们说的根本就是两个不一样的人。”

我的声音嘶哑。“这绝对不是他。”

“一开始，我也是这么以为的。于是我查了查。大个子，六英尺两英寸高，体重超标，约翰·列侬式的眼镜——就是他。于是我奇怪，为什么他要向想帮助他的心理医生，撒这么一个弥天大谎。这说不通，对不对？”

“他想隐瞒什么。”

“或许吧，但杀害凯瑟琳·麦克布赖德的并不是他。”

“你怎么这么确定？”

“在她失踪的那晚，他在别的地方，夜校里有十几个人能为他作证。”

我的脚已经没力气了。

“有时，我的反应总是比别人慢半拍，教授。我的老妈总说，我晚出生了一天，所以永远赶不上别人。但事实上，到了最后，我总能赶上别人。我只是要比聪明人多花那么一丁点时间而已。”他的声音里没有喜悦，只有痛苦。

“你瞧，我问自己，为什么博比·莫兰要编造那么多谎言。接着我想，如果撒谎的不是他呢？如果撒谎的其实是你呢？你完全有可能编出这堆东西，目的就是转移我的注意力。”

“你在开什么玩笑？”

“为什么你会知道凯瑟琳·麦克布赖德为了加快死亡，割开了自己的颈动脉？尸检报告里根本没提到过这一点。”

“我是受过教育的医生。”

“那氯仿呢？”

“我和你说过了。”

“是，你是和我说过，但我也做了点研究工作。你知道，只需在面罩或布料上滴几滴氯仿，就能让人失去意识吗？和这东西打交道时，你的头脑必须十分清醒，因为滴多一两滴就会让受害人无法呼吸，窒息而死。”

“这个凶手十有八九会一些医学知识。”

“我也想到了这一点。”鲁伊斯在沥青路上跺了一阵脚，让自己暖和起来。一只沿铁丝网漫步的流浪猫听到了我们的声音，瞬间伏下身子。我们两人一同望着猫，等它离开，但猫似乎并不急着走。

“你怎么知道她是一个护士？”鲁伊斯问。

“她脖子上的徽章。”

“我觉得你其实当场就认出她了。我觉得你之后只是在装模作样。”

“不是。”

他的声音比空气还冷。“你还认识她的祖父——贾斯蒂斯・麦克布赖德。”

“是。”

“为什么你不告诉我？”

“因为我觉得这不重要。那已经是很多年前的事了。心理医生经常要在家事法庭[①]上出庭作证。我们会对孩子和父母进行评估。我们会向法院提出建议。”

“在你眼里，他是一个怎样的人？”

“诚然，他犯过错，但他是一位诚实的法官。我很尊重他。”

鲁伊斯努力表现出和蔼的样子，可他天生就不是一个会用礼貌来克制

① 英国高等法院中专门受理与婚姻、家庭财产、子女及遗嘱等有关的案件的法庭。

自己的人。

“你知道在这个案子里，我觉得最难解释的是哪里吗？”他说，“那就是为什么你拖了那么久才告诉我，你认识凯瑟琳·麦克布赖德和她的祖父，却早早拿一个叫博比·莫兰的家伙敷衍我，塞给我一堆屁话。不，对不起，这么说不对——你不会和别人谈论你的病人，对不对？其实，你只是在跟我玩小孩子的‘讲故事’[①]游戏。噢，原来两个人也能玩这个游戏……”他朝我咧嘴一笑——牙齿洁白，眼睛黝黑，“让我来告诉你，过去这两周我在干什么吧。我把这条运河翻了个底朝天。我们弄来了疏浚设备，把船闸给清空了。真是一份恶心的差事。那底下积了三英尺深的腐臭污泥和黏液。我们找到了失窃的自行车、商场购物车、汽车底盘、轮毂、两台洗衣机、汽车轮胎、避孕套和四千多个二手注射器。你知道我们还找到了什么吗？”

我摇摇头。

“凯瑟琳·麦克布赖德的手提袋和她的手机。我们费了好大功夫，才把这些东西彻底弄干燥。接着，我们检查了她的通话记录。那时我们才发现，原来她打的最后一个电话，是打给你的办公室的。十一月十三日，下午六点三十七分。她是在离这儿不远的一个酒吧打给你的。她在那儿约了人，结果那个人失约了。我猜，她打电话是想知道对方为什么失约了。”

“你怎么这么确定？”

鲁伊斯笑了笑。“我们还找到了她的日记。泡在水里太久，纸全都粘在一起了，墨水也化了。犯罪现场的技师不得不小心翼翼地把日记风干，再一页一页地把纸分开。接着，他们用电子显微镜找出了墨水残留的浅痕。这些天来，连这种事都办得到，真是神奇。”

---

① 国外小学常设的教学课程之一，要求学生从家里带一样东西到学校，展示给老师和同学，并介绍其来历、用途等。

鲁伊斯站到我面前，双眼离我仅几英寸。此刻便是他阿加莎·克里斯蒂式的高光时刻：他的客厅独白要来了。

“凯瑟琳在她十一月十三日的日记里留了一张字条。字条上写的是一家酒店的名字，叫大联盟酒店。你知道这家酒店吗？”

我点了点头。

“沿运河走，离这里只有一英里远，就在你那家网球俱乐部附近。”鲁伊斯做了一个甩头的动作，“在那页日记底下，她写了一个名字。我觉得，那是她打算见的人。你知道那是谁的名字吗？”

我摇了摇头。

“不打算猜一猜吗？”

我感觉胸腔发紧。“我的。”

鲁伊斯没有在这个最后时刻做什么夸张的动作，也没有摆出一副胜利者的姿态。这仅仅是个开始。他从口袋里掏出手铐，我看到了手铐闪着的寒光。我的第一反应是放声大笑，可紧接着，一股寒意侵入体内，令我几欲作呕。

“现在，我以涉嫌谋杀的罪名逮捕你。你有权保持沉默，但我有责任警告你，你所说的一切都会被记录在案，并将可能作为对你不利的证据……”

钢制手环锁住了我的手腕。鲁伊斯将我两腿分开，从脚踝开始，逐渐往上，对我进行搜身。

“你有什么要说的吗？”

真奇怪，有些时候，这种事情就会平白无故地发生在你身上。我突然回想起，每当我惹上麻烦时，我父亲总会对我说的一句话：“别开口，除非能赛过沉默。”

卷二

Book Two

"在大地眼中，我们往往是罪犯，
不仅仅是因为我们犯了罪，
还因为我们知道自己犯了什么罪。"

《铁面人》

第一章

我盯着面前的方形光源。盯了太久，合上眼时，我仍能看到光在我眼睑里闪耀。墙壁的高处有一扇窗户，在门的上方。偶尔，我会听到走廊里传来的脚步声。房门上的铰链式观察窗被打开，后面冒出一双眼睛，盯着我看。几秒后，观察窗又被关上了，我只好继续盯着它。

我不知道现在几点。我被迫交出了自己的手表、皮带和鞋带，换回来一张灰色的毯子，毯子摸起来像砂纸，不像羊毛。我唯一能听到的声音，就是隔壁牢房里马桶水箱的漏水声。

自从最后几个酒鬼来了之后，这里一直很安静。肯定是酒吧打烊之后闹事的——还不算晚，足以让一个人在夜间公交车上睡一觉，跟一个出租车司机打上一架，最后被抓进警车后座。我仍能听到他一边踢牢房门，一边大吼“我他妈的没有碰他”的声音。

我的牢房有六步长，四步宽。牢房里有一个厕所、一个水槽，还有一张双层床铺。四面墙上到处都是涂鸦，有画出来的，划出来的，凿出来的，也有胡乱涂抹的，看得出，有人曾大胆尝试用油漆把这些涂鸦盖住，但于事无补。

我不知道鲁伊斯去哪儿了。或许正安安稳稳地躺在床上，做着维护世界和平的美梦。他审讯我只用了几分钟。当我和他说，我需要一个律师时，他劝我：“找个他妈好点的。”

我认识的大部分律师都不会在晚上这个点提供上门服务。于是，我打给了乔克，把他吵醒了。我隐约听到电话另一头传来一个女人抱怨的声音。

“你人在哪儿？”

“哈罗路警察局。”

“你在那儿干什么？”

“我被逮捕了。”

“哇哦！”也只有乔克，在听到别人被捕的消息时，会发出钦佩的赞叹声。

“我需要你帮我一个忙。我要你打给朱莉安娜，告诉她我没事。跟她说，我在协助警方进行调查。她知道我说的是谁。”

“为什么不直接把真相告诉她？”

“拜托了，乔克，别问这么多。我需要花点时间解决这个问题。”

打完电话后，我一直在牢房里来回踱步。我起立，坐下，走路，坐在马桶上。我便秘了，或许是神经紧张的缘故，也有可能是因为吃的药。鲁伊斯觉得，我要不就是在掩饰什么，要不就是没有把真相和盘托出。“后见之明”是一门精确的科学。此刻，我回想着先前的错误之举，这些念头不断兵分多路，率领着所有疑问，在我的脑海中攻城略地。

人们常说，疏忽乃罪过。这句话是什么意思？有谁能决定，什么是罪过，什么不是？我知道，我只是在语义上吹毛求疵，但人们总是凡事先行道德评判，然后仓促下结论，这种行为方式任谁都会觉得，真相必然是一样真实、可靠的东西；真相可以被人拾起，传阅，称重，测量，最后得到世人的一致认可。

但真相从来就不是这样。这个故事，如果我明天讲给你听，它就不会再是今天这个样子。我会在为自己辩护的过程中选择性地漏掉一些细节，并给自己的所作所为做出合理的解释。我们喜欢也好，不喜欢也罢，真相就是一种能从语义上被曲解的东西。

我没认出那幅速写上的女人是凯瑟琳。我在停尸房里看到的那具尸体，连人样都没了，更像是一具被人肆意糟蹋过的商店橱窗模特。我和她已有五年未见。当我确认那是她时，我立刻告诉了鲁伊斯。是，我确实可以早点告诉他，可那时他已经知道她的名字了，我说不说都没什么区别。

没人喜欢承认错误。我们都不想承认，自己应该做的事和实际做了的事相去甚远。于是，我们有两种选择，要么改变自己的行为，要么改变自己的看法。我们给自己找借口，站在一个更加讨喜的角度，重新界定自己的行为。在我们这一行，我们称之为认知失调。但这在我身上不管用。我内心里有个声音——称它为我的良心、灵魂或守护天使都行——一直在对我喃喃低语："骗子，骗子，火烧裤子……"

鲁伊斯说得没错。我这回麻烦大了。

我躺在狭窄的帆布床上，弹簧抵着我的后背。

为了让姐姐的新男友觉得自己是这个家庭的一分子，我在清晨六点半把他叫到了警察局，不得不说，这个法子真是古怪极了。我认识的刑事律师没几个。和我打交道的，通常是政府事务律师，他们见了我，有些像是遇到了新交的挚友，有些则如临大敌，这取决于我会在法庭上发表什么意见。

一小时后，西蒙到了警察局。我们连寒暄都省了，我没问候帕特里夏，他也没对周日午餐表示感谢。他示意我坐下，从旁边拉来一把椅子。这是生意。

拘留室在楼下。收费休息间肯定在这附近，因为我闻到了咖啡的香味，还听到了敲打计算机键盘的声音。审讯室的窗户上挂着百叶窗。百叶窗的帘子间透过一道道渐亮的日光。

西蒙打开公文包，拿出一个蓝色的文件夹和一本硕大的律师用笔记本。望着这个集圣诞老人体格和律师风度于一身的人，我深感叹服。

“我们要先确定一些事宜。他们想尽快开始审讯。你有什么要告诉我的吗？”

我感觉自己在快速地眨眼睛。他这么说是什么意思？难道他以为我要招供吗？

“我希望你能把我救出去。”我说，这句话说得有些太过唐突了。

他开始解释说，根据《警察与刑事证据法》，警方有四十八小时决定是对嫌疑人提起指控，还是放他们走，除非法院准许嫌疑人提前离开。

“这么说，我可能要在这儿待两天？”

“对。”

“可这也太荒唐了！”

“你认识那个女孩吗？”

“认识。”

“在她遇害当晚，你有没有约她见面？”

“没有。”

西蒙在做笔记。他倾向笔记本，草草记下要点，给几个词下面画线。

“这就好办了，又是那种不用动脑子的案子，”他说，“你只要能提供证据，证明自己十一月十三日当天不在犯罪现场就行。”

“我证明不了。”

西蒙疲惫地看了我一眼，他的神情就像是一个没有听到自己想要的答案的老师。接着，他拍掉西装袖子上的一点小绒毛，仿佛这个问题不值一提。他忽然站了起来，敲了两下门，示意他已经问完了。

“就没了吗？”

“对。”

“你不打算问问我，我有没有杀了她吗？”

他茫然不解地望着我。“你有什么要辩解的，留给陪审团吧。祈祷不会走到那一步吧。”

门在他身后关上，可他留下的东西——失落、坦诚，以及须后水的香气——仍弥漫在房间里。五分钟后，一位女警领着我穿过走廊，走进审讯室。这不是我第一次来这种地方。在我的职业生涯早期，我有时要充当一些受审少年的“监护人”的角色。

一张桌子和四把椅子占据了大半个房间。远处的角落里放着一台巨大的录音机。墙壁和窗台上空荡荡的。女警立刻站到门内，视线避开了我。

鲁伊斯来了，随他而来的是一位比他高也比他年轻的警探，脸很长，一口破牙。西蒙跟在他们身后，也走进审讯室。他对我耳语道：“我碰你手肘时，你就不要说话。”

我点点头，表示同意。

鲁伊斯坐在我对面，夹克都懒得脱。他一只手摩挲着下巴上的胡楂。

“本次审讯为针对凯瑟琳·玛丽·麦克布赖德遇害一案的犯罪嫌疑人，约瑟夫·保罗·奥洛克林教授的第二次正式审讯，”他说，这是录音里必须出现的内容，“出席本次审讯的有，侦缉探长文森特·鲁伊斯，侦缉警长约翰·基巴尔，以及奥洛克林教授的法定代理人，西蒙·科赫。时间为早上八点十四分。”

女警检查了一下录音机，确保它在正常工作。她朝鲁伊斯点点头。他把两只手放在桌子上，手指相扣。他盯着我，一言不发。我不得不承认，这真是一段意味深长的沉默。

“今年十一月十三日晚，你在哪里？”

“我记不起来了。”

“你是否在家和妻子一起？”

“不是。”

“所以你能回想起来的只有这么多吗？”他挖苦道。

“是。”

“那天你上班了吗？”

“上了。”

“你是什么时候离开办公室的？”

“我和一位医生四点有约。”

接下来几个问题大同小异，都是在询问当天的具体细节。鲁伊斯想逼我就范。撒谎比说真话艰难百倍，他知道，我也知道。细节是最容易说漏嘴的地方。故事编得越详细，你就越难圆好。撒谎就像穿上一件紧身衣——它会把你束缚得越来越紧，令你越发施展不开手脚。

终于，他问起了凯瑟琳的事。沉默。我扫了一眼西蒙，他一声不吭。审讯开始以来，他就没说过一句话，和桌子对面那位坐得稍稍比鲁伊斯靠后一点的年轻警探一样。

“你认识凯瑟琳·麦克布赖德吗？”

“认识。”

“你第一次遇到她是在哪里？”

我把有关凯瑟琳自残和我给她进行心理辅导的事都说了出来，包括她是如何看似逐渐好转，最后又是如何离开马士登医院的。公然讨论临床病例的感觉无比怪异。我的声音略显强硬，仿佛我在尽力说服他们，却又太过刻意。

我把该说的说完，摊开掌心，示意我已经没什么要说的了。我在鲁伊斯的眼睛里望见了自己的面容。他还在等我继续说下去。

“为什么你没有把凯瑟琳的事通报医院高层？”

“因为我替她惋惜。我不忍心看到一个一心扑在事业上的护士丢掉工作。这么做，又有谁能获益？”

“这是唯一的原因吗？”

“是的。”

“你是否和凯瑟琳·麦克布赖德有过暧昧关系？”

“没有。”

“你是否和她发生过性关系？”

“没有。”

“你最后一次和她说话是什么时候？”

“五年前。我不记得确切日期。”

“为什么凯瑟琳会在遇害当晚给你的办公室打电话？”

“我不知道。”

“我们手头上的另一份电话记录显示，两周前，她打了你办公室的号码两次。”

“我无法解释。”

“她的日记里有你的名字。”

我耸了耸肩。这又是一个未解之谜。鲁伊斯猛地一拍桌子，所有人都吓了一跳，包括西蒙。

“你那晚见过她。”

“没有。”

“你引诱她离开了大联盟酒店。”

“没有。”

“你折磨了她。”

“没有。”

“放你妈的屁！”他爆发了，“你故意隐瞒了信息，过去三周一直在销毁线索，误导调查，试图把警方对你的注意力转移到别的地方去。”

西蒙碰了碰我的肩膀。他希望我保持沉默。我没有理会他。

“我根本就没碰过她。我也根本就没见过她。你空口无凭！”

“我要和我的客户单独说话。”西蒙比我更加坚决地说。

去死吧！到此为止了，我不会再对人彬彬有礼。“是什么原因让你觉得我会杀害凯瑟琳？”我吼道，“就凭她在日记本里写了我的名字，给我办公室打了个电话，没了，你连我的作案动机都没有！好好干你的活去！等你找到些有用的证据，再回来指控我吧！”

年轻的警探咧嘴一笑。我意识到，我说错了些什么。鲁伊斯面前的桌子上摆着一个薄薄的绿色文件夹，他打开文件夹，从里面拿出一份东西的复印件，往前一推，复印件滑到我面前。

“这是一封信，信上的日期是一九九七年四月十九日，收信人为皇家马士登医院的高级护理管理人员。凯瑟琳·麦克布赖德在信里提出指控，控诉你在你医院的办公室里性侵了她。她声称，你先催眠了她，之后抚摸她的胸部，还把手伸进了她的内裤……”

“她后来撤销了指控。我和你说过了。”

我的椅子“砰”的一声向后倒下，我发现，我已经站了起来。年轻的警探速度比我更快。他的体格与我相称，杀气腾腾。

鲁伊斯得意扬扬。

西蒙抓住我的手臂。“奥洛克林教授……乔……我建议你先冷静下来。”

“你没看到他们在干什么吗？他们在歪曲事实……”

“他们问的是合理的问题。”

我感到一阵恐慌传遍全身。鲁伊斯已经找到我的作案动机了。西蒙扶起我的椅子，帮我摆好。我茫然地盯着远处的墙壁，身体因疲惫而麻木。我的左手在颤抖。两位警探静静地盯着它。我坐了下来，强迫自己把手塞进两膝之间，想让它停止发抖。

“十一月十三日那晚你在哪里？”

“伦敦西区。”

“有谁和你一起？”

“没人。我喝醉了。那天，我收到了一个关乎我健康状况的坏消息。”

这句话悬在半空，仿佛一张破碎的蛛网，寻找着可以依附的地方。西蒙率先打破沉默，解释说，我患有帕金森病。我想让他打住。这是我的私事。我不需要别人同情。

鲁伊斯一点也没乱阵脚。“这个疾病的症状包括记忆丧失吗？”

我松了一大口气，忍不住笑了起来。我不希望他因为知道我有病，而对我区别对待。“你到底去了什么地方喝酒？”鲁伊斯不依不饶。

“不同的酒吧和小酒馆。”

“哪里的酒吧和小酒馆？”

“莱斯特广场、考文特花园……”

“你能说出它们的名字吗？”

我摇了摇头。

“有人能为你的行踪作证吗？”

“没有。”

“你几点回的家？”

“我没回家。”

“你在哪里过夜？”

“我想不起来了。”

鲁伊斯转向西蒙。“科赫先生，能麻烦您教教您的客户如何……”

“我的客户跟我说得很明白，他不记得自己在哪里过夜。他也清楚，这个事实不会改善他的处境。”

鲁伊斯一脸讳莫如深的表情。他扫了一眼腕表，宣布了现在的时间，然后关掉录音机。审讯结束。我从一个人望向另一个人，想知道接下来会发生什么。结束了吗？

年轻的女警回到房间里。

“车准备好了吗？”鲁伊斯问。

她点点头，拉开门。鲁伊斯大步走出审讯室，年轻的警探摸出一副手铐，锁住我的手腕。西蒙表示抗议，但警探只是递给他一张搜查令。搜查令的两面用大写字母印着一个地址。我要回家了。

说起童年圣诞节，最令我记忆犹新的是在圣马克圣公会学校举行的一场圣诞剧[①]，我扮演的是剧中的三位智者之一。它之所以难忘，是因为在那场圣诞剧里，扮演婴儿耶稣的罗素·科克伦太过紧张，尿了裤子，尿还淌到了圣母玛利亚的蓝袍前面。扮演圣母玛利亚的是一个非常漂亮的女孩，叫珍妮·邦德，她气得七窍生烟，一拳砸在罗素的脑袋上，还朝他的腹股沟踢了一脚。

观众看到此情此景，齐声惊呼，但惊呼声被罗素痛苦的号叫声淹没了。整场演出顿时乱了套，帷幕早早拉下。

相比台前，幕后的闹剧更加精彩。罗素的爸爸是个脑袋尖得跟子弹似的大块头警官，有时会来我们学校，给我们做道路安全的讲座。他把珍妮·邦德逼到后台角落，威胁说要以人身侵犯罪逮捕她。珍妮的爸爸大笑起来。这一笑不打紧，科克伦警官当场给他戴上了手铐，拽着他穿过斯塔福德街，把他押到警察局，让他在那儿过了一夜。

这场圣诞剧登上了全国性大报。《太阳报》的头条是："圣母玛利亚父亲被捕。"《每日星报》的头条则是："婴儿耶稣惨遭胯下一脚！"

我想起这件事是因为查莉。她会看到我戴着手铐，夹在两个警察中间的样子吗？那时，她会怎么想自己的父亲？

无标识的警车从地下停车场爬上斜坡，开进日光中。西蒙坐在我旁边，拿了一件大衣罩住我的头。透过潮湿的羊毛，我依稀看到窗外闪光灯

---

① 指在圣诞节由儿童表演的耶稣诞生剧。耶稣在马厩里降生，三位智者受伯利恒之星的引领，找到了耶稣。

冒出的烟火，还有电视台的灯光。我不知道外面有多少摄影记者和摄像师。我听到了他们的声音，感觉到警车加速开走了。

开到马里波恩路时，车流变得像蜗牛般缓慢。路过的行人都放慢脚步，往我们这儿张望。我笃定无疑，他们看的是我——好奇我是谁，为什么我会坐在警车的后座。

“我能给我妻子打个电话吗？”我问。

“不能。”

“她不知道我们要来。”

“不知道就不知道。”

“但她不知道我被捕了。”

“谁叫你不早点跟她坦白。”

我突然想起我的办公室。今天，我还有病人要接待。我要重新安排日程。“我能打给我的秘书吗？”

鲁伊斯转过身，回头瞥了一眼。“我们还要去你的办公室搜查。”

我想反驳，但西蒙碰了碰我的手肘。“这是必须走的程序。”他低声道，试图安慰我。

三辆警车组成的车队停在我们家门口的路上，堵住了两边的街道。一扇扇车门猛然打开，警探们迅速集合，有几个抄一旁小径进了后花园。

来前门应门的是朱莉安娜。她戴着粉色的橡胶手套，抬手把刘海撩到一边，刘海上沾了一小块泡沫。一个警探向她出示了搜查令。她没看，因为她的目光早已落在我的身上，根本无法移开。她看到了手铐，看到了我脸上的表情。她双目睁大，眼神里只有震惊和不解。

“别让查莉出来！”我喊道。

我望着鲁伊斯，苦苦地哀求：“不要让我的女儿看到我这副样子。求求你。”

他的眼睛里没有任何感情，但他把手伸进夹克口袋，拿出了手铐钥匙。两个警探抓住我的手。

几个警员从朱莉安娜身旁挤了过去，进了屋，她没有理会他们，而是抓着我问个不停：“这是怎么回事，乔？你怎么……”

“警方觉得凯瑟琳的死和我有牵连。”

“怎么可能？为什么？这太离谱了！你明明是在协助他们调查啊！”

楼上传来物品掉落摔碎的声音。朱莉安娜往楼上看了一眼，又转过头来望着我。“他们在咱们家干什么？”她双目噙泪，“你到底干了什么，乔？”

我看到查莉从起居室里探出头来瞄了一眼，朱莉安娜一转身，她迅速把头缩了回去。“待在房间里别出来，小姑娘！”她吼道，声音里更多的是恐惧，而不是愤怒。

我们家前门大开，任何经过的人都能往里面瞅一眼，看看发生了什么。我听到楼上的橱柜和抽屉被人拉开，床垫被抬了起来，床被拖开。朱莉安娜不知所措。她想保护自己的房子免遭他人践踏，但她最想听到我的回答，只可惜我无话可说。

几位警探带我走进厨房，鲁伊斯正站在厨房里的落地玻璃窗前，注视着花园。几个人拿着铲子和锄头，正在掘开草坪。D. J. 嘴里叼着根烟，斜倚在查莉的秋千上。他透过烟雾望着我，好奇且无礼。他的嘴角浮现出一丝浅笑——仿佛正在看交警给保时捷开罚单。

他不情愿地转过身去，任由香烟掉进砾石里，继续燃烧。接着，他弯下腰，撕开暖气片的塑料包装。

“我们询问了你的邻居，”鲁伊斯解释道，“有人看到你在花园里埋东西。”

“我埋的是一条凸眼金鱼。”

鲁伊斯迷惑不解。“你说什么？”

这句荒唐话把朱莉安娜逗笑了。我们仿佛置身于一出蒙提·派森[①]的小品之中。

“他埋的是查莉的金鱼，”她说，“就在李子树底下，和哈罗德仓鼠葬在一起。”

站在我们身后的几个警探忍俊不禁。鲁伊斯阴着脸。我知道我不应该挑衅他，但放声大笑的感觉实在是太美妙了。

---

① 英国著名的六人喜剧团体。

第二章

我躺在床上，臀部和肩膀下的床垫硬得像混凝土。我刚躺下，血液便开始在我的耳朵里有节奏地涌动，思绪紧张地飞转。我想让身体进入平静的空虚状态，但我做不到，我的脑子里充斥着那些危险的、被想象力放大了数百倍的想法。

此刻，鲁伊斯应该已经完成了对朱莉安娜的讯问。他会问她，我十一月十三日去了哪里。她会告诉他，我和乔克出去过夜了。她不知道，这是我撒的谎。我怎么跟她说，她就会怎么跟鲁伊斯说。

接下来，鲁伊斯会去询问乔克，后者会告诉警方，那天下午五点，我离开了他的办公室。他约我出去喝酒，但我拒绝了。我说我要回家。我们几个人的话根本对不上号。

朱莉安娜在收费休息间坐了一整晚，一直想见我。鲁伊斯告诉她，她能见我五分钟，但我不敢面对她。我知道，避而不见的做法很不像话。我知道，此刻的她必定十分恐惧，不解，愤怒，并且心急如焚。她只是想要一个解释。她想听我对她说，一切都会好起来的。比起面对鲁伊斯，我其实更害怕面对她。我怎么跟她解释我和埃莉萨的事？我怎么才能弥补我的过错？

朱莉安娜曾问我，一个我五年未见的女人被谋杀了，警察却找到我，要我帮忙辨认尸体，碰上这样的事，我觉不觉得很古怪。我随口说了一句，所谓巧合，无非就是几件事同时发生罢了。如今，巧合却一件又一件接踵而至。博比刚好是我的病人，这概率有多大？凯瑟琳刚好在遇害的那一晚给我的办公室打电话，这概率又有多大？从什么时候开始，巧合不再是巧合，而是摇身一变，成为常态？

我不是疑神疑鬼。我不会说什么看到有人影从我眼角溜走的傻话，也没有想象自己中了什么不可告人的阴谋诡计。但是我感觉，这些巧合堆积的背后，正酝酿着某件更大的事情。

带着这个念头，我沉沉睡去，睡到半夜，我猛然醒来，呼吸急促，心脏狂跳。有东西在身后追我，我看不清那是谁，是什么，但我知道它就在我身后，虎视眈眈，等待我，嘲笑我。

每一个声音似乎都被光秃秃的墙壁放大了。我躺在床上睡不着，听着弹簧床垫上下摇动时发出的吱吱声，马桶水箱的滴水声，醉汉的梦中呓语声，还有走廊里回荡着的看守的脚步声。

今天就是决定我命运的一天。警方将决定是对我提起指控，还是放我走。此时此刻的我应该越发焦虑，越发不安才对。但占据我内心的，却是一份疏离感，仿佛正在发生的事情离我很遥远。我在牢房里走路，用步子量牢房的大小，思考生活是多么的离奇。看看这些迂回曲折的发展，这些巧合和霉运，这些错误和误解，我并不愤怒，也不痛苦，因为我相信国家的司法系统。很快他们就会意识到，这些证据还不足以指控我。他们必须放我走。

这种乐观的心态让我自己都觉得有点莫名其妙，因为我想起，每每提到法律和秩序，我总会自然而然地摆出冷嘲热讽的态度。每天都有无辜的人遭遇不公平对待。这是我亲眼所见，是无可争辩的事实。然而，我却不担心这样的事会发生在自己身上。

这一点，我要怪我的母亲，怪她坚定不移地相信警察、法官和政治家这类权威人士。她在科茨沃尔德的一个村子里长大，镇上的巡警骑的是自行车，认识村里的每一个人，经手的案子大多半小时内便草草结案。他是公正与诚实的典范。自那时起，我的母亲便从未改变过对他的信任，尽管常常有小道消息说，警察在伪造证据，贪污受贿，还作伪证。她常常说：“上帝造的好人比坏人多。”仿佛数数人头就能搞定一切似的。当这事似乎不大可能时，她还会加上一句：“坏人会在天堂得到应有的惩罚。”

牢房门下的一扇小窗口被打开，外面的人推进来一个木制托盘。托盘上有一个塑料瓶橙汁，一摊灰色淤泥般的玩意，我猜是炒蛋，还有两片面包，薄得像在烤面包机上飘扬的旗帜。我把托盘放到一旁，等西蒙来。

他打了一条丝质领带，领带上印着冬青和银铃铛的图案，眉眼带笑。查莉给我送圣诞礼物的话，就会送这种领带。我好奇西蒙以前结没结过婚，有没有孩子。

他不能在这儿待很久，因为他等会儿还要出庭。我看到他装在公文包里的司法假发露出来几根。他说，警方要求在我身上提取血液和头发样本。我对此无异议。警方还向法院寻求许可，希望能采访我的病人，但一位法官拒绝了他们查阅我的档案的请求。真是好样的。

目前最重大的线索是凯瑟琳给我办公室打的两次电话。米娜——祝福她的棉袜——告诉警探，她在十一月上旬曾和凯瑟琳通过两次电话。

我已经完全忘了招新秘书这回事。米娜在《卫报》的医疗预约一栏刊登了一则广告。岗位要求是“有经验的医学秘书，接受过护理培训者亦可申请”。我们收到了超过八十份回函。我开始和西蒙解释这件事，越解释越激动：“米娜的最终入围名单里有十二位候选人。”

“凯瑟琳也在入围名单里。”

“是。有可能。她肯定在入围名单里。这就能解释为什么她会给我的办公室打了两次电话。米娜知道的。”凯瑟琳知道她是在申请成为我的秘书吗？米娜绝对提过我的名字。或许凯瑟琳想给我一个惊喜。又或者，她觉得我不会给她面试的机会。

西蒙把领带放在两指间，手指比成剪刀状，仿佛要把领带剪断。“为什么一个曾经指控你性侵过她的女人，会想申请成为你的秘书？”他听起来像一个公诉人。

“我没有侵犯她。”

他未做评论，看了看手表，合上公文包。“我觉得，你最好不要再回答警方的问题。”

“为什么？”

“你回答得越多，就会让自己陷得越深。”

西蒙一耸肩，披上大衣，弯下腰，擦掉沾在脚上那双锃亮如明镜般的黑皮鞋上的一小块污渍。“他们还有八小时。除非他们有什么新发现，否则，明晚这个时候，你已经回家了。”

我躺在床铺上，手搁在脑后，注视着天花板。有人在天花板的角落里写了一行潦草的字：“没有日光的一天，如同……黑夜。”天花板离地面肯定得有十二英尺高。那人是怎么爬上去的？

身陷囹圄，与世隔绝的滋味着实古怪。在过去的四十八小时里，我不知道外头发生了什么。我想知道自己错过了什么。但愿我的父母亲已经回了威尔士；查莉的圣诞假期已经开始；锅炉已经修好；朱莉安娜已经打包好礼物，放在圣诞树下……乔克会掸去圣诞老人套装上的灰尘，像往年一样，去儿童病房表演。还有博比——过去的这段时间里，他干了什么？

下午三四点，我又被唤去了审讯室。在审讯室里等我的是鲁伊斯和先前的那位警探。西蒙来了，因为爬了一段楼梯，气喘吁吁的。他拿着一个塑料包装的三明治，还有一瓶橙汁。

“我吃午饭吃得比较晚。”他满含歉意地说。

录音机开了。

“奥洛克林教授，有个问题还得请教一下您。”鲁伊斯挤出一丝礼貌的微笑，“凶手常常会回到犯罪现场，这是真的吗？”

他问这个干什么？我扫了一眼西蒙，西蒙示意我可以回答这个问题。

“有些时候，一些‘签名杀手’会回到犯罪现场，但多半是些都市传说。”

“什么叫‘签名杀手’？”

“每个凶手都有自己的行为模式，这些行为模式就像留在犯罪现场的一片乌云，一个签名。所谓‘签名’，有可能是凶手打结的手法，也可能是凶手处置尸体的方法。有些凶手觉得自己必须回犯罪现场看看。”

“为什么？”

“这里面有很多可能的原因。或许他们爱幻想，想重温一下自己做过的事情，或者回来取一件纪念品。有些是因为心怀愧疚，有些只是想故地重游。”

“这就是为什么，绑匪常常会协助警方搜索受害人吗？”

“是的。”

“纵火犯帮忙灭火，也是这个原因吗？”

我点了点头。旁边的警官假装自己是复活节岛石像，面无表情。鲁伊斯打开一个文件夹，拿出几张照片。

“十一月二十四日周日那天，你在哪里？”

原来他找到的是这条线索。

“我去拜访了我的姨婆。”

他的眼睛里燃起激动的火苗。“什么时候？”

“早上。”

“她老人家住哪儿？”

“肯萨尔绿野公墓。”

真相令他失望。“闭路电视监控画面显示，你的车停在公墓的停车场里。”他把一张照片滑过桌面。照片上，我正把一箱落叶放到查莉张开的双臂中。

鲁伊斯拿出另一张纸。“你还记得，我们是怎么找到尸体的吗？”

“你说是一条狗找到的。”

“打电话给我们的人没有留下名字，也没有留下联系方式。他是从墓园入口附近的一个电话亭打来的。当时，你在附近看到谁了吗？”

“没有。”

“那你用过电话亭吗？”

他肯定不是在暗示，我是打电话的那个人吧？

“你自己说的，凶手对那里很熟悉。”

“是。”

“能说说你对那片区域的了解吗？”

“侦缉探长，我很清楚您在暗示什么。哪怕是我杀了凯瑟琳，把她埋在运河河岸，您真的觉得我会带上妻女，去看她的尸体被人挖出来吗？”

鲁伊斯“啪”地合上文件夹，咆哮道：“老子他妈的问你问题，你就负责回答问题。”

西蒙打断了我们。“咱们还是先冷静一下吧。”

鲁伊斯从桌子对面探过身来，贴到我眼前，近得我能看清他鼻子下的毛细血管。他毛孔粗大，我发誓他能用它们来呼吸。

“你愿意让你的律师离开，跟我聊聊吗？”

“你肯关掉录音机，我就愿意。”

西蒙表示反对，他想和我单独聊聊。在走廊外，我们坦率地交换了意见。他说，我这是在犯傻。我表示同意。但如果我能让鲁伊斯听进去我说的话，或许我就能说服他，再去调查一下博比。

“我事先声明，我已经建议过你不要这么做。”

“别担心，西蒙。没有人会责怪你。”

鲁伊斯在等我。烟灰缸里放着一根未熄的烟。他专心致志地盯着它，看它燃烧殆尽。烟灰堆成一座扭曲畸形的塔楼，轻轻一吹就会坍塌。

“我以为你戒烟了。”

“戒了。我只是喜欢看它的样子。”

烟灰塔倒了，鲁伊斯把烟灰缸推到一旁。

他点了点头。

这里只有我们两个，连房间都显得大了。鲁伊斯把椅子往后一推，脚搁到桌子上。他的那双黑色粗革皮鞋，鞋跟磨损严重。他的一只袜子上方，发白的脚踝上，还残留着一条黑色的鞋油印迹。

“我们拿着你的照片，把莱斯特广场和查令十字街上的每一家酒吧和小酒馆问了个遍。”他说，“所有酒吧的男侍应和女招待都说不记得见过你。”

“我是一个会被人过目即忘的人。”

“我们打算今晚再去问一遍，或许有谁能记起来。不过，我倒是一点希望都不抱，不知道为什么。我觉得，那晚你根本不在西区附近。”

我没有回答。

“我们还给大联盟酒店的常客看了你的照片。他们都不记得在酒店见过你。但他们记得凯瑟琳。几个小伙子说，她那晚打扮得很漂亮。其中一位还提议请她喝一杯，但她说她在等人。她等的是你吗？”

“不是。”

“那是谁？”

“我还是觉得，她等的是博比·莫兰。”

鲁伊斯发出低沉的声音，然后猛烈地干咳了一下。“你还是不死心，是不是？”

“凯瑟琳不是在失踪那晚死的。她的尸体过了整整十一天才被人发现。折磨她的人肯定花了很久才击溃她的心智——或许用了好几天。博比做得到。”

“但没有证据表明是他。”

“我觉得他认识凯瑟琳。”

鲁伊斯讥笑道：“咱俩的行事区别就在这里。你的结论全部基于钟形曲线[①]和经验模型。别人跟你讲一段童年时伤感的悲惨遭遇，你就准备让对方接受十年的心理治疗。我和事实打交道，而现在，所有事实都指向你。”

“本能呢？直觉呢？我以为，这是警探们常用的法宝。”

“当我还在等上面给我批监视行动的预算时，就另当别论了。”

我们闷不作声地坐着，暗暗度量横贯在我们之间的鸿沟。最后，鲁伊斯发话了：“昨天，我和你妻子聊了聊。她说，你最近有些‘恍惚’。你提议带全家人来一趟……美国之旅。她说你的提议很突然。她解释不了你的行为。”

“这和凯瑟琳没关系。我只是想多出去走走。”

“趁还有时间吧。”他的声音柔和下来，“跟我聊聊你的帕金森病。承受这样的坏消息，一定需要很大的勇气吧——你还有一位美丽的妻子，一个年轻的女儿，以及一段成功的事业，肯定更加艰难。你会失去多少年寿命？十年？二十年？”

“我不知道。”

“我猜，这样的坏消息会让一个人变得相当厌世。你和癌症患者打

① 正态分布曲线，中间高，两边逐渐下降且完全对称，反映了随机变量的分布规律。

过交道。告诉我，他们确诊癌症之后，是不是变得很痛苦，觉得被世界欺骗了？”

“有一些会。”

“我敢打包票，他们中有一些想毁灭这个世界。你懂我的意思吧，世界上那么多人，凭什么只有他们倒霉，对不对？换作你在这个情境下，你会做什么？悄无声息地死去，还是怒斥光明的消逝？你可以找得罪过你的人报仇雪恨，也可以向你冒犯过的人赔礼道歉。倘若行侠仗义是你唯一的选择，倒也不妨一试。”

看他笨拙地尝试对我进行心理分析，我快被逗笑了。“您会那么做吗，探长？”鲁伊斯好一会儿才反应过来，现在轮到我审视他了。“你觉得临死前，你会被义务警员的精神感染吗？”

他的眼睛里满是疑惑，但他不会就此罢手。他想继续说下去，改变话题，但我想先和他说清楚，身患绝症和不治之症的人有什么感受。没错，一些人确实会屈服于绝望感和无助感，因沮丧而爆发。但这种痛苦和愤怒往往转瞬即逝。他们会停止自怨自艾，勇敢地面对病魔，放眼未来。他们会下定决心，好好享受生命中剩下的每一刻，大口吮吸生活的琼浆玉露，任这些美好淌到下巴。

鲁伊斯把脚放到地上，双手平放在桌上，把自己撑了起来。说话时，他没有看着我。“我想以谋杀罪起诉你，检察长说我证据不足。他是对的，但我也没错。我会一直找，找到够为止。这只是时间问题。”他仿佛在凝视远处的某样东西。

“你很讨厌我，是不是？”我问。

“是挺讨厌的。”

“为什么？”

“因为你觉得我是一个愚蠢、满嘴脏话、不读书、认为相对论和近亲繁殖有关的傻瓜。”

“我从未这么想过。”

他耸了耸肩，伸手去拉门把。

“你往这件事里掺杂了多少私人恩怨？”我问。

他的回答穿过紧闭的门，轰鸣而入：“少自作多情了。”

第三章

在过去的四十八小时里和我寸步不离的女警，把我的网球拍和一个包裹递给了我，包裹里装着我的手表、钱包、婚戒和鞋带。我把钱包里的钱点了一遍，包括零钱，确认无误后签名。

收费休息间墙上的钟显示，此刻是晚上九点四十五分。今天是周几？周四。离圣诞节还有七天。柜台上摆着一棵银色小树，树上缀满了各色小饰物，还有一颗摇摇欲坠的星星。树后的墙上挂着一道横幅，横幅上写着“愿和平与友善洒满人间”。

女警帮我叫了一辆出租车。我在接待处等车来，听到司机猛地一按喇叭，才回过神来。我又累又脏，浑身汗臭味。我应该回家，但瘫在出租车后座上，我感觉身体里的勇气正离我远去。我想叫司机掉头。我不想面对朱莉安娜。不管我如何花言巧语，曲解语义，她都不会接受。她只想听毫无保留的真相。

在查莉出生前，我对她的爱胜过对世间所有人的爱。我没有理由对她不忠。我知道人们会说什么。他们会说，这是典型的中年妄想症在作怪。我到了不惑之年，开始害怕生命的有限，于是去风流了一夜。如果不是这样，那他们会把一切归因于自怨自艾。在我得知自己患上了渐进性神经疾病的那天，我睡了另一个女人——趁身体还没垮下，饱尝一顿性爱和刺激交融的饕餮大餐。

我无法为发生的事情辩解。那不是意外，不是一时的疯狂。我铸成了大错。那是性爱。那是眼泪、精液和一个女人，一个不是朱莉安娜的女人。

那天，乔克把那个坏消息告诉了我。我坐在他的办公室里，无法动弹。亚马孙丛林里，一只该死的巨大蝴蝶扇了一下翅膀，造成的空气振动将我击倒在地。肯定是这样的。

乔克提议跟我去喝一杯。我拒绝了。我需要去外面透透气。后来的几小时，我绕着西区漫步，去了几个酒吧，努力让自己觉得，自己不过是一个要借几杯酒浇浇愁的普通人而已。

一开始，我以为自己想独处一会儿。后来我意识到，我真的很想找人说说话。找一个不在我完美生活里的人：一个不认识朱莉安娜，不认识查莉，不认识我的任何一个朋友或家人的人。我怀着这个念头，走到了埃莉萨的家门口。这不是意外。是我找的她。

开始时，我们只是聊天。我们聊了好几小时。（朱莉安娜或许会说，这让我的出轨更加严重，因为这说明我已经不仅仅是为了满足男性无休止的肉欲。）我们聊了什么？童年回忆，最爱的假日，特别的歌。我们也可能根本没聊这些。言语不再重要。埃莉萨知道我受伤了，但没有问我为何受伤。她知道，我要么会和她倾诉，要么什么都不会说。对她来说，这没有什么区别。

我几乎记不清后来发生的事了。我们接吻了。埃莉萨让我翻到她身上。她的脚后跟碰着我的背。高潮来临，我发出呻吟，痛苦一扫而光。我在那儿过了一夜。第二次是我主动的。

奇怪的是，我本以为自己会被愧疚和困惑淹没，未承想，我竟若无其事。因为我坚信朱莉安娜会一眼看穿我。她不需要闻我衣服上的味道，也不用看我衣领上的口红。正如她似乎对我的一切都了如指掌，她凭直觉就能猜到发生了什么事。

我从未把自己视为冒险者，我不是那种喜欢把自己推到生死边缘体验刺激的人。在我上大学遇到朱莉安娜之前，我有过一两次一夜情。那时看起来没什么大不了。乔克说得没错——左翼女孩更容易被弄上床。但这次不一样。

出租车司机恨不得我赶紧下车走人。我站在人行道上，凝视着我的房子，整栋房子里只有一处亮了灯。光从厨房的窗口透了出来，照亮了旁边的小径。

把钥匙插进锁里，我走进屋子，大厅尽头的方形灯勾勒出朱莉安娜的轮廓，她正站在厨房门口。

“为什么不打给我？我可以去接你的……”

“我不想查莉去警察局。”

我看不到她的脸。她的声音听起来倒没什么异样。我放下网球拍，朝她走去。她乌黑的短发乱糟糟的，眼睛也因睡眠不足而浮肿。我想要搂住她，她躲开了。她甚至不想看我一眼。

事情发展到这个地步，不只是因为我撒谎了。因为我，警察闯进她的房子：搜查衣柜、床底，翻遍她的私人物品。我们的邻居看到了我戴着手铐的样子。我们的花园被掘开。一群警探审问她，问我们的性生活如何。她在警察局里等了几小时，就为了见见我，却被拒绝了——不是被警方拒绝，而是被我拒绝。她不知道这一切因何而起，我也没打个电话或者发条短信向她解释。

我的余光掠过厨房的桌子，看到一沓零落散乱的报纸，摊开的那一页上都是同一件事。其中一份报纸头条写着：“心理学家因涉嫌麦克布赖德谋杀案被捕。”另一份则写着：“著名心理医生被拘留。”还附有照片，我坐在警车后座，头上披着西蒙的外套。我看起来就像个罪犯。如果你把外套披在特蕾莎修女头上，别人也会觉得她看起来有罪。为什么嫌疑人要这么做呢？向大家微笑招手岂不是更好。

我倒在椅子上，开始看这些报道。一份报纸上刊登了我在马士登医院房顶救人的照片，马尔科姆在我身前，和我一同绑着安全绳。下一张照片就是我披着外套，膝盖上的双手戴着手铐。这个排版意图明确——我曾经是一位英雄，如今堕落到一无所有。

朱莉安娜灌满电热水壶，拿出两个马克杯。她穿着黑色紧身裤和我在卡姆登集市给她买的宽松毛衣。我和她说，这是我买给自己的，不过我知道会发生什么。她总是喜欢穿我的毛衣。她说很好闻。

“查莉呢？”

“睡了。都快十一点了。”

水开了，她倒了两杯水，晃了晃里面的茶包。我闻到了薄荷味。朱莉安娜有一整个架子，专门用来放各种草药茶。她坐在我对面，看着我，眼神里不带一点感情。她轻轻转动手腕，摊开手掌。这个小小的动作意味着她在等待我的解释。

我想说，这一切都是误会，但是我怕这听起来像是个老掉牙的借口。于是，我干脆和她讲清楚发生了什么——或者说，我所知道的来龙去脉。鲁伊斯是如何从运河里打捞出凯瑟琳的日记，发现里面有我的名字，便认为我和她的死有关；凯瑟琳是如何来伦敦参加工作面试，应聘我的秘书一职，而我根本就不知道。入围名单是米娜弄的。凯瑟琳绝对看到了我们的广告。

朱莉安娜先发制人。“他们逮捕你，肯定不仅仅是这个原因吧？”

“的确不是。凯瑟琳的通话记录显示，她遇害那晚给我的办公室打了两次电话。”

“你接了吗？”

“没有。我约了乔克。那时他告诉了我……你知道的。”

“谁接了电话？”

“我不知道。米娜很早就回家了。”

我低下头，避开她的注视。“他们还查出了性骚扰投诉。他们觉得我和她有一腿——她威胁我，要毁掉我的事业和婚姻。”

“但她后来撤销了指控啊！”

“我知道，但是整件事看起来就像是那样。”

朱莉安娜把杯子推到桌子中央，从椅子上站起来。她不再注视我，我小小地松了一口气。我不用看都知道她在哪儿，她站在法式窗户前，透过自己的身影，看着那个坐在桌边的男人，一个她以为自己了解的男人。

“你和我说，你和乔克待在一起。你说你喝醉了。我知道你在撒谎。我一直都知道。”

“我是喝醉了，但不是和乔克一起。”

“那是和谁？”这个问题简短，尖锐，正中要害。这个问题就像朱莉安娜的缩影——不加雕饰，直来直去，每句话都一针见血。

“那晚，我和埃莉萨·韦拉斯科在一起。”

“你睡了她？”

“是。”

“你跟一个妓女做爱了？”

“她已经不是妓女了。”

“你戴套了吗？”

“听我说，朱莉安娜。她已经不是妓女很多年了。”

“你，戴，套，了，吗？”

每个字的发音都非常清晰。她站在我的椅子旁，眼里满是泪水。

“没有。”

她用尽全力扇了我一巴掌。我捂着脸，倒在一旁。我尝到了嘴里的血腥味，尖锐的声音在我耳朵里嗡嗡作响。

朱莉安娜把手放在我大腿上，轻轻地说：“我是不是太用力了？我不习惯打人。”

“我没事。”我想让她放心。

她又打了我一下，这次更用力。我跪在地上，盯着抛光的地板。

“你这个自私鬼！你愚蠢懦弱！满嘴谎言！你这个不忠的浑蛋！”她很痛苦，双手在颤抖。

我现在成了一动不动的靶子，任她打骂。她用尽全力打我，大力捶打我的背。她尖叫道：“和一个妓女！还不戴套！然后还回家和我上床！”

“不是这样的！求求你！你不明白——”

“给我滚出去！这个家不需要你！你再也不会见到我！再也不会见到查莉！”

我蜷缩在地板上，感觉自己可悲又可怜。她转身离开，穿过走廊，去了前室。我挣扎着站起来，跟上她，急切地想知道我们的关系不会就此结束。

她跪在圣诞树前，手里拿着一把园艺剪刀。她已经整整齐齐地剪掉了树的头三层。它看起来就像一个巨大的绿色灯罩。

“对不起。”

她没有回话。

“请听我解释。”

“为什么？你打算说什么？你爱我？她对你来说什么都不是？”

这就是和朱莉安娜吵架时的难点所在。她会一次性给你安插多个罪名，单单解释其中一点是没用的。当你开始分析有哪几个问题时，她就会向你发起新一轮的诘问。

她在低声哭泣。脸颊上的眼泪在灯光下像一串珠子。

“我错了。乔克告诉我，我得了帕金森病，那时我觉得自己听到了死亡的宣判。所有东西都会改变——我们所有的计划，我们的未来。我知道我说了意思相反的话，但那些都不是真的。为什么上帝赋予了我生命，又让我患上这种疾病？为什么将那么美丽的你和查莉赐予我，让我感到幸福美满，却又毫不留情地夺走？这种感觉，就像是给你看了一眼以后的美好生活后，又马上告诉你，这些永远都不会发生。”

我跪在她身旁，我的膝盖快要碰到她的膝盖了。

“那时我不知道该怎么和你说。我需要时间好好想想。我不想和父母或者朋友说起这件事，他们会为我感到难过，说些鼓舞人心的话，让我勇敢地笑对生活。于是我去找了埃莉萨。她是个陌生人，也是个朋友。她是个好人。”

朱莉安娜用毛衣的袖子擦了擦脸上的泪水，怔怔地看着壁炉。

“我没想和她睡，但事情就这样发生了。我希望我可以改变这个事实。那不是婚外情，只是一夜情。”

“那凯瑟琳·麦克布赖德呢？你也和她睡了？”

“没有。”

“好，那为什么她应聘你的秘书？她给我们惹过那么大的麻烦，是什么让她觉得你会聘用她？”

“我不知道。”

朱莉安娜看了看她淤青的手，又看了看我的脸。

“乔，你想要什么？你想要自由，是吗？你想自己面对这一切？”

“我不想把你和查莉拉进来受罪。”

我的哭腔激怒了她。她很失望，紧握拳头。

“为什么你就那么他妈的自以为是？为什么你就是不承认你需要帮助？我知道你病了。我知道你累了。好的，现在我们都病了，都很累。我已经受够了被你无视的生活，厌倦了被你推到一旁的感觉。我要你现在就离开这里。”

“但是我爱你！”

“滚！”

“那我们怎么办？查莉怎么办？”

她冷冰冰地看着我，眼神坚定。“或许我还爱你，乔，但是现在我无法容忍你。”

第四章

当我收拾完东西走出屋子，打车来到乔克的门前，一切尘埃落定之时，我感觉今天就像去寄宿学校的第一天。被抛弃的感觉。我只能回忆起当时场景的光影变幻。我站在查特豪斯公学门口，父亲抱着我，感受到了我的胸腔起伏。我在啜泣。“别在你妈妈面前哭。”他低声说。

他转身走到母亲身旁，说：“别在孩子面前哭。”母亲轻擦眼泪。

乔克坚持让我洗个澡，剃个胡子，好好吃个饭，觉得这样我会好受一点。他在当地印度人经营的餐厅里点了份外卖，不过外卖到之前，我已经在沙发上睡着了。他只好自己吃了。

靠着百叶窗外透进来的光，我可以看到水槽旁堆放的锡箔盘子，盘子边缘流淌着橙黄色的肉汁。电视遥控器硌着我的脊柱，每周节目指南塞在我的脑袋下方。我根本不知道自己是怎么睡着的。

我不停地回想起朱莉安娜，还有她刚刚看我的眼神。那眼神中远不止是失望。比悲伤还要严重。就好像她内心里有一部分冻结了。我们很少打起来。朱莉安娜会充满激情地和我吵架。如果我自作聪明地回嘴或者回以冷漠，她会指责我的傲慢，我可以从她的眼神中看出她受伤了。这次我只看到了虚无，仿佛一望无际的大地，大风呼啸，拼死都无法跨越它。

乔克醒了。我听到他边洗澡边唱歌。我尽力把脚甩到地上，但是我失败了。有那么一瞬间，我害怕自己瘫痪了。接着我意识到，我还能感受到毯子的重量。

我集中注意力，双脚终于开始不情愿地响应我。

这种运动徐缓的症状越来越明显了。压力是影响帕金森病病情的重要因素。按理说我应该好好休息，定期运动，不再为别的事情忧心。瞧瞧我现在的样子！

乔克住的大房子可以鸟瞰汉普特斯西斯公园。楼下有个门卫，下雨时会给你打伞。他身穿制服，见人便会称呼“先生”或者“女士”。乔克和他的第二任太太曾经拥有整个顶楼，但他们离婚了，如今，他只住得起一卧的公寓。他还被迫卖了自己的哈雷摩托，把科茨沃尔德的小别墅送给了她。每次看到昂贵的跑车，他都宣称它应该属于娜塔莎。

“回望过去，我发现吓倒我的不是前妻，而是我的丈母娘。”他说。自从他离了婚，他就成了杰弗里·伯纳德说的那种人——一个永远被拒之门外的漂泊宴客，或者一个他人婚姻的旁观者。

乔克和我不是在大学相识的，我们很早就认识了。我们在同一天，同一家医院的同一个妇产科医生手中诞生，只差了八分钟。那天是一九六〇年八月十八日，在哈默史密斯的夏洛特皇后妇科医院里。我们的母亲在同一个产房，医生不得不来回走到帘子两边，帮她们接生。

先出生的是我。因为乔克的脑袋太大，卡住了，他们用手术钳把他拉了出来。他时不时还会开玩笑说自己生得比我晚，得加快步伐赶上我才行。事实上，他一直都很重视竞争。我们可能曾并排躺在婴儿室里。我们还可能曾互相对望，吵得对方睡不着觉。

我们降临人世的时间仅相隔几分钟，下次相遇却在十九年后，这便是所谓人生之旅的孤独。朱莉安娜说，是命运让我们相遇。或许她是对的。我和乔克唯一的共同点就是曾被同一个医生倒过来抓着打屁股，除此之外，我们截然不同。我解释不清我是怎么和乔克交上朋友的。我给这段伙伴关系贡献过什么？他是学校里的大红人，是所有精彩派对上的常客，跟他调情的永远是最漂亮的女孩。跟他交朋友，我显然受益良多，但他得到了什么？或许这就是人们常说的"一拍即合"吧。

在政治观点上，我们早已分道扬镳，在一些道德问题上，我们有时也各持己见，但这些分歧不会改变我们曾一起走过的路。他是我婚礼上的伴郎，我也是他两场婚礼上的伴郎。我们有对方房子的钥匙，还保管着对方的遗嘱。我们共同度过的美好时光是将我们紧紧联系在一起的纽带，但它又不仅仅是纽带。

虽说乔克是个气势汹汹的右翼分子，但其实他也是个心肠柔软的大块头，他捐给慈善机构的钱比他供养两位前妻的钱还多。他会每年给大奥蒙德街儿童医院组织一次募捐活动，十五年来，他一场伦敦马拉松都没有落下。去年，他推着一张病床，床上坐满了穿着丝袜和吊带的"淘气"护士，这让他看起来更像是本尼·希尔①，而不是基尔代尔医生②。

乔克从浴室里走了出来，腰上围着一条毛巾。他光着脚，蹑手蹑脚地从客厅走到厨房。我听到他打开冰箱门，又关上了。他切了几片橙子，打开一台工业级别的榨汁机。厨房里摆满了各式各样的器具，有一台专门用来磨咖啡的机器，一台专门用来筛咖啡的机器，旁边还有一台渗滤式咖啡壶，看起来更像加农炮的弹壳。他能用几十种方式烹制华夫饼、松饼、薄饼和鸡蛋。

轮到我洗澡了。镜子上雾气弥漫。我捏住毛巾一角，擦掉镜子上的水汽，大致抹了个圆，好看清自己的脸。我看起来疲惫不堪。我的右脸颊上印着倒了的周三晚招牌电视节目的名字。我拿湿毛巾擦了擦脸。

窗台上的东西比厨房里的还多，上面摆着一个电动鼻毛修剪器，这玩

---

① 英国著名喜剧演员，以色情笑话为卖点。

② 美国电视剧《基尔代尔医生》中的男主角，一个到大城市医院学习的实习医生。

意响起来就像一只被困在瓶子里的发了狂的蜜蜂。窗台上还放着十几瓶不同牌子的洗发水。这让我想起了自己的家。我经常嘲笑朱莉安娜，说她的“乳液和魔药”占满了我们浴室的每一寸空间。我的一次性剃须刀、装剃须膏的罐子和除臭棒淹没在这片化妆品组成的海洋中。不幸的是，如果我想拿它们出来，一不小心就会引发多米诺骨牌效应，把浴室里的瓶瓶罐罐全部碰倒。

乔克递给我一杯橙汁，我们沉默地坐着，凝视渗滤式咖啡壶。

“我可以帮你打给她。”他提议。

我摇了摇头。

“我可以告诉她，你在这儿自怨自艾，闷闷不乐……什么活也干不了……迷失了方向……孤独又凄凉……”

“说了也是白说。”

他问了问我们吵架的事。他想知道是什么让她不开心。是我被逮捕，我上了报纸头条，还是我向她撒谎这件事?

“撒谎。”

“我猜也是。”

他一直在询问我细节。我真的不想讲太多，但咖啡慢慢凉了下来，我的话匣子也打开了。或许乔克能帮我把事情捋顺。

当我说到在停尸房看到凯瑟琳尸体的那一段时，我忽然意识到，他有可能认识她。他在马士登医院认识的女护士比我多多了。

“啊，当时我也在想这事。”他说，“但他们在报纸上刊登的照片，我实在是没认出来。警方想知道她遇害的那晚你是不是跟我在一起。”他加了一句。

“抱歉。”

“你那晚去哪儿了？”

我耸了耸肩。

“那就是真的了。你一直在外面风流快活。”

“不是那样的。”

“它从来都不是那样的，老朋友。”

乔克又变回了上大学时的那副样子，铁了心要把所有“龌龊细节”问个一清二楚。我没心情搭理他，弄得他有点生气。

“你到底为什么不能告诉警方你去了哪儿？”

“我宁愿不说。”

他的脸上划过一抹沮丧的神色。他没有继续追问，而是改变策略，责备我没有早点跟他说这件事。如果我想要他为我提供不在场证明，我至少应该提前告诉他。

“万一朱莉安娜问我怎么办？我可能就泄露天机了。你早点告诉我，我就会和警方说那晚你和我在一起，你也不用惹这一身骚了。”

“你说了真话。”

“我会帮你撒谎。”

“如果真的是我杀了她呢？”

“我也一样会帮你撒谎。换作你，你也会为我做同样的事。”

我摇了摇头。“如果我觉得你杀了人，我肯定不会帮你撒谎。”

他对上我的目光，凝视着我。接着他笑了，耸了耸肩。“谁知道呢。”

第五章

我穿过办公楼的大堂，发现保安和接待员都在盯着我看。我搭电梯上楼，米娜正在工作，候诊室一个人也没有。

“怎么没有人？”

“他们取消了预约。”

“所有人吗？”

我靠在她的办公桌上，低头看今天的预约名单。所有名字都被红线画掉了。除了博比·莫兰。

米娜还在解释他们取消的原因：“利利先生的母亲去世了。汉娜·巴里莫尔得了流感。佐伊要照看侄子……”我知道她只是想让我好受一点。

我指了指博比的名字，叫她画掉。

“他没打电话过来。”

“相信我。”

尽管米娜已经尽力收拾了一番，办公室里依然看起来一团糟。到处都是警察搜查过的痕迹，包括用来取指纹的石墨粉。

“他们没有拿走你的病人档案，但是有些弄乱了。”

我告诉她不用担心。如果没有病人来看病，这些病情记录也就毫无意义了。她站在门口，想说些鼓舞我的话。“我给你惹麻烦了吗？”

“什么意思？”

“那个来应聘的女孩……被杀害的那个女孩……我是不是不应该那么做？”

“当然不。”

“你认识她？”

“是的。”

“节哀顺变。”

第一次有人承认，我会为凯瑟琳的死而难过。其他所有人都觉得，这件事对我没有任何影响。可能他们以为，我对悲伤的情绪有独特的认识，能够很好地控制这种情绪。如果他们真这么想，就大错特错了。我做的事情只是去理解病人。我了解他们内心最深处的恐惧，知晓他们最不为人知的秘密。我们不仅是医生和病人的关系，多少会掺杂私人的感情。我别无选择。

我问了米娜关于凯瑟琳的事情。她打电话时心情如何呢？有没有问起我？警察带走了凯瑟琳的信件和工作申请，幸好米娜有简历的备份。

她拿给我看，我瞥了一眼附信和第一页。简历的毛病在于它根本无法描述应聘者是什么样的人。上面只会列举学校、考试成绩、上的大学和工作经历——这些都无法反映一个人的个性或者性情。拿简历阅人，简直像从一个人的发色判断他的身高，根本是痴心妄想。

我还没读完，外面办公室的电话就响了。我希望是朱莉安娜打来的，米娜还没来得及接，我就拿起了电话。电话里的声音像十级强风般呼啸而来，埃迪·巴雷特变着花样痛骂了我一顿。他说，我的博士学位证在上厕所没纸时正好能派上用场，真是想象力丰富。

“听着，你这个精神病学家，你在那儿工作可太屈才了。我要向英国心理学会、资质委员会和英国专家证人登记处举报你。博比·莫兰会以诽谤罪、违反职责罪，还有任何其他沾边的罪名起诉你！你真让人丢脸！真应该把你除名！更确切地说，你就是个浑蛋！”

我插不进话。每次我感觉埃迪的谩骂稍有停顿时，他又能马上接着骂。这大概就是他能打赢那么多场官司的原因吧——他连珠炮似的说话方式让别人根本来不及插嘴。

其实，我无法反驳。我违反了很多行医准则和自己信奉的原则，多到数不过来，但是如果事情可以重来，我还会这么做。博比·莫兰是个施虐狂，还经常撒谎。然而，当我感到失去了他的信任时，我也会为此难过。我越界了，打开了一扇门，闯入了一个我不该闯入的领域。此刻，我正等着这扇门猛地关上，给我一记痛击。

埃迪挂了电话，我还在盯着电话。我按了快速拨号键，电话里传来朱莉安娜的录音留言。我的胃猛地一缩。我无法想象，没有她的日子该怎么过下去。我不知道我要和她说什么。我说话的语气故作轻松，因为查莉有可能听到。最后，我决定扮成圣诞老人。我回拨电话，又留了另一条语音信息。结果第二条更差劲了。

我放弃了，开始整理病人的档案。警察清空了我的档案柜，看看柜子后面有没有藏什么东西。我抬起头，正好看到芬威克在门口附近看着我。他站在走廊上，神色紧张地回头张望。

“老同学，可以聊几句吗？”

“怎么了？”

“这事真是太糟糕了，没什么别的意思，就是来给你打打气。别让那些坏蛋把你打倒了。”

“你真好，芬威克。”

他来回摇摆。“太糟了。实在是倒霉。你肯定能理解吧，这样的事会带来不少负面消息……”他愁眉苦脸。

“怎么了，芬威克？”

“考虑到现在这种情况，老同学，杰拉尔丁建议说，你最好还是先别做我的伴郎了。其他客人会说什么呢？真是太抱歉了。我很不喜欢对人落井下石。”

“没事的，祝你好运。”

“谢谢，谢谢。噢……那个……你忙吧，不打扰你了。咱们下午会议上见。”

“什么会议？”

“噢，我的天，没人通知你吗？这帮浑蛋！”他的脸涨得通红。

“没人。”

“呃，这个也不是我说了算……”他喃喃低语了一会儿，摇了摇头。“合伙人们四点钟会召开一场会议。我们中有些人——当然，肯定没有我——有些担心，这整件事会给我们的诊所带来什么影响。负面消息之类的啊。如果一个地方突然被警方搜查，还有记者跑来问东问西，那肯定没好事。你能理解吧？”

“当然理解。”我紧咬牙关，露出一丝微笑。芬威克已经慢慢退出门口。米娜瞪了他一眼，他立刻飞也似的溜了。

这事绝对不可能善终。我备受尊敬的同事将会对我的合伙人身份进行商讨——商讨要不要把我驱逐出去。他们会争取让我辞职。他们会斟酌好说辞，再跟会计主任交代一两句，这事就三下五除二解决了。去他妈的！

芬威克已经走到走廊的一半了。我从后面喊住他：“告诉他们，如果他们胆敢逼我退出，我会把诊所告上法院。我决不会辞职。”

米娜给了我一个支持的眼神，眼神里还包含了另一种或许会被误解为“同情”的神色。我很不习惯接受别人的同情。

“你还是回家吧。待在这儿你也没什么可做的。”我对她说。

“谁来接电话？”

“反正我也不指望有谁会打给我。”

米娜花了整整二十分钟才离开，一边无谓地整理桌子，一边焦灼地瞄着我，仿佛她打破了什么秘书的忠诚原则似的。等她终于离开，办公室里只剩我一个人时，我拉上百叶窗，把没整理好的文件夹推到一旁，向后靠到椅子上。

我到底倒了什么霉？撞了什么鬼？我不信上帝，也不信造化弄人。或许这就是“平均法则”吧。也许埃莉萨是对的。我的生活太一帆风顺了。人生中每一个重大的节点我几乎都走对了，现在，我把自己的运气花光了。

古希腊人常说，幸运女神是一个一头鬈发的漂亮女孩，混在大街上的人群中。她的名字或许是卡尔玛。她可以是水性杨花的情人，可以是精明世故的妇女，也可以是曼联的支持者。她曾属于我。

走去考文特花园的路上，天空下起了雨。餐厅里，我脱掉外套，抖干净，递给一位女侍者。几滴从衣服上甩落的水珠从我的额头淌下。十五分钟后，埃莉萨到了，看起来穿得很暖和，她穿的黑色大衣上还有毛皮领子。大衣下是一件细肩带的深蓝色贴身背心，和一条跟背心相衬的迷你裙。她的黑色长筒袜皱皱巴巴的。她拿亚麻布餐巾擦干身上的水，用手指捋了捋头发。

“我从来不记得要带伞。”

“为什么呢？”

“我以前有一把柄上雕花的伞。伞柄里装了刀片……以防遇到什么麻烦事。看吧，你让我的安全意识提高了不少。”她笑着，一边拿口红补妆。我想用手指碰碰她的舌尖。

我不知道怎么形容这种感觉——和一个这么漂亮的女人一同坐在餐厅里。男人都觊觎朱莉安娜，但是埃莉萨才是他们心底无法抑制的渴求，他们的内心因她而躁动不安，心脏狂跳不止。她很性感，天生有种纯洁又能唤起欲念的魅惑。就好像她将自己身上的性感精炼、提取、蒸馏成了精油，男人相信只要得到这么一滴，就会永生满足。

埃莉萨看了看周围，马上就有服务员注意到了她。她点了一份色拉，我则点了一份农家通心粉。

一般来说，坐在埃莉萨对面，我总会感到很自信，但今天我只感到沧桑、疲惫，宛如一棵多瘤扭曲的橄榄树，树皮脆弱不堪。她讲话很快，吃得倒很慢，一点一点地在吃烤金枪鱼和红洋葱切片。

尽管我在听她讲话，可我只感觉到了绝望和不耐烦。我必须从今天开始拯救自己。她还在看着我，眼睛里仿佛装着镜子，镜子里还有无数片镜子。我可以在里面看到自己。我的头发耷拉在额头上。我不过是好几小时没睡，却疲惫得好似数周没休息过。

埃莉萨为自己的"喋喋不休"道歉。她伸手过来握住我的手，说："你想和我说什么？"

我犹豫了一下，然后慢慢地开始讲——我被逮捕了，警察调查谋杀案调查到我头上了。每次我讲到新的细节，她的眼神里就会充满担忧。"为什么你不告诉警察你和我待在一起？"她问，"我不在乎的。"

"没有这么容易说出口。"

"因为怕你的妻子知道？"

"不，她已经知道了。"

埃莉萨耸耸肩，凝练地概括了一下自己对婚姻的看法。她对婚姻这个文化制度没有意见，因为她最好的客人通常都是已婚男人。结了婚的男人洗澡更勤快，闻起来更好，比起单身汉她更喜欢他们。

"所以你不告诉警方的顾虑是什么？"

"我想先问问你的意见。"

她大笑，我的话听起来太老土了。我感觉自己的脸烧了起来。

"你说任何话之前，最好想清楚，"我和她说，"如果我承认和你共度了一夜，处境将会很尴尬。有所谓的行为……道德准则。你曾经是我的病人。"

“那可是很多年前的事了。”

“那又如何。人们依然会用这一点来非难我。因为我和妓女一起工作，拍电视纪录片，他们早就把我当成异类了。想打倒我的人能排成一条长龙，一有机会，他们就会利用这点来抨击我……和你。”

她眼里依稀闪烁着泪光。“他们不会知道的。我会去警察局告诉他们。我会告诉警察当时我们在一起。不会有其他人知道的。”

我用尽最后的友善和耐心，尽量和颜悦色地讲话，但我的话听着依然很刺耳。“想一想，如果我被捕了，会发生什么。你会被要求提供证据。控方律师会想尽办法推倒我的不在场证明。你以前是个妓女。你被判过恶意伤害罪。你曾经入狱。你还是我以前的病人。我第一次遇到你的时候，你只有十五岁。无论我们强调多少次只是一夜情，他们都会觉得我们的关系不止于此……”我精疲力竭，用叉子随意戳着吃剩半碗的色拉。

埃莉萨拿出打火机，火焰摇曳。火苗映在她那双火热发亮的眸子里。我第一次见到她无法镇定下来的样子。“你来决定吧。”她柔声说，“我愿意作证。我不害怕。”

“谢谢你。”

我们沉默地坐在餐厅里。过了一会儿，她再次伸手过来握住了我的手。

“你从未说过，那晚你为什么难过。”

“不重要了。”

“你的妻子非常难过吗？”

“嗯。”

“有你这样的丈夫是她的福分。我希望她能意识到这点。”

第六章

我推开办公室的门时才意识到，里面有人。档案柜上的镀铬挂钟显示时间是三点半。博比·莫兰站在我的书柜前。他简直来无影去无踪。

他突然转过身来。我不知道我们俩谁被吓得更厉害。

“我敲门了，没人。”他低下头。“我预约了。”他说，他在揣测我的想法。

“你不是应该和律师待在一起吗？我听说你准备以诽谤罪、违反保密原则，以及其他可能的一切罪名起诉我。”

他看起来有点尴尬。“巴雷特先生说我应该这么做。他说我会从中捞到一大笔赔款。”他挤过我身旁，站在我的桌子旁。我们俩站得很近。我可以闻到他身上炸油条和糖的味道。他那潮湿的刘海乱糟糟地贴着前额。

“你来这里干什么？”

“我想见你。”他语带威胁。

“我帮不了你，博比，你没有和我说实话。”

“那你说实话了吗？”

“我尽量说实话。”

“是吗？你所谓的实话就是告诉警察，我杀了那个女孩？”

他从我的桌子上拿起一块光滑的玻璃镇纸，右手掂量了一下，又放到左手。他在灯光下举起它。“这水晶球是你的吗？”

“请你放下它。”

“怎么？怕我用它在你的额头上砸个窟窿出来吗？”

“为什么不坐下来聊呢？”

“您先请。”他指了指我的椅子，“为什么你想当一个心理医生？别告诉我，我来猜猜……你肯定有一个控制欲极强的父亲，还有一个过分溺爱你的母亲，或者有什么不可告人的家族秘密。你有一个亲戚突然开始对月哀号，还是你最敬爱的阿姨被他们关进了精神病院？”

我不会告诉他，他其实猜了个八九不离十，我不想让他得意。“我来这里不是为了讨论我自己的事情。”

博比瞥了一眼我身后的墙。“你怎么还敢把证书挂在墙上？真是搞笑！三天前，我在你眼里还是一个完全不一样的人，可你却想站在法庭上，告诉法官，应不应该把我关起来。你有什么权力去毁掉别人的生活？你根本就不了解我。”

听到他这样讲，我才意识到，我现在面对的是真正的博比。他把镇纸抛到桌上，镇纸缓缓滚动，落到了我的大腿上。

“你杀了凯瑟琳·麦克布赖德吗？”

“没有。”

“那你认识她吗？”

他紧紧地盯着我。“你的问话太差劲了！没想到你那么逊。”

“这不是游戏。”

“你说得对，这可比游戏重要多了。”

我们都沉默了。

“你知道一个经常撒谎的人是什么样的吗？”我最后问，“不管在何种情况下，不管讲真话重不重要，他们都发现，比起说实话，说谎更容易。”

“人们都认为，你们这种人看得出别人有没有撒谎。”

“说谎改变不了你的本质。”

“我只是简单地改编了几个人名和地名，剩下的故事你全盘猜错了。”

“亚姬也是你编出来的吗？”

“她六个月前离开了我。”

“你说你有过一份工作。”

“我也和你说过，我以前是个作家。”

“你确实很擅长讲故事。”

“你说笑了。知道像你这种人有什么毛病吗？你们都忍不住将手伸进别人的大脑里作弄一番，想改变他们看待世界的方式。你在冒充别人生活里的上帝……”

“什么叫像我这种人？你以前还见过谁？”

“这不重要。”他轻蔑地说，“你们都一样。不论是心理学家、精神病医生，还是采取精神治疗法的医生，或者是塔罗牌占卜师和巫医——”

“你以前住过院，你是在那里遇到凯瑟琳·麦克布赖德的吗？”

“你肯定觉得我是个傻子。”

博比差点失控，但是他很快就恢复了镇定。他撒起谎来几乎没有任何特殊的生理反应。他和平时一样，瞳孔的扩张、毛孔的大小、皮肤涨红的程度，还有呼吸的节奏，都丝毫没有变化。他像个优秀的扑克牌玩家，脸上看不出任何“玄机”。

“我这辈子做过的任何事情和我遇到的任何人都是有意义的，不论是好是坏，还是丑恶不堪。”他的声音里洋溢着胜利的得意，“我们是自己各部分的总和，也是整体的一部分。你说这一切不是一个游戏，那你错了。这是好人对战坏人的游戏，黑棋对战白棋，只不过有些人是兵，有些人是国王。”

“那你是哪个？”我问。

他想了想，说：“我曾经只是一个兵，但我横跨了整个棋盘，我现在可以是任何人。”①

博比叹了口气，站了起来，他开始厌倦我们的对话了。我们才聊了半小时，但是他已经受不了了。这场对话本不应该开始。埃迪·巴雷特知道了肯定会大发雷霆。

我跟着博比去了外面的办公室，心里有个声音让我叫他留下来。我想摇摇这棵树，看看会掉下来什么。我想知道真相是什么。

博比在等电梯。电梯门开了。

“祝你好运。”

他转过头来，好奇地看着我。“我不需要好运。”

他的嘴角微微上扬，让我觉得他在笑。

回到办公室，我盯着那张空椅子，我注意到地上有个东西——一个棋子。我把它捡起来，发现是一个手工木刻鲸鱼，鲸鱼后背上有小洞，穿着一个钥匙扣。

这种东西你经常能在孩子的书包上看到。一定是博比掉的，我还可以赶上他。我可以打给前台，让保安叫他等一下。我看了眼挂钟，已经四点十分了。楼上的会议开始了，但我不想去开会。

博比身形庞大，很容易在人群中找到他。他比其他人要高一个头，行人好像会纷纷给他让路。下雨了，我把双手缩进大衣里，手里紧紧地攥着那个光滑的木质鲸鱼。

博比正走向牛津马戏团地铁站，我得跟紧了，不然肯定得在这迷宫般的通道里跟丢他。我不知道为什么自己要跟踪他，我不想要谜语，我想要

---

① 兵升变，在国际象棋中，当一方的兵通过直进或斜吃而到达底线后，可以变成后、车、马、象中的任一种。

答案，我想知道他住在哪里，和谁住在一起。

他突然不见了，我按捺住向前奔去的冲动，保持我原来的步伐，经过了一个酒铺，看到博比站在柜台前。于是，我走进只有两门之隔的旅行社。一个打着V字形领带，穿着红裙白衬衫的女孩对我笑了笑。

“有什么可以帮到您的吗？”

“我就是来看看。”

“想去避冬吗？”

我正拿起一本加勒比海的宣传册。

“是的，没错。”

我看到博比从窗前经过，于是把宣传册还给了她。

“您可以带走它。”她说。

“或者明年再去吧。”

博比大约在我前方三十码处，他的体型特别，一眼就可以认出来，他没有屁股，看起来仿佛被偷走了一样。他的裤子提得很高，皮带绑得紧紧的。

我们下到地铁站，人突然多了起来。博比已经买完票了。每一个闸机前面都得排队。牛津马戏团站有三条线路，可以去往六个方向——如果我现在跟丢了他，那我根本就不可能知道他去了哪儿。

我推开周围的人群，没有理会他们的抱怨。站在旋转栅门前，我手撑在栅门两边，脚一跨，越过了栏杆。我逃票了，不由地心生愧疚。手扶电梯缓缓下降。一阵阵污浊难闻的风被呼啸着前进的列车裹挟着，从隧道里刮了上来。

在贝克鲁线的北端站台，博比在人群中迂回穿梭，走到站台最远处。我紧随其后，必须跟紧。他随时有可能转头看到我。四五个男生在站台上推搡打闹，笑声连连。他们满脸粉刺，满头头皮屑的样子，活像行走的人形培养皿，只不过培养的是痤疮和头皮屑而已。站台上的其他人则静静地凝视前方。

一阵风声带着啸声骤然而至。列车来了。车门打开。我顺着人流，走进车厢。博比在我的余光里。车门自动关闭，列车猛然前进，逐渐加速。车厢里满是潮湿的羊毛味和汗臭味。

博比在沃里克大道站下了车。天色已暗。黑色的出租车“嗖嗖”地疾驰而过，轮胎声比引擎声还大。这个站离大联盟运河仅一百码之遥，距凯瑟琳尸体被发现的地点或许有两英里。

周围人少了，我只好和他拉开距离。现在，他是我面前唯一的身影。我低着头走路，翻起衣领。经过路上的一个水泥搅拌机时，我往旁边绊了一下，结果一脚踩进了水洼里。我已经逐渐丧失平衡能力了。

我们沿着运河边的布隆菲尔德路一直向前走，最后，博比在福尔莫萨街的尽头穿过一座步行天桥。聚光灯照亮了一座圣公会教堂。光束周围的薄雾在灯光的照耀下，犹如徐徐落下的点点星光。博比坐在一张公园长椅上，凝视了教堂许久。我倚着一棵树的树干，双脚因寒冷而逐渐麻木。

他在这里做什么？或许他就住在这附近。那个杀害凯瑟琳的凶手肯定很熟悉运河这一带区域：这样的熟悉程度不是靠看看地图或在这附近逛几圈就能得来的。他在这里很自在。这里是他的地盘。他知道在哪里抛尸才不会让人们太快找到她的尸体。他能融入这里的环境。没人会觉得他是一个异乡人。

博比肯定不是在酒店和凯瑟琳碰面的。如果鲁伊斯确实尽职尽责地调查过，他肯定把照片给酒店的职工和常客看过，而博比不是那种很容易被忘掉的人。

凯瑟琳独自一人离开了酒吧。她约了见面的人没有来。她和朋友住在牧羊人灌木酒店。走过去太远了。她做了什么？打车。又或许，她走向了韦斯特伯尔尼公园站。那里离牧羊人灌木酒店只有三站。走这段路必定要经过运河。

马路对面有一个伦敦交通公司的车站。每时每刻都有公交车进站出站。和她约了见面的人肯定是在桥头等她。我之前应该问问鲁伊斯，他们疏浚运河之后，是在运河的哪一段找到凯瑟琳的日记和手机的。

凯瑟琳身高五英尺六英寸，体重一百三十四磅。虽然氯仿要几分钟才能让人失去意识，但一个和博比的体格与力量相称的人，要制伏凯瑟琳并不是件难事。她肯定会反抗，会大叫。她不是那种会温顺投降的人。

但如果我没猜错，如果他认识她，那他可能就不需要用氯仿——至少，在凯瑟琳意识到危险，试图逃跑之前不需要。

然后呢？搬运尸体并不是一件简单的事。或许他把她拖到了曳船道上。不，他需要一个隐蔽的地方，他提前准备好的地方，一座公寓，一间房子？有可能会被好事的邻居发现。运河边上有几十座废弃的工厂。他敢不敢冒险用曳船道运尸体？无家可归的流浪者有时会睡在桥下，情侣有时也会来这种地方缠绵。

一艘小船的阴影从我身旁掠过。引擎发出的“隆隆”声很低，几乎听不见。船上唯一有亮光的地方是船舵的位置，红色的灯光打在舵手的脸上。我禁不住好奇。凯瑟琳尸体的臀部和头发处有残留的机油和柴油痕迹。

我躲在树后，朝外看去。公园的长椅上空无一人。该死！他去哪儿了？教堂远处的一边有一个人影，正沿着金属围栏走动。我不确定那是不是他。我的大脑命令身子向前跑，脚却原地不动，结果，我来了个完美的平地摔。骨头没断，自尊倒是隐隐作痛。

我跌跌撞撞地往前走，走到了教堂的一角，铁质围栏在这里来了个九十度大转弯。那个人影还在路上，但走得快多了。我怀疑自己跟不跟得上他。

他在干什么？他看到我了吗？我慢跑起来，继续前进，偶尔会看不到他。怀疑啃噬着我的决心。如果他突然在前面停下，我该怎么办？或许他在等我。由巨大的混凝土柱支撑的六道西线铁路在我头顶蜿蜒。列车位置太高，车头灯发出的灯光无法帮我看清眼前的情况。

前面忽然传来一阵落水声和模糊不清的哭喊声。有人掉进运河里了。我看到，一双手正在水面疯狂地摆动。我跑了起来。桥下有一个朦胧的身影。那一段运河的地势更高。湿漉漉的黑色石墙泛着亮光。

我想脱下大衣，结果右臂卡在了袖子里，我不停地甩，把大衣甩了下来。“这里！来这儿！”我喊道。

他没有听到我的声音。他不会游泳。

我踢掉鞋子，纵身一跃。凛冽的河水猛烈地打在我身上，灌了我一大口水。我把水从嘴巴和鼻子里咳了出来。我划了三下水，游到他身边。我伸手从后面抱住他，把他向后拉，努力让他的头离开水面。我语气温和地跟他说话，叫他放松。我们会找到上岸的地方的。他身上的衣服都湿透了，在把他往水下拉。

我一边拉着他，一边游泳，远离那座桥。“这儿，你能踩到底了。抓稳别放手。”我攀上石墙，把他从身后拉了起来。

这个人不是博比，是个可怜的乞丐，他躺在我脚边，满身啤酒和呕吐物的味道，一边咳嗽，一边气急败坏地咒骂着什么。我检查了一下他的头、颈和四肢，看看有没有受伤。他脸上沾满了鼻涕和眼泪。

“发生了什么事？”

“有个狗娘养的把我扔进了运河里！我上一秒还睡得好好的，下一秒就飞在半空了。”他跪在地上，又是弯腰，又是来回摇摆，活像一株水下植物，“告诉你，这个社会已经没有安全可言了，跟个他妈的丛林一样……他是不是拿了我的毯子？如果他拿了，求求您行行好，把我扔回河里去吧。”

他的毯子还在桥下，放在平整的纸板箱搭成的临时床铺上。

“我的牙齿还好吗？”

“我不知道。”

他咒骂了一句，动作敏捷地拿起自己的家当，小心翼翼地抱在胸口。我建议给他叫辆救护车，再报警，但他一概回绝。我整个身子开始打战，仿佛我正吸入冰片。

我拾起我的大衣和鞋子，递给他一张湿漉漉的二十英镑，叫他找个地方弄干身子。或许他会去买瓶酒，进屋子里暖和暖和。我爬上楼梯，走到桥上，脚在鞋子里“扑哧扑哧”地响。

突然，我想到了什么，于是倚在桥边，向他喊：“你一般多久来这儿睡一次？”

他的声音在石拱中回荡：“里茨住满了我才来。”

“你有没有见过一条停泊在桥下的运河船？”

“没有。船都停得比较远，不停这儿。”

“几周前见过吗？”

“我不记东西。我只管自己的事情。”

他没有什么要说的了，我也无权逼他继续说下去。埃莉萨就住在这附近。我掂量着要不要去她家找她，但我已经给她惹了太多麻烦了。

二十分钟后，我拦了辆出租车，但司机看我这副样子，怕我糟蹋了座位，不肯载我。我说我愿意多出二十英镑。我身上沾的只是水，他肯定见过更恶心的。

乔克不在家。我累得不行，鞋子没脱就倒在了闲置的床上。凌晨，我听到钥匙插进锁孔的声音。一个喝醉的女人哈哈大笑，踢掉了鞋子，把屋子里摆着的每样东西都评价了一番。

“进我卧室，给你瞧瞧更带劲的玩意。”乔克说。那女人被逗得更加乐不可支。

我想知道他有没有耳塞。

我收拾好运动背包，在微波炉上留了一张字条，此时天还未亮。屋外，一台扫街机正在擦洗水沟。路上干净得连一张汉堡包的包装纸都看不到。

去市中心的路上，我一直在看后视镜。我换了两次出租车，去两台提款机取了点钱，才在尤斯顿路上了一辆公交车。

我感觉自己之前仿佛被打了一管麻药，现在才慢慢缓过来。过去几天里，我忽略了很多细节。更糟糕的是，我连自己的直觉都开始不信了。

我不打算告诉鲁伊斯我和埃莉萨的事。这样的话，她就不用站在证人席上接受盘问了，她不应该承受这些。我希望尽可能把她从这种麻烦事里摘出去。等到这件事了结，如果没有人知道我们的事，我的事业也许还可以东山再起。

博比·莫兰一定和凯瑟琳·麦克布赖德的死有关。我深信不疑。警方不去调查他，那我只好亲自动手。一般来说，杀人都会有动机，但保持自由身不需要动机。我决不会让他们把我送进监狱。我也决不会和家人分离。

在尤斯顿公交站，我迅速清点了一下自己带出来的东西。除了换洗的衣服，我还带了博比·莫兰的档案、凯瑟琳·麦克布赖德的简历、我的手机，以及一千镑现金。查莉和朱莉安娜的照片我却忘带了。

我用现金买了张火车票。还有十五分钟发车，我还来得及去买个牙刷、牙膏、手机充电器和一条旅行专用毛巾，看起来像清洗汽车用的软皮革。

“你们卖雨伞吗？”我满怀希望地问。店员看我的眼神仿佛我在问她有没有猎枪卖。

我小心翼翼地捧着一杯外带咖啡，上了火车，找到一个朝车头方向的双人座位坐下。我把包放在身旁，用大衣盖住。

空荡荡的站台掠过车窗，伦敦北郊也以同样的方式消失在视野中。列车高速过弯，车身斜斜地倚在浮轴上。经过无人等候的小站时，列车均不停下，飞驰而过。长期停放的停车场里有一两辆车，老旧得不堪入目，我估摸着那些车的发动机软管会不会已经从排气管里掉出来了，兴许方向盘上还趴着一具尸体。

我满脑子都是未解谜题。凯瑟琳来应聘我的秘书。她给米娜打了两个电话，然后就坐火车来了伦敦，提早了整整一天。

为什么那一晚她又打去了我的办公室？谁接了她的电话？或者说她想给我个惊喜？于是她挂了电话？或许她被人放鸽子了，只是想出去喝两杯。又或许她想为自己引起的麻烦事向我道歉。

这些都只是我的猜想。但同时，我的猜想符合所有细节。如果故事确实如此，这些细节就说得通了。所有零零碎碎的线索能够拼成一个完整的故事，除了一个人——博比。

他的大衣上有氯仿的味道，衬衫袖子上有机油。凯瑟琳的验尸报告上提到，尸体上有机油。而博比和我说，“这一切都和油有关”。他知道她身上有二十一处伤口吗？他是不是故意把我引到她遇害的地方的？

或许，他正借我之手，证明自己精神失常，把它作为法庭上的辩护理由。他假装自己是个“疯子”，很可能就能逃过无期徒刑。警方会把他关押到像布罗德莫精神病院这样的监狱医院。接着，狱里的精神病医生会被他好转的速度吓到。他不用五年就能出院。

这样想的话，我就越来越像他了——从一系列巧合中推断出一个巧妙的阴谋。不管这件事的核心是谁，我一定低估了博比。他一直在和我玩游戏，而我不知道为什么。

我必须给自己的求索之旅找一个出发点。我选择去利物浦。我拿出博比·莫兰的档案，开始仔细阅读。我打开新买的笔记本，列出一些要点——他就读的小学，他父亲开的公交线路，他父母经常去的酒吧……

这些可能不只是博比的谎言。某些东西告诉我，这几点是真的。他可能换掉了几个人名和地名，但不是全部。他描述的事件和当时的情绪都是真实的。而我要做的是顺藤摸瓜，拨开这错综复杂的迷雾，回到原点。

第七章

石灰街火车站里的时钟泛着白光，纯黑的时针指向十一点。我迅速穿过火车站大厅，经过咖啡店和大门紧闭的公共厕所。一群年轻女孩正一边吞云吐雾，一边高声交谈，声音足有一百一十分贝。

这里直面从爱尔兰海吹来的寒风，气温肯定要比伦敦低五度。我有点期望在地平线上看到冰山一角。路的对面是圣乔治大厅。横幅在风中乱舞，为披头士回顾展打广告。

我没去石灰街上的大酒店，想在小巷里找家小旅馆。我找到了阿尔比恩旅馆，这里离利物浦大学不远。大堂里的地毯破旧不堪，一家子伊拉克人聚集在一楼楼梯口。小孩子们腼腆地看着我，躲在妈妈的裙子后面。我没看到男主人。

我的房间在二楼。狭小的房间里放了一张双人床和一个衣柜后，空间就所剩无几了，衣柜门用铁线衣架卡着。洗手盆的水龙头下有处泪滴状的锈迹。窗帘只能拉上一半，窗沿上零星点缀着几个香烟烙印。

我这辈子都没怎么住过旅馆。我为此庆幸。不知道为什么，孤独和愧疚似乎历来是旅馆的装潢。

我按下手机的存储键，听着自动拨号时手机发出的高低起伏的声音。另一头传来电话答录机里朱莉安娜的声音。我知道她在听。我能想象她的样子。我向她道歉，她没有理我，我只好叫她拿起手机。我说这很重要。

我等啊等……等啊等……

她终于拿起了手机。我的心漏跳了一拍。

“什么事这么重要？”她语气严厉。

“我想和你聊聊。”

“我还没准备好和你聊。”

“你都不给我机会解释。”

“两天前我已经给过你机会了，乔。我问你为什么要和妓女上床，结果你告诉我，向她倾诉比向我倾诉来得容易……”她开始泣不成声，“这么说来，我真是个让人讨厌的妻子啊！”

“你的生活井井有条，像钟表一样走得分秒不差——你能兼顾很多事情，操持家务，还要去上班，照顾查莉，管好她学校里的事。你从不会打乱节拍。打乱你生活节奏的只有我……我做了不当的事情……我再也不会了……”

“所以都是我的错？”

“不，我不是这个意思。”

“好，那请原谅我那么努力地把咱们的生活安排妥当。我以为我在为一个幸福的家庭付出。我以为我们都很快乐。对你来说，这些没什么大不了，乔，你有自己的事业，你的病人敬你是妙手回春的神医。而我的全部只有我们。我为这个家放弃了所有东西，我爱我们的家。我爱你。现在你走了，还连累我们母女跟着受苦。”

“但你不明白吗——我的病要毁掉这一切了……”

“不，你别想把这事赖在疾病的头上。明明是你自己一手造成的。”

“我们只是一夜情。”我伤心地说。

“不！那是另一个女人！你像亲吻我那样亲她。你和她上床！你怎么做得出这种事？”

尽管她低声啜泣，怒火中烧，但依然发音清晰，穿透力十足。她骂我自私幼稚，不忠无情。我试图找出哪个形容词用得不对，结果我没找到。“我做错事了，”我无力地说，“对不起。”

“说句对不起就完了吗，乔？我心碎了。你知道拿到艾滋病检测报告要等多久吗？三个月！”

“埃莉萨没病。”

“你怎么知道？你决定不戴套之前问过了？我要挂了。”

“等下！求求你！查莉过得怎么样？”

“挺好的。”

“你怎么和她说的？”

“我说你是个不忠的浑蛋，一个只会自叹自怜的可悲的懦夫，一个凡事只考虑自己的卑鄙小人。”

“你没有。”

“我确实没有，但我想那么说来着。”

“我这几天会到城外住。警察可能会问你我在哪儿，所以我还是不告诉你为好。”

她没有回应我。

“你要找我的话，打电话给我就行。打给我吧，求求你。替我给查莉一个大大的拥抱。我要走了。我爱你。”

我说完马上挂了电话，怕回应我的只有沉默。

我锁好门，把沉重的钥匙揣在裤兜里。下楼的时候，我两次确认钥匙还在裤兜里。我还摸到了口袋里博比的鲸鱼。我用手指描摹它的形状。

外头，刺骨的寒风推着我沿汉诺瓦街走向阿尔伯特码头。利物浦让我想起老年妇女的手提袋，里面装满了不值钱的小饰品、零碎的小玩意和半包水果硬糖。英王爱德华七世时代建造的酒吧建在山区大教堂和无法确定它们到底属于哪个大洲的艺术装饰办公大楼旁。相比而言，新建的大楼看起来反而有些老旧，像废弃的宾果游戏厅，早该拿推土机铲平了。

旧霍尔街上的棉花交易所时刻提醒着人们，利物浦曾经是国际棉花交易中心，带动了兰开夏郡纺织业的发展。交易所于一九〇六年开始营业，当时就配有电话、电梯、同步电子钟和直通纽约期货市场的电缆。如今，这座交易所保存着兰开夏郡三千万人民出生、死亡和婚姻等其他许多记录。

指引牌后面排着形形色色的人—— 一帮去旅游的小学生，探望远房亲戚的美国游客，穿着呢子裙的胖大妈，还有遗嘱认证研究员和攀龙附凤者。

我来这里是有目的的，而且这个目的很有可能实现。我站在一排排彩色编码前，企图找到博比的出生信息。有了它，我就可以拿到一份出生证明，上面还会印有他父母的名字、他们的住址和工作。

金属架上的资料按出生年月排列。二十世纪七十和八十年代的出生资料先按年份和季度排列，再按姓氏的字母排列。如果博比没有谎报年龄，我或许只需要看四卷资料。

他应该是一九八〇年出生的。我找不到博比·莫兰或者罗伯特·莫兰的资料。于是我开始从一九八〇年前后的年份找起，找完了一九七四年到一九八四年的所有资料，但还是没看到他的名字。我越来越困惑了，又看了看自己的笔记。我不知道博比是不是改变了自己名字的发音，或者干脆通过单边契据，把名字改了。如果真是如此，我就倒大霉了。

我在前台咨询处借了本电话簿。不知道他们借给我是因为我笑容可掬，还是我面相太过凶狠。毕竟“帕金森病面具”变幻莫测。

博比特地说错了他在哪里上学，不过或许学校的名字是真的。利物浦有两家圣玛丽学校——只有一家是小学。我记下电话号码，在休息厅找了个安静的角落打电话。接电话的秘书说话时带着利物浦口音，像极了肯·洛奇导的电影里的角色。

“圣诞节快到了，”她说，“我其实不应该还待在学校里。我只是过来清理一下办公室。”

我编了个故事，说有个朋友病了，想找到旧时好友相聚。我在找他八十年代中期的学校年报和班级合照。她说图书馆里有一整个柜子都放了这些东西，叫我新年的时候再打来。

“他等不了那么久。他病得很重，而且圣诞节也快到了。”

“那我帮你看看吧。”她同情地说，“你在找哪一年呢？”

“我不是很确定。”

“你朋友多大？”

“二十二岁。”

“他叫什么？”

“他可能改过名，所以我才得看照片认人。我可以认出他来。”

她突然开始怀疑我的目的。当我提议亲自到学校一趟，她就更觉得我居心叵测了。她说要先征得女校长的同意。当然，我最好先把请求写下来，再寄个邮件给她。

“我没有那么多时间了。我朋友——”

“很抱歉。”

“等下！请等下！您能不能帮我查个名字？叫博比·莫兰。那时他应该戴眼镜。大概是一九八五年入学的。”

她犹豫了。沉默了一会儿后，她让我二十分钟之后再打给她。

我走进屋里，呼吸新鲜空气。外面的小巷口，有个男人站在焦黑的手推车旁边，时不时叫卖两句“烤栗子哟——”，听起来宛如海鸥的悲鸣。他递给我一个棕色纸袋，我坐在台阶上，剥开热栗子的煤黑色外壳。

利物浦给我留下的最美好的记忆便是食物。这里的炸鱼薯条和周五特供的咖喱特别美味。除了这些，还有果酱布丁卷、黄油面包布丁、糖浆海绵蛋糕、香肠和土豆泥……我还喜欢这里的形形色色的人——天主教徒、新教徒、穆斯林，爱尔兰人、非洲人、中国人——他们吃苦耐劳，有极强的自豪感，坦诚且不拘小节。

圣玛丽小学的秘书这次没那么疑心重重了。我成功激起了她的好奇心。她已经把我的查找任务当作自己的任务了。

“很抱歉，我找不到博比·莫兰的资料。你确定你找的不是博比·摩根吗？他一九八五年到一九八八年在这里上过学，三年级就退学了。”

“他为什么退学了？”

“我不太了解。”她有点迟疑，“那时我还不在这里。或许是因为家庭变故？”

她说可以帮我问问另一个老师。她记下了我住的旅馆的名字，承诺会再发信息给我。

我回去继续翻阅那些有彩色编码的资料，再次查找他的名字。为什么博比改了姓氏里的一个字母？[①]他想要和过去决裂还是想掩盖自己的过去？

在第三卷资料里，我找到了罗伯特·约翰·摩根的出生登记。一九八〇年九月二十四日出生于利物浦大学医院，其生母是布里奇特·埃尔西·摩根（原姓埃亨），其生父是伦纳德·艾伯特·爱德华·摩根（商船水手）。

我还不能百分之百确定这是博比，但估计八九不离十了。我填写了一份粉色的申请表，申请查看完整的出生证明。戴眼镜的书记官的下巴咄咄逼人，鼻翼宽大。他把申请表推回给我。“你没说明原因。”

“我在追溯家族史。”

“邮寄地址呢？”

“我来这里拿就好。”

---

① “莫兰（Moran）”和“摩根（Morgan）”只相差一个字母。

他头也不抬，就给我的申请表上盖了个拳头大小的章。“新年再来拿吧。我们周一关门放假。”

“可是我等不了那么久。”

他耸耸肩。“我们周一开到中午，你来碰碰运气吧。”

十分钟后，我揣着收据离开了交易所。要等三天。我等不了那么久。过马路的时候，我又心生一计。

《利物浦回声报》的办公厅像个镜像魔方。前厅挤满了一日旅游团的退休老人。每个老人都拿着一个纪念礼品袋，衣服上粘着姓名贴。

一位年轻的接待员坐在黑木柜台后的高脚凳上。她身材娇小，脸色苍白，眼睛是咖喱色的。她左边有个刷卡的金属闸门，我得过了闸门才能坐电梯上楼。

“我是约瑟夫・奥洛克林教授，想用一下你们的图书馆。”

“抱歉，报刊馆不对外开放。”她旁边的柜台上放着一大束花。

“它们真好看。”我说。

“不是我的。时尚主编总能收到礼物。”

“我打赌你收到的礼物更多。”

她知道我在调情，还是笑了笑。

“如果我想找张照片呢？”我问。

“你可以填个申请表。”

“如果我不知道拍摄日期，也不知道摄影者呢？”

她叹了口气。“你不是真的想要照片，是吧？”

我摇了摇头。“我在找一则讣告。”

“什么时候的？”

“大概在十四年前。”

她让我等一下，然后给楼上打了个电话。她要求我出示身份证明，比如安全通行证或者名片。她把名片塞进一个透明卡套，别在我的衬衫上。

“图书管理员知道你要上去。如果有人问你在干吗，你就说想找篇新闻做医学研究。”

我坐电梯上了四楼，一直沿着走廊向前走。偶然间，我从双开门的门缝里瞥到了敞开式的报刊阅览室。我低着头，尽力用意志让腿脚动起来。我的腿时不时就僵住，然后像上了夹板一样直直地甩向前。图书管理员六十来岁，染了头黑发，脖子上挂着眼镜，右手拇指上戴着橡胶顶针方便翻页。她的桌子旁围了一圈仙人掌。

她注意到我在看仙人掌。“这里太干燥了，别的植物长不了。”她解释道，“空气有一丁点潮湿，报纸都会发霉。”

长桌上铺着一份份报纸。有人在做剪报，把裁下来的报纸整齐地叠成一摞。另一个人则在阅读这些新闻，圈出某几个名字和短语。第三个人根据圈出的字词，把剪报分门别类放进文件夹里。

“我们有一百五十年前的报纸。”图书管理员说，“剪报存储不了这么久。最后它们都会被碎纸机处理掉，化为尘土。”

“我以为这些东西都会存储在计算机里。”我说。

“过去十年的报纸可以在计算机上查到。扫描这么多报纸费用可高了。它们都得用缩微胶卷拍摄。”

她打开计算机，问我需要找什么。

“我在找一则大概是一九八八年的讣告。他叫伦纳德·艾伯特·爱德华·摩根……”

“和以前国王的名字一样。”

“他应该是个公交车售票员，以前可能在海沃思街住过或工作过。”

“在埃弗顿。”她边说边用两根手指迅速敲打键盘，“大多数公交线路的起点站或终点站都在皮尔希德码头或者天堂街。”

我在便签本上记下这一点。我不得不集中精力写字，尽量把字母写大些并且间距平均。这让我回想起学前班——手握长得几乎能碰到你肩膀的彩色蜡笔，在廉价的纸上描摹大大的字母。

图书管理员带我穿过迷宫般的书架，木地板上的书架很高，差不多可以碰到天花板的洒水器。最后，我们来到了一张木桌前，上面刀痕斑驳。正中央摆着台缩微胶片机。她按下开关，机器开始嗡鸣。按下另一个开关，灯亮了，屏幕上出现一块方形的亮光。

她把一九八八年一月到六月的六盒胶卷递给我。她把第一卷胶片放进转轴，一路快进，好像本能地知道要在哪里停下来。她指了指公告栏，我记下了页码，默默祈祷每天的公告栏页码都一样。

我的目光顺着手指，在字母顺序表上找到字母“M”。确定没有“摩根”之后，我翻到下一页……再下一页。这台机器不好对焦，要不断调整。而且我时不时就得前后移动胶片，确保报纸出现在显示屏上。

看完了第一批胶片，我又从图书管理员那里拿了六盒。圣诞节前后的报纸页数更多，花的时间也更长。我看完一九八八年十一月的报纸后，情绪开始焦躁。万一这里没有呢？因为一直弯着腰，我感觉肩胛骨那里变得有些僵，眼睛也疼了起来。

胶片机滚动到新一天的报纸。我找到讣告栏。我继续看了好几秒，突然意识到，我看到了他的名字。我倒回去看。就在这里！我指着这个名字，唯恐它会突然消失。

> 伦尼·A. 摩根，因卡内基机械工厂爆炸引发的火灾，于十二月十日周六逝世，享年五十五岁。摩根先生生前是斯坦利的格林小道公交站场的售票员，为乘客所喜爱。他还当过商船水手，曾经是一名杰出的工会代表。他留下了两个妹妹，露丝和路易丝，以及十九岁的大儿子达菲德和八岁的小儿子罗伯特。谨定于周二下午一点，于斯坦利的圣詹姆斯教堂举办葬礼。家人希望在追悼会上表彰他为社会主义工人

党做出的贡献。

我倒回去看一周前的新闻。这种类型的事件一定有相关报道。在第五页，我看到了这篇报道。标题为“工人死于汽车站爆炸”。

> 周六下午，一位利物浦的汽车售票员于卡内基机械工厂的爆炸事件中丧生。因焊接设备点燃了气体烟雾，五十五岁的伦尼·摩根身体烧伤面积达百分之八十。爆炸和大火严重损坏了车间，并毁坏了两辆公交车。
>
> 摩根先生被送到拉思伯恩医院，一直昏迷不醒，于周六晚不治身亡。利物浦验尸官已经对爆炸起因展开调查。
>
> 昨日，摩根的朋友和家人纷纷表示悼念，称他生前备受乘客的喜爱，他们都喜欢他精灵古怪的行为。“圣诞节的时候，伦尼会戴顶圣诞帽，给乘客唱圣诞颂歌。”该公司的管理者伯特·麦克马伦表示。

三点了，我卷好胶卷，放回盒子里，谢过图书管理员，离开了。她没问我是否找到了想要的信息，一直在忙着修复别人摔坏的装订卷书脊。

我还查看了爆炸事件前后两个月的新闻，没有找到其他相关的报道。肯定还有一份调查报告。我坐电梯下楼时翻了翻笔记。我在找什么？关于凯瑟琳的线索。我不知道她在哪里出生，但可以确定她的祖父在利物浦工作过。我的直觉告诉我，她和博比应该是在看病的时候认识的，要么是在儿童之家，要么是在精神病院。

博比没提过自己有个哥哥。考虑到布里奇特生下博比的时候只有二十一岁，那么达菲德要么是收养的，要么是伦尼在上一段婚姻里的孩子。

伦尼有两个妹妹，但我只知道她们的原姓，这就更难找到她们了。就算她们没结婚，利物浦的电话簿里得有多少个叫摩根的呀？我不想走到这一步。

我推开旋转门，一直沉浸在自己的思绪中，猛然发现自己已经跟着旋转门走了两圈才走出去。我小心翼翼地踏上台阶，调整了一下仪态，走向石灰街火车站。

我讨厌承认这一点，不过我确实乐在其中：享受这个搜集线索的过程。我很有动力，因为给自己安排了任务。赶在圣诞节最后一刻抢购的人们挤满了人行道，他们在等公交车。我想找一下九十六路汽车，看看它会带我到哪里。抽奖游戏是为那些喜欢惊喜的人准备的，但我不喜欢。于是我叫了一辆出租车，前往格林小道公交站场。

第八章

一位机修工单手拿着汽化器，那只手上沾满了黑色机油，腾出另一只手给我指路。酒吧的名字是电车轨道旅馆，伯特·麦克马伦经常来这里喝酒。

“我怎么知道哪个是他？”我问。机修工轻笑，躺在公交车底部继续倒腾发动机。

我轻而易举就找到了电车轨道酒吧。外面的黑板上有涂鸦：“有了啤酒你就不用说‘我渴死了’。”我推开门，走进酒吧。房间里很昏暗，地板上沾着污垢，摆放着裸木家具。红色的灯光把整个酒吧照成了粉红色，有点像以前美国西部地区的妓院。墙上装饰着有轨电车和以前公交车的照片，还有现场音乐演出的照片。

我不急不慢地数了数，发现酒吧里有八个人，几个青少年在厕所旁的后凹室打台球。我站在啤酒龙头前，等着酒吧招待员给我倒酒，结果他正忙着看《赛车邮报》，懒得理我。

伯特·麦克马伦坐在酒吧的角落里。他穿着皱皱巴巴的花呢夹克，可以看出肘部缝补过，还用各种公交徽章和大头针装饰了一下。他一手夹着烟，一手拿着空品脱玻璃杯。他慢慢转动玻璃杯，仿佛在端详杯壁上刻印的隐藏标记。

伯特向我吼道：“你瞅谁呢？”他浓密的胡子仿佛是从鼻子里冒出来

的，灰黑相间的胡子末端沾着泡沫和啤酒。

“不好意思，我不是故意的。”我提议请他再喝一杯。他半边身子转过来，打量了一下我。他的眼睛像水玻璃珠，最终目光停在了我的鞋子上。“你这双鞋多少钱？”

“我忘了。”

“估算一下。”

我耸了耸肩，说：“一百英镑吧。”

他厌恶地摇摇头。“就算价格是两根烂火柴，我也不买。这种鞋走不了二十里路就得裂开。”他还在看我的鞋，一边招呼酒保过来，“嘿，菲尔，给我一车这样的破鞋。”

菲尔靠在吧台上，看看我的鞋，问：“你怎么称呼它们？”

“懒汉鞋。”我感到有些不自在。

“拉倒吧！”两个男人嫌弃地对视。“为什么你要穿叫‘懒汉’的鞋？”伯特问，“看来你脑袋不太灵光。”

“它们是意大利产的。”我回答，仿佛我的鞋子因此而不同寻常。

“还意大利！英国鞋硌你脚了？你是外国佬吗？”

“不是。”

“可你穿外国佬的鞋。”伯特凑近我。我可以闻到烤豆子的味道。“我觉得穿这种鞋的人一辈子都没正经干过一天活。你应该穿靴子，老弟，穿那种鞋头带钢帽，鞋底摩擦力强的鞋。穿你这种鞋干一周，鞋子就得报废。”

“除非，当然了，他坐办公室。”酒保说。

伯特警惕地看着我：“你是不是大衣帮的人？”

“什么是大衣帮？”

“从来不脱大衣的人。”

“我工作挺努力的。”

“你投票给工党了吗？”

“我投票给谁跟你无关吧。”

“你是天主教徒吗？”

“我是不可知论者。”

“不可他妈的什么？”

“不可知论者。”

“老天！好好好，这是你最后一次机会。你支持强大的利物浦球队吗？”他在胸口画了个十字。

“不。”

他反感地叹了口气。“回家吧，你妈做好了蛋奶糕等你呢。”

我看看他，又看看酒保。这就是利物浦人的毛病。在他们冲你脸上砸个玻璃杯之前，你永远分不清他们是在开玩笑还是认真的。

伯特向酒保眨眨眼。“他说请我喝酒，但我不能任他浪费我的时间。他滚之前可以待五分钟。”

菲尔朝我咧嘴一笑，他的耳朵上挂满了银环和吊坠。

酒吧有些靠墙的桌子，中间空出来当舞池。那几个青少年还在打台球。他们中唯一的女孩看上去像未成年人，穿着紧身牛仔裤和无袖背心，露出肚子。男孩们都想在她面前展示自己，但是我一眼就能看出谁是她的男朋友。她的男朋友很壮实，应该进行过力量训练，壮得像随时要爆开的脓肿。

伯特盯着黑啤酒表面升起的泡沫。几分钟过去了，我感觉自己变得越来越渺小。最后，他举杯放到唇边，大口灌下啤酒，喉结随之滚动。

“我想问问你有关伦尼·摩根的事。我在公交站场问过了，他们说你是伦尼的朋友。”

他无动于衷。

我继续说：“我知道他在一场大火中丧生了。你是他的同事。我只是想了解一下发生了什么。”

伯特点燃一根烟，说：“我不觉得这和你有什么关系。”

“我是心理医生。伦尼的儿子惹上了麻烦。我想帮他。”我听到自己说的话都觉得有点愧疚。这真的是我在做的事情吗？我在帮他？

“他叫什么名字？”

“博比。”

“我记得他。放假的时候，伦尼常常带他到站场。博比会坐到后排，响铃提醒司机。他惹上什么麻烦了？”

“他殴打了一个女人，有可能要坐牢。”

伯特嘲讽地笑道：“这种破事总会发生。你问问我老婆。我打过她一两次，但她打我打得更狠。第二天早上大家就都忘光了。”

“那个女人伤得很严重。博比把她从出租车里拽出来，在喧闹的大街上踢到她不省人事。”

“他要上她吗？”

“不。他不认识她。”

“你站哪边？”

“我在给他做精神评估。”

“所以你想帮警察把他关起来吗？”

“我只是想帮他。”

伯特对我嗤之以鼻。外头，马路上车前灯发出的亮光掠过墙壁。“对我来说，橙汁和杜松子酒才是要紧事，孩子，但伦尼怎么和这件事扯上关系了？他都死了十四年了。”

“失去父亲会带来巨大的心理创伤。或许这样就能解释清楚事情的原委了。”

伯特顿了顿，想了一下。我知道，他在衡量对我的偏见和自己的直觉哪个重要。他不喜欢我的鞋子。他不喜欢我的衣服。他不喜欢和陌生人打交道。他想对我咆哮，一头撞过来，但是他需要一个好的理由。再请他喝一杯黑啤酒或许能帮他做出决定。

“你知道我每天早上会做什么吗？”伯特说。

我摇摇头。

“我会在床上躺一小时，腰酸背痛得连翻身去拿烟都难。我盯着天花板，想一下今天要做什么。日复一日，重复同样的事情：我准备起床，然后一瘸一拐地走去浴室，再去厨房。吃完早饭，我就来到这儿，坐在这张凳子上。你知道为什么吗？”

我又摇摇头。

“因为我发现了报仇的秘诀所在。比那些浑蛋命长就行。我可以在他们的坟头跳舞。比如玛格丽特·撒切尔。她毁掉了这个国家的工薪阶层。她关了矿场、码头和工厂。但是她已经锈迹斑斑了——就像那边的船。不久前她中风了。不管你是破坏者还是救世主——最终都会被盐分腐蚀。我要在她坟墓上撒尿。”

他把杯里的酒喝得一滴不剩，仿佛要冲掉嘴里的坏味道。我朝酒保点点头。他开始倒另一杯酒。

“博比长得像他爸吗？”

“不像。他长得像个大布丁，还戴眼镜。他很崇拜伦尼，像只小狗一样跟在他后面，帮他跑腿，给他端茶递水。如果伦尼带他一起去工作，他就坐在酒吧外头喝柠檬汽水，伦尼则坐在里面喝酒。然后他们一起骑车回家。”

伯特喝得有点上头。“伦尼以前当过商船水手。他的前臂有文身。他平时沉默寡言，但是一旦和你聊起来，他就会告诉你他文身的故事，怎么文上去的。大家都喜欢伦尼，提到他的名字时都会微笑。他真是太好了。有时候有些人就会利用这一点……”

“什么意思？”

“比如他老婆。我不记得她的名字了。她是个爱尔兰人，信天主教，是个售货员，屁股很丰满，短裤上通常配个‘开伞索’。听说伦尼只和她做过一次。他太绅士了。她怀上了孩子，告诉伦尼是他的。其他人都怀疑到底是不是，但伦尼二话不说就娶了她。他买了房子——花光了本来打算出海用的积蓄。我们都知道他老婆是那种人：如假包换的浪荡货色。我们叫她‘二十二号’——乘客最多的公交车。”

伯特看我的眼神有点伤感，拍打着袖子上的灰尘。他告诉我，伦尼先是在车库里当柴油机械师，然后改行做了售票员，挣得更少了。乘客都喜欢他那顶滑稽的帽子和随口哼的小曲。一九八一年欧洲杯决赛中，利物浦队击败了皇马队，他把头发染成红色，还拿卫生纸装饰了公交车。

照伯特的说法，伦尼知道妻子的不轨行为。她毫不掩饰自己的不忠——穿着超短裙和高跟鞋，每晚在帝国舞厅和格拉夫顿与人共舞。

伯特毫无预兆地像风车般甩起手臂，好像准备打人似的。他的脸痛苦地扭曲起来。“他太软弱了——不仅心软，脑子也不好使。要是哪天天上下的是汤不是雨，伦尼肯定就拿着把叉子，站在路中间不动了。有些女人真是欠打。她夺走了他的一切……他的心，他的房子，他的儿子。换作别的男人，早把她弄死了。可伦尼不是别的男人。她把他榨干，榨干了他的灵魂。她每个月的开销得有一百英镑，这让他入不敷出。他不仅要双班倒，还得做家务。我以前经常听他在电话里恳求她：‘今晚待在家好不好，宝贝？’她啥也不说，只是笑他。”

“他为什么不离开她？”

他耸了耸肩。“估计他也有自己的难处吧。或许她拿孩子威胁他。伦尼绝不是个窝囊废。我以前见过他把四个小流氓从车上扔下来，因为他们打扰到了其他乘客。伦尼这个人，他能从容面对任何场面。但他就是拿她没办法。”

伯特沉默了。我才注意到，酒吧里人多了起来，嘈杂声越来越大。周五晚间的乐队已经在角落里做好了上场的准备。人们一个个望着我，好奇我是来做什么的。当你和周围格格不入的时候，“低调”这种东西就不复存在了。

红灯摇曳，木地板回声四荡。我努力跟上伯特的节奏，他喝，我也跟着喝。

我问起了那次事故。伯特解释说，有时，伦尼会利用周末的时间到工程车间弄自己的发明。老板对他睁一只眼闭一只眼。周末公交车依然要上路，但车间是空的。

“你对焊接了解多少？”伯特问。

“不怎么了解。”

他把啤酒放到一旁，拿起两个玻璃杯垫。接着他跟我解释，两片金属是如何通过集中高温焊接在一起的。一般来说，有两种工具能产生这种高温。一种是弧焊机，它利用低电压、高电流，产生强大的电弧，温度可高达一万一千华氏度[①]。另一种则是以氧作为燃料的焊接机，它将纯氧与乙炔或天然气这类气体混合点燃，产生火焰，这种火焰可以用来雕刻金属。

“使用这种设备的时候，你可不能瞎来，”他说，“但伦尼是我这辈子见过的最优秀的焊接工。人们常说，他甚至可以把两张纸焊在一起。

“在车间工作的时候，我们会做许多预防措施。所有可燃液体都要存放到远离切割机或焊接机的另一个房间里，易燃物也要放到至少三十五英尺外。我们会把排水沟盖上，同时把灭火器放在旁边。

“我不知道那天伦尼在弄什么。有人开玩笑说，他在打造一艘火箭，然后把他前妻扔进去，送到外太空。那场爆炸直接掀翻了一辆八吨重的公交车，乙炔罐把屋顶炸了个洞，周围人隔着几百码都看见了。

“伦尼被炸到了卷帘门附近。他身上唯一没有被烧伤的地方只剩胸

① 约合6093.3摄氏度。

部。他们猜，火球吞噬他的时候，他肯定是脸朝下趴着的，因为他胸前位置的衬衫只有一点点烧焦的痕迹。

“几个司机把他拖了出来。我到现在都不知道，在那种高温下……他们是怎么做到的。我还记得他们说，他们把他拖出来后，伦尼的靴子都冒烟了，皮肤噼啪爆裂。他意识还是清醒的，只是说不了话。他已经没有嘴唇了。我很庆幸自己没看到那一幕。但我还是会做噩梦。”伯特放下玻璃杯，胸部随着叹息起伏不止。

“这么说，那是一场意外？”

“一开始看起来是一场意外。每个人都觉得，或许是从焊接机上飞出去了一颗火花，点燃了乙炔罐。可能是软管上有个小洞，或者出了什么别的故障。也许他用来焊接的罐里积聚了气体。”

“你说‘一开始’是什么意思？”

“人们把伦尼的衬衫脱下来后，发现他胸口上写了些东西。他们说，每个字都写得整整齐齐，分毫不差——但我是不信的，因为他要从左到右反过来写。他拿焊枪，往自己的胸口上刻了个‘对不起’。我说过，他是一个寡言少语的人。”

第九章

我不记得自己是怎么离开的电车轨道酒吧。喝了八品脱之后，我就不记得后面喝了多少了。寒冷的空气打在我的脸上，我发现自己正双手撑地，双膝跪地，把胃里的东西吐在一片空街区的碎石和煤渣上。

这里似乎是酒吧的临时停车场。乡村乐队和西部乐队仍在演奏。他们翻唱了威利·纳尔逊的一首歌，讲的是母亲们不让自己的孩子长大后当牛仔的故事。

我正想站起来，某人从后面推了我一把，我向前一倒，摔进了一个油乎乎的水洼里。那四个酒吧里的青少年站在我身旁。

“有钱吗？”那女孩问。

“滚开！”

有人飞起一脚，想踹我的头，但没踹中。另一脚正中我的腹部。我的肠子一松，又想吐了。我吸了一口气，努力思考。

“老天，巴兹，你说过不打人的。”那女孩说。

“闭你妈的嘴！别把名字说出来。”

“你他妈！”

“你们两个，别吵了。”另一个少年喊道，他的同伴叫他奥齐，他是个左撇子，爱喝朗姆酒和可乐。

“你少说两句吧，傻缺。”巴兹盯着他，把他的气势压了下去。

有人拿走了我夹克衫里的钱包。

“别拿银行卡，只拿现金。”巴兹说。他比他的同伴们大——二十一二岁——脖子上有个纳粹文身。他轻轻松松地把我拎起来，拽到他眼前。我闻到了啤酒、花生和香烟的味道。

“喂，二货，你给我听好了！这里不欢迎你。”

他把我往后一推，我撞上了铁栅栏，栅栏顶上装着铁丝网。巴兹和我近距离对峙。他比我矮三英寸，但结实得像个油桶。他的手里拿着一把刀，刀锋闪着光。

“我要我的钱包。你还给我，我就不起诉你。”我说。

他朝我大笑，模仿我的声音。*我听起来真的那么害怕吗？*

“你从酒吧跟着我到这里。我看到你在打台球。你最后一局把黑球打入袋，但还是输了。”

那女孩把杯子举到鼻尖。她的手指甲都被她咬秃了。

“他什么意思，巴兹？”

“闭嘴！别他妈说我的名字。”他作势要打她，但她狠狠地瞪了他一眼。大家沉默不语。这时我醉意已去。

我把注意力转移到那个女孩身上。“你应该相信你的直觉，丹妮。”

她看着我，双目圆睁。“你怎么知道我的名字？”

“你叫丹妮，未成年——十三岁，也许是十四岁。这位是巴兹，你的男朋友，这两位是奥齐和卡尔——”

“闭你妈的嘴！”

巴兹用力把我推到铁栅栏上。他能感觉到，自己已经失去了主动权。

“这是你想要的吗，丹妮？等警察来找你的时候，你妈妈会说什么？她以为你是去闺密家玩，是不是？她不喜欢你和巴兹在一起。她觉得他是个废物，是个无能之辈。”

“叫他闭嘴，巴兹。”丹妮捂住嘴巴。

“闭你妈的嘴！”

无人发话。他们全都看着我。我往前走了一步，对巴兹低声道：“用大脑好好想想吧，巴兹。我只是想拿回我的钱包。”

丹妮打断了我，她快哭了。“钱包他妈的还给他就是了。我想回家。”

奥齐转向卡尔。“走吧。”

巴兹不知所措。我对他来说和一缕轻烟没什么区别，随便一掌就能劈开，但现在没人帮他了。他的同伴早已远去，大摇大摆，笑声连连。

他用力把我按在铁栅栏上，拿刀抵着我的脖子，脸挨了过来。他咬住我的耳垂。炽热。疼痛。他把头扭到另一边，狠狠地往水洼里啐了口唾沫，把我推开。

“这是博比给你的小纪念品！”

他擦掉嘴边的鲜血，接着神气十足地走到旁边停着的一辆车旁，踹了一脚车门。我坐在水里，靠在栅栏上，钱包在我脚边。远处，默西河对岸的工业起重机的导航灯在一闪一闪地亮着光。

我缓缓坐直身子，想站起来，结果右脚一弯，又跪到了地上。温热的血液顺着我的脖子淌了下来。

我跌跌撞撞地走到主干道，但路上一辆车都没有。我回头望了一眼，担心他们去而复返。我走了半英里，找到一间门窗上装有金属格栅的小型出租车办公室，里面充斥着烟味和外卖的味道。

“你怎么了？”格栅后的一个胖男人问。

我瞥见了窗户玻璃上的自己。我的耳朵底部已不见踪影，衬衫领子上浸满了鲜血。

“我被打劫了。”

“被谁？”

“小孩。”

我打开钱包。现金还在……全都在。

胖男人翻了个白眼，不再理我。在他看来，我只是个喝完酒打了一架的醉汉。他给我叫了台车，让我在人行道上等。我紧张地左看右看，生怕巴兹追来。

一个纪念品！博比的好朋友真是待人友善啊！为什么他们不把钱拿走？这样做是为了什么？除非他们单纯只是想警告我，让我罢手。利物浦是个很大的地方，非常容易迷路，但如果你开始问东问西，利物浦就变成了一个小地方，一举一动都引人注目。

我瘫坐在一辆旧款马自达626的后座上，闭上眼睛，让自己冷静下来。我肩胛骨上的汗变凉了，我的脖子因此而有些僵硬。

小型出租车在利物浦大学医院放下我，我在医院里等了一小时，才轮到我就诊，耳朵缝了六针。实习生拿毛巾擦干净我脸上的血时，问我有没有报警。我谎称报警了。我不想鲁伊斯知道我在这里。

随后，医生给我打了一针扑热息痛，帮我缓解疼痛。离开医院后，我一路走到码头。最后一班渡轮从伯肯黑德出发，刚刚到达利物浦。引擎令空气震动。光透过水面，折射出五颜六色，映入我的眼帘。我盯着水面，想象自己看到了水底的黑影。尸体。为什么我一直在寻找尸体呢？

小时候，我有时会和自己的姐姐们去泰晤士河划船。有一天，我找到了一个袋子，里面装着五只死了的小猫咪。帕特里夏一直叫我放下它，对着我尖叫。丽贝卡想看看里面是什么。她跟我一样，除了小虫子和蜥蜴的尸体，从未见过死物。

我把袋子里的猫咪倒了出来，它们滚到草地上，皮毛湿湿的，直直地竖起来。我忍不住盯着它们看，同时又感到很恶心。它们的毛发柔软，沾满了温热的血液。它们和我没什么区别。

之后的青少年时期，我会想象自己只能活到三十岁。当时还处于冷战期间，整个世界在深渊的边缘摇摇欲坠，任由白宫里的疯子和苏联政府

“让我看看这个按钮是干吗的？”的想法摆布。

自那时起，我内心里的末日时钟的钟摆便随着官方的新闻开始疯狂地前后摆动。和朱莉安娜结婚，让我对未来充满巨大的希望，有了查莉之后更是如此。我甚至有点向往我们会度过怎样优雅的老年，将双肩包换成旅行箱，和孙子孙女玩游戏，讲讲他们听厌了的怀旧故事，培养某种奇特的爱好……

然而现在看来，我的未来将和预想的大不相同。我无法踏上奇妙的探索之旅，只能变成一个坐在轮椅上抽搐颤抖、说话结巴、嘴角垂涎的人。“咱们今天真的得去见我爸吗？”查莉会这么问，“我们不去他也不知道。”

一股寒风吹得我牙齿打战，我推了一把栏杆，继续往前走。从码头启程我就不怕迷路了。同时，我觉得自己不堪一击，随时暴露在危险之中。

我回到阿尔比恩旅馆，接待员一边织毛线，一边出声数针脚。她脚下某处传来预录笑声。她织完一列才注意到我，然后给了我一张纸条。上面写着圣玛丽小学教过博比的老师的名字和电话号码。明早去还来得及。

楼梯仿佛比之前更陡了。我又累又醉，只想倒在床上睡个觉。

我突然惊醒，呼吸急促。我伸手越过床单，想抱住朱莉安娜。平日里，我从睡梦中惊醒时，她总会醒来。把手放在我的胸膛上，小声和我说一切安好。

我大口大口地呼吸，等心跳缓下来之后，我下了床，踮着脚走到窗台前。街道上没有人，只有一辆卖报车在派送报纸。我小心翼翼地摸摸耳朵，感觉到了粗糙的缝线。

我的枕头上沾了血。

门开了，来者没有敲门，没有脚步声。我很肯定自己锁了门。一只手出现了，红色指甲，手指修长。然后我看到一张涂了口红和粉底的脸。她皮肤苍白，身材瘦小，有一头棕色短发。

“嘘——”

她后面的男人咯咯地笑了起来。

“他妈的，安静点好吗？”

她按下灯的开关。我的身影映在窗前。“这个房间有人了。”

她和我对视了一眼，震惊地咒骂了一句。她身后的男人身材高大，头发乱糟糟的，穿着不合身的西装，双手放在她上衣里。“你吓死我了。”她说着，拿开他的手。他看起来醉了，手刚放开，又去摸她的胸部。

“你怎么进来的？”

她转了转眼珠子，抱歉地说：“走错了。”

“门锁了。”

她摇摇头。她的男伴看过来：“他站在我们的房间里干吗？”

“这是他的房间，你个傻子！”她用带银扣的包包打他的胸部，把他推到外面。她关了门，转身笑着说：“你想我陪你吗？我可以赶走他。”

她太瘦了，我可以看到她胸脯下的肋骨。“不了，谢谢。”

她耸耸肩，提了提迷你裙下的紧身丝袜。门关了，我听到他们鬼鬼祟祟地穿过走廊，爬到另一层楼。

有那么一瞬间，我突然很愤怒。我真的忘关门了？我喝醉了，可能还有点脑震荡。

六点刚过，朱莉安娜和查莉应该还在睡觉。我拿出手机，开机，在黑暗中盯着手机屏幕上映出的脸庞。没有任何消息。这就是我的苦行……睡觉和醒来都会想到我的妻女。

我坐在床沿，望着天空一点一点变亮。鸽子在房顶盘旋，飞向高空。它们让我忆起印度的瓦拉纳西，以及在火葬堆上盘旋着，等待人们把烧焦的肉扔进恒河的秃鹫。瓦拉纳西是个凄凉的贫民窟，房子摇摇欲坠，小孩们有斗鸡眼，除了色彩明快的莎丽和女人扭动的腰肢，没什么好景色可言。那座城市让我感到震惊，同时又深深吸引着我。利物浦亦是如此。

我等到七点，打电话给朱莉安娜。一个男人接了电话。一开始我以为自己拨错号码了，接着我听出来那是乔克的声音。

“我正想着你呢。”他的声音低沉有力。我听到查莉在问：“是爸爸吗？我可以和他说说话吗？请让我跟他说说话。”

乔克用手按住收音口，但我还是能听到他说了什么。他叫查莉找朱莉安娜。查莉抱怨了一下，还是照做了。

与此同时，乔克用一副友好的语气和我寒暄。我打断了他的话。“你在我们家做什么，乔克？没出什么事吧？”

“你们家的水管还堵着呢。”

我家水管堵着跟他有他妈的什么关系？他用同样的冷漠回应我。我可以想象到他表情变了。“有人要破门而入，朱莉安娜吓坏了。她不想自己待在家里，所以我来了。”

“谁？什么时候？”

“估计是个瘾君子吧。他从前门进来的，水暖工没关门。D. J. 在书房找到了他，把他赶回大街上了。他走到运河就不见踪影了。”

“有没有被偷什么东西？”

“没有。”

我听到楼梯上传来脚步声。乔克还拿着手机。

“我可以和朱莉安娜说两句吗？我知道她在你旁边。”

“她说不要。”

我感到一阵愤怒。乔克再一次想和我说笑。“她想知道为什么你在凌晨三点打电话给她妈妈。”

我依稀记得当时的场景：我拨通了号码，她妈妈冷冰冰地谴责我。然后她挂了电话。

“让我和朱莉安娜说句话吧。”

“不行，老兄。她身体不是很舒服。”

“什么意思？”

“就是我说的意思，她的脸色不是很好。”

“她怎么了？”

“没事。她没生病，我给她检查过了。”他想转换话题，我被他带跑了。

“把他妈的手机给她——”

“我不觉得你有什么资格命令我，乔。你只会把事情搞砸。”

我想一拳轰到他一天做一百个仰卧起坐的肚子上。我听到“咔嗒”一声，有些不对劲。有人拿起了我办公室的电话。乔克没有意识到。

我假装被他说服了，告诉他我稍后再打。他放下了电话，但是我还在等待着电话另一头的声音。

“爸爸，是你吗？”查莉紧张地问。

“小宝贝，过得怎样呀？”

“很好。你什么时候回家呀？”

“我不知道。我得和妈妈处理好一些事情。”

“你们吵架了吗？”

“你怎么知道？”

“妈妈生你气的时候，我就不该让她帮我梳头。”

“对不起。”

“没事。你做错事了吗？”

“是的。”

“为什么你不说对不起呢？我和泰勒·琼斯打架了，你就会叫我这么做。”

“这次，光道个歉可能没什么用。”

我知道她在思考我的话是什么意思。我可以想象到她咬着下唇，专注思考的模样。

“爸爸？”

“我在。”

“那个……嗯……我想问你一些东西。就是……关于……那个……”她吞吞吐吐地。我让她先想好要问什么再说出来。

最后，她终于脱口而出：“报纸上有张照片……头上披着大衣的人。有些同学……在学校讨论这件事。拉克伦·奥布赖恩说是你。我骂他大骗子。然后，昨晚我从垃圾桶里找到了一份报纸。妈妈丢的。我偷偷拿上房间看——”

“你看了报纸吗？”

“是的。”

我的胃里突然翻搅起来。我怎么和一个八岁的孩子解释，警察抓错人了？我一直教查莉要相信警察。公正公平很重要——即使是在操场上的比赛游戏中。

“那是一场误会，查莉。警察搞错了。”

“那为什么妈妈生气呢？”

“因为我还犯了另一个错。不是这件。和警察，和你，都没有关系。”

她沉默了。我知道她在思考。

“妈妈怎么了？”我问。

“我不知道。我听到她跟乔克叔叔说，她太迟了。”

“什么迟了？”

“她没说。她就是说她太迟了。”

我让她一字一字地复述。她不理解为什么我要她这样做。我的嘴巴干了，不是因为宿醉。我隐约听到朱莉安娜在喊查莉。

“我得走了。”查莉低声说，“快点回家。”

她迅速挂了电话，我还没来得及说再见。我的第一反应是打回去。我想一直打回去，打到朱莉安娜接电话为止。那句“迟了”的意思和我想的一样吗？我想吐：心中充满了绝望。

如果我赶得上列车，三小时之后我就可以回家。我可以一直站在门口，直到她肯理我。可能这就是她想要的——为她而归，用尽全力挽回她。

我们等了六年。朱莉安娜一直怀着希望。我才是那个放弃希望的人。

第十章

我走进商店，头顶铃铛“叮”的一响。芳香精油、香烛和药膏的香气钻进我的鼻孔。深色木材制成的狭长架子顶着天花板。架子上摆满了贡香、肥皂、油，还有各种钟形罐子，罐子里装着五花八门的东西，从浮石到海草，无所不包。

一个身形庞大的女人从隔墙后走了出来。她穿着一件颜色艳丽的宽大长袖女袍，袍子上至喉咙，硕大的胸部把袍子向外撑开。她头上还戴了几串珠子，走路的时候珠子相撞，发出“咔嗒咔嗒”的声音。

“进来，进来，别害羞。”她一边说着，一边朝我挥手，招呼我过去。她是路易丝·埃尔伍德。我还记得她电话里的声音。某些人的声音和她们的长相颇有几分相似之处，她便是这样一个人——声音低沉而洪亮。她和我握手时，手臂上的镯子“咔嗒”作响。她的额头中间印着一颗红点。

“哎哟，哎哟，哎哟，”她说着，拿手托住我的下巴，“你来得正是时候。看看你的眼睛。又困，又干。你最近睡得很不好，是不是？你血液里有毒素，红肉吃太多了。你可能对小麦过敏。你耳朵怎么了？”

“理发师太热情，想帮我把耳朵也剃了。”

她挑起一边眉毛。

“我们通过电话。”我解释道，“我是奥洛克林教授。”

“果然是教授！看看你的样子！医生和学者永远是最不听话的病人。他们从来都不肯听自己的意见。”

她灵活非凡，单脚旋转，在商店深处四下忙碌。她一边忙自己的事，一边说话。她的生活里似乎没有男人存在的迹象。布告板上贴着的孩子照片，或许是她的侄女和侄子。她养了一只缅甸猫（周围有猫毛），有整整一个抽屉的巧克力（地上有金属箔），喜欢爱情小说作家（我看到了一本凯瑟琳·库克森写的《沉默的女士》）。

隔墙后是一个小小的里屋，刚好放得下一张桌子，三把椅子和一把中间微微下凹的长椅。一个电水壶和一台收音机插在孤零零的插座上。桌子中央放着一本女性杂志，摊开的那页上是填字游戏。

“要花草茶吗？”

“你这儿有咖啡吗？”

“没有。”

“那就茶吧。”

她接连说了十几种混合茶叶的名字。等她说完，我已经不记得头几个是什么了。

“洋甘菊茶吧。”

“非常不错的选择。喝洋甘菊能舒缓压力和紧张。”她顿了一下，“你不信这些，是不是？”

“我一直没搞明白，为什么花草茶闻起来那么香，喝起来又那么淡。”

她笑了，整个身子跟着抖了起来。“花草茶的味道是很微妙的，能和身体协调与共。嗅觉是我们所有感官中最直接的一种。触觉发展得可能更早，也是最后一个消失的感官，但嗅觉是直接与我们的大脑相连的。”

她摆出两个小瓷杯，把热气腾腾的水倒进一个陶瓷茶壶。她拿一个银筛，把茶叶滤了两遍，倒茶，然后把一个瓷杯推到我面前。

“这么说，您不看茶叶占卜吗？”

“我觉得您是在嘲笑我，教授。”我的小玩笑没有冒犯到她。

“十五年前，您是圣玛丽小学的老师。”

“为了赎罪。”

“您还记不记得一个叫博比·摩根的小男孩？”

“我当然记得。”

“关于他您还记得些什么？”

“他是个相当聪明的小男孩，不过因为长得比较胖，有点自卑。他不擅长体育，其他男孩总是抓着这一点嘲笑他，但他唱歌很好听。”

“您指导合唱团吗？”

“是的。我以前建议过他去上声乐课，只可惜他的妈妈不是很和蔼可亲。我只在学校见过她一次。她来学校和老师抱怨说，博比为了去利物浦博物馆玩，从她的钱包里偷了钱。”

“他父亲呢？”

她疑惑地看着我。显然，她肯定觉得我应该事先知道一些事情。现在，她在决定要不要继续讲下去。

“博比的父亲不可以来学校。”她说，“博比上二年级的时候，法院向他父亲宣布了一条指令。博比没跟你说过这件事吗？”

“没有。”

她摇了摇头，珠子随之左右摆动。“是我报的警。那几周，博比两次在上课的时候尿了裤子。裤子脏了，他就整个下午躲在厕所里不出来。那段时间，他很不开心。我问他怎么了，他也不肯说。我把他带到校医那里，她给他拿了一条新裤子。那时她才发现，他腿上有些红肿的条痕，看起来像被打过。”

校医会依正常程序，将此事报给女副校长，后者会通知社会服务部。这些程序，我早已烂熟于心。一位义务社工会负责转交手续。一位区域负责人会对此事展开讨论。接下来就是一连串的多米诺骨牌效应——医学检查、询问、指控、否认、研讨会、“风险”调查结果、临时护理令、上诉——一环接一环。

“跟我说说那条法院指令。”我说。

她已经记不清多少细节了。做父亲的被控犯有性虐待罪，但他否认了。法院对他父亲发布了限制令。有专人在课间监护博比。

“警方展开了调查，但我不知道结果。负责处理社会工作和警察事务的是女副校长。”

“她还在学校吗？”

“不在了。她因为家庭原因，十八个月前辞职了。”

“那博比后来怎么样了？”

“他变了。他很安静，而且这种安静在其他孩子身上很少见。很多老师觉得，这让人很不安。”她盯着茶杯，轻轻地来回倾侧，“他父亲死后，他更不喜欢与人接触了。上课时，他好像都不在教室里，而是在外面，脸贴着玻璃。”

“您觉得博比有没有遭受过虐待？”

“圣玛丽小学坐落在一块非常贫穷的区域，奥洛克林教授。对一些家庭而言，光是早上醒来，都已经算是一种虐待了。”

我对汽车几乎一无所知。我能给车加油，给轮胎打气，往散热器里加水，但我对现代内燃机的制造、模型和动力学完全不感兴趣。平时，我根本不会留意路上的车，但今天不一样。我总是看到一辆白色的货车。我第一次注意到它，是今早离开阿尔比恩旅馆的时候。它停在马路对面。其他车都被霜冻覆盖，唯有这辆货车没有。车的风挡玻璃和后窗上各被雨刮擦出一块不规则的圆形，露出透明的玻璃。

同一辆白色货车——又或者是一辆跟它一模一样的——停在了路易

丝·埃尔伍德商店对面的货运坡道上。货车的后门敞开着。我看到车里的地板上铺着棕色粗麻布质的麻袋。利物浦肯定有好几百辆这样的白色货车：或许是一个快递公司的车队。

自昨晚起，我感觉仿佛有幽灵潜伏在每个门道旁，而此刻，这些幽灵坐进了每辆车里。我穿过集市广场，在百货超市的橱窗前驻足。我细细审视玻璃中的景象，看到的只有身后的广场，没有人在跟踪我。

我还没吃饭，想找个暖和点的地方待着，于是在商场二楼找到一家俯瞰商场中庭的咖啡厅，从我的位置能看到自动扶梯。

H. L. 门肯——一名记者，也是一位喜欢喝啤酒的智者——曾说过，每个复杂的问题都会有一种简单粗暴的解决方法，而这个方法必定是错的。很显然，我和他一样，不相信简单粗暴的解决方案有用。

我还在上大学时，就试过把老师们逼得心烦意乱，因为我一直质疑那些看起来显而易见的假设。“为什么你不可以接受事情本来的面貌？”他们问我，“为什么简单的答案就不能是对的呢？”

自然界可不是这样的。倘若人类的进化过程一点都不复杂难懂，那我们就该拥有容量更大的大脑，不会再看《你被整蛊了》这种综艺节目，又或者拥有容量更小的大脑，无法发明出大规模毁灭性武器。母亲们该长出四只手，婴儿六个月大就可以离家谋生。我们的骨头会是钛做的，皮肤能防紫外线，视力达到X光水平，还能高潮不断。

博比·摩根——现在，我还是用他的真名好了——有过很多遭受性虐待的特征。尽管如此，我不希望这是真的，因为我已经慢慢喜欢上了伦尼·摩根这个人。他给了博比很多正确的引导。人们很喜欢他。博比也崇拜他。

或许，伦尼有双重人格。一个施虐者完全可能拥有不会伤害他人的、慈爱的形象。如果的确如此，那他的自杀就解释得通了，这也可能是博比需要双重人格的原因。

第十一章

社会服务部门有遭受性虐待儿童的档案。我以前可以查到这些资料，但现在我不在体制内。隐私法越发严格了。

我得找人帮忙，这个人我已经十多年没见了。她叫梅琳达·科斯莫，我担心自己可能都认不出她来。我们约好在地方法院对面的咖啡厅见。

我第一次来到利物浦的时候，梅尔[①]还是个义务社工。现在，她已经是这一带的负责人了（旁人称其为“孩子保护专家”）。很少有人能在社区服务岗位干这么久，因为他们要么做到精疲力竭，要么被烦得勃然大怒。

梅尔的衣着打扮是典型的朋克风格，头发高高竖起，满衣柜都是皮夹克和破破烂烂的工装裤。不管她同不同意别人的观点，她都经常和别人唱反调，因为她喜欢看别人捍卫自己相信的东西。

她在康沃尔郡长大，父亲是当地的渔民，总是用自以为是的口吻教育她，“男人的活”和“女人的活”有什么不同。不出所料，她成了一名偏激的女权主义者，还写了一篇题为《当女人穿裤子的时候》的博士论文。如果她父亲知道这件事，准要从坟墓里跳出来。

梅尔的丈夫博伊德是个来自兰开夏郡的小伙子，经常穿卡其裤和高领

① 梅琳达的昵称。

毛衣，抽手工卷的雪茄。他高高瘦瘦，十九岁头发就白了，但留了一头长发，扎成一个马尾辫。我只看过一次他披头散发的样子——那是我们打完羽毛球洗澡的时候。

他们很热情好客。我们周末的晚餐派对多数在博伊德家破败失修的阳台上举办，他家有座“风铃”花园，还有一口老旧的鱼池，里面种着大麻类植物。那时，虽然我们工作劳累，不受赏识，却还是很乐观。朱莉安娜弹吉他，梅尔则在一旁唱歌，她的歌声像琼尼·米歇尔。我们会举行素食大餐，一杯接一杯喝酒，再吸点大麻，一起痛批世界的不公，直到周一才能从宿醉中缓过来，胃胀气会一直持续到周三。

梅尔在窗外对着我扮了个鬼脸。她把直发别在脸后，穿着黑色牛仔裤和裁剪合身的米色夹克。她夹克的翻领上方系了条白色丝带，我不记得这是哪个慈善机构的标志了。

“这就是管理人员的打扮吗？”

“不，这是中年女性的打扮。”她笑着说，高兴地坐下，“这双鞋难穿死了。”她说着，把它们蹬到地下，揉着自己的脚踝。

“去购物了？”

“我去了一趟少年法庭，执行紧急护理令。”

“结果还不错吧？”

“没让事情变得更糟就是了。”

我去买咖啡，她负责看着我们的东西。我知道她在观察我——想看看我有没有什么改变。她可能在想，我们还有相似之处吗？为什么我突然约她？护理行业的人都格外多疑。

“你的耳朵怎么了？”

“被狗咬了。”

“不要和动物一起工作。”

“我总听别人这么说。”

她注视着我在吃力搅拌咖啡的左手。“你和朱莉安娜还在一起吧？”

“嗯。我们有了孩子，叫查莉。她八岁了。朱莉安娜可能还会怀二胎。”

“她怀不怀二胎，你不确定？”她大笑。

我跟着她一起笑了起来，但随之感到一阵愧疚。

我问起了博伊德。我把他想象成一个老年嬉皮士，和以前一样，穿着亚麻衬衫和旁遮普人的短裤。梅尔转过脸去，但我还是注意到了她眼神里飘过的痛苦神色。

“博伊德去世了。”

她一动不动地坐着，继续让沉默蔓延，好让这消息不那么突兀。

“什么时候的事？”

“一年多以前了。一辆带前保险杠的大货车冲过停车栏，把他撞死了。”

我表达了自己的遗憾。她悲伤地笑笑，舔了口勺子里的奶沫。

“人们说，丧偶第一年是最艰难的。我跟你说，感觉就像在暴动中被五十个拿着警棍和防暴护盾的警察抛弃一样。我直到现在也没能接受他去世的事实。我甚至怨过他一阵子。我觉得是他抛下我，自己走了。我故意卖了他的唱片藏品，我知道这听起来很傻。结果我又花两倍的价格买回来了。”她嘲笑自己，搅了搅咖啡。

“怎么不和我们说，我们都不知道这回事。”

“博伊德弄丢了你的地址。当时他着急得不行。我其实本来可以找到你的。”她抱歉地对我笑笑，“只是那段时间我谁都不想见。见到你们，只会让我追忆那段美好的旧时光。”

“他葬在哪里？”

“他在家，住在我档案柜的一个小小银罐子里。”她的措辞让人感觉他仿佛还在花园里百无聊赖地散步。“我不想把他埋到地下，太冷了。下雪了怎么办？他不喜欢寒冷的天气。”她悲凄地看着我，“我知道这么做很傻。”

“我不觉得。”

“我想过存钱，把他的骨灰带到尼泊尔。我可以在山顶撒下它们。”

“他恐高。”

“是啊。或许我应该把他的骨灰撒在默西河。”

“你能那么做吗？”

“反正没人能阻止我。”她伤感地笑笑，“所以，是什么风把你吹来了利物浦？你一直不喜欢这里，恨不得赶紧走。”

“真希望你们俩能跟我一起回去。”

“南下？算了吧！你知道博伊德是怎么看伦敦的。他说，住在伦敦的人都在追逐一些别处没有的东西，但那些东西之所以在别处找不到，是因为他们没有费心去观察。”

我能想象出博伊德说这番话时的语气。

“我需要查看一份儿童保护文件。”

“红边文件！”

“对。”

我已经好几年没听过这个词了。这是利物浦的社工给儿童保护移交文件起的绰号，因为初始表格的边缘是深红色的。

“哪个孩子？”

“博比·摩根。”

梅尔立刻想起了这个名字。我能从她眼里读出来。“我那时在深夜两点打电话吵醒了一位地方执法官，叫他签一份临时护理令。他的父亲自杀了。你肯定记得吧？”

“不记得。”

她皱起眉头。“那孩子或许是厄斯金负责的。”鲁珀特·厄斯金是部门里的高级心理医生。我曾经是团队里的初级成员，每次逮着机会，他就会提醒我这点。梅尔曾是博比那个案子里的义务社工。

“是一位学校老师提交的。”她解释道，“孩子的母亲一开始什么都不肯说。等她看到医疗证据的时候，她崩溃了，和我们说，她怀疑是她丈夫干的。”

“你能帮我拿份文件吗？”

我看得出，她想问我原因。但同时，她又意识到，或许什么都不知道更安全。已经被封存的儿童照管文件会被存放在利物浦社会服务部门的总部哈顿花园。文件会保存八十年，只有职位够高的职员、经授权的机构或法庭官员才有权查看。每一次查看文件都会被记录在案。

梅尔盯着茶勺里自己的倒影。她要做决定了。帮我，还是拒绝？她扫了一眼手表。“我要打几个电话。一点半的时候来我办公室找我。”

分别时，她吻了吻我的脸颊。为了消磨等待的时间，我又点了一杯咖啡。无所事事的时候最难熬了，因为我有太多时间思考。一思考，无厘头的想法便像罐子里的乒乓球一般在我脑子里蹦来蹦去。朱莉安娜怀孕了。我们得在楼梯底部搭一个儿童门。这个夏天，查莉想去野营。博比和凯瑟琳之间有什么联系？

又一辆货车驶过——但这辆不是白色的。司机往咖啡厅前的人行道上扔了一摞报纸。头版头条上写着：“悬赏捉拿麦克布赖德谋杀案凶手。”

梅尔的办公桌很整洁，只有两摞杂乱堆叠的文书放在桌子的两边。她的电脑上装饰了些贴纸、新闻提要和卡通漫画。其中一幅画是一个抢劫犯拿枪指着被劫持者，威胁道：“要钱还是要命！”被抢劫的人只好答：“我既没钱也没命，因为我是个社工。”

我们来到三楼的社会服务部门。大多数办公室周末都没人。从梅尔的办公室向外看，可以看到还未完工的预制仓库。她帮我拿了三份文件，每份上都印着一个红色公章。在她购物回来之前，我有一小时的时间翻看文件。

我知道这种文件大概有什么内容。补全情报的首要规则是保留所有记录。社会服务就是这样。他们去干预别人的生活时，会仔细地记下每一个决定。他们会进行询问，评估家庭情况，写份精神分析报告和医学记录。他们会保留所有案例研讨会和战略会议的会议记录，以及警方声明和法院裁决的副本。

如果博比在儿童之家或者精神病院待过，肯定会被记录在案，然后我就能找到那家机构的名字、入住日期和地点。如果我运气好，拿这些文件和凯瑟琳·麦克布赖德的档案进行交叉核对的时候，说不定就能发现他们之间的联系。

档案的第一页是圣玛丽小学的来电记录。我认出了梅尔的笔迹。博比最近“表现出了一些反常行为”，不仅尿裤子，把裤子弄脏，还“出现了不正常的性行为”。他拉下自己的内裤，和一个七岁的女孩模仿性交的姿势。

梅尔用传真将这些信息发给了地区负责人。她还给地区办事处的职员打了个电话，调用索引文件，查看博比的父母或者兄弟姐妹是否有不当行为记录在案，结果什么都没找到，于是，她建立了一个新文档。她最担心的是博比身上的伤。梅尔咨询了儿童事务处助理主任卢卡斯·达顿，主任决定对此事展开调查。

因为文件的边缘是红色的，我很快便找到了“红边文件”。文件上记录了博比的名字、出生日期、住所地址、他父母的资料、他的学校、他的全科医生，以及已知的疾病。上面连圣玛丽小学女副校长的资料都列得很详细，因为她是最初的报案人。

梅尔决定让博比做个全面体检。理查德·莱格德医生发现，博比“臀部上有两三处长达六英寸的伤痕”。他认为这是“由坚硬物体，如镶钉皮带，连续抽打两三下后”造成的。

接受检查时，博比情绪低落，拒绝回答任何问题。莱格德医生还注意到，博比肛门附近有旧疤痕。他在报告中写道：“无法判断这些伤痕是意外还是有物体插入。”在下一份报告中，他的措辞更加明确，称这些伤痕“符合遭受过虐待的特征”。

他们询问了布里奇特·摩根。一开始，她抱有敌意，骂社工多管闲事。当她得知博比的伤痕和反常举动后，她开始认真回答。最后，她给丈夫找了一堆借口。

“他是个好人，只是控制不了自己，生起气来就会失控。”

“他打过你吗？”

“打过。”

“那他打过博比吗？”

“打得更重。”

“他用什么打博比？”

“狗项圈……如果他知道我在这儿，他会杀了我的……你们不知道他是什么样的人……”

当被问到父亲是否和孩子有不当性行为时，布里奇特断然否认。随着询问的深入，她反抗的情绪越来越激烈，泪眼汪汪，吵着要见博比。

关于性虐待的指控都必须上报警方。布里奇特·摩根得知后，越发焦躁不安。她痛苦地承认，自己确实担心过丈夫和博比的关系。但她不想说，也不能细说。

博比和母亲被带去马什巷警察局接受正式询问。警察局开了个战略会议，与会人员有梅尔·科斯莫、她的直属上司卢卡斯·达顿、侦缉警长海伦娜·勃朗特和布里奇特·摩根。摩根夫人和博比单独待了几分钟后，决定接受警方调查。

我翻看了一下警方声明，想找到她陈词的重点。她说两年前看见过博比没穿内裤，坐在她丈夫的大腿上。她丈夫只在腰间围了一条毛巾，似乎在抓着博比的手，伸向自己的两腿间。

前些年，她经常看到博比脱衣服准备洗澡时，没有穿内裤。问起为什么不穿，博比说：“爸爸不喜欢我穿内裤。”

布里奇特还声称，丈夫只会在博比还没睡的时候洗澡，而且不关浴室门。他还经常找博比一起洗，但博比会找借口不去。

尽管她的陈词中没有明确证据，但把这些陈词交给一位称职的检察官，已经足够给伦尼定罪了。我以为下一份就是博比的声明，结果没有。我翻了几页都找不到，博比没有做过正式陈词，这或许就是伦尼·摩根没被起诉的原因。不过，我找到了一盒录像带和一份手写笔记。

孩子的证据很关键。除非他或她承认被性骚扰，否则定罪的可能性很低。这种情况下，只能等施虐者亲口认罪，或者依赖无可置疑的医学证据。

梅尔的办公室里有一台录像机和一台电视。我把磁带放进卡槽。磁带上的标签写着博比的全名、录像日期和询问的地点。录像带开始播放，左下角显示了时间。

由于时间限制，儿童保护评估和一般的病人会诊十分不同。需要花费好几周和儿童建立起信任关系，然后他们才会慢慢向你透露自己的内心世界。但评估必须快速完成，因此询问者会提出更加直接的问题。

儿童询问室的地板上放着玩偶，墙壁的颜色明亮多彩。桌子上放了画纸和蜡笔。一个小男孩紧张地坐在塑料椅上，盯着空白的画纸。他穿着校服、宽大的短裤和破烂的鞋子。他扫了眼摄像头，我清晰地看到了他的脸。十四年来，他变化很大，但是我还是能认出他。他无精打采，一副向命运屈服的样子。

不仅如此，我想起了更多东西。记忆深处的细节像投降的士兵，乖乖地回到了我的脑海中。我想起来了，我以前见过这个男孩。鲁珀特·厄斯金找我复审过一个案件。那个小男孩不肯回答他的任何问题。他只好采取别的办法。或许，换个人来问能奏效。

录像带继续播放。我听到了自己的声音。“你喜欢听别人叫你‘罗伯特’、‘罗伯’还是‘博比’？”

“博比。”

“你知道自己为什么在这里，对吧，博比？”

他没有回答。

“我得问你几个问题。可以吗？”

“我想回家。”

“暂时还不行。告诉我，博比，你明白真话和谎话的区别，对不对？”

他点头。

“如果我说我长了个胡萝卜，没长鼻子，这算真话还是谎话？”

“谎话。”

“没错。”

录像带继续播放。我泛泛地问了几个关于学校和家庭的问题。博比讲起他最喜爱的电视节目和玩具。他放松下来，边讲边在纸上乱画。

我问他，如果有魔法能帮他实现三个愿望，他会许什么愿望？他随口说了两个，又变了主意，最终确定的三个愿望是：（1）拥有一座巧克力工厂；（2）去野营；（3）造一个让所有人都快乐的机器。我又问他，他最想成为谁？他说，他想成为刺猬索尼克，因为“它跑得超快，可以救下朋友”。

从这个录像中，我看到了成年博比身上的某些言谈方式和身体语言。他很少微笑或者大笑，只会短暂地和你进行眼神接触。

我问起他父亲。一开始，博比回答得比较积极坦率。他想回家见爸爸。“我们现在一起发明东西，防止购物袋里的东西撒在后备厢里。”

博比画了一幅自画像，我让他说出身体各个部位的名字。说到“隐私部位”的时候，他支支吾吾。

“你喜欢和爸爸一起洗澡吗？”

“喜欢。”

“为什么喜欢呢？”

“他会挠我痒痒。”

“挠你哪里？”

“全身。”

“他会不会以你讨厌的方式碰你？”

博比皱着眉说：“不会。”

“他碰过你的隐私部位吗？”

“没有。”

“帮你洗澡的时候也没有吗？”

“可能有吧。”他又咕哝了一句，但我没听清。

“那妈妈呢？她碰过你的隐私部位吗？”

他摇了摇头，说要回家。他把画纸揉皱，不再回答任何问题。他没有表现出烦躁的情绪，也没有表现出害怕。这种“疏离”的现象在遭受性虐待的孩子身上很普遍，他们试图将自己变得渺小，因为不想被别人当作目标。

询问结束了，这次询问显然无法给出任何定论，单凭博比的身体语言和言谈举止还不足以说明问题。

我回过头来翻看文件，大概拼凑出了接下来发生的事情。梅尔建议把博比登记在《儿童保护登记手册》上——一份记录在该地区被认为处于危险情况的儿童的清单。她申请执行了临时护理令——在深夜两点，把地方法官叫起来干活。

警方逮捕了伦尼·摩根。他们搜查了房子、公交站场的储物柜和邻居的车库，他把车库租来当车间。他全程都没有认罪。他把自己描述成一个慈爱的父亲，从没犯过事，也没惹过警察。他断言自己不知道博比的伤痕，但承认在博比拆坏了一个完好的闹钟时，“揍过他一顿”。

我对这些一无所知。进行了那次询问后，我没有再跟进这件事。这是厄斯金负责的案子。

八月十五日周五举行了一次儿童保护个案会议。主持会议的是卢卡斯·达顿，与会人员有当值的社工、心理学顾问鲁珀特·厄斯金、博比的全科医生、圣玛丽小学副校长和侦缉警长海伦娜·勃朗特。

会议记录表明，卢卡斯·达顿执行了诉讼程序。我记得他。在我第一次参加案例研讨会时，我提出了跟他不同的建议，他便怒气冲冲地对我进行言语攻击。几乎不会有人质疑负责人的话——特别是初级心理医生，他们没多少经验，只有一张文凭，轻而易举便能被打倒。

虽然警方没有足够的证据指控伦尼·摩根，但还是会继续进行刑事侦查。基于实物证据和布里奇特·摩根的证词，大会决定，除非博比的父亲同意自愿离家，否则应该让博比暂时离开家，住在寄养中心。他们会安排父子每日见面，但不会让他们单独相处。

博比在寄养中心住了五天，伦尼才同意离开家，不和博比一起住，在警方完成对指控的全面调查前都不会回去。

第二个案件档案的开头是目录。我扫了一眼大致内容，接着读下去。整整三个月，社工和心理学家紧紧地盯着摩根一家，想了解家庭的内部情况。他们监控并评估博比的行为，特别是他和父亲见面的时候。同时，厄斯金单独询问了布里奇特、伦尼和博比，并详细记录了内容。他还找到了博比的外祖母保利娜·埃亨，以及布里奇特的妹妹。

她们似乎都证实了布里奇特对伦尼的怀疑。特别是保利娜·埃亨，她声称自己见过伦尼的不当行为，父子俩睡前在摔跤，她看到他把手伸进了博比的睡衣里。

当我把她的陈词和布里奇特的进行对比时，我发现，她们用了很多相同的描述方式和短语。倘若这是我的案子，我马上就会有所怀疑。毕竟，血浓于水——特别是在涉及儿童监护权的案件里。

伦尼·摩根的第一任妻子死于车祸。他在第一段婚姻里生的儿子名叫达菲德·摩根，十八岁时在社区服务中心不知情的情况下离家出走。

有人尝试过找他，儿童护理工作者找到了他的老师和游泳教练，但他们都没发现他有异常行为。达菲德十五岁便辍学了，在一家建筑公司当学徒，后来他离开了公司。他们只知道他曾经在澳大利亚南部的背包客青年旅舍住过，后来的行踪就不得而知了。

档案上记载了厄斯金的结论，但没有他的诊疗记录。他认为博比“焦虑、烦躁、性格懦弱”，并且还“表现出了创伤后应激障碍的症状”。

“当被问到有没有遭受性虐待时，博比会变得越发防备，并且更加焦虑不安，”厄斯金写道，“当有人暗示他的家庭不够美满时，他就会对那人怀有戒心，仿佛在极力隐瞒什么。”

至于布里奇特·摩根，他写道：“儿子是她的心头肉，她不想我们继续询问博比，因为博比会因此感到焦躁。据她所说，博比最近经常尿床，而且难以入睡。”

她的担心也不是无稽之谈，我粗略估算了一下，博比已经接受了十几次询问，他一次又一次地面对治疗专家、心理学家和社工的问话。他们一遍又一遍地问着同样的问题，或者变个法子再问一次。

在他自由游戏的时间里，医生看到他脱掉了娃娃的衣服，并说出了每个身体部位的名字。这些活动都没有被记录下来，但一位治疗专家报告称，他把一个娃娃压在另一个上面，嘴里还在咕哝着什么。

厄斯金在档案中收录了博比的两幅画，我把它们拿到一臂之遥的距离观察。就抽象画而言，着实不错，混合了毕加索和动画片《摩登原始人》的风格。他把人画得像机器人，面部扭曲，大人画得极其庞大，小孩则画得很渺小。

厄斯金得出结论：

> 在我看来，有大量的有力证据表明，摩根先生可能和其子发生过性接触。
>
> 首先是布里奇特·摩根及其外祖母保利娜·埃亨提供的证据。这两位女性均没有理由在其证词上加以偏袒或修饰。她们均目睹过摩根先生在其子面前赤身裸体，并除下其子内裤。
>
> 其次是理查德·莱格德医生提供的证据，医生发现，“孩子的臀部上有两至三条被皮带抽打后留下的约六英寸长的伤痕”，而孩子肛门附近的疤痕组织则是更加令人不安的证据。
>
> 此外，博比的行为方式的改变亦是证据之一。他对性表现出了病态的兴趣，且相关的应用知识远超正常的八岁儿童。
>
> 基于以上事实，我认为，博比遭受过性虐待的可能性非常大，施虐者极有可能是其父亲。

十一月中旬肯定还开了另一场研讨会，但我找不到会议记录。警方调查中止了，但文件并没有被封存。

第三份文件全是法律文书，其中一些还用带子捆了起来。社会服务部门确信博比处境危险，于是申请发布永久护理令。后面的事就交由律师来处理了。

“在嘀咕什么呢？”梅尔逛完街回来，把两杯咖啡稳稳地放在一本账簿上，“抱歉，我只有这种提神饮料了。你还记得以前圣诞节的时候，我们偷带了几箱葡萄酒来这儿吗？”

“我记得博伊德喝醉了，去给门厅里的塑料植物浇水。”

我们一同大笑。

“找回什么往事了吗？”她指了指那些文件。

“找到了悲伤的往事。”我的左手在颤抖。我用膝盖夹住它。“你觉得，伦尼·摩根是个怎样的人？”

她坐下来，踢掉鞋子。“我觉得他是头猪，言语污秽，举止粗暴。”

“他是做什么的？”

“他在法庭外跟我对峙。我去门厅打电话。他质问我为什么打电话，好像关他什么事似的。我想绕开他，他居然把我按到墙上，捏住我的喉咙。他的眼神……”她不寒而栗。

“你没有指控他？”

“没有。”

“他很生气？”

“是。”

“那他妻子是个怎样的人？”

“布里奇特啊，衣着奢华，轻佻放荡，喜欢攀龙附凤。”

“但你喜欢她？”

“是。”

“护理令后来执行了吗？”

“一位地方执法官支持护理令，但有两位认为证据不足，指控无效。”

“所以你想让法院监护博比？”

“当然了，我可不会让那位父亲接近博比。我们直接告到了郡法院，那天下午举行了一场听证会，相关文件应该都在这里面。”她指了指文件。

“出庭作证的是谁？”

“我。”

“厄斯金呢？”

“我引用了他的报告。”

听到我不停地问问题，梅尔稍有不快。“换作其他任何一个社会工作者，都会做跟我一样的事情。跟地方执法官说不清道理，就去找法官。十次有九次，法院都会提供监护。”

“但现在不行了。”

“确实啊，”她语气失落，“规则都变了。”

法院开始监护博比后，所有关乎他人身健康的重大决策都会由法院来拍板，他的家人无权参与。未经法院允许，他不能转学，不能申请护照，不能参军，也不能结婚。同时，法院还会确保博比的父亲永远不能回到他的身边。

我一页页翻看文件，翻到了裁决书。全文大概八页，但我快速浏览了一遍，寻找判决结果。

> 这对夫妻均真心实意地关心自己孩子的健康。过去，他们曾以自己的方式，尽全力履行为人父母的责任，这一点无可指摘。不幸的是，在我看来，这位父亲因遭到悬而未决的指控，其履行父亲的职责，以合理且恰当的方式照顾孩子的能力受到了质疑。
>
> 我考虑了对抗性证据，即这位丈夫对指控的否认。同时我也认识到，孩子希望能和父母一起继续生活。显然，在此案中，既要设法顾及博比的愿望，也必须综合考虑其他会对孩子的身心健康产生影响的因素。
>
> 儿童福利指导方针及测试传达的信息十分明确，博比的利益在本案中是最为重要的。倘若法院给予父母双方其中一方以监护权或探视权，都会将儿童置于不可接受的性虐待风险中，则法院不能给予监护权或探视权。
>
> 我衷心希望，到了一定时候，当博比拥有一定的自我保护能力和理解能力，且行为成熟后，他能与父亲再次共度时光。令人惋惜的

是，那个时候或许是非常遥远的将来，而在那之前，博比不宜再与父亲有任何接触。

裁决书上盖有法院印章，签署人是贾斯蒂斯·亚历山大·麦克布赖德先生，他是凯瑟琳的祖父。

梅尔在桌子另一端望着我。“找到你想要的东西了？”

“不完全是。你和贾斯蒂斯·亚历山大·麦克布赖德有过什么来往吗？”

“他是个好人。”

“我想，你应该听说了他外孙女的事。”

“太惨了。”

她缓缓转了转椅子，把脚伸长，鞋子抵在墙上。她定睛看着我。

“不知道凯瑟琳·麦克布赖德的文件在不在这儿？”我故作随意地问。

“你问得真巧。”

“怎么说？”

“今天还有另一个人想看凯瑟琳的文件。一天之内，我收到了两个有意思的请求。”

“是谁想看她的文件？”

“一位凶杀案调查队的警探。他想知道，你的名字有没有出现在文件里。”

她那犀利的眼神直直地盯着我。我没有对她如实相告，她有点生气。社会工作者很少向他人吐露自己的秘密。他们慢慢学会不再信任他人……特别是在跟受虐儿童、被家暴的妻子、瘾君子、酒鬼、争夺监护权的父母这类人打交道的时候。一切事情均不能只看表面。永远不要相信记者、辩方律师，还有慌了手脚的父母。永远不要拒绝询问，不要向孩子做出什么保证。永远不要倚赖寄养家庭的监护人、地方执法官、政客或高级公务员。梅尔曾经信任过我，但我辜负了她的信任。

“那位警探说，你是调查关注的目标。他还说，凯瑟琳曾指控你对她实施性侵。他还问，你有没有遭到过别的指控。”

这是梅尔的领域。她并不反感男人，只是反感男人做的事情。

“我性侵她一事是她编造出来的。我没有碰过凯瑟琳。”

我无法掩饰声音中的愤怒。泰然容忍是那些犯了错却佯装不知道的人才会做的事情。我已经受够了别人拿一些我没做过的事情指责我。

在走回阿尔比恩旅馆的路上，我试图把线索拼凑在一起。血液在我缝了针的耳朵中涌动，但这也好，能让我专注思考。这感觉就像把一台电视的音量调到最大，就能保持全神贯注。

博比失去父亲时，年纪应该跟查莉相仿。这样的惨剧能让一个孩子悲痛欲绝，但一个孩子思维的形成，绝不可能只靠一个人。影响他的，肯定还有他的祖父母、叔叔舅舅、阿姨婶婶、兄弟姐妹、老师、朋友，还有许许多多的闲杂人。如果我能把所有这些影响过他的人召集在一起，逐个询问，或许我就能找出他到底遭遇了什么事。

我遗漏了什么？这个孩子由法院负责监护。他的父亲自杀了。这确实是个悲伤的故事，但并不是特例。孩子现在已经不会再由法院来监护了。二十世纪九十年代早期，法律做了更改。以前的老系统对虐待案太过来者不拒。控方无须掌握细微的关键证据，而且那时也没有制衡制度。

博比身上表现出了所有遭受性虐待的特征。遭受虐待的儿童往往会找到保护自我的方法。有些会患上创伤性失忆症；其他则把遭受的痛苦深埋在潜意识里，或拒绝回想发生过的事情。可同时，一些社会工作者只会“核实”虐待指控，而不会质疑指控，因为他们相信发起指控的人不会撒谎，撒谎的只有施虐的人。

博比越是否认发生过什么事情，人们就越相信肯定发生过什么事情。这一确凿般的假定贯穿了整场调查。

但万一我们错了呢?

密歇根大学的研究人员曾将一个两岁女孩的实际案例做成一份概要，将其呈交给一个专家小组，小组成员包括八位临床心理学家，二十三位研究生，五十位社会工作者，以及几位精神病学家。研究人员从一开始就知道，这个孩子并没有遭受性虐待。

孩子的母亲向法院提起虐待指控，因为她发现女儿的腿上有一块淤伤，而且女儿的尿布上有一根阴毛（她觉得像是女孩父亲的阴毛）。女孩进行了四次医学检查，均未发现有性侵的痕迹。两次测谎以及一次警方和儿童保护服务部门的联合调查证明了这位父亲的清白。

尽管如此，仍有四分之三的专家建议，要密切监视这位父亲和女儿的接触，甚至想直接禁止父亲和女儿接触。其中有几位甚至断定，那女孩被性侵了肛门。

在儿童受虐案中，根本没有什么无罪推定的说法。被告一律疑罪从有。污点看不见，却又不可磨灭。

我很清楚针对这类论点的反驳理由。例如，诬告是十分罕见的。我们判断错误的案件数量远多于判断正确的。

厄斯金是一位优秀的心理医生，也是一个好人。自从他妻子得了多发性硬化症，他便一直照顾她，直到她去世；在她死后，他还以她的名义，给研究基金会筹集到了很多资金。梅尔富有激情，有社会良知，相比之下，我常感惭愧。同时，她也从不假装自己中立。她坚信自己坚信的事情。直觉是很重要的。

我不知道这一切会带给我什么。我又累又饿。我还是没有找到任何证据，表明博比认识凯瑟琳·麦克布赖德，更别说谋杀她了。

我离旅馆房间还有十几步的距离，就在这时，我留意到了不对劲的地方。房门敞开着，地毯上有一块酒红色的污渍，正朝楼梯方向蔓延。一棵盆栽棕榈树横倒在门口。门把手肯定是在花盆倒下时被撞断的，花盆也因此碎成了两半。

一辆清洁工的手推车停在楼梯间，车上放着两个桶、几个拖把、擦洗刷和一堆湿抹布。清洁女工正站在我房间的中央。床被上下翻转，抽屉的碎块被扔得到处都是。水槽被人从墙壁上拆了下来，躺在断裂的水管和一股细流之间。

我的衣服散落在湿透的地毯上，上面还散落着被撕毁的笔记本和被扯烂的文件夹。我的运动包被塞进了马桶里，上面还沾着一块大便。

“把房间打扫得干干净净，实属人生最大的乐事，对不对？”我说。

清洁女工难以置信地望着我。

破坏者用薄荷牙膏在镜子上留了一条相当富有当地气息的信息：“不回家，就被打。”简单，扼要，明确。

旅馆经理想报警，我不得不拿出钱包，打消了他的想法。一地狼藉，我翻了翻，已经没什么值得抢救的了。我小心翼翼地拿起一捆沾满墨水的湿乎乎的纸。唯一还能辨认的是凯瑟琳简历的最后一页。我曾在办公室里读过她简历的附信，但后面的内容没看。我扫了一下这一页，看到她列了一份推荐人名单，上面的名字都是三个字的。只有一个名字引起了我的注意：埃姆林·R. 欧文斯医生。她留了乔克在哈利街上的地址和电话号码。

第十二章

进行维修工作，打扫轨道上的落叶，处理信号故障或者道岔故障……无论解决哪个问题，都会导致同一件事发生——火车无法准点到达伦敦。售票员通过广播频繁向乘客道歉，吵得人睡不着。

我从餐车上买了杯茶，还买了个号称“美味可口”的三明治，结果难吃至极，看吧，赞美食物的词就是这样失去原有价值的。三明治只有蛋黄酱的味道。我的脑海里总有几个念头挥之不去，纵使舟车劳顿，我还是要搞清楚这些事情。遗漏的线索，新的线索，根本没有线索。

人们会撒小谎，这种谎言微不足道，信不信都无所谓。但人们还是会撒看似无足轻重，却会造成严重后果的谎。有时，留白的沉默要比说出去的话更加重要。乔克的谎言总是和真相相差无几。

凯瑟琳和马士登医院的某个员工有过一腿，而且那个员工是一位已婚人士。她爱上了他。他提出分手，令她伤心欲绝。在她遇害当晚，她约了一个人见面。那个人会不会是乔克？或许这就是为什么她要打到我的办公室——因为他没去赴约。又或许，他的确赴约了。他已经离婚了，恋情很可能死灰复燃。

把博比引荐给我的正是乔克，他说那是为了还埃迪·巴雷特人情。

天哪！这到底是怎么回事。我多么希望此刻能入睡，然后在另一具身体里醒来，或者，在另一种人生中醒来。哪种人生都要比现在这个好。他是我最好的朋友，真希望是我猜错了。我们从降生起就在一起。我以前还觉得，在同一个产房降生让我们亲如兄弟；像一对基因不同的双胞胎，我们呼吸着同样的空气，注视着的同样的光亮，来到这个世界上。

我已经不知道该做何感想了。他对我撒了谎。现在他就在我家，趁局势一片混乱，伺机接近朱莉安娜。我知道他看她的眼神是怎样的——比妒忌更下流。

乔克热衷于竞争。对他来说，任何事都是一场决斗。他最讨厌别人不拼尽全力和他竞争，因为他认为这贬低了他胜利的价值。

他肯定轻而易举就把凯瑟琳制伏了。乔克总是对弱不禁风的女人下手，尽管她们不像那些自信孤傲的女孩那么让人兴奋。他离了两次婚，两次都是因为婚外情。他控制不住自己。

为什么凯瑟琳要和伤透了她的心的人保持联系？为什么她要在简历上把乔克列为推荐人？

肯定有人告诉她，我在招秘书。如果说她是在无意间看到了广告，结果发现是我发的招聘信息，那可太凑巧了。说不定乔克和她复合了，除非他因为凯瑟琳诬告过我性侵而感到尴尬，否则这次他不用再保密。

我还遗漏了什么？

她独自一人离开大联盟酒店，这说明乔克没有现身，或者他打算晚点再见她。不！我真是太蠢了！乔克没能力这样折磨别人——还让她自己用刀自残。他有可能是个恶徒，但他绝不是一个施虐狂。

我又绕回去了。我现在知道的事情里，有什么是真的？他认识凯瑟琳。他知道她会自残。他撒谎说不认识她。

我感到一阵无名的恐惧，仿佛低烧一般发烫。格雷西姨婆会说，那种感觉就像有人从自己的坟前走过。

尤斯顿火车站的夜晚有点冷，天空清澄无比。等出租车的人从人行道排到了台阶。我打车前往汉普斯特德，一路上看着计价器上的红色数字不断攀升，我制订了一个新计划。

乔克所在的公寓楼的门卫晚上回家了，临时看门人认得我，按下蜂鸣器，让我进了前厅。

“你耳朵怎么了？”

“虫子咬的，被感染了。”

室内的楼梯是深色桃花心木做的，楼梯杆反射出枝形吊灯的光。乔克的公寓黑漆漆的。我打开门，注意到警报器闪着红灯。警报器处于解除状态。乔克总是不记得密码。

我没开灯，穿过公寓，来到厨房。黑白相间的大理石瓷砖像一个巨大的棋盘。炉子上方的灯照亮了地板和下层橱柜。我不知道自己为什么不敢开顶灯。我感觉自己更像一个入室抢劫的小偷，而不是登门拜访的客人。

我先翻找了电话下面的抽屉，看看能不能找到他认识凯瑟琳的证据——或许能找到一本地址名册、信件，或者以前的话费单。然后我去主卧的衣柜里找，乔克把衬衫西装和领带按颜色排开。十几件衬衫的塑料包装袋还没拆，分别放在衣柜的几个格子里。

在衣柜后面，我找到一个箱子，箱子里挂着档案夹，一个装账单，一个装发票。他最近的话费单都被塞在一个透明套子里。服务摘要一栏详细列出了直拨长途电话、国际漫游电话和手机通话的记录。

我扫了一眼第一张单子，寻找有没有“0151”开头的号码——那是利物浦的区号。可我不知道凯瑟琳的电话号码是多少。

怎么会不知道！我有她的简历啊！

我从夹克的口袋里拽出那张还没干的纸，小心翼翼地在地毯上摊开。虽然墨水已经洇进了纸角，但我还是能看得清通信地址。我拿简历上的号码跟电话账单上的通话记录比对，一直看到十一月十三日的记录。那串号码赫然出现在我眼前——给凯瑟琳的手机打了两通电话。第二通是傍晚五点二十四分打的，通话时长为三分钟——打了这么久，不可能打错，三分钟也足够跟她约一个地方见面了。

但有些地方说不通。鲁伊斯有凯瑟琳的通话记录。他一定知道这两通电话。

我的钱包里夹着鲁伊斯的名片，可惜它在我跳进运河救人时几乎化成了纸浆。于是我打给他的电话答录机，我正准备挂电话，就听到有人哑着嗓子咒骂了一句电话，然后让我等一下。我听到他试图关掉电话答录机。

“侦缉探长鲁伊斯。”

“哦，教授回来啦。”他肯定在显示屏上看到了乔克的号码，“利物浦怎么样？”

“你是怎么知道的？”

“一位女士告诉我，你急需医治。有人上报了一起疑似侵犯人身的案件。耳朵还好吧？”

“和得了冻疮差不多。”

我听到了他咀嚼东西的声音，估计是在狼吞虎咽微波炉热的咖喱或者外卖。

“我们是时候再聊聊了。我甚至会派辆车去接你。”

“可能得迟点再聊。”

“看来我没把话跟你说清楚啊。今早十点，警方已经对你发布逮捕令了。”

我瞥了眼玄关旁的大门，思考鲁伊斯需要多久找个人来把门踢开。

“为什么？”

“你还记得我说过，我会找到其他证据吧？凯瑟琳·麦克布赖德给你写过信。她有备份。我们在她的电脑里找到了。”

“怎么可能。我没收到过任何信。”

“那好，你大可以来警察局解释一下。”

“这里面肯定有什么误会，天哪，怎么可能！”那一刹那，我忍不住想把知道的东西一股脑全告诉他——埃莉萨的事、乔克和这件事的关系、凯瑟琳的简历。不过我没有这么做，我不想告诉他全部信息，至少要从他手上换取点有用信息。“你和我说过，凯瑟琳最后一个电话是打给我办公室的。但是她那天肯定也给别人打过。肯定也有人给她打过电话。你都查过，是吧？你不会一看到名单上有我的名字，就没看其他名字吧？”

鲁伊斯没有回话。

“她在马士登医院还认识一个人。我觉得，他们应该有过一段暧昧关系。我想那天他应该联系过她，十三日那天。你在听我说话吗？”

我的声音里透露出绝望。我和鲁伊斯说了这么多，他却打算一言不发。我能想象到，他嘴角勾起一抹揶揄的微笑，觉得日光之下无新事。又或者他太狡猾了，想逼我讲出我知道的所有事情。

“你以前和我说过，你喜欢把信息拼凑在一起，从里面找出蛛丝马迹。那好，我现在就在帮你找，我想知道真相是什么。”

时间仿佛过去了几个世纪，鲁伊斯终于打破了沉默。“你想知道我有没有调查过你的朋友欧文斯医生和凯瑟琳的关系，是吧？答案是，我调查过。我跟他聊过，我问他那晚去哪儿了。他和你不一样，他有不在场证明。要不要我告诉你他当时和谁在一起？或者，我再给你点时间，你自己琢磨琢磨，就知道发生什么了。问问你的妻子吧，教授。”

“这跟我的妻子有什么关系？”

“她是他的不在场证明。”

第十三章

黑色出租车把我送到了樱草山大道，我还要走四分之一英里才能到家。我头晕脑涨，但体内涌起的一股冰冷且势不可挡的力量，将我的疲惫一扫而空。

我徒劳地想保护身边的人免遭伤害，我不知道是什么、是谁要伤害我们，而此刻，我的努力业已沦为笑柄。某人正在某处嘲笑我呢。看看这个蠢货！原来我一直都被别人玩弄于股掌之中。“一日之晨，细嗅玫瑰。”这是乔克常和我说的一句话。行吧，现在我算是懂了——以后只会一天比一天糟。

我走到街尾，停住脚步，整理了下衣服，一边留心凹凸不平的铺路石，一边快步向前走。我望见了不远处的房子，楼上一片漆黑，只有主卧和一楼的浴室亮着灯。

我注意到了什么，赶紧停了下来。马路对面梧桐树的阴影里，我看到了手表反射的微光，某人抬手看了眼时间。那点光亮很快就消失了。没有人移动。不管是谁戴着那只手表，我很确定，他一定在伺机而动。

我蹲在路边的车后，从一辆车移向另一辆，从引擎盖后探出头来。我只能看到对面的阴影中站着一个人。还有一个人坐在车里。香烟末端的红光照亮了他的嘴唇。

这些人都是鲁伊斯派来的，正在等我。

我往回走，尽量躲在阴影里，转过街道，原路返回，然后绕到房子后面。我看到了富兰克林的房子，他家就在我家后面。

我从侧门跳了进去，躲开从窗户透过来的方形亮光，穿过他们家的花园。黛西·富兰克林正在鼓捣厨房的炉子，有两只猫钻进她的裙底。说不定她裙子底下罩着猫的一家。

我走向花园昏暗角落里的一棵枝干扭曲的樱桃树，爬了上去，一只脚跨过围栏，另一只脚却僵住了，没有跟着跨过去。我重心前倾，只挣扎了那么一下，便直直地掉了下去，挥舞着手臂，一头扎进了肥料堆。

我一边咒骂着，一边手脚并用地爬了出来，手掌压碎了几只蜗牛。光从法式玻璃门的缝隙里溢出，朱莉安娜坐在厨房的桌子旁，用毛巾包裹住她刚洗完的头发。

她的嘴唇在动。她在和别人讲话。我伸长脖子想看看是谁——我趴在巨大的意大利橄榄木罐子上，差点把它打翻，还好及时抱稳了它。

一只手伸了过去，和她十指相扣。是乔克。我想吐。她把自己的手抽走了，像打淘气的孩子一样，打了一下他的手腕。然后，她走到厨房的洗碗机前，弯腰把咖啡杯放进去。乔克盯着她的一举一动。我想用针戳瞎他的双眼。

我从来不是一个善妒的人，但是我有一种奇怪的感觉，想起了以前一个总是幻想失去妻子的病人。他的妻子身材很好，他无时无刻不在幻想男人盯着她的胸部看。渐渐地，他感觉她的胸部越来越大，上衣越来越紧。她的每一个动作都能让他硬起来。这听起来很荒唐，但他就是这么觉得。

乔克喜欢胸大的女人。他的两位前妻都做过隆胸手术。如果有钱能买到大胸，为什么要满足于贫乳？

朱莉安娜上楼吹头发。乔克在皮上衣的口袋里摸索着什么，他的影子映在法式玻璃门上，然后走了出去。屋外的砾石在脚下嘎吱作响。打火机亮了一下。雪茄烟头在燃烧，只有烟，没有火焰。

我从下面一脚踹到他腿上，他向后一跌，重重地摔倒在地，雪茄爆出一团火星。

“乔！”

“滚出我的房子！”

“老天爷！要是这件毛衣烫出了焦痕——”

“离朱莉安娜远点！”

他退到一旁，企图坐起来。

“坐下！”

“你鬼鬼祟祟地在这里干吗？”

“因为警察在外面。”我理所当然地说，似乎明眼人都看得出来。

他盯着雪茄，思考要不要再次点燃它。

“你和凯瑟琳·麦克布赖德搞婚外情！她的简历上有他妈的你的名字！”

“冷静，乔。我不知道你在——”

“你和我说你不认识她。可那晚你分明见过她。”

“没有。”

“你们约好了见面。”

“无可奉告。”

“‘无可奉告’是什么意思？”

“就是‘无可奉告’。”

“胡说！你约了她见面。”

“我没去。”

“你在撒谎。”

“那好，我是在撒谎。”他挖苦地说，“乔，你爱怎么想就怎么想吧。”

“别浪费我的时间了。”

“你想我说什么。和她上床确实不赖。我是约了她，但我没去见她。就是这样。别想着说教我。你上了一个妓女。你没资格跟我谈道德。”

我一拳打过去，但这次他有所防备，闪到一边，一脚踢向我的腹股沟。我感到一阵剧痛，双膝一软。他赶紧扶住我，我的额头抵在了他的胸脯上。

“乔，这些都不重要。”他轻声对我说。

我大口喘气，怒气冲冲地低声道：“当然重要。他们觉得是我杀了她。”

乔克扶我站好，我拍开他的手，退后了一步。

“他们觉得我和她有一腿。你可以告诉他们真相是什么。”

乔克眼神狡黠。“据我所知，你也上过她。”

“那是胡扯，你知道的！”

“你得从我的角度考虑啊，我可不想被卷进这种事。”

“于是你对我落井下石。”

“你本来有不在场证明的——你没有好好利用。”

不在场证明，最重要的证据。我应该待在家里陪妻子——怀孕的妻子。她本来是我的不在场证明！

那晚是周三。朱莉安娜会上西班牙语课。她一般十点之后才回家。

“为什么你没有赴约，去见凯瑟琳？”

他眼带笑意。“因为有别人约了我。”

他没打算自己说，他想让我开口问。

“你和朱莉安娜在一起。”

“是。”

我心中蓦地一颤。我开始害怕了。“你们在哪里见的面？”

“好好担心你的不在场证明吧，乔。”

“回答我。”

“我们一起吃晚饭。她想见我，想了解你的病情。她不相信你会告诉她事实。”

“吃完晚饭后呢？”

“我们回来这儿喝了杯咖啡。”

“朱莉安娜怀孕了。”我没用疑问句，我在陈述事实。

我看他正暗自琢磨编什么谎话好，但他突然决定不撒谎了。此刻，我们已经知己知彼。在我眼里，他那些蹩脚的谎话和半真半假的陈述已经让他和一个卑鄙小人无异。

“没错，她怀孕了。”说完，他轻轻地笑了笑，“你真是可怜，乔，你都不知道该开心还是伤心。你不信任她吗？你对她的了解也太少了点。”

“我以为我了解你。”

楼上传来厕所冲水声。朱莉安娜准备上床睡觉了。

“凯瑟琳写的那些信——是写给你的吗？”

他以探询的目光看着我，但没有回答。

“为什么凯瑟琳会写信给我？”

他还是没有回答问题。我必须现在就弄清楚这是怎么回事。

他的沉默让我火冒三丈。我真想拿起他的网球拍，把他的膝盖砸烂。我知道了！我知道为什么了。乔克的名字首字母跟我的一样——都是J. O. 。她写收信人姓名的时候肯定是这么写的。那些信不是写给我的，是写给乔克的。

“你必须把真相告诉警察。”

“或许我应该告诉他们你在哪儿。”

他不是在开玩笑。发自内心深处，我想杀了他。我已经受够这场比赛了。

“是因为朱莉安娜吗？这么多年了，你觉得我会把她让给你吗？你做梦！万一我出了什么事，她也绝对不会对你投怀送抱，更别说你还背叛了我。你没了女人就活不下去，你就等着这么熬一辈子吧。”

“问题是，我现在就是单身，我也一样活得好好的。”他两眼发亮，双簧管般的声音在发颤，“你是一个很幸运的人，乔，能拥有这样一个家庭。我从未拥有过这样的生活。”

“因为你总是忍不住到处找女人。”

“但我没有找到我的命中天女。”

挫败感深深地刻在他的脸上。我忽然明白了，我看透了乔克的生活——他经历了一连串的痛苦、反复的失望，怀着千般失落，一遍又一遍地重铸自己的错误与失败，因为他无法打破这枷锁。

“滚出我的房子，乔克。离朱莉安娜远点。”

他拿齐自己的东西——一个行李箱、一件夹克衫——向我转过身来，拿起前门的钥匙，放到厨房灶台上。我看到他往楼上扫了一眼，似乎在寻思要不要和朱莉安娜说声再见。他决定不辞而别，离开了。

前门在他身后关上，我心里忽然升起一股空洞而不安的怀疑。警察就在外面等着，他很容易就能把事情告诉他们。

我还没想好怎么应对这种风险，朱莉安娜就下了楼。她下身穿着睡裤，上身穿着一件橄榄球套头衫，头发快干透了。我在花园里凝望着她，一动也不动。她拿起一杯水，转身朝法式玻璃门走去，检查门有没有锁好。我们的目光相遇了，她眼里没有流露出任何情感。她伸手拿起挂在椅背上的滑雪夹克，披在肩上，走了出来。

“你怎么了？”

“我从栅栏上摔下来了。”

“我说你的耳朵。”

“一个不靠谱的文身师弄的。”

她没心情听我油嘴滑舌。“你在监视我吗？”

“没有。干吗这么问？”

她耸了耸肩。“有人在监视我们。”

“警察吧。”

“不是警察。别人。”

“乔克说，有人想闯进咱们家。”

“D. J. 把那人吓跑了。”朱莉安娜这话说得好像他是条看门狗。

她身后的灯光穿过她的头发，给她笼上了一层柔和的光晕。她穿着的拖鞋是我在一家农家乐纪念品商店买给她的，她说这是“世界上最丑的拖鞋”。我想不出该说什么。我只是呆立原地，不知道要不要伸手抱她。好在，这尴尬的一刻过去了。

“查莉圣诞节想要一只小猫。”她说，把夹克裹到身上。

“我以为那是她去年想要的圣诞礼物。”

“是，但她无意中发现了一个要礼物的好方法：如果你想要一只小猫，那就说你想要一匹马。”

我笑了起来，她也面露微笑，定睛看着我。她的下一个问题一贯直截了当。

“你和凯瑟琳·麦克布赖德有过一腿吗？”

“没有。”

“警方拿到了她写的情书。”

“那是她写给乔克的。”

她睁大了双眼。

“他们两个在马士登医院的时候曾经有过一腿。乔克就是那个跟她见面的已婚男士。”

“你是什么时候知道这件事的？”

“今晚。”

她仍定睛看着我。她不知道该不该相信我。

“为什么乔克没有告诉警方？”

“我还在思考这个问题。我不相信他。我不希望他留在咱家。”

“为什么？”

“因为他对我撒了谎，向警方隐瞒了细节，而且在凯瑟琳遇害的那晚，他跟她约了见面。”

“你肯定在开玩笑吧！你是在说乔克，你最好的朋友——”

“拿我的妻子当他的不在场证明。”这句话听起来像是在控诉她。

她的眼睛眯成一条缝，细得像毛衣针。“什么不在场证明，乔？你是在暗示他杀了人，还是他搞了我？”

“我不是这个意思。”

“不是这个意思？说得真好。你从来都不把自己想说的说出来。你说什么都含糊其词，用括号括起来，拿引号隔开，改成开放式的问题。”她连珠炮似的朝我开火，“你要真是一个聪明的心理医生，你就该检查一下自己的毛病。我真的不想再给你的自尊心当支架了。要不要我再跟你说一次？听好了，这是清单。你跟你的父亲一点都不像。你那根东西不大不小。你已经在过度陪伴查莉了。你犯不着那么嫉妒乔克。我妈真的喜欢你。我也不怪你把纸巾放在口袋里忘了拿出来，毁了我那件黑色羊绒衫。满意了吗？”

她把十年的潜在治疗点浓缩成了六个要点。我的上帝，这个女人真了不起。邻居家的狗开始吠叫，乍听之下模模糊糊的，像是有人在哼哼：“听听，听听！”

她转身朝屋内走去。我不想她离开，于是我开始说话——我把所有事情都告诉了她，包括我找到了凯瑟琳的简历，搜查了乔克的公寓。

我尽力把话说得理智而清醒，但我担心她会觉得，我只是想抓住救命稻草。

她那美丽的脸庞上仿佛多了一块淤伤。

“你那晚和乔克见面了。你们去了哪儿？”

“他带我去贝斯沃特区吃了顿晚餐。我知道你肯定不会把诊断的真实结果告诉我，所以我想找他问清楚。”

“你是什么时候打电话给他的？”

“那天下午。”

“那他是什么时候从这儿离开的？”

她悲伤地摇摇头。“我已经认不出你了。你在想什么！我可没有——”

我不想听。我脱口而出：“我知道孩子的事情了。”

她轻轻抖了一下。或许是因为寒冷。就在这一刻，我从她眼里看出，我们已经互相失去对方了。我们之间的共鸣越来越弱。她或许会想我，但她再也不需要我。她那么强大，完全可以只身一人面对生活。她熬过了失去父亲的痛苦；查莉十八个月大的时候患上了脑膜炎，医生曾从她的右乳提取活组织进行检查，这些她都熬过去了。她比我更坚强。

离开时，我吸了一口寒冷的空气，转身望向房子后部。朱莉安娜已经走了。厨房一片漆黑。我能想象出她上楼关灯的身影。

乔克也走了。即便他把真相告诉鲁伊斯，估计也没人会相信他。警方会觉得他在帮我掩饰行踪，因为他是我的朋友。我穿过富兰克林家的花园，溜进旁边的小径。接着，我朝西区走去，望着自己的身影在街灯下时隐时现。

一辆黑色的出租车经过我身旁，慢了下来。司机扫了我一眼。我拉开车门把手。

埃莉萨并不认为自己是一个有远见的人，她不喜欢记者把她描述成拯救街上卖身女孩的福音传教士。她也不把妓女视作“堕落的女人”，或者残酷社会的受害者。

每个人都有待被发掘的隐藏的天赋，但埃莉萨发现了自己的天赋，她在自己不为人知的深处找到了瑰宝。出狱六个月后，她跌进了人生最低谷，也正是那时，她迎来了重生。颇为出乎意料地，她在马士登医院给我留了言，只留了她的地址，别无其他。我不知道她是怎么找到我的。她化了个淡妆，剪了短发，看起来像穿深色裙子和夹克的初级行政主管。她说她有个想法，想听听我的意见。听她说话，我感觉眼前拨云见日，看到的不是外面的天空，而是她的内心图景。

她想为街上的卖身女孩设立一个临时服务中心，为她们提供人身安全、健康、住宿以及戒毒方面的建议。她有一些积蓄，已经在国王十字街站附近租了一间旧房子。

临时服务中心仅仅只是开始。没过多久，她就成立了PAPT组织。让我惊讶的是，她总能找到不同的人寻求建议——法官、律师、记者、社工、餐厅老板。有时我很好奇，那些人有多少是她从前的顾客。但话说回来，我也帮了她……而这和性无关。

那座她戏称为“内里朝外”的房子正笼罩在黑暗中。都铎王朝时代的横梁上霜冻闪烁，我按下门铃按钮，门铃上的小灯闪了起来。此时肯定已过午夜，我听到蜂鸣器的声音在大厅里回响。埃莉萨不在家。

我只想休息几小时，睡个觉。我知道埃莉萨把备用钥匙放在哪儿。她不会介意的。我会把自己的衣服洗好，早上起来给她弄个早餐，然后告诉她，我决定拜托她帮我做不在场证明。

我用拇指和食指捏住钥匙，把它插入锁孔，转了两下。门上还有一个锁，我换了个钥匙。门开了。邮件翻盖下掉出许多信件，铺满了地毯。看来，她已经好几天没回家了。

我的脚步声在抛光地板上回荡。房子的起居室里放着绣花枕头，铺着印度地毯，给人一种走进礼品店的感觉。电话答录机上的灯在闪烁。磁带已经满了。

我先看到了她的脚。她瘫坐在那把伊丽莎白一世时代的鸳鸯椅上，脚踝被人用棕色纸胶带绑了起来，身体向后倾斜，头上套着一个黑色塑料垃圾袋，脖子上还被人用胶带缠了一圈，把塑料袋封死。她的手被压在身下，缚在背后。她的短裙褪到了大腿上，挤作一团，长筒袜上都是抽丝，被人扯烂了。

我的心怦怦狂跳，慌乱中，我又成了医生，撕开她头上的塑料袋，摸她脉搏，耳朵贴到她胸口。她嘴唇发紫，身子又冷又僵，头发贴在前额上。她的双眼未闭，好奇地注视着我。

胸口猛地传来一阵冰冷的剧痛，仿佛有人正拿钻孔机在我身上打洞。我再次目睹了在她身上发生的一切：拼尽全力反抗束缚，挣扎，最后死去。塑料袋里的氧气能支持她呼吸多久？最多十分钟。她有十分钟的时间反抗，十分钟的时间死去。她一边扭动身子，一边蹬脚，每一次呼吸，塑料袋都会塞住她的口鼻。地板上散落着CD盒，一张搁板桌底朝天倒在地上，桌下一地碎玻璃。她那条细金链的扣子都断了。

可怜的埃莉萨。此刻，我仍能回想起那天在酒店分别时，她的嘴唇在我脸颊上留下的柔软的触感。她还穿着那件深蓝色的贴身背心，以及那条和背心相衬的迷你裙。她肯定是在周四和我道别后不久遇害的。

我从一间房走到另一间房，寻找有没有凶手强行闯入的痕迹。前门是从外面锁上的。凶手肯定拿了她那副钥匙。

厨房的长凳上放着一个杯子，杯子里放着满满一勺咖啡粒，咖啡粒在杯底凝结成块，好似一颗黑色太妃糖。水壶倒在一边，一把餐椅翻了。厨房抽屉没有关，抽屉里放着折叠整齐的茶巾、一个小工具箱、灯用保险丝，还有一卷黑色垃圾袋。厨房盛杂物的容器里什么都没有，只有一个未用过的袋子。

门边挂着埃莉萨的大衣，她的车钥匙在桌上，紧挨着她的钱包、两封未拆的信和她的手机。手机已经没电了。她的围巾在哪儿？我原路返回，发现围巾在椅子后的地板上。围巾中间打了一个紧紧的单结，像一个绞索。

埃莉萨为人非常谨慎，决不会随便给陌生人开门。只有两种可能，要么她认识凶手，要么他在屋子里埋伏她。埋伏在哪里？怎么埋伏？露台的玻璃门是由强化玻璃制成的，门后通向一个小小的砖砌庭院。还有一个会触发安全灯的传感器。

楼下的办公室里塞满了东西，但很整洁。一眼看去，凶手似乎没有拿走什么，DVD和埃莉萨的便携式电脑仍在原处。

我又检查了一遍楼上第二间卧室里的窗户。埃莉萨的衣服稳稳当当地挂在衣架上。她那个镶嵌着珍珠母的珠宝盒仍放在梳妆台最下面的抽屉里。若是有人想找，很快就能找到。

浴室里，马桶垫被放下。晾衣竿上挂着浴垫，下方铺了一条蓝色大毛巾。下议院送的纪念品杯里放着一管新牙膏。我踩住脚踏式垃圾桶的踏板，垃圾盖翻开，里面空无一物。

我正准备离开，忽然注意到，水槽下面的白色瓷砖上有一层黑色粉末。我用手指摸了摸粉末表面，摸下来一些细小的灰色残渣，闻起来有玫瑰和薰衣草的味道。

以前，埃莉萨会把一只上过漆的陶罐摆在窗台上，用来放百花香，现在却不在了。或许她不小心把陶罐打碎了。如果是的话，那她肯定会把陶罐碎片扫进簸箕，倒进垃圾桶。接着，她会把垃圾桶里的垃圾倒到楼下，但厨房盛杂物的容器里什么都没有。

我仔细端详窗户，窗口边缘的补漆早已脱落，上面残留着几片裸露的木料。窗户本来是用油漆封上的，后来被撬开过。我把手指钩进窗户底座，咬紧牙关，用力一撬，膨胀的木头和窗框摩擦，发出尖锐刺耳的声音，我成功打开了窗户。

我望向窗外，污水管顺着十英尺之下的外墙和洗衣房的屋顶铺设。紫藤爬满了庭院右侧的砖墙，很容易就能爬上去。倘若有人想爬进窗子，他能踩着污水管爬上来。

我闭上眼睛，在脑海里想象当时的场景，某人站在污水管上，对窗户虎视眈眈。他不是来偷东西的，也不是来搞破坏的。从窗口钻进去的时候，他撞翻了百花香陶罐，只得把现场打扫干净，因为他不想让场面看起来像非法闯入。接着，他静心等待。

楼梯下面的壁橱装有一个滑动门闩，专门用来放拖把和扫帚——壁橱是一个足够大的藏身之所，能容纳一个人蹲在里面，透过铰链的缝隙向外窥视。

埃莉萨回到家。她从地板上拿起信件，走到厨房。她把大衣挂在门边，然后把东西扔到桌子上。接着，她把水壶装满，把几勺咖啡舀进马克杯里。那个马克杯。他从她身后袭击了她——用围巾勒住她的脖子，并确保围巾上的结压住了她的气管。等她失去意识，他把她拖到起居室，在地毯的纹路上留下了浅痕。

他拿胶带绑住她的手脚，小心翼翼地剪下胶带，并把落在地上的胶带碎片清理掉。接着，他把塑料垃圾袋套到她头上。在某个时刻，她恢复了意识，睁眼却只看到了黑暗。那时，她已经离死亡不远了。

一阵攻心的怒火逼得我睁开眼睛。我看到浴室镜子里的自己——一张绝望的脸，布满疑惑与恐惧。我跪了下来，对着马桶呕吐，下巴狠狠地撞在了马桶垫上。接着，我踉踉跄跄地走出门，进了主卧。窗帘被拉上了，床单被褥又皱又乱。我的目光被废纸篓吸引，里面有六张皱皱巴巴的白色纸巾。一些记忆浮上脑海。

我在纸篓里翻找起来，把纸巾拿走。我望向房间的各个角落。我碰过那盏台灯吗？我碰过牙刷和门吗？我碰过窗台吗？栏杆呢……？

一切都变得不可理喻起来。我不可能给整个犯罪现场消毒。房子里上上下下都有我的痕迹。她摸过我的头发。我睡过她的床。我往酒杯里倒过红酒，用马克杯喝过咖啡。我碰过电灯开关，碰过CD盒，我的天，我们甚至还在她沙发上做过。

电话响了。我的心几乎跳出了胸膛。我不敢接。绝对不能让人知道我在这儿。我静静等待，听着铃声响个不停，甚至有些希望埃莉萨会突然动一动身子，然后说："能麻烦去接一下电话吗？可能挺重要的。"

铃声停了。我呼出一口气。我该怎么办？报警？不行！我必须离开这里。但同时，我也不能把她扔在这里不管。我必须告诉某人。

我的手机响了。我笨手笨脚地从夹克口袋里摸出手机，两手并用才把手机拿稳。我不认得这个号码。

"是约瑟夫·奥洛克林教授吗？"

"是谁？"

"这里是伦敦警察厅。有人向我们报警，称有歹徒闯入了拉德布鲁克格罗夫的一处住所。报警人留下这个手机号码作为联系电话。请问是您吗？"

我喉咙一紧，连一个元音都发不出来。我嘟囔了些什么我根本不在那附近之类的话。不行，不行，这么说还不够！

"抱歉，我听不清你说话。"我口齿不清地说，"你之后再打过来吧。"我挂掉电话，惊恐地盯着空白的屏幕。我的脑袋里有某个声音在吼叫，声音大得我根本听不清自己在想什么。这吼叫声一直埋伏在我脑内，声音慢慢变大，而此刻，它已成了隆隆轰鸣，仿佛一列货运列车开进隧道。

我必须离开这里。跑！我一步两级阶梯，朝楼梯底跑去，结果摔了一跤。跑！我抄起埃莉萨的车钥匙，什么都不想，只想要新鲜的空气，某个遥远的彼方，还有上天的恩赐，能让我安然睡去。

第十四章

破晓前一小时，雨水涤荡着马路，阵阵雾气在毛毛细雨间时隐时现。我偷了埃莉萨的车，但我根本没把这放在心上，如何用毫无用处的左脚踩离合才是燃眉之急。

开到雷克瑟姆附近，我把车停进一条泥泞的乡村小道上，睡着了。埃莉萨的模样一次又一次划过我的梦境，就像一次又一次扫过矮树篱的车前灯。我看到了她发紫的嘴唇，圆睁的双目，那双一直紧紧盯着我的眼睛。

问题和疑惑在我脑海中回环往复，仿佛有根针卡在了凹槽里。可怜的埃莉萨。

“好好担心你的不在场证明吧。”乔克是这么说的。他这话是什么意思？就算我以前能证明凯瑟琳不是我杀的，当然我现在证明不了了，除此之外，他们也会把埃莉萨的死怪罪在我头上。他们现在就要来抓我了。我能想象，警察排着长长的队列穿过田野，手里牵着德国牧羊犬的狗绳，骑着马追捕我。我跌跌撞撞地掉进沟里，又爬上堤岸。荆棘撕破我的衣服。牧羊犬步步紧逼。

车窗上传来“嗒嗒”的敲击声。我什么都看不见，只见到一束亮光。我眼睛里像是进了沙砾，身体因寒冷而僵硬。我摸到把手，摇下车窗。

“抱歉吵醒你了，先生，但你把路堵住了。”一个戴着羊毛帽的灰白脑袋透过窗户望着我。一只狗在他身后吠叫，我的车后面停了一辆拖拉机，我能听到引擎发出的“突突”声。

“千万别在这儿睡过去，这天可太冷了。”

“谢谢。”

面前是灰蒙蒙的云、生长不良的树，还有空旷的田野。太阳已经出来了，但没能带来多少暖意。我倒出车道，望着拖拉机穿过一扇大门，摇摇晃晃地开过地上的水洼，朝一座毁了大半的谷仓驶去。

我把发动机挂到空挡，暖风调到最大，打电话给朱莉安娜。她已经起床了，刚刚运动完，轻轻喘着气。

“你有没有把埃莉萨的地址告诉乔克？”

“没有。”

“那你有没有跟乔克提过她的名字？”

“你问我这些干什么，乔？你听起来很害怕。”

“你有没有跟他说过什么？”

“……我完全不知道你在说什么。你别再疑心我了……”

我在朝她大吼大叫，想让她听我说话，却把她激怒了。

“别挂！别挂！”

太晚了。就在她断线前一秒，我朝手机吼道：“埃莉萨死了！”

我按下重拨。我手指僵硬，几乎没拿稳手机。朱莉安娜立刻接了电话。“什么意思？”

“有人杀了她。警察会觉得是我干的。”

“为什么？”

“我找到了她的尸体。我的指纹，还有天晓得什么乱七八糟的东西在她公寓里到处都是——”

“你去了她的公寓！”她的声音里透露出不信任，“你去她的公寓干什么？”

“听我说，朱莉安娜。现在已经有两个人死了。有人想栽赃嫁祸到我头上。”

“为什么？”

“我不知道。我现在就想搞清楚这件事。”

朱莉安娜深吸一口气。“你把我吓到了，乔。你听起来像个疯子。”

“你没听到我跟你说了什么吗？”

“去找警察。把发生的事告诉他们。”

“我没有不在场证明。我是他们唯一的嫌疑人。”

“那就去找西蒙。求你了，乔。”

她哭着挂了电话，这次把电话从听筒上拿了下来。我打不通了。

上帝翘首以盼的私人医师穿着晨衣，拉开了门。他一手拿着报纸，满面怒容，专门用来吓跑不速之客。

“我还以为是那些该死的唱圣诞颂歌的人。”他咕哝道，“真是受不了他们。没一个唱得准。”

“我以为威尔士人很会唱诗。”

“又是不知道哪个浑蛋传的谣言。”他看了眼我身后，“你的车呢？”

“我停在街角了。”我撒了个谎。我把埃莉萨的甲壳虫停在了当地的火车站，最后半英里路我是走过来的。

他转过身去，我跟着他穿过走廊，走去厨房。他脚上破旧的室内拖鞋拍打着他白得像粉笔的脚踝，发出“啪啪”的声响。

“妈呢？”

“她很早就起了，出去参加什么抗议集会。她快变成一个他妈的左派分子了——永远抗议，抗议，抗议。”

“挺好的。”

他发出一声嘲笑，显然不赞成我的话。

“花园挺漂亮的。”

“你应该去后面看看，花了他妈的一大笔钱，等你妈回来，肯定会拉着你去参观。电视上那些他妈的生活节目应该通通禁掉，说什么给花园‘化妆’啊，什么‘突击清理’后院啊——真想扔个炸弹炸死他们。”

虽说我没打招呼就来到他家门口，见到我，他却一点也不惊讶。他可能以为我妈跟他提过，但他没听到。他给水壶装满水，倒掉茶壶里泡过的茶叶。

桌布上点缀着各个假日收集回来的零碎杂物，有从圣马克十字街买回来的茶罐，有从康沃尔郡带回来的果酱罐。那把银禧匙是他们受邀参加女王的花园派对时，白金汉宫送的礼物。

“要鸡蛋吗？家里没培根了。”

“鸡蛋就够了。”

“你想做煎蛋卷的话，冰箱里有些火腿。”

他跟着我在厨房里走来走去，不停地猜我需要什么。他的晨衣用一根流苏绳系在腰间，眼镜用一根金链子夹在口袋里，防止弄丢。他知道我被捕的事，可为什么他什么都不说？这是他说“我怎么跟你说来着”的大好时机。他可以把这事怪在我的职业选择上，告诉我，如果我当初选择做医生，这些事就不会发生。

他坐在桌边，看着我吃东西，偶尔抿一口茶，把《泰晤士报》翻开又合上。我问他还有没有打高尔夫。他说已经三年没打过了。

“外面是不是停了一辆新的奔驰车？”

“没有。”

沉默似乎在延展，但好像只有我觉得不舒服。他坐在那儿读报纸头条，偶尔从报纸的顶端瞥我一眼。

在我出生前，这座农场住宅就一直是我们家的。在我父亲半退休的大部分时间里，这儿是我们的度假屋。他在伦敦和加的夫还有别的房子。如果受邀去其他地方做访问学者，他就住在教学医院和大学提供的住所。

当初他买下农场住宅时是九十英亩地，但他把大部分地都租给了隔壁的奶牛场农民。主楼是用当地石料建的，天花板很低，房子角度很古怪，地基已有超过一个世纪的历史了。

我想在母亲回家前洗个澡。我问父亲能不能借我一件衬衫，或许再借一条裤子。他带我去看了他的衣柜。床的一边放着一件折得整整齐齐的男士运动服。

他注意到我的目光。“我和你妈有时会去徒步旅行。”

“我都不知道。”

“这几年才开始的。如果天气不错，我们就早起。斯诺登尼亚的一些步行道走起来很舒服。”

“我听说过。”

“能锻炼身体。”

“不错啊！”

他清了清喉咙，去找一条新毛巾。“我觉得你只想冲个澡，不想泡澡。”他这话把淋浴说得像是一种新奇时髦但不忠的行为。真正的威尔士人会用锡澡盆泡澡，面前还要烧着煤火。

我把脸伸进水中，听着水流从耳边流过的声音。我想冲掉过去几天的污秽，淹没我头脑里的声音。这一切都始于一种疾病，一种化学失衡，一种令人困惑的神经紊乱。这个病感觉更像癌症——一群野生细胞感染了我生命的每个角落，每秒成倍增长，紧紧依附在新宿主身上。

我躺在客房里，闭上眼睛。我只想休息几分钟。风拍打着窗户。我闻到了湿泥土和煤火的气味。我依稀记得，父亲给我盖了一条毯子。也许那是个梦。我的脏衣服挂在他的胳膊上。他伸手摸了摸我的额头。

没过多久，我听到汤匙撞击杯子内壁的声音，还有母亲从厨房传来的说话声。还有一个声音——几乎同样熟悉——是父亲凿冰的声音，准备把冰放进冰桶里。

我拉开窗帘，望着雪花飘落在远处的山丘上，最后一抹霜冻从草地上消融隐去。或许，我们会过一个白色圣诞节——就像查莉出生那年一样。

我不能再在这里待下去了。一旦警方发现了埃莉萨的尸体，他们就能把线索联系在一起。他们不会再等我出现，而是会直接来抓捕我。警察首先搜查的地方肯定包括这里。

尿液喷射进马桶。父亲的裤子太大了。我系紧腰带，口袋那里的布料都挤到了一起。我蹑手蹑脚地穿过走廊，他们没有听到我的声音。我站在门口，望着他们。

和往日一样，我母亲的衣着完美无瑕，身穿桃红色的羊绒衫和灰色的裙子。年过五十后，她的腰部变胖了，再也没有瘦下来。

她在我父亲面前放了一杯茶，亲了亲我父亲的头顶。“看看，”她说，“我的长筒袜上又有抽丝了。这已经是这周第二双了。”他用手搂着她的腰，轻轻捏了她一下。我一阵尴尬。我不记得他们以前这么亲密过。

我母亲看到我，吓了一跳，责备我“不声不响地进来”。责备完，她又对我的衣服大惊小怪。她说，那裤子大得她都穿得下。但她没有问我自己的衣服去哪儿了。

“怎么回来也不和我们说一声？”她问，“我们担心死了，特别是看到报纸上那些可怕的新闻之后。”她把小报这东西说得跟地毯上起的湿软的毛球一样引人注目。

“但是啊，至少风波已经过去了。”她一本正经地说，仿佛要给最近这段插曲画上一条终止线，“当然了，这几天我就不去桥牌俱乐部了，不过我敢说，人们肯定很快就会忘记这件事。格威妮丝·埃文斯现在肯定在自鸣得意，真是让人受不了，她肯定以为你出了事，她就不再是众矢之的了。她的大儿子欧文跟她的保姆私奔了，扔下了他可怜的妻子和两个嗷嗷待哺的小男孩。现在啊，长舌妇们找到新的谈资喽。”

我的父亲对我们的谈话充耳不闻。他在看书，鼻子凑得很近，仿佛要把书上的字吸进鼻腔。

“来，我带你看看花园，咱家花园现在漂亮得不得了。答应我，春天花开的时节一定要回来看看。咱们有自己的温室，马厩还换了新的木瓦顶，再也不会像以前那样潮湿了。还记得那味道吗？老鼠都在墙壁后面筑窝了。臭死了！”

她拿起两双雨靴。“我不记得你穿多少码了。”

“没事，穿得下。”

她让我去借穿父亲的蜡棉布雨衣，在我前面带路，沿屋后的台阶走到小路上。池塘结冰了，颜色像清汤，四周的风景都被蒙上了一层珍珠般的灰色。她指了下一旁的干石墙，它在我小的时候就塌了，如今又被人搭了起来，像一幅三维拼图，稳稳地矗立在地上。新的温室依墙而筑，温室装有玻璃镶板，内部框架是用新近加工好的松木造的。支架台和弹簧篮上摆满了盛放幼苗的托盘，它们悬在天花板上，表面覆盖着苔藓。她拨动一个开关，一阵细雾涌入空气。

“快来看看旧马厩。我们已经把垃圾清理掉了。我们可以把它改造成老人套间。我带你进去看看。”

我们沿着菜地和果树间的小路走去。母亲还在说话，但我只是漫不经心地听着。我能看到她灰白头发间隙下的头皮。

“抗议集会进行得怎么样？”我问。

“还算顺利。我们召集了超过五十个人。”

“抗议什么？”

“我们想让那个该死的风力发电厂停建。他们想把电厂建在山脊上。”她往山那边的方向一指，“你听过风力发电机的声音吗？那噪声太恐怖了。叶片旋转，空气哀号。”

她踮起脚，把手伸到马厩门上面拿藏好的钥匙。

胸闷的感觉又来了。“你刚说了什么？”

“什么时候？”

“就刚刚……‘空气哀号’。”

“噢，我说的是风车，它们会发出那种恐怖的声音。”

她拿着钥匙，钥匙系在一小块木雕上。我下意识伸出手，抓住她的手腕，把她的手翻转过来，手上力气大到逼得她张开了手指。

“这句话是谁告诉你的？”我的声音在颤抖。

“乔，你弄疼我了。”她盯着钥匙环，“是博比告诉我的。他就是我和你说的那个年轻人。是他帮忙把石墙搭好，把木瓦顶铺到马厩上的。他还帮咱们造了温室，里面的东西也是他帮忙种的。非常勤劳的一个年轻人。他带我去看了风车……”

有那么一瞬，我感觉自己在向下坠落，但什么都没有发生。仿佛有人抓住大地，倾斜了一下，我一个趔趄，抓住门框。

“什么时候的事？”

“他和我们住了三个月，过了一个夏天——”

“他长什么样？”

“这话怎么说才比较得体呢？他个子很高，不过可能有一些超重，是个大块头。为人很友好。他只需要我们给他提供膳宿。”

真相终于大白，它不是一盏照亮前路的明灯，也不是一桶将人泼醒的冷水。它就像白地毯上的红酒渍，像胸部X光片上的黑影，缓缓渗入我的意识。博比知道关于我的事情，而我以为那只是巧合，没有重视。老虎和狮子、查莉画的鲸鱼、格雷西姨婆……他知道凯瑟琳的事，知道她是怎么死的。读心者，跟踪狂，在烟雾中消失又出现的中世纪魔法师。

但他怎么会认识埃莉萨？他看到我们一起吃午饭，在她回家的路上跟踪她？不。我那天下午见过他。那天他准时来了我的诊所。也就是那天，我在运河跟丢了他——埃莉萨的家就在运河附近。

“No comprenderas todavia lo que comprenderas en el futuro.”此刻的你不会明白你终将明白的事情……

我猛地跑开，绊了一跤，笨拙地摔倒在小路上。我爬了起来，一瘸一拐地朝房子跑去，母亲问我为什么不去看马厩，我也没有理会。

我冲进门，撞到了洗衣房的墙上，往后一退，打翻了架子上的一个洗衣篮跟一盒洗衣粉。母亲的一条内裤掉在我的靴子尖上。离这儿最近的电话在厨房。响了三下后，朱莉安娜接了电话。我没有给她说话的时间。

“你说有人在监视房子。”

“挂电话吧，乔，警察在到处找你。”

“你见到过谁吗？”

“挂电话，打给西蒙。”

“求你了朱莉安娜！”

她听出了我声音中的绝望，我知道，她也同样绝望。

“你见到过谁吗？”

“没有。”

“被D. J. 赶出房子的那个人呢——他看到那个人的样子了吗？”

“D. J. 没有追得那么近。”

“上你西班牙语课的学生里有没有一个叫博比的，罗伯特或者鲍勃的？很高，戴眼镜。”

“确实有一个叫博比。”

“他姓什么？”

“我不知道。有一晚我送他回家了。他说他以前住在利物浦——”

“查莉在哪儿？赶紧带她离开房子！博比想伤害你。他想惩罚我……”

我努力想和她解释，但她不停地问我为什么博比会做那样的事，这是一个我回答不上来的问题。

“没有人能伤害我们，乔。街上到处都是警察。今天我去超市的时候，一个警察还一直跟着我。他有点不好意思，于是我让他帮忙拎了购物袋……”

我忽然意识到，或许她是对的。对她和查莉来说，家就是最安全的地方，因为警察在监视她们……等待着我。

朱莉安娜还在说话：“打给西蒙，拜托了。别做傻事。”

“我不会的。”

“答应我。”

“我答应你。”

西蒙家的号码印在他的名片后面。他接电话的时候，我隐约听到了帕特里夏的声音。他在和我姐姐睡觉。为什么这感觉怪怪的？

他的声音变成了低语，我听到他把电话拿到了更隐蔽的地方。他不想让帕特里夏听到我们的对话。

“周四那天，你和谁一起吃午餐了吗？”

“埃莉萨·韦拉斯科。”

“你和她一起回家了吗？”

“没有。”

他深吸一口气。我知道他要说什么了。

“埃莉萨死在了她的公寓里，被人用垃圾袋闷死了。警察来抓你了，乔。他们有逮捕令，他们会以谋杀罪逮捕你。”

我的声音尖厉而颤抖。“我知道是谁杀了她。凶手是我的一个病人——博比·摩根。他一直在监视我……”

西蒙没有听我说话。“我需要你去最近的警察局自首。到了打给我。我没到之前，不要说任何话——”

“可博比·摩根呢？”

西蒙的声音更加坚定了。“你必须照我说的去做。警方拿到了DNA证据，乔。他们手上有你留下的精液痕迹，几缕头发；他们还在浴室和卧室发现了你的指纹。周四下午，一个出租车司机在离谋杀现场不到一英里的地方接你上车。他还记得你。你在一家酒吧外面拦下了他的车，那家酒吧就是凯瑟琳·麦克布赖德失踪的酒吧——”

“你想知道十三日那晚我和谁在一起。我告诉你，就是埃莉萨。”

“嗯，但能为你做不在场证明的人已经死了。”

这句直言不讳的话堵住了我的嘴，我不再试图说服他。他把事实一件又一件地摆出来，无一不揭示出我处境之绝望。连我的否认听起来都空洞无比。

我的父亲穿着他的运动服，站在门口。他的身后是客厅，窗帘敞开，我看到有两辆警车已经开上了车道。

卷三

Book Three

在灵魂最深处的黑夜，日复一日，

永远是凌晨三点。

F. 斯科特 · 菲茨杰拉德[①]

《崩溃》

---

① 20世纪美国著名作家、编剧，代表作有《了不起的盖茨比》《夜色温柔》。《崩溃》是一部自传性随笔集，收录了一系列自我剖析、反省的散文。

第一章

穿着雨靴跑步时，三英里是一段很长的路。倘若跑步时，袜子还溜到了足弓底下，挤成一个球，让你跑起步来像一只企鹅，那路就变得更长了。

我吃力地穿过泥泞的羊肠小道，在岩石间跳跃，沿着一条部分结冰的小溪，穿过田野。虽说靴子穿得难受，但我步子也不慢，只会偶尔回头看一眼。此刻，我的身体在机械式地往前跑。如果我停下脚步，我就完了。

童年时的假期，我天天探索这些田野。哪里有树林，哪里有小山，哪里是钓鱼的最佳地点，哪里可以藏身，我都知道得一清二楚。埃瑟温·琼斯十三岁生日那天，我在她叔叔谷仓的草棚里吻了她。那是我第一次与人舌吻，下面立刻硬了起来。她把舌头伸了进来，接着发出一声尖叫，狠狠地咬了一口我的下唇。她当时戴着牙套，嘴巴长得和詹姆斯·邦德电影里的反派“大钢牙”一模一样。我的嘴唇起了两周血泡，不过还是值了。

跑到A55号公路后，我溜到一座桥的混凝土桥塔下，沿着小溪继续前进。河岸越走越陡峭，我两次斜着滑进水里，压碎了溪边的薄冰。

我来到一座约莫十英尺高的瀑布前，抓着草丛和岩石爬了上去。我的膝盖上沾满了泥，裤子也湿了。我又往前走了十分钟，躲到一排栅栏下，找到了一条专门给乡村里的闲游者走的路。

我的肺疼了起来，但我的头脑很清醒，清醒得如同冰冷的空气。我不在乎自己是生是死，只要朱莉安娜和查莉安全就好。我感觉自己就像一块抹布，被一只狗叼过来叼过去。有人在玩弄我，想把我撕成碎片：我的家庭、我的生活、我的事业，都逃不过他的魔掌……为什么？这太扯了。这感觉就像读镜面文字——一切都颠倒了。

我又往前走了一百码——穿过一座农场大门——走上了去往兰霍斯的路。狭窄的柏油碎石路两边围着矮树篱，这条路被农场大门和坑坑洼洼的小道截成了好几段。我朝远处的教堂尖顶走去，一路上紧贴沟渠而行。低洼处积聚了几片薄雾，像一摊溅在地上的牛奶。有两次，我听到身后有车开来，赶紧跳下路边。第二次开来的是一辆警车，警犬在网罩窗户后吠叫。

这里似乎是一座人烟稀少的村庄，村里只有一家咖啡馆开着门，还有一家房地产代理机构，门上写着“十分钟后回来”。几家窗户里装饰着彩灯，广场上有一棵圣诞树，正对着战争纪念馆。一个遛狗的男人朝我打了个招呼。我的牙齿紧紧地咬在一起，根本无法回应。

我看到一张公园长椅，坐了下来。我的防水夹克冒着蒸汽，膝盖沾满血污，手掌伤痕累累，指甲血流不止。我想闭上眼睛思考，但我必须保持警惕。广场周围的房子像极了故事书里的乡村小屋，围着尖桩篱栅和熟铁铸的藤架，每家每户的前门上都用花体威尔士语写着名字。在广场最高处，白色彩带缠绕着教堂的栏杆，湿漉漉的彩纸粘在台阶上。

威尔士人的婚礼和葬礼无甚差别。开的车是一样的，买的花是一样的，都在同一座教堂大厅里举行，拿古式茶壶的也是同一个胸部硕大，身穿宽大花裙和护腿长袜的女人。

时间一分一分过去，寒意钻进我的四肢。一辆破旧的路虎开进广场，绕着公园缓行。我望着那辆车，凝神等待。没人跟在后面。我站了起来，腿脚僵硬，被汗水打湿的衬衫紧贴着我的后腰。

年久失修的车门“嘎吱嘎吱”地打开。我迅速坐了进去。一块巨大的海绵垫子盖住了生锈的弹簧还有破破烂烂的乙烯基塑料。父亲费了好大力气才换到一挡，完全不在状态的发动机冒出了一连串“嘎嘎嘎”和“丁零当啷”的声音。

“这辆破车！几个月没开过了。”

“警察呢？”

“他们在搜索田野。我听说，他们在火车站找到了一辆车。”

“你是怎么把他们打发走的？”

“我和他们说，我有一台手术。我用奔驰换了这台路虎。感谢上帝，它还开得动。”

每次开过水洼，水就会像喷泉一样，从地板上的一个洞涌进来。弯弯曲曲的路在山谷间起起落落。西边的天空渐渐晴朗，云影乘着凉爽的微风，掠过大地。

“爸，我惹大麻烦了。”

“我知道。”

“我没杀人。”

“我也知道。西蒙怎么说？”

“他说我应该去自首。”

“听起来像是不错的建议。”

但紧接着，他又说，我肯定不会去自首，不管他说什么都无济于事。我们沿着康威谷，驶向斯诺登尼亚。稀疏的林地取代了田野，远处是更加茂密的森林。

山路蜿蜒穿过树林，俯瞰山谷的山脊上有一座大庄园。庄园铁门紧闭，门上贴着“待售”的告示牌。

“那里以前是一座酒店。”他说着，依旧望着前路，“我带你妈去那里度了蜜月。当时那座酒店气派得不得了，每周六下午都有很多人去参加茶会，酒店还有自己的乐队……”

母亲以前和我说过这段往事，但我从未听父亲说过。

“……我们借了你舅舅的奥斯汀赫利车，去旅游了一周，就是那个时候，我找到了咱们家那座农场。那时，房子还不出售，我们只是停下来买了些苹果。我们总是走走停停，因为你妈腰老疼。累得走不动了，你妈就拿个垫子垫着，坐在崎岖的路上。”

他咯咯地窃笑，我这才反应过来。母亲性生活方面的事我实在没兴趣了解，但我还是跟着他笑了起来。过后，我跟他讲了我朋友斯科特的故事，他在希腊办婚宴，结果在舞池上把他的新娘弄晕了。

“怎么弄的？”

“他想给她表演一个空中翻转，结果把她扔出去了。她醒来的时候已经在医院了，连自己在哪个国家都不知道。”

父亲笑了，我也笑了起来。这种感觉好极了。不仅如此，当我们笑过之后陷入沉默，却不觉得尴尬时，这种美妙的感觉又加深了一层。父亲用眼角瞟了我一眼。他想和我说些什么，却不知该如何开口。

我记得他给我做过“成年礼”演讲。他说，他有些重要的事要和我说，于是带着我去邱园散步。这件事非同寻常——和父亲共度的时光——令我豪气万丈。

那时，父亲开口磕磕巴巴地说了好几句话，却始终没有进入正题，每次都是话到嘴边又缩回去了，似乎在拖延时间。等他终于讲到性交，要我做好保护措施时，我正在他身边跑来跑去，一边努力听清他说的话，一边防止帽子从头上掉下来。

此刻，他的手指紧张地敲打着方向盘，仿佛要把想说的话用莫尔斯电码发给我。他开始跟我讲一个有关“选择、责任与机会”的故事，情节晦涩难懂。我实在不知道他想表达什么。

最后，他和我讲起了他以前在大学读医的事。

“……后来，我读了两年行为科学。我想主攻教育心理学方向……”

等一下！行为科学？心理学？他严肃地瞥了我一眼，我意识到，他不是在开玩笑。

“……我的求学选择被我的父亲发现了。他是大学委员会成员，不仅如此，他还是副校长的朋友。他专程来找我，威胁我说，要断了我的生活费。”

“那你怎么办？”

“我遂了他的愿，成了一名外科医生。”

我还没来得及问下一个问题，他就抬起手，示意我不要打断他。

“我的职业生涯一早就被规划好了。实习、终身职位、委任，通通都是安排好的，我去做就行。有人帮我开后门，帮我批准晋升……”他的声音低了下来，变成窃窃私语，“我觉得，我想说的是，我为你骄傲。你一直坚持己见，做了自己想做的事情。你的成功是你靠自己的双手赢回来的。我知道，我不是一个惹人爱的老爸，乔，因为我从未回报过爱。但我一直爱着你。我永远会做你的后盾。”

他把车停到路边的停车带，下了车，没有熄发动机，从后座拿下一个袋子。

“我只能帮你带这么多东西。”他说着，打开袋子，给我看里面装的东西：一件干净的衬衫，一些水果，一个保温瓶，我的鞋子，还有一个装着几张五十英镑钞票的信封。

“我还顺便把你的手机拿来了。”

“电池没电了。”

“这样啊，那就用我的吧。反正我也从来不用那该死的东西。”

他等着我坐到方向盘后边，然后把袋子扔到副驾驶座上。

“他们肯定不会发现这台路虎不见了……至少短时间内不会。这车连注册都没注册过。”

我扫了眼风挡玻璃的底角，玻璃上贴着一块啤酒瓶的标签。他窃笑道："这车我平时只会绕着田野开一开，跑几圈对车好。"

"你怎么回家？"

"搭便车。"

我怀疑他这辈子都没在路上伸过拇指拦便车。不过，我又知道什么呢？他今天真是叫我吃惊不断。他的样子还像我的父亲，可同时，他似乎又变成了另一个人。

"祝你好运。"他说着，手从车窗里伸了进来，跟我握了握手。如果我们现在都站在车外，这个握手或许就会变成拥抱。我喜欢这个想法。

我费力地给这台路虎挂上挡，把车开到沥青路上。透过后视镜，我看到他站在路边。我回想起当年格雷西姨婆去世，我暗自伤心时，他和我说过的一句话。

"记住，约瑟夫，你一生中最黑暗的时刻[①]，只会持续六十分钟。"

警察会沿着我在溪边留下的足迹追查我的行踪。路障用不了多久就能安排好。但愿我的位置不在他们画的警戒线范围内。不过即便如此，我也不知道我还剩多少时间。到了明天，我的大头照肯定会登上各大报纸和电视。

我的身体终于能缓一缓了，换思绪加速飞转。我决不能按照他们的期望行事，相反，我要虚张声势，加倍虚张声势。这就是那种所谓"他知道我知道他知道"的情境，博弈双方都要预测对手的下一步动作。我要同时考虑两边的想法：一边是一个暴跳如雷的警察，这个警察觉得我像愚弄傻瓜一样愚弄了他；另一边是一个虐待狂杀手，这个杀手知道如何接近我的妻女。

路虎的发动机每隔几秒就会熄一次火。我差点找不到四挡的位置，就

① 英语中hour兼有"时刻"和"小时"两种含义。

算找到了，也要用一只手一直按住变速杆，才能让它保持在四挡。

我把手伸到后座，去摸手机。我需要乔克的帮助。我知道我在冒险，毕竟他是一个爱撒谎的浑蛋，但我能信任的人已经不多了。

他接通了电话，动作笨拙，好不容易才拿稳手机。我听到了他的咒骂声。“为什么总有人爱在我撒尿的时候给我打电话？”他大概在用下巴夹着手机，腾出手拉上裤链。

“你告诉警察信的事了吗？”

“说了，但他们不信我。”

“你要说服他们。你身上肯定有一些属于凯瑟琳的东西，能证明你和她上过床。”

“有，当然有。我有几张我和她的拍立得照片，好让我展示给我妻子的离婚律师。”

老天爷，他就是个自以为是的浑蛋。我没时间理会他的玩笑，心里却暗自笑了起来。看来我冤枉乔克了，他不是杀人犯。

“你转交给我的病人，博比。”

“他怎么了？”

“你是怎么认识他的？”

“我和你说过了——他的律师想让他做神经系统检查。”

“是谁推荐了我——你，还是埃迪·巴雷特？”

“是埃迪推荐的你。”

天空飘起雨点。雨刷只有慢速挡。

“利物浦有一家肿瘤医院，克拉特布里奇医院。我想知道那家医院里有没有一个名叫布里奇特·摩根的病人。她用的可能是她的原姓，布里奇特·埃亨。她患了乳腺癌，病情似乎恶化得很快。她可能是门诊病人，也有可能住在临终关怀医院。我要找到她。”

我可不是在请求他帮忙，他要是不肯帮，我们几十年的交情就要不可挽回地就此结束了。乔克支支吾吾地想找借口，结果没找到。他已经习惯逃避，除非他能在体格上压制对方，否则他就是懦夫一个。我不会给他撒谎的机会。我知道他对警方说了谎。此外，他一直对前妻隐瞒了自己的资产状况，这方面，我了解太多细节了。

他的声音尖锐刺耳。“警方会去逮捕你的，乔。”

“警方会找我们所有人算账，”我说，“你找到她之后，尽快打这个号码。”

第二章

三年级的时候，我曾在威尔士度假。我从壁炉上的瓷碗里拿了些火柴，生了个篝火。那时是夏旱之末，草地被晒得又脆又棕。我提过那年的风吗？

那一捆冒烟的小树枝，引发了一场草地大火，火焰烧毁了两道栅栏，还有一道两百年的老灌木篱墙，差点把邻居家装满冬季饲料的谷仓也点着了。我报了警，一边声嘶力竭地喊叫，一边往家跑，两颊被熏得黑乎乎的，头发还在冒烟。

我爬进马厩顶楼的角落，身子紧紧地靠着倾斜的屋顶。我知道，以父亲庞大的身躯，肯定没法爬进来抓我。我一动不动地躺在地上，呼吸混杂着灰尘的空气，听着外面消防车的警笛声。各种各样恐怖的想法塞满了我的脑子。我想象着整个农场和村庄都淹没在熊熊烈火中。他们会把我关进监狱。凯里·莫伊尼汉的兄弟因为放火烧了一节火车车厢，被送进了少年犯感化院。他进去时就很刻薄，出来之后更刻薄了。

我在顶楼待了五小时。没人喊我，没人威胁我。父亲说，我要像个男人一样，勇敢地走出来，接受惩罚。可为什么年轻男孩要像男人一样？比起父亲拿皮带抽打我的皮肉之苦，母亲脸上失望的神色更令我难受。邻居们会怎么说？

如今，监狱似乎比当年离我更近了。我能想象出，朱莉安娜隔着桌子抱着我们的孩子。“朝爸爸招招手。”她一边对他说（毫无疑问，是个男孩），一边别扭地往下拉一拉裙子，因为我身后有几十个囚犯正盯着她的大腿。

我想象着，一座红砖建筑从沥青路上拔地而起，铁门的钥匙有巴掌那么大。我看到了金属楼梯、排队等饭的犯人们、囚犯操场、招摇过市的狱警、警棍、夜壶、低垂的眼睛、封死的窗户，还有贴在牢房墙上的几张快照。

像我这样的人进了监狱，要面对怎样的命运?

西蒙说得没错，我不能再逃跑了。三年级那年的事教会了我一个道理，我不可能永远逃避。博比想摧毁我。他并不想我死。他想我死的话，我早就死了几十遍了。他想我活着，让我眼睁睁地看着他做的这一切，让我知道是他干的。

警方是会继续监视我的房子，还是会停止监视，把目光转移到威尔士?我不希望那样的事情发生。我必须确保朱莉安娜和查莉安然无虞。

手机响了。乔克找到了布里奇特·埃亨的地址，她住在兰开夏郡的一家临终关怀医院里。

“我和高级肿瘤医生聊过，他们说她最多只能活几周。”

我听到他把一包香烟上的塑料包装撕开。现在还早。或许他在庆祝。我们勉勉强强达成了一份停战协议。我们就像一对老夫妇，只认半真半假的事实，忽略掉内心的恼怒。

“你的照片上了今天的报纸，”他说，“你看起来一点都不像‘头号通缉犯’，更像个银行家。”

“我照片拍得不好。”

“报纸上还提了朱莉安娜，上面说，记者们找她采访时，她已经‘过度劳累，且十分情绪化’。”

“她叫他们去死。”

“啊哈！我也是这么猜的。”

我听到他在吞云吐雾。“这事就交给你自己处理了，乔。我一直觉得你是一个无趣的闷葫芦。讨人喜欢，但品行太端正。想不到啊，看看你现在这副样子！左拥右抱，还是一个通缉犯。”

“我没有和凯瑟琳·麦克布赖德上过床。”

“可惜了。她床技很棒啊。”他挖苦地笑笑。

“你有时真应该听听自己说的是不是人话，乔克。”

我以前居然羡慕过他这种人。看看他变成了一个什么样的人：一个右翼中产阶级沙文主义者兼顽固派的拙劣模仿者。我已经不再信任他了，但我还需要他帮我一个忙。

“我需要你跟朱莉安娜和查莉住在一起——一直到这件事结束为止。”

“你叫我离她远点。”

“我知道。”

“对不起，我爱莫能助。朱莉安娜一直不回我电话。我猜，你肯定和她说了凯瑟琳还有信的事情。现在，她在同时生我们两个人的气。”

“那你至少把她的电话打通，叫她当心，不要让任何人进家门。”

第三章

这辆路虎的最高时速只有四十英里，并且随时会因转向过度而驶向道路中央。它看起来不像一辆车，更像是个陈列在博物馆里的展品。后车超车时，纷纷向我鸣笛致意，仿佛我在开车做慈善。开这辆车逃跑最合适不过了，毕竟没有哪个通缉犯会开得这么优哉游哉。

我决定走偏僻小路开往兰开夏郡。我靠杂物箱里的一张破旧且发霉的地图认路，这张地图大概是一九六五年的产物。经过平定湖镇和伍德普兰普顿，我来到布莱克浦郊区的一间加油站，加油站几乎空无一人。我在洗手间里洗掉身上的污垢，擦去牛仔裤上的泥巴，在干手机下烘干裤子，然后换了件衣服，清洗手上的伤口。

斯夸尔斯临终医院建在乱石嶙峋的岬角上，仿佛要被充满盐分的空气腐蚀掉。医院的六角转台、拱形窗户和板岩房顶似乎在诉说着它是英王爱德华时代的建筑，但医院旁的楼房则是新建的，而且看起来也没那么吓人。

路两边种着杨树，马路绕过医院前面，通向停车场。我跟着指示牌来到靠海一侧的保守治疗病房。走廊里没有人，楼梯几乎一尘不染。一位剃了光头的黑人护士坐在玻璃隔板后，聚精会神地盯着屏幕。他在打电脑游戏。

“你们这里有个病人叫布里奇特·埃亨吧？”

他低头看着我的膝盖，那块布料的颜色与众不同。

“你是家属？”

“不，我是一位心理医生。我要和她聊聊她儿子的事。”

他抬了抬眉。“原来她还有个儿子吗，没什么人来看望她。”

我跟着他走，他步伐平稳地穿过走廊，在楼梯口处转弯，打开双重门，来到室外。随意铺砌的砾石小道穿过草坪中央，花园的凳子上坐着两个百无聊赖的护士，她们正一起吃三明治。

我们走进靠近悬崖的单层附属建筑，来到一间长长的共用病房，里面摆着十几张床，有半数床位是空的。一个瘦骨嶙峋，头发掉光的女人靠在枕头上，注视着在床尾画画的两个孩子。房间另一头的电视前有位穿着黄裙子的独腿妇女坐在轮椅上，大腿上盖着一条钩编的毛毯。

两门之外的病房远端便是私人病房。他没敲门就进去了。房间里很暗。刚进门时，我只看到了病房里的机器。显示屏和刻度盘让人错以为我们的医疗技术神通广大，似乎只要用对了机器，按对了按钮，什么病都可以治好。

一位中年妇女躺在床上，她双颊深陷，身上密密麻麻地插着各种管子和导线。她戴了顶棕色假发，乳房下垂，脖子上有焦色疤痕。她身上套了件粉色衬衣，肩上披着一件破烂的红色羊毛衫。吊瓶里的液体一滴一滴地顺着管子流进她的身体。她的手腕和脚踝上有一道道黑线，看起来不像文身，因为文身颜色没那么浅，也不像淤青，否则不会那么整齐。

“别给她烟。她不能咳嗽，一咳嗽就会把管子震松。”

“我不抽烟。”

“那还好。”他从耳后抽出一根烟，叼在嘴里，“你待会儿自己出去吧。”

窗帘紧闭。我听到音乐从某处传来。过了好一会儿我才意识到，这柔和的音乐是从床边桌子上的收音机里发出来的，收音机旁还摆着一个空花瓶和一本《圣经》。

她平静地睡着，可能是因为吗啡。她的鼻子里插着一条管子，另一条连接着肚子的某处。她面朝呼吸机。

我侧倚在墙上，头靠着墙。

“这种地方让人毛骨悚然吧。”她闭着眼说。

“是的。”

我坐下来，免去她抬头看我的麻烦。她慢慢睁开眼，脸色比墙纸还白。病房略显昏暗，我们看着对方。

“你去过毛伊岛吗？”

“毛伊岛在夏威夷。”

“我他妈的知道它在哪儿。”她咳了起来，床嘎嘎作响，“我现在应该在那里，在美国。我要是生在美国就好了。”

“为什么这么讲？”

“因为美国佬懂得如何享受生活。他们生产的任何东西都是大分量的，质量还更好。别人取笑他们，骂他们自大无知，但美国佬不过是诚实罢了。他们把这种小国家当早餐吃掉，午饭前就把它们拉出去了。”

“你去过美国吗？”

她转移了话题。她眼睛浮肿，口水从嘴角溢出。“你是医生还是牧师？”

“我是心理医生。”

她讥笑道：“认识我可没什么好处，除非你喜欢葬礼。”

癌细胞扩散得很快，她时日无多了。她脸色苍白，下巴小巧，脖颈优雅，鼻翼翕动。如果她不是躺在医院里，说话再温柔些，那么她还称得上是一个魅力十足的女人。

“癌症坏就坏在，它没有症状。你能感觉到自己感冒了，能感觉到腿断了，但不照X光，不做扫描的话，你根本不知道自己得了癌症。当然了，除非你摸得到肿块。肿块谁都不能视而不见吧？摸摸看！”

“不用了。”

“别糊弄过去。你又不是什么青涩的小男孩，摸摸看。你可能想问它们是不是真的吧，大多数男人都会这么想。”

她伸手扣住我的手腕，力气大得出乎意料。我忍住没有把手抽走，她已经抓着我的手伸进了她的衬衣。“就在这儿。你摸得到吗？一开始只有豆子那么大——又小又圆。现在像橙子那么大了。六个月前它扩散到了我的骨头，现在已经到了肺。”

我的手还放在她的胸部，她抓着它触碰自己。“如果你想，跟我上床吧。”她说得很认真，“我想感受点别的东西，不想要这种……这种腐朽的感觉。”

我同情的表情激怒了她。她把我的手甩到一边，裹紧了胸前的羊毛衫，不再看我一眼。

“我要问你几个问题。”

“想都别想！我可不需要你给我加油打气。我已经接受事实，不想再和上帝讨价还价了。”

“我来这里是为了博比。”

“他怎么了？”

我还没想好问什么。我甚至不确定我在找什么线索。

“你上次见他是什么时候？”

“六年前，也可能是七年前。他经常惹上麻烦，也不听劝。反正不听我的劝。你把生命里最美好的时光奉献给孩子，他们却忘恩负义。”她说出来的句子零零碎碎，语法很糟糕，“所以，他又做了什么？”

“他被控严重伤人罪，他把一个女人踢到不省人事。”

“他的女朋友？”

“不是，一个陌生人。”

她的表情柔和了一点。“你和他聊过吧。他怎么了？”

“他很愤怒。”

她叹了口气。“我以前总觉得，医生错把别人的孩子抱给了我。他不像我，像他爸，真是丢脸。除了他的眼睛，我在他身上完全看不到我的影子。他笨手笨脚，脸圆圆的，老是把东西搞脏。他总是喜欢把手伸进一些东西中，拆开它们，研究它们是怎样工作的。有一次，他把一个好好的收音机弄坏了，电池酸液流到了我那张最好看的毯子上，流了一地毯，跟他爸一个样……”

她没说完，又继续说：“我从未感受过作为一名母亲应有的情绪。我怀疑我不是做母亲的料，但这并不代表我冷漠无情，对吧？我不想怀孕，我也不想有继子。那时我才二十一岁，天哪！”

她皱起铅笔般细的眉毛。“你想猜透我在想什么，是吧？其实很多人对别人的所想所为没什么兴趣。有时候人们假装在听别人讲话，实际上他们在等待别人讲完，好轮到自己发言，或者想着说什么好。你准备说什么呢，弗洛伊德先生？”

“我只是想理解你。”

“你跟伦尼一个德行，老是问问问，追问我准备去哪儿，什么时候回家。”她模仿起他哀求的语气，“‘你现在和谁在一起啊，亲爱的？求求你回家吧，我在家等你。’多么可悲！所以我才出此下策，我才不要余生对着他汗津津的后背说谎。”

“他自杀了。”

“我倒不觉得他有勇气自杀。”

“你知道为什么吗？”

她好像听不到我的话，兀自看着窗帘。从这扇窗看出去就是大海。

“你不喜欢这里的风景吗？”

她耸耸肩。“传闻说，这里的人都懒得把我们埋了，直接扔下悬崖就完事了。”

“你的丈夫是个什么样的人？”

她依旧不看我。“他自称发明家。真是可笑！你知道吧，如果他真的赚到了钱——得了吧，没可能的——他肯定要把钱分给别人。‘让世界富足。’他会这么说。他就是这种人：一直嚷嚷着要赋予工人权利，游走于工人阶级革命运动，到处演讲，满口道德。共产主义者才不相信天堂地狱那一套呢。你觉得他上了天堂还是下了地狱？”

“我不信教。”

“但你觉得，他应该去了某个地方吧？”

“我不知道。”

她本来用冷漠把自己武装得刀枪不入，这时慢慢地暴露出了自己的弱点。“或许我们都身处地狱，没有意识到罢了。”她顿了顿，半闭上眼，“我想离婚，他不同意。我让他再找个女朋友，但他就是赖着我。大家都觉得我很冷漠，但我比他们更会感受生命。我知道怎么寻欢作乐，我知道怎么利用上帝给我的东西。难道我因此就是荡妇了？有些人一生都在伪装，努力让别人快乐，或者为下辈子积德。我可不是那种人。”

“你指控丈夫性侵了博比。”

她又耸了耸肩。“我只是给枪上了膛，但开枪的那个人可不是我，而是你们这种人。医生、社工、学校老师、律师、帮倒忙的人……”

“我们搞错了吗？”

“法官可不这么觉得。”

“那你认为呢？”

“我认为，有时候谎言听得久了，把真相忘记也无妨。”她坐起身，按响头顶的按铃。

我还不能走。“为什么你儿子恨你？”

“我们都恨自己的父母。”

“你感到愧疚。”

她大笑，声音嘶哑，拳头紧握。铬合金架子上挂着吗啡点滴，袋子摇摇晃晃。“我才四十三岁，就快死了。我正在为自己做过的事付出代价。你呢，你敢说你付出过代价吗？”

护士来了，因被唤来而满脸不悦。一台机器的导线松了，布里奇特抬手重新接上管子，顺便对我不屑地挥了挥手。看来，我们的谈话到此为止了。

外面，天色已暗。我沿着两排树木间的路灯走到停车场。我从包里拿出保温瓶，仰头痛饮。威士忌温热似火，我想一直喝，一直喝，喝到我感受不到寒冷，感受不到手臂在颤抖。

第四章

梅琳达·科斯莫不情愿地给我开了门。对社工来说，这个点有人敲门通常不是什么好事，加之现在是周日的晚上。周末正是家庭矛盾酝酿爆发的好时候——丈夫家暴妻子，孩子离家出走。社工们更期待周一的到来。

我没有给她时间开口。“警察在找我，我需要你的帮助。”

她眨了眨眼，睁大眼睛看着我。不过她看起来很平静。她用一个大龟壳夹子将头发都别到头顶，有几缕碎发散落下来，轻抚她的脸颊和脖颈。她关上门，示意我上楼，直接去浴室。我把衣服递给她，她在门外等着。

我说，我时间已经不多了。听到我急迫的语气，她却没有任何反应。她说，洗几件衣服费不了多少时间。

我盯着镜子里一丝不挂的自己，感觉很陌生。他瘦了，不怎么吃东西就会瘦。我知道这时候朱莉安娜会说什么：“为什么我减肥就那么艰难呢？”镜子里的陌生人对我笑了。

我穿着浴袍下楼，听到了梅尔挂电话的声音。我下到厨房时，她已经开了一瓶葡萄酒，在往两个杯子里倒酒。

“你刚才打给了谁？”

“一点小事罢了。”

她躺在大扶手椅上，一只手的食指和中指夹着杯脚，手掌托着杯身。

椅子的扶手上趴着一本摊开的书，她的另一只手搭在那本书的书背上。头顶的台灯给她的眼下蒙上一层阴影，她向下弯曲的嘴唇因此显得更加严厉。

这间屋子总让我回忆起我们曾经一起欢笑的快乐时光，而如今却如此安静。博伊德的一幅画作挂在壁炉台上，另一幅则挂在对面的墙上。墙上还挂着一张他在马恩岛小路上骑摩托车的照片。

“所以你干了什么？”

“警方以为我杀了凯瑟琳·麦克布赖德，和其他人。”

“其他人？”她的一边眉毛扭成了U形。

“嗯，其他人。一个以前的病人。”

“你准备告诉我，你没有犯任何罪。”

“除非愚蠢也算犯罪。”

“那你为什么要逃跑？”

“因为有人想诬陷我。”

“博比·摩根。”

“没错。”

她抬手，说：“我不想知道这些。我给你看了他的档案，这已经给我带来很多麻烦了。”

“我们都错了。”

“什么意思？”

“我刚才和布里奇特·摩根聊过，我不认为博比的父亲性侵了他。”

“她这么跟你说了！”

“她想离婚。她丈夫不同意。”

“他留下了遗书。”

“只有一个词。”

“他的道歉。”

“没错，但他为什么要道歉？”

梅尔的声音变得冷冰冰的。“这些都是陈年旧历了，乔。放手吧。你知道的，有一条不成文的规定——永远不要回顾，不要翻案。监视我的工作的律师已经够多了，我不想再来一单……”

“厄斯金的笔记去哪里了？档案里没有。”

她迟疑了。“可能是他要求的不将笔记放入档案。”

“为什么？”

“可能是博比想看自己的档案。他有权这么做。被监护人可以查看当值社工的报告，也可以看部分会议记录。不过第三方的证词，比如医生的笔记和精神分析报告就不同了。我们需要得到专家的批准才可以公布。”

“你是说博比看过自己的档案？”

“或许吧。”她转念一想，否定了这个想法，“不过都过去这么多年了，档案里缺点什么也正常。”

“会不会是博比抽走了那些笔记？”

她生气地低吼：“开什么玩笑，乔！别多管闲事了，好好担心一下你自己吧。”

“他有没有可能看了录像带？”

她摇摇头，拒绝继续回答我的问题。我不能就这么算了，如果她不帮我，我就无法证实自己看似天方夜谭的猜想了。我一股脑地把博比身上的氯仿、鲸鱼钥匙和那些关于风车的话告诉她：博比跟踪了我好几个月，已经渗入我和周围人的生活。我语速很快，生怕她会打断我。

我讲到一半，她把我的衣服放进烘干机，给我的杯子倒满红酒。我跟着她去厨房，她打开搅拌机，搅碎温热的鹰嘴豆。为了不让搅拌机的振动声盖过我的声音，我只得把话吼出来。她往吐司上抹了一些胡姆斯酱，并佐以胡椒粉。

“这就是为什么我要找到鲁珀特·厄斯金，我需要他的笔记。就算没有笔记，他能回想起什么也好。”

“我没法继续帮你了。我受够了。”她瞄了眼壁炉上的钟。

“你在等谁？”

“没在等谁。”

“你之前打给了谁？”

“一个朋友。”

“你打给警察了？”

她犹豫了一下，“没有。我打给了秘书，如果我一小时之后没打给她，她就会联系警方。”

我看向那个钟，反过来数数离一小时还有多久。“梅尔，天哪！”

“实在抱歉。但我必须考虑自己的事业。”

“那不劳烦你了。”我的裤子和衬衫还没干透，但我还是照样拿起来，转身就走。她抓住我的袖子。“自首吧。”

我甩开她的手。“你不懂。”

我快步离开，左脚前后摇摆。我的手碰到了前门。

“厄斯金。你想找他。”她突然开口，“他十年前退休了。我最后听到的消息是，他住在切斯特附近。之前部门的同事联系过他，我们聊了……寒暄了几句。”

她还记得他的住址——哈奇米尔村的牧师小屋。我在玄关桌子上摆着的一张纸片上潦草地记下细节。左手死活不肯动，只好让右手代劳了。

倘若每个早上都像今天一样明朗就好了。阳光照在路虎破碎的后窗上，折射出的光线仿佛迪斯科舞厅里的旋转球灯。我双手一并使力，才把侧窗降下来。我看着窗外。有人把世界涂成了白色，将彩色的世界变成了黑白片。

我一边咒骂车门难开，一边使劲推开了门，费力地把脚伸到门外。空气里弥漫着泥土的气息和木柴燃烧后产生的烟尘味。我抓起一把雪，拍到脸上，想让自己清醒清醒。然后，我拉下裤链，对着树桩小便，棕色的树桩看起来颜色更深了。我昨晚开了多远？我想继续开，但是车头灯一会儿亮一会儿灭，我只好摸黑开车，结果两次差点开进了沟里。

博比是如何度过今晚的？他在寻找我，还是在监视朱莉安娜和查莉？他不会等我慢慢找到真相的，我必须加快脚步。

哈奇米尔湖边种着芦苇，湖面如镜，倒映出湛蓝的天空。我停在红白色的房子前问路。一个穿着睡衣的老奶奶给我开了门，以为我是游客，开始向我讲述哈奇米尔村的历史，然后说起了自己的故事，一直讲到在伦敦工作的儿子和一年见一次面的孙子孙女。

我一边谢过她，一边转身离开。她站在前门，看着我努力发动路虎的引擎。真是太棒了。我怀疑她可能是纸牌高手，或者擅长玩填字游戏，此时早已记下了我的车牌号，来日向警方报案的时候，她就会说："我记数字记得可牢了。"

引擎终于启动了，排气口喷出烟雾。我笑着挥挥手，她看起来很关心我。

牧师小屋的窗户和门上挂着圣诞灯饰。门前的小道旁停着好几辆玩具车，像火车一样绕成一圈，围着旧牛奶箱。小道上悬挂着一张污渍斑斑的床单，床单两端绑在一棵树上。一个男孩蹲在床单下，头顶着一个塑料雪糕桶。他用木棍指着我的胸口。

"你是斯莱特林的吗？"他咬字不清。

"什么？"

"除非你是格兰芬多的，不然你不可以进来。"他鼻子上的雀斑和烤玉米颜色一样。

一个年轻妇女打开了门。她的金发乱糟糟的，看来刚睡醒，还没来得及梳头。她感冒了。一个婴儿趴在她一侧的臀部上方，正吮着一小块吐司。

“布伦丹，不许烦人。”她疲倦地对我笑笑。

我绕开玩具车，踏进房子，看到了她身后的烫衣板。

“真是抱歉，他以为自己是哈利·波特。有什么可以帮到你吗？”

“如果您能帮到我，那就太好了，我在找鲁珀特·厄斯金。”

她脸色一沉。“他不住在这里了。”

“您知道我可以在哪里找到他吗？”

她把孩子换到另一侧，扣好衬衫上的一颗松开的扣子。“你问问别人吧。”

“这里的邻居知道吗？我有很重要的事要找他。”

她咬了咬下唇，看向远方的教堂。“好吧，如果你要见他，你可以在那里找到他。”

我转身看向外面。

“他埋在墓地里。”她意识到自己的言辞过于直白，又补充了一句，“如果你们认识，我感到抱歉。”

我一下子有点恍惚，坐在了台阶上。“我们以前是同事，”我解释道，“很久之前了。”

她回头看了一眼。“不如进来坐坐吧？”

“谢谢你。”

厨房里有一股消毒剂和粥的味道，桌椅上散落着蜡笔和纸张。她说，房子这么乱，真不好意思。

“厄斯金先生怎么了？”

“都是邻居告诉我的。那件事吓坏了村子里的每一个人。你绝对想不到竟然会发生这种事——至少在这里不会。”

“发生了什么事？”

“他们说，他是被人入室抢劫了，但我觉得这个说法根本解释不通。

有哪个抢劫犯会把老人家绑在椅子上，用胶带封住他的嘴？他过了整整两周才死。有人说他死于心脏病，不过我听说他是渴死的。那两周正是一年里最热的时候啊……”

“大概是什么时候的事？”

“八月刚过的时候。我知道有些人很愧疚，因为没人发现他失踪了。他以前会在花园里走动，绕湖散散步。教堂唱诗班的一个人来他家敲过门，读燃气表的人也来过。前门没锁，但是没人想过要进去看看。”孩子在她怀里扭来扭去，“不来杯茶吗？你脸色不太好。”

我看到她的嘴一张一合，知道她在问问题，但我完全听不进去。我面前的大地仿佛坠落的电梯般，猛然坠下。她还在讲：“……多么好的老爷爷呀，人们都这么哀叹。你可能也知道，他是一个鳏夫，妻子离世了，他也没再组建过家庭……”

我借用她的电话，两手紧紧抓住，才没把话筒摔到地上。眼前的数字模糊不清。路易丝·埃尔伍德接了电话。我遏制住自己不要大喊出声。

“圣玛丽小学的副校长——你说她因为家庭变故辞职了。”

“是的，她叫艾莉森·戈尔斯基。”

“什么时候的事？”

“十八个月前吧。她父母家里起火了，母亲死于大火，父亲严重烧伤，于是她搬到伦敦去照顾他。她父亲现在应该要坐轮椅了。”

“大火是由什么引起的？”

“警方觉得是纵火犯认错了人。有人在信箱里放了一枚汽油弹。报纸上说这起案件可能是反犹太人搞的，除此之外没有更多的信息了。”

突如其来的恐惧令我狂冒冷汗。我看着那个站在壁炉旁边的女人，她正紧张地盯着我，害怕我把什么不祥的东西带进她的家。

我又打了一个电话。梅尔马上接了电话。我没等她开口，马上问：“撞了博伊德的那个司机，他最后怎么样了？”我的声音刺耳且尖锐。

“乔，警察来过了。一个叫鲁伊斯的警探——”

“告诉我司机怎么样了。”

“司机肇事逃逸了。警方在几个街区外找到了那辆四驱车。”

“司机呢？”

“警方觉得是个嗑嗨了的少年。方向盘上有指纹，但在档案里查不到。”

“告诉我到底发生了什么。”

“为什么？这是要干什么——”

“求求你了，梅尔。”

她磕磕巴巴地把故事的开头讲完，拼命回想那天晚上博伊德是七点半还是八点半出的门，她为自己竟然忘记了这种细节而沮丧，担心博伊德会在她的记忆里慢慢淡去，最终消失。

那晚是篝火之夜，空气里有火药和硫黄的味道。小区里的孩子们兴奋得要发疯，围在荒地上用碎木料堆起的篝火旁。博伊德通常在晚上出门买烟。他和同乡喝了一杯，然后在烟酒店里买了最喜欢抽的烟。那晚他穿着荧光黄的背心，戴着一顶淡黄色的头盔，灰色的马尾辫垂到背上。他在大荷马街的交叉路口停下。

他听到汽车疾驰的声音时，可能马上转了身，甚至在被卷入前保险杠的那一刹那，可能还看到了司机的脸。摩托车被汽车撞到变形，他的身子被卡住，在底盘下被拖行了一百码。

“怎么了？”梅尔问我。我能想象出她红色的嘴唇微张，睁着怯生生的灰色眼睛。

“卢卡斯·达顿呢，他在哪里？”

梅尔冷静的声音在颤抖。“他在政府青年戒毒咨询机构工作。”

我记得卢卡斯。他染过头发，高尔夫差点[1]低，喜欢收集火柴盒和苏格兰威士忌酒。他的妻子是戏剧老师，他们会开着斯柯达车去博格诺度假，他们有两个女孩……

梅尔问我为什么要问起卢卡斯，我没回答，继续问："那对双胞胎女儿怎么样了？"

"乔，你吓到我了。"

"她们怎么样了？"

"去年复活节，其中一个女孩因摄入药物过量死了。"

这次，我抢在她前面念了一串名字：凯瑟琳·麦克布赖德、梅琳达·科斯莫、鲁珀特·厄斯金、卢卡斯·达顿、艾莉森·戈尔斯基——他们都和这起儿童保护案有关。厄斯金死了，其他人都失去了自己珍视的人。我会得到怎样的报复？我只询问过他一次。如果只是这样，他为什么要融入我母亲的生活，要上朱莉安娜的西班牙语课，还知道查莉所在的猛虎队和雄狮队的比赛……为什么他要在威尔士住上数月，帮我父母打理花园，修整畜舍？

梅尔扬言要挂我的电话。我不能让她这么快挂电话。"护理令的法律提交文件是谁整理的？"

"当然是我。"

"你说厄斯金当时在度假，那到底是谁签了那份精神分析报告？"

她犹豫了，呼吸的节奏改变了。她准备撒谎。"我忘了。"

我的语气更加坚定："是谁签的精神分析报告？"

她的下一句话直截了当，将我洞穿，直达过去。"你签的。"

"什么情况下签的？什么时候的事？"

"我把报告放在你面前，你就签了，你以为那是一份养父母授权

---

① 衡量高尔夫球员在标准难度球场打球时潜在打球能力的指数。数值越低，水平越高。

协议。那天是你在利物浦的最后一天。我们在温迪豪斯给你举办了告别酒宴。”

我内心发出哀叹，话筒仍贴在耳边。“博比的档案里有我的名字？”

“有。”

“你给我看档案之前，把它抽出来了？”

“那么久以前的事情，我以为无关紧要了。”

我不知道该怎么回答她，电话从我手中滑落。年轻的母亲把孩子紧紧地抱在怀里，将他轻轻上下摇晃，好让他停止哭泣。我走下台阶，听到她在喊大儿子进屋。没人想靠近我，我就像传染病，像瘟疫。

第五章

乔治·伍德科克[1]称时钟的嘀嗒声为机械时代的暴政。我们创造了机器，到头来却沦为机器的奴隶。我们创造了怪物，最终却生活在对它的恐惧之中——正如冯·弗兰肯斯坦男爵[2]。

我诊治过这样一位病人，他丧妻之后独居家中，越来越相信厨房桌上的时钟的嘀嗒声是人在说话，在给他下简短的指令。“上床睡觉！”“洗碗！”“关灯！”一开始，他不理会这些声音，但时钟一遍又一遍地用同样的词句重复指令。最后，他开始遵照指令生活，时钟控制了他的生活。它会告诉他什么时候吃饭看电视，什么时候洗衣服，回谁的电话……

他第一次来我诊室的时候，我问他喝茶还是咖啡。他没有马上回答，而是漫不经心地在挂钟前踱步，过了一会儿，他才转身告诉我说一杯水就好。

奇怪的是，他不想我治好他。他本可以撤走家里所有的钟，或者换成

---

① 加拿大政治人物传记及历史作家，无政府主义思想家、散文家、文学评论家。

② 小说《弗兰肯斯坦》中的主人公，一个热衷于生命起源的生物学家。他将从藏尸间偷出的尸体的各个部分拼凑成一个巨大的人体。当这个怪物终于获得生命时，他却被吓得落荒而逃。

电子表，但是他没那么干，因为他觉得，这声音令他安心，甚至宽慰。据他所说，他的妻子生前是个吹毛求疵的人，生活得很有条理，总催促他做事，给他列出清单，帮他选购衣服，为他做决定。

他不希望我让这些声音消失，相反，他想让这些声音跟着他。虽然每个房间都放了挂钟，但是他出门时该怎么办？

我建议他戴个手表，但是不知怎的，手表的声音要么不够大，要么会毫无条理地喋喋不休。我们想了很多办法，最后决定去格雷古董集市买表，他听了一小时老式怀表的声音，终于找到了一个咬字清晰的表。

于我而言，钟声是我那辆路虎故障时发出的“咔嗒”声，或者可以说是末日来临的倒计时——离子夜还有七分钟的倒计时。从前的幸福日子逐渐沦为历史，而我无法让时钟停下。

开出哈奇米尔村时，有两辆警车从我身边经过，朝我相反的方向驶去。梅尔肯定把厄斯金的住址告诉了警察。不过他们不知道我开着路虎——至少现在不知道。那位过目不忘的小老太太会告诉他们。她多半会拉着警察再讲一次自己的生平经历，这样我就有足够的时间逃跑。

我一直用余光扫视后视镜，留意是否有警车的蓝灯在闪烁。这压根不是一场高速追捕。只要我挂不到四挡，警察骑自行车都能追上我。或许我们会重现当年逮捕O. J. 辛普森的大场面——可以从直升机上拍到一条缓行的警车长龙在对我穷追不舍。

我还记得《虎豹小霸王》里的最后一幕：雷德福德和纽曼迎战墨西哥军队前还有心情说俏皮话呢。对于死亡，我并没有他们那么无畏，也不觉得在枪林弹雨中走向死亡有什么值得夸耀的。

卢卡斯·达顿住在城郊的一间红砖房里，砖房周边的小商店已被毒贩占领，被妓院取代。街上的每面白墙都有涂鸦，连民间画作和新教壁画都被涂得面目全非。涂鸦毫无色彩搭配和创造力可言，纯粹是愚蠢的恶意破坏。

马路旁，我看到卢卡斯站在梯子上，正从墙上拆下篮球筐。他的头发比以前更黑了，但腰围大了一圈，前额刻着一道道皱纹，隐没于浓密的眉毛中。

“要帮忙吗？”

他低头望着我，花了好一会儿才想起我的名字。

“这些东西都生锈了。”他一边说一边拍打螺栓。他爬下梯子，用衬衫擦了擦手，然后和我握手，同时瞥了眼前门，暴露了他此时的紧张。他的妻子肯定在里面。他们肯定已经看了新闻报道，或者听了电台。

二楼窗户里传来乐声：音乐里夹杂着一阵阵重击低音和打碟机的声音。卢卡斯随着我的视线看向二楼。

“我让她调小音量，她不听，偏偏说要大声放才好听。年轻人都这样吧，我猜。”

我记得这对双胞胎。索尼娅擅长游泳——无论是在泳池里还是在海里，她的泳姿总是那么优美。她九岁那年的一个周末，我受邀参加了他们家的烧烤聚会。当时她还宣布自己有朝一日要横渡英吉利海峡。

“从隧道过会更快。”我告诉她。

大家都笑了，索尼娅向我翻了个白眼，从那以后就不怎么待见我了。

她的双胞胎妹妹克莱尔是个书虫，患有弱视，总戴着金属框眼镜。烧烤聚餐时，她大部分时间都待在房间里，埋怨外面的人“像猴子一样大声嚷嚷”，吵到她看电视了。

卢卡斯折起梯子，抱怨道：“女孩们都不打篮球了。”

“我为索尼娅感到难过。”我说。

他就像没听到我这句话一样，把工具放进箱子里。我正准备问他索尼娅的事，他就开口谈起了她，说她在国家游泳比赛上拿了两个冠军，还创造了一个新纪录。

“尽管她训练刻苦，每天早上出门跑圈，一英里接着又一英里，但她还是觉得自己游得不够快。毕竟做得好和做得优秀之间，是存在分明的界限的……”

我没有打断他，因为我感觉到他是想告诉我些什么。然后我知道了整个故事。那时，索尼娅·达顿还不到二十三岁，为摇滚音乐节盛装打扮，和克莱尔还有大学朋友出去玩了。有人给了她一片印着贝壳图案的白色药片。她一直很注意药品安全，平时服用补品时也格外小心。那天，她整夜都在跳舞，她的心跳越来越快，血压激增，她感觉头晕目眩，心慌意乱，最后她晕倒在了一个厕所隔间里。

卢卡斯蹲在工具箱旁，仿佛丢了什么东西似的。他的肩膀在颤抖，声音沙哑，说索尼娅在医院里昏迷了三周，再也没有清醒过来。卢卡斯和妻子为是否停用生命维持系统吵了一架。他很现实，他会永远记住她在水中遨游的英姿。他的妻子骂他放弃了希望，只想着自己，没有尽力祈祷等待奇迹发生。

“从那以后，她和我之间只剩寡言片语，她连完整的一句话都不肯开口对我说。昨晚她告诉我，她在电视上看到了你的照片。我问什么，她都回答了。我们好久没这样了……”

“是谁给了索尼娅药片？警察抓到人了吗？”

卢卡斯摇摇头。克莱尔和警方描述过那个人的长相，她看过疑犯照片，警察还安排了列队辨认。

“她说他长什么样？”

“高高的，瘦瘦的，皮肤黝黑……梳着大背头。”

“他多少岁？”

“三十四五吧。”

他合上工具箱，扣上金属栓，沮丧地瞥了眼房子，没打算马上回去。拆篮球架等琐事对他来说变得重要起来，因为这可以让他变得忙碌，没时间去想伤心事。

“你还记得博比・摩根吗？”

“记得。”

“你上次见他是什么时候？”

“十四……十五年前。那时他还是个孩子。”

“在那之后就没见过了吗？”

他摇了摇头，突然他眯起双眼，好像想起了什么。“索尼娅认识一个叫博比・摩根的人。可能是同一个人。他在游泳馆工作。”

“你再也没见过他？”

“没有。”他看到客厅的窗帘被拉开了，“如果我是你，我不会继续待在这里。”他说，“她见到你的话，会报警的。”

他右手提着沉沉的工具箱，又换到了左手，看了眼篮球架。“或许得让它在这儿再待一会儿了。”

我谢过他，他匆匆进了屋。门关上了，外面一片寂静，令我离开时的脚步声显得格外响亮。我以为达顿是个自信满满、固执己见的人，在案例研讨会上更是如此，他从不听取异议。他有点像独裁者，像爱找碴的公务员，可以保证列车准点发车，却完全不懂如何与人打交道。他会想，要是他的员工和他那台斯柯达车一样忠心就好了——即使在寒冷的早上也能一下子点着火，方向盘还很灵敏。如今，他不再认为自己是个重要人物了，环境和经历让他心灰意冷。

根据他的描述，给索尼娅白色药片的人不像博比，但众所周知，目击者看走眼的情况常常发生。压力和惊恐会窜改大脑的认知，记忆是有疏漏的。博比就像一条变色龙，擅长改变身上的颜色，伪装自己，经常搬到不同的地方住，却能很好地融入环境。

格雷西姨婆以前常常背一首小诗给我听——一首政治不正确的顺口溜，叫作《十个印第安男孩》。这首诗是这么开头的：十个印第安男孩，外出去吃饭，一个被噎死，还剩九个人。九个印第安男孩，熬夜熬得深，一个睡过头，还剩八个人……

剩下的几个印第安男孩被蜂蜇，被鱼咬，被熊撕成两半，最后只剩下一个男孩，孤零零的一个人。我现在的心境和最后一个男孩一模一样。

我明白了博比在做什么，他想让我们都尝尝失去所爱的滋味——对孩子的爱，与伴侣的亲密，家庭的归属感。他想让我们承受他所承受过的痛苦，失去我们所爱的人，经历他幼年丧父的痛楚。

梅尔和博伊德是灵魂伴侣，任何认识他们的人都能看出这一点。耶日和埃丝特·戈尔斯基是纳粹毒气室的幸存者，他们住在伦敦，一起养大了他们的独女艾莉森。之后艾莉森当上教师，搬去了利物浦。消防员在楼梯脚发现了耶日，他虽然烧伤严重，但还没断气，而埃丝特则在睡梦中窒息而亡。

凯瑟琳·麦克布赖德出身于广结达官显贵的家庭，在家中是备受宠爱的孙女——她倔强任性，被重重溺爱包围，祖父更是对她关爱有加，不计较她的轻率言行。

鲁珀特·厄斯金没有妻儿。或许博比没发现他有什么重要的亲人，又或者博比一直都知道他没有亲人。厄斯金是个脾气暴躁的老头，和烧焦了的地毯一样“惹人喜爱”。我们总会帮他找借口，毕竟这么多年来，他照顾妻子也很不容易。博比没有宽恕他，而是让他苟延残喘——把他绑到椅子上——给他时间忏悔往事。

或许还有其他受害人，但我没时间把他们都找出来了。埃莉萨的死是我的疏忽，博比的阴谋我知道得太迟了。他的作案手法越来越娴熟，但我才是他的终极战利品。他本可以杀了朱莉安娜或者查莉，但他没那么做，他要让我失去所有东西——我的家人、朋友、事业、名声，最后失去我的自由。他想让我知道，他有仇必报。

分析的关键在于理解，而不是从某样东西中抽取关键词，然后缩减成另一条信息。博比曾经斥责我扮演上帝的角色。他说我这种人总是忍不住把手伸进别人的大脑里，搅和一番，然后改变别人看待世界的方式。

或许他说对了，或许我做错了，掉进了混淆因果的陷阱里。我知道承认错误远远不够，人们给自己洗白的时候总爱说，“我是为了你好”。他们带走格雷西的孩子时也是这么讲的。我也说过同样的话，“出于最良苦的用心……”“我的出发点都是为了你……”

我刚来利物浦工作的时候就接到了这种案例：一名二十岁的有智力障碍的孕妇，没有家庭支持，因生活无法自理，终生要住在社会福利机构，而我则负责决定她能不能做孩子的母亲。

我还能忆起莎伦身穿夏装的样子，布料在鼓起的肚子上有些紧绷。可以看出来她精心打理过仪表，认真地清洗过头发，再仔细地梳顺。她知道这场会谈对自己的未来有多么重要。尽管她已经很努力了，但她还是遗漏了些小细节——虽然她的两只袜子颜色相同，但长度不一，裙子侧边的拉链坏了，她的脸上还有一点口红印。

“你知道你为什么要来参加会谈吗？”

“我知道，先生。”

“我们要判断你能否照看好婴儿，事关养育孩子，责任重大。”

“我可以，我真的可以。我会做个尽职尽责的母亲，我会很爱我的孩子。”

“你知道孩子是从哪里来的吗？”

“他在我身体里长大，是上帝赐予我的。”她语气虔诚，轻柔地抚摸着自己的肚子。

这个逻辑倒也说得通。“我们来玩个‘如果’游戏，好吗？想象一下，你在给孩子洗澡，这时电话响了，孩子身上都是水，滑溜溜的。你会做什么？”

“我……我……我……会用毛巾把孩子裹起来，然后放到地板上。”

“你打电话的时候，有人敲门。你会开门吗？”

有那么一会儿，她的表情犹疑不定。“或许是消防员，”我补充道，“也有可能是社工。”

“那我开门。”她用力点点头。

“你开门了，发现原来敲门的人是你的邻居。有几个小男孩用石子砸碎了她的窗户。然而，她不得不先去上班。她希望你可以去她家里等装玻璃的工人来。”

“那些小浑蛋——总是乱扔石子。”莎伦握紧了拳头。

“你的邻居家里装了卫星电视：有电影频道、卡通频道、早间肥皂剧频道。你等待的时候要看哪个频道？”

“卡通频道。”

“你想喝杯茶吗？”

“有点想。”

“你的邻居给你留了些钱来付装玻璃的费用。五十镑。装玻璃只花了四十五镑，她说你可以自己留下零钱。”

她双眼发光。“我可以留下那些钱？”

“可以。那你要用来买什么？”

“巧克力。”

“你在哪里买巧克力？”

“超市里有巧克力卖。”

“好的，你去超市之前一般会带上什么？”

“我的钥匙和钱包。”

“没有别的东西吗？”

她摇摇头。

“你的孩子呢，莎伦？”

她脸上一副惊恐的表情，下唇开始止不住地颤抖。正当我以为她要哭出来的时候，她突然说："巴尼会看好她的。"

"巴尼是谁？"

"我的狗。"

几个月后，我坐在产房外，听到莎伦低声哭泣，她生下的男婴裹在小毯子里，即将被人带走。我把婴儿固定在后座的手提婴儿床里。看着睡梦中的婴儿，我在想，多年以后，他会怎么看待我为他做的决定？他会感谢我拯救了他，还是会怨恨我毁了他的一生？

而另一个这样的孩子选择了复仇。他传达的信息很明确。我们辜负了博比，我们辜负了他的父亲——那个男人明明是无辜的，却被我们质问性生活如何，阴茎有多长。我们为了搜查他是否藏有儿童色情作品，把他的房子和工作单位翻了个底朝天，然而我们什么都没找到。他的名字被我们录入了性犯罪者的中心索引名单，但他从未被指控，更别说认罪了。

这个不可磨灭的污点会伴随他的一生。他很难重觅伴侣。他的妻子或者女朋友都会被告知这件事。人们会认为，允许他养育孩子风险重重，让他给孩子的足球队当教练更是个鲁莽的决定。这些因素足够让一个男人自杀了。

苏格拉底——希腊的智者——被误控败坏雅典青年，并被判处死刑。虽然他本可以选择越狱，但他还是饮下了毒酒，因为苏格拉底认为灵魂比肉身更重要，可能他也有帕金森病吧。

对于误判博比父亲一事，我的确有责任，因为我也参与了这起案件的评定。我错在懦弱地选择了沉默。我没有站出来提出异议，而是一声不发。我随大溜地同意了大部分人的观点。我还年轻，工作没多久，当然，这些都不该成为错误的借口。在这起案件中，与其说我是个审判员，不如说我更像个旁观者。

朱莉安娜把我赶出家门时，骂我是个懦夫，我现在终于明白她为什么这么说了。我坐在看台上，不想被卷进婚姻或者病痛中，我时刻保持距离，因为我害怕一旦靠近就会有意外发生，于是我只想沉浸在自己的世界里。因为我不想惹上麻烦，所以在沉船前，我甚至连那冰山一角都未曾瞥见。

第六章

三小时前，我制订了一个计划。这不是我制订出的第一个计划。我又思考了其他十几个计划，从头审视它们，可惜每一个都存在致命的弱点。我真是受够了，我的聪明才智被身体的限制牢牢束缚住了，这意味着凡是包含了滑绳下楼、制伏警卫、让系统短路或者撬开保险箱的计划都是不可行的。

除了这些，我还否决了那些没有“退出策略”的计划。大部分商业活动之所以惨败收场，全因没有“退出策略”。市场上的竞争者往往鼠目寸光，毕竟残局全然没有激动人心的挑战，着实无聊，和扫尾工作没什么区别。因此，一想到残局，人们总感觉挫败，便也不想计划到那么远，结果就是要自己临场发挥，相信自己有能力在撤退时可以像进击时一样熟练。

我知道这些，是因为我有患者靠诈骗、偷窃或挪用公款为生。他们坐拥豪华的房子，送孩子上贵族学校，打高尔夫能拿到单差点[①]。他们把票投给保守党，把法律和秩序看作头等大事，因为现在社会不怎么太平了。这些人一般都能逃脱法网，更别说蹲监狱了。为什么？因为他们设想了每种结果的应对策略，安排得面面俱到。

① 差点不到两位数，表明打高尔夫的水平较高。

我坐在利物浦一个停车场最昏暗的角落里。旁边的座位上放着一个蜡纸购物袋，上面有一个打褶的绳柄，里面放着我的旧衣服。我穿着新的炭灰色裤子、羊毛衫和大衣，头发修剪得整整齐齐，胡子也刮得干干净净。双腿间还摆着一根拐杖，既然我走起路来一瘸一拐，干脆拄起拐杖来博取同情。

电话铃响了，我没认出屏幕上显示的号码，在那一瞬间，我怀疑博比是不是找到我了。我应该想到鲁伊斯才对。

“你的行踪挺出人意料啊，奥洛克林教授。”他的声音沙哑而冷静，“我以为你是那种做派呢，带着一队律师和公关人员去最近的警察局说理。”

“抱歉，让你失望了。”

“我赌输了二十镑罢了。不用放在心上，因为我们又开了一场赌局，赌你会不会被击毙。”

“现在赔率如何？”

“如果你躲过了一颗子弹，我就可以赢钱了，一赔三呢。”

我听到背景音里有车流声，他应该在高速公路上。

“我知道你在哪儿。”他说。

“你只是在瞎猜。”

“不。而且我知道你想做什么。”

“说来听听。”

“你先告诉我，你为什么要杀埃莉萨。”

“不是我杀的。”鲁伊斯深吸了一口烟，他戒烟后又重新开始吸烟了。有趣的是，我从中获得了一种满足感。“我为什么要杀埃莉萨呢？我十一月十三日那晚正是和她待在一起。她是我的不在场证明。”

“那你真是不走运。”

“她想去警察局做笔录，但我知道你不会相信她。你会挖出她过往的经历，以此羞辱她。我不想让她再经历一次……”

他的笑声和乔克差不多，好像在嘲笑我太心软。

“我们找到了铲子，”他说，“它埋在一堆叶子下面。”

他在说什么？快想想！是了，格雷西的墓旁放着一把铲子。

“分析室的同僚真让我们自豪。他们发现铲子上的泥土样本，和凯瑟琳埋尸点的土壤一样。他们还发现铲子上有你的指纹。”

怎么没完没了了？我不想知道还有什么新证据了，所以我尽力让自己的声音听起来不那么绝望，继续说服鲁伊斯。我让他回到原点，找出那份红边文件。

“他叫博比·摩根，不姓莫兰。看看那份档案，全部线索都在那里，把它们拼凑在一起……”

他没有听我说话，这件事对他来说太难理解了。

“如果在其他情况下，我倒是很欣赏你的热情，不过现在不一样了，我收集到足够多的证据了。”他说，“我找到了你的作案动机、时机和证据。如果你能像狗一样撒尿划地盘，那你必定是个佼佼者，因为你在每个角落都留下了自己的痕迹。”

“我可以解释——”

“真好！解释给陪审员听吧！这就是我们法律制度的美好之处——你有大把的机会解释你这桩案子。如果陪审团不信你，你大可上诉到最高法院，再不行，就去上议院和欧洲人权法院。你有半辈子可以用来上诉呢。等你终身监禁了，上诉也不失为一种消磨时光的方式。”

我按下“结束通话”键，关了手机。

我离开停车场，走下楼梯，来到街道。我把旧衣服和旧鞋扔到垃圾桶里，顺便把手提袋和浸湿了的酒店卡片也扔了。我走在街上，甩起拐杖，但愿我的动作看起来轻快自信。大家都出门购物了，每家店铺都有金银丝织品装饰门面，还放着圣诞颂歌。我有点想家了。查莉喜欢这些——百货商店里摆放着圣诞老人，橱窗里播放着平·克罗斯比在佛蒙特州演的老电影。

我正准备过马路，就看到路边报刊车上贴的海报——“缉捕杀害凯瑟琳的逃犯”。下面用胶带贴着我的照片。我忽然觉得，自己头上仿佛戴了个霓虹灯标志，光束直指自己。

前面有家阿德尔菲旅馆，我推开旋转门，穿过门厅。我只想加快脚步，但我控制住了自己。我心里默念：不要走太快，也别弯腰驼背，抬头，目视前方。

这座豪华的铁路旅馆历史悠久，早在蒸汽火车从伦敦隆隆驶来，蒸汽轮船朝纽约扬帆驶去的时代便已建成。这座旅馆看起来疲惫不堪，和里面的女侍者一样，她们不该站在这里，而是该待在家里，把鬈发卡夹到头发上。

商务中心在二楼。经理南希身材瘦弱，有一头红色鬈发，脖子上系着红领结，刚好和口红很配。她没问我要名片，也没查我是哪个房间的。

“有任何疑问，都可以问我。”她很热心。

“我没什么想问的，谢谢。我需要查看一下邮件。”我坐在一台电脑前，背对着她。

“其实，南希，我需要你的帮助，可以查一下今天下午有没有飞都柏林的航班吗？”

几分钟后，她念了一串航班信息。我选了傍晚的航班，然后把信用卡递给她。

“或者你可以再帮我看看去爱丁堡的航班吗？”我问。她挑起一边眉毛。

“你也知道，总公司就是这样，”我解释道，“他们总是会改来改去的。”

她微笑着点点头。

“再帮忙看看去马恩岛的渡船有没有卧铺。”

“票售出后一概不退。”

“买吧。”

我一边说着，一边搜索各大报纸的邮箱地址，把新闻编辑、首席记者和专题记者的名字列出来。我用右手一次敲击一个键写邮件，把左手压在腿下，防止它继续颤抖。

我首先列出身份证明——写上我的名字、住址、国家保险号码和任职情况。他们绝对不会把这封邮件看成恶作剧。他们会相信，我就是约瑟夫·奥洛克林——那个杀害了凯瑟琳·麦克布赖德和埃莉萨·韦拉斯科的男人。

此刻刚过下午四点，编辑们还在决定明天报纸的头版应该放什么新闻。我得改变明天的头条。我要打乱博比的步调——让他猜不透我在做什么。

到现在为止，他都抢先我两三步，甚至四步。他精心策划了这场复仇行动，并且始终有条不紊地执行。他不仅要我们分摊罪责，还要把这种行为变成艺术。虽然他很聪明，但他还是露出了马脚。毕竟，每个人都会出错。他把一个女人踢到昏迷不醒，因为她让他想起了自己的母亲。

敬启者：

这是我的供状和证词。本人，约瑟夫·奥洛克林，在此正式地、真诚地认罪，我杀害了凯瑟琳·麦克布赖德和埃莉萨·韦拉斯科。我在此向她们的家人及朋友道歉。对于信任我的人，我衷心地表示歉意。

我将在接下来的二十四小时内自首，我不会躲在律师身后，为自己造成的一切找借口。我不会谎称脑海里有另一个声音让我这么做，我没有嗑药，也没有和撒旦做交易。我本可以阻止这一切发生。无辜的人就此死去。我每小时都在愧疚中煎熬。

我列出了他们的名字。从凯瑟琳·麦克布赖德开始，我写下关于她遇害的所有信息；下一个是博伊德·科斯莫；然后我描写了鲁珀特·厄斯金死前的场景；索尼娅·达顿服用药物过量的事件；导致埃丝特·戈尔斯基死亡及其丈夫残疾的大火；最后，我写下关于埃莉萨的事情。

我不请求减刑。有的人可能想了解关于我犯罪的更多信息。如果你想了解，就请代入我的处境思考，或者找做过这种事的人。有这么一个人，他叫博比·莫兰（又名博比·摩根），他明天中午将现身中央刑事法院。他比任何人都明白受害人和犯罪者的感受。

谨上。

约瑟夫·奥洛克林

我已经考虑到各种因素了，唯独没有考虑这件事对查莉的影响。博比曾经受害于他无法左右的决定，而我正在对女儿做出同样的伤害，我的手指在“发送”键上摇摆不定，可我实在是已经无路可走了。邮件发出去了，消失在电子邮局的曲径迷宫中。

南希觉得我疯了，但还是帮我安排好了旅程，订了前往都柏林、爱丁堡、伦敦、巴黎和法兰克福的机票。除此之外，还买了伯明翰市、纽卡斯尔、格拉斯哥、伦敦、斯旺西和利兹的火车头等舱票。她还帮我租了一辆白色的沃克斯豪尔汽车，正停在楼下。

我用借记卡付了所有款项，不需要得到银行的批准。这张卡和我爸的信托账户直接关联。遗产税是他最厌恶的东西之一。我猜，鲁伊斯已经冻结了我所有的账户，但他没动这张卡。

电梯门开了，我目视前方，走出门厅。我撞上了棕榈树盆栽，才意识到越走越靠边。走路已经变成了一项需要反复调整方向的运动，就像飞机降落一样复杂。

我看到租赁的汽车停在旅馆外。下楼梯的时候，我时刻担心突然有只手搭在我的肩膀上，或者有人认出我而惊恐大叫。我摸到了钥匙。我前面有辆黑色出租车，挡住了我的路，我只好跟着车流开，时不时看看后视镜，尽力回想出城最快的路线。

红灯亮了，我停下来，看着从多层停车场出来的人们。三辆警车封住了入口的坡道，另一辆则停在人行道旁。鲁伊斯靠在打开的车门上，正对着对讲机说话，他的脸仿佛雷公，看上去怒气冲冲的。

绿灯亮了，我想象着他抬头看到我，我则像第一次世界大战中驾驶着失灵战机划过天际，向他敬礼的王牌飞行员，挣扎着活了下来，准备改日再战。

电台里播放着我最爱的歌曲之一——《跳跃的杰克弗拉士》（*Jumpin' Jack Flash*）。大学时，我曾在一个名叫“尖叫迪克·尼克松”的乐队当贝斯手。我们的演出没有滚石乐队那么好，但当时我们的名声更响。我全然不懂怎么弹贝斯，但玩这种乐器最好伪装了。我加入乐队主要是为了和女孩上床，但这种事只在主唱莫里斯·怀特塞德身上发生过。他留着一头长发，身上还文着耶稣受难的场景，而现在，他是德意志银行的高级会计。

我继续西行，驶向托克斯泰斯，把车停在煤渣和杂草堆旁的空地上。几个青少年躲在封闭的社区大厅投下的阴影里，注视着我下了车。这种豪车，他们一般也只能坐在砖堆上看看，没机会亲自享受。

我打电话回家。朱莉安娜接了电话。她的声音很清晰，让我觉得她近在身旁，不过声音已经开始颤抖。“谢天谢地！你去哪里了？有些记者一直在按门铃。他们说你是危险人物，警方要击毙你。”

我转移话题，不提警察持枪追捕我的事。“我知道是谁做的。博比要为很久以前的一件事惩罚我。不只我，他有一个名单——”

“什么名单？”

“博伊德死了。”

“怎么回事？”

“他被谋杀了。厄斯金也是。”

“天哪！”

“警察还在监视，是不是？”

“我不知道。昨天外面停着辆白色面包车。一开始，我以为是D. J. 来把中央供热系统完工，但按照约定，他明天才来。”

我听到查莉在唱歌，内心忽然一阵柔软。

警察会追踪这个电话。因为我用的是手机，他们就能用倒推法，找出是哪个信号发射塔在传输信号。利物浦和伦敦之间大概有六个发射塔。他们一个个排除，最终就能缩小搜索范围。

“别挂电话，朱莉安娜。哪怕我没有回来，也别挂电话。这很重要。”我把电话塞到驾驶座下，没拔车钥匙。我关门离开，退到阴暗的角落里，猜想他是不是还在盯着我。

二十分钟后，我来到看似被弃用的站台，刚好搭上前往城郊的列车。车厢里几乎空无一人。

此刻，鲁伊斯肯定已经查出我订了渡船、火车和飞机的票。他知道我在分散警力，但他不得不查。

前往伦敦的特快列车离开了石灰街站。警察会搜查每节车厢，但我希望他们不会留在火车上。还有一站就是埃奇山了，我在下一站下车，十点半过后搭乘前往曼彻斯特的列车。午夜过后，我又换了一辆，这辆列车开往约克郡。在大东北快车发车前往伦敦前，我还有三小时的等候时间，我坐在光线昏暗的售票厅里，看着清洁工争相挑轻活来干。

我用现金付了车票钱，选了一节人最多的车厢。我装作醉醺醺的样子走过过道，跌跌撞撞，时不时撞到人，然后嘟囔一声道歉。

只有孩子会盯着醉汉，大人都会避免和醉汉进行眼神接触，一心希望我继续往前走，找个别的地方待着。当我靠在窗台上睡着时，整个车厢的人都静静地长舒了一口气。

第七章

我小时候上的是寄宿学校，上下学都得坐火车。离开学校后，我就会拼命吃糖果和口香糖，因为查特豪斯公学禁止这类食物出现。有时候我甚至怀疑，比起泡泡糖，学校更可能允许学生携带塞姆汀塑料炸药。有个高年级学生叫彼得·克拉维尔，他一下子吃了太多泡泡糖，糖卡在了肠子里，医生只好从他的直肠进入肠子，移除堵塞物。毫无疑问，从那之后，吃口香糖的学生就少了很多。

我上学前，父亲通常会给我加油打气，谈话最后都会落在一句十个字的警告上："别让我接到校长的电话。"查莉准备上学的时候，我告诫自己，我不要成为我爸那种家长。我让查莉坐下，然后给她传授经验。那番话其实应该等她上中学，或者上大学前再讲。我一边讲，朱莉安娜一边在旁边笑，查莉不爽了。

"别被数学吓倒。"我打算用这句话结束谈话。

"为什么？"

"因为很多女孩都怕和数字打交道。她们成功地说服了自己不擅长数学。"

"好吧。"查莉回答我，其实她完全不理解我在说什么。

我不知道我还能不能看到她上中学了。在过去的几周里，我都在担心疾病会慢慢夺走我的一切。然而，在谋杀案面前，疾病显得无足轻重。

火车开进了国王十字车站，我一边缓缓地穿过车厢，一边留意站台上有没有警察。我刚好碰上了拉着大件行李箱的老奶奶，过闸机的时候，我问她要不要帮忙，她优雅地点点头。我们走到了售票亭，我问：“您的票呢，夫人？”

她眼都没眨一下就把票找出来了。我把两张票递给警卫，嘴角扯出一个疲倦的微笑。

“你不讨厌坐早班车吗？”他问。

“我一直都不习惯坐这么早的车。”我说。他把票根递给了我。

我穿过人群，走到史密斯书店的入口，外面并排摆着几沓晨报。《太阳报》的头版赫然写着：杀手的自首——“我杀了凯瑟琳”。

宽幅版面上印的都是诸如利率上调和邮政工人罢工示威的消息，凯瑟琳的案子——我的案子——则在背面。人们从我身旁经过，买完报纸继续前行。没有人对视。这里可是伦敦，人们走路时腰板挺直，表情僵硬，仿佛随时准备面对一切，又逃避一切。每个人都在赶路。不要停下，继续往前走就是了。

我大踏步向前走，穿过考文特花园，经过一家家餐馆和精品店，来到了海滨，然后左转，沿着舰队街走，在中央刑事法庭的哥特式外墙前停下。

这座法院差不多有五百年的历史了，甚至在法院建成前，即中世纪，人们都会在每周一早晨，在此地公开处刑犯人。

我站在法院对面，靠在一条小巷子的墙上。巷子通向泰晤士河。周围的家家户户几乎都有黄铜门牌。我不时看看手表，装出一副在等人的样子。身穿黑色西装和礼袍的男男女女从我面前走过，他们手中拿着文件夹和一捆捆系好的文件。

九点半，新闻工作者到场了——摄影记者和录音师来了。陆陆续续又来了一些人。部分剧照师还带了小梯子和牛奶箱。记者们聚在一起，一边小口喝咖啡，一边互通八卦和假情报。

快十点了，我注意到有辆出租车在我这边的马路旁停下。埃迪·巴雷特下了车，他看起来像有头发的丹尼·德维托①。博比跟在他后面，比他高两个头，不知怎的，博比还是设法买到了一件宽松得不合身的西装。

他们离我均不到十五英尺远。我低下头，往手心里吹了一口气。博比的大衣口袋里鼓鼓的，塞满了纸。他的眼睛是浅蓝色的。出租车内很暖，他一下车，眼镜就遇冷蒙上了一层雾。他停下脚步，擦干净眼镜。他的手很稳。记者们拦下埃迪，镜头对准了他，闪光灯就绪。

我看到博比低下了头。他太高了，低头也无法把脸藏起来。记者连珠炮似的问他问题。埃迪·巴雷特把手放在博比的手臂上，博比像被开水烫到一样，一下子躲开了。一台相机正对着他猛拍，闪光灯一闪一闪的。他没有预料到会发生这种情况，也没有应急措施。

巴雷特催促他快点走上石阶，穿过拱门。摄影师推推搡搡地往前走，其中一个被推倒在地。博比站在摔倒的摄影师旁，举起了拳头，旁边的人连忙抓住他的肩膀。埃迪甩起公文包，宛如甩着大镰刀，清出一条道来。大门关上的那一刻，我只看到博比高出众人一截的头。

我勾起一抹微笑，笑容马上又消失了，我不能把期望值抬得太高。附近的一家礼品店里摆满了棉花糖做的圣诞老人和红红绿绿的圣诞节脆饼，麋鹿挂钟的鹿鼻在黑暗中反射出光芒。我看着映在玻璃上的法院楼梯。

我能想象到里面的情形。媒体区座无虚席，旁听席站满了人。埃迪喜欢煽动群众。他会以我的行为违反了职业道德为由申请休庭，并声称他的客户因我的恶意指控而被剥夺了“自然公正原则”。他还会说，需要对博比进行精神分析，这份报告就得等上几周，诸如此类的话……

① 美国演员，导演。因身材矮小、举止夸张、语言幽默，成为一名红极影坛的喜剧大师。

当然，情况也有可能是法官拒绝了这个请求，要求马上判刑。但他更有可能批准休庭，那博比就会被释放，甚至变得比以前更加危险。

我踮起脚，前后晃动了一下，想起了那条建议——双脚别靠得太近。我刻意抬起脚，避免自己拖着脚走路。不要只遵从本能抬脚。我最喜欢的“走路建议”是想象面前有个障碍物，要抬脚跨过去，这样姿势就不会过于僵硬。我的动作可能和马塞尔·马索[①]有一拼，都像是在演哑剧。

我走完这条街，又往回走，一直盯着法院门口的摄影师。突然，大家纷纷站起来，举起了相机。埃迪一定提前约好了车。博比弯腰低头穿过人群，一屁股坐在汽车后座上。车门关了，记者们还举着相机拍个不停。

我应该预料到这种情况，本应准备得更周全些。我一瘸一拐地走到马路边，向黑色出租车挥舞双手和拐杖。它开到我面前时，忽然转弯开走了，从我身边疾驰而过，逼得后面一排车猛地刹车。第二辆出租车闪着橘色顶灯，司机差点把我碾成肉酱，所幸及时停了下来。

我让他跟紧前面那辆车，他眼皮都懒得抬一下，大概因为出租车司机经常听到这种要求。

博比坐的那辆银色小轿车在我们的前面，夹在两辆巴士和一排汽车之间。司机巧妙地左右穿梭变道，始终跟着小轿车。我知道他在偷偷看后视镜，我们一对视，他就迅速移开目光。他很年轻，大概二十出头，有一头黄锈色的头发，后颈有色斑。他的手一会儿紧握方向盘，一会儿又松开，一会儿轻敲方向盘。

“你知道我是谁。”

他点点头。

---

① 法国哑剧演员。

“我不是什么危险人物。”

他看着我的眼睛，想从中看到些什么以消除疑虑，然而我面部肌肉僵硬，“帕金森病面具”让我的表情变得冷冰冰的，仿佛一块轮廓鲜明的石头。

第八章

大联盟运河这一带的水肮脏难闻，岸边的沥青曳船道上印着道道凹痕，路面破损不平。锈迹斑斑的铁栏杆向外倾斜，看起来随时要倒下。栏杆把梯台式的后花园和水域隔开。布满涂鸦的房车不但少了一扇门，车身下面还不是轮子，而是一堆砖头。有一辆儿童三轮车一半被埋在菜地里，另一半露在外面。

博比在圣潘克拉斯站后面的卡姆利街下车后，一直没有回头。现在，我已经掌握了他走路的节奏。他经过了水闸看管员的房舍，继续往前走。煤气厂投下的阴影笼罩着南岸的废弃工厂。工厂上有复建标志，意味着这里将建成一座新的工业区。

石墙边停泊着四艘狭长的运河小船，其中三艘小船都被涂成了红色和绿色，色彩明亮，第四艘小船的船头是拖船样式的，船体为黑色，里面还有绛紫色的隔间。

博比轻轻踏上船，接着似乎敲打了几下甲板。他等了几秒，将滑动舱口盖的锁打开。他向前推开盖子，把下面的门的门闩拔掉。他走进下面的船舱，从我的视野中消失了。我躲在曳船道上被荆棘覆盖的栅栏后。一个穿着灰色大衣的女人拽着狗绳快步从我身旁走过。

五分钟过去了，博比从船舱出来，向我藏身的方向瞄了一眼。他关了舱门上岸，清点了下口袋里的零钱，然后沿着小路一直往前走。我远远地跟踪他，看到他爬上了那座桥，走向南边的一座车库。

我回到船里。我得看看里面有什么。漆门虚掩，我推开门。船舱一片漆黑，窗帘紧闭，盖住了窗缝和舷窗。走两步就到了厨房。不锈钢水槽很干净，倒置的杯子上有水滴缓缓流下，被底下的茶巾吸干。

六步之外是餐厅，两侧各有一张长椅，这里看起来不像起居室，反而更像工作室。我的眼睛稍微适应了昏暗的环境，看到钉板上挂着几样工具——凿子、扳手、螺丝刀、金属钳、木工刨和锉刀。架子上还放着一个个箱子，里面装着软管、垫圈、钻头和防水胶带。地板上沾着油漆块、防锈蜡、润滑油和机油。椅子下塞了一台便携式发电机，天花板上悬挂着一台旧收音机。每样物件都有自己专属的位置。

对面的墙上也挂着钉板，不过这块板上没挂什么东西，只挂了四个皮革袖套——两个在下，上方对应的位置有两个。我的目光移到了地板上。我不想看了。未经抛光的木头和壁脚板上沾着某样比黑暗更黑暗的东西。

我摇摇晃晃地往后退，撞上了舱壁，进入了客舱。一切物品的大小都有点不对劲——床垫太大，床又太小，台灯太大，桌子又太小。墙上贴着几张纸，但这里太黑了，我看不清纸上写了什么。我打开台灯，眼睛慢慢适应了光线。

我突然坐到椅子上。墙上贴满了剪报、照片、地图、图表、绘图。我看到了查莉的照片——走在上学的路上，踢足球，在学校合唱团唱歌，和祖母购物，骑旋转木马，喂鸭子。还有朱莉安娜的照片——在上瑜伽课，到超市购物，给花园的家具上漆，开门……我走上前去，看到上面还有不少收据、票根、足球通讯稿、名片、银行对账单和电话账单的复印件、一张街区地图、借书证、学费通知单、泊车告示、汽车登记证……

小小的床头柜上放着厚厚一捆笔记本。我抽出最上面的那本翻看，每页的书写都很整齐，而且内容简练。左侧的备注栏标明了时间和日期。另一侧记录了我的动向，包括我去了哪里，见了谁，见了多久，用了什么交通工具等相关的事情。这简直是我的“生活指南”：怎么像我一样生活！

头顶的甲板上传来声响。有人在拖拽什么，然后在倾倒液体。我关了灯，四周变得昏暗，我静静地坐着，压低呼吸声。有人推开滑动舱口盖，走进船舱。他穿过厨房，打开了橱柜。我躺在地板上，挤在舱壁和床脚间，感觉到脉搏在下巴的下方跳动着。

引擎启动了。活塞上下运动，节奏最终趋于平稳。我透过舷窗，看到了博比的腿。他走到船边，船随之倾到一边。他正在解缆绳。

我扫了一眼厨房和餐厅，如果我跑得够快，我就可以在他回到操舵室之前上岸。我想站起来，结果撞到了墙上的一幅画。就在它即将落地之际，我一手把它接住。窗帘缝隙透出的光照在画上：画的是沙滩的景色，有海边临时浴场、冰激凌小摊和观光车。地平线上，我看到了查莉画的灰色大鲸鱼。

我呻吟了一声，向后倒在地板上，脚不听使唤了，仿佛它并不属于我。

脚步声回来了，小船又摇晃起来。他解开缆绳。引擎开始工作，我们驶离停泊区，荡起的水花拍打在船身上。我挣扎着站起来，拉开一点窗帘，透过舷窗，我只能看到树梢。

我听到了别的声音——一阵呼啸声，像狂风怒吼。空气里的氧气似乎消失了。汽油流过地板，浸湿了我的鞋子。漆木燃烧，发出噼啪的爆裂声。烟气刺痛了我的双眼，灼烧着我的喉咙。我跪在地上，匍匐穿过浓烟。

我穿过U形厨房，爬到了餐厅。引擎就在这附近，我隔着舱壁，听到它在砰砰作响。我的头撞到了楼梯，然后我爬了上去，发现舱口被从外面反锁了。我用肩膀大力撞它，它纹丝不动。我的手隔着门都能感受到外面的热气。我得另找一条路。

肺里的空气如同熔化的玻璃般炽热。我什么都看不见，但我能摸索着前进。在工作室的长椅上，我摸到了一把锤子和一把锋利的扁凿。我退到另一边，远离火源，在墙上借力，一锤砸向舷窗。可惜这是一块钢化玻璃。

船舱的舱壁对着储物室，我上半身挤了进去，双腿却没跟上我，我就像一条搁浅的鱼，“扑通”一下摔在里面。脚下有防水帆布和绳子，看来这里是船头。我伸手摸到了头顶的舱口的凹痕。我摸到它的边缘，找到门闩，想拿扁凿楔进一个角，再用锤子撬开它，怎奈没找到正确的角度。

船开始倾斜，水漫进船尾。我躺在地上，双脚抵着舱口，然后用力向上踢……一次，两次，三次。我大声咒骂。木头裂开了，出现了一个缺口。刺眼的阳光射进来，我回头瞥了一眼，船舱里的汽油被点燃了，一团火焰猛地向我扑来。我马上爬上甲板，在地上滚来滚去灭火，日光照在我的身上。新鲜的空气转瞬即逝，水一下子淹没了我的头顶。我慢慢下沉，这股力量不可阻挡。我在脑海里尖叫。我慢慢沉到了淤泥上，没有想自己会被淹死，只是想留在下面一会儿，因为这里又冰凉又黑暗，水草茂盛。

我的肺开始疼痛，我奋力向上游，只想呼吸几口外面的空气。我的头终于离开了水面，我翻了个身，贪婪地大口吸气。船尾已经沉到了水底，艉滚筒像手榴弹般炸开。尽管引擎熄火了，船还是慢慢地离我远去。

我蹚着水走向岸边，鞋子里都是淤泥。我拉着岸边的芦苇爬上岸，没有理会被划伤的手，只想躺下休息一会儿。我扭过身来，腿一下子撞到了运河边缘。我坐在空寂无人的曳船道上，片片乌云飘过，衬出巨型起重机的轮廓。

我认出了博比的鞋。他的双手从后面绕过我的手臂，抱住我的前胸，将我提了起来。他的下巴抵在我头顶上。我闻到了他衣服上的汽油味，也有可能是我衣服上的味道。我没有大喊。现实仿佛远在天边。

一条围巾紧紧地缠在我的脖子上，上面的结压着我的气管。围巾的另一端系在我头顶上方的某个东西上，为了不让自己窒息，我只能一直踮着脚。我够不着地，腿一抽一抽地痉挛，像个提线木偶。我把手指塞进套里，防止围巾勒到我的喉咙。

我们在废弃工厂的院子里。木质托盘被堆放在墙边，瓦楞铁皮屋顶被大风刮了下来。水渗了进来，沿墙体流下，软泥和青苔编织出一张黑绿交织的挂毯。博比转到我面前，他脸上汗津津的。

“我知道你为什么这么做。”我说。

他没有理我，兀自脱下西装外套，卷起衬衫的袖子，仿佛要认真干什么正经事。然后他坐在包装箱上，掏出白色手帕擦干净眼镜。他的手稳得吓人。

“杀了我，你也跑不掉。”

“为什么你觉得我会杀了你？”他把眼镜架到耳朵上，看着我，“你是个通缉犯。捉到你，他们还会悬赏我呢。”他的声音出卖了他，他实则毫无把握。远处传来了警笛声，消防队正在赶来。

博比一定读了早报。他知道我为什么要自首。因为警察不得不翻案，重新审查每个案件的细节。他们会对照时间、日期和地点，然后看看当时我是否在作案。他们会发现什么呢？不可能是我把他们都杀了。然后或许——只是或许——他们会调查博比。博比哪来这么多不在场证明？他怎么可能每次都完美地掩饰行踪？

我要攻他个措手不及。“我昨天去拜访了你的母亲。她问我你过得怎么样。”

博比微微僵住，呼吸变得急促。

“我以前应该没见过布里奇特，但我很肯定，她以前一定是个大美人。酒精和香烟对皮肤不好。我以前应该也没见过你的父亲，但如果我认识他，我一定挺喜欢他的。”

“你对他一无所知。”他一个字一个字地吐出来。

“不。我觉得我和伦尼有相似之处……和你也有。我要把东西拆开——来理解它们是怎么运作的。所以我才来找你。我想，你可以帮我弄清楚一些事。”

他没有回答。

“我现在知道了故事的大概——我知道你惩罚了厄斯金、卢卡斯·达顿、凯瑟琳·麦克布赖德和梅琳达·科斯莫。不过我最疑惑的是，你惩罚了所有人，唯独放过了你最恨的那个人。”

博比站了起来，气得仿佛随时要炸开，宛如长满了毒刺的鱼。他把脸凑到我面前。我可以看到他左眼眼皮下若隐若现的蓝色静脉。

“你甚至不敢开口说她的名字，你敢吗？她说，你看起来像你的父亲，但这话不完全正确。因为每次你照镜子，你一定会看到你母亲的眼睛……”

他抓紧了手中的刀，把刀尖抵在我的下唇上。如果我张开嘴，嘴唇就会被割破流血。但我现在不能停下。

“让我告诉你吧，博比，我知道了什么。我看到了一个小男孩，靠着父亲的梦想过日子，母亲却用暴力玷污了他的梦想……”刀片太锋利，我的嘴唇虽然被割破了，却没有任何感觉。血顺着我的下巴往下流，滴在我抵着颈部的手指上。“……他责怪自己。大多数被虐待的受害者都会这样。他觉得自己是个懦夫——一直在逃跑，绊倒，为自己找借口；他永远都做不好，总是慢别人一步，他生来就是为了让身边的人失望的。他觉得自己本该救下父亲，但他当时不懂发生了什么，等明白的时候已经太迟了。”

“你他妈的闭嘴！你是他们中的一员。是你杀了他！你他妈的就是喜欢操控别人的思想！”

“我不认识他。”

“没错，是这样。你宣告了一个你不认识的人有罪。多么武断、随意。至少我做出了选择。你根本就不懂。你良心何在。”

博比的脸和我只差几英寸。我从他的眼睛里看到了心痛，从他嘴唇的弧度看出了仇恨。

“所以他责怪自己，这个男孩，长得太快了，他觉得尴尬，感觉与这个世界格格不入。他脆弱，腼腆，愤怒，不平——他无法理清这些情绪。他没有原谅他人的能力。他厌恶这个世界，但是他更讨厌自己。他割破自己的手臂，正是为了免受精神的痛苦。他紧紧地抓住和父亲在一起时的记忆，不愿从过去的生活里脱身。那段时光虽然不完美，但至少过得去。因为那是和父亲在一起的时光。

“那么他是怎么做的？他将自己从环境中抽离，孤身一人，想让自己变得渺小，被别人忘记。他活在自己的幻想中。和我说说你的幻想世界吧，博比。有个别的地方可去一定挺不错的。”

“你只会毁了它。”他脸都红了。他不想和我讲话，但另一方面，他为自己的所作所为感到骄傲。这是他成功做到的。他心中确实有个声音，想说服他把我拉进那个世界，和我分享他的狂喜。

刀尖还抵着我的嘴唇。他把刀拿开，在我眼前挥舞。他假装自己很娴熟，但失败了。拿着刀让他感到不自在。

我的手指一直在用力往外拽围巾，越来越麻木。我全靠脚尖保持平衡，乳酸逐渐集聚在小腿肚中。我坚持不了多久了。

“博比，无所不能的感觉怎么样？扮演法官、陪审员、行刑者，去惩罚那些罪有应得的人，感觉如何？这么多年来，你一定花了很多时间排练吧？不可思议啊！但想想吧，准确来说，你做这么多事情，到底是为了谁？”

博比弯腰从地上拾起一块木板。他咕哝着让我闭嘴。

“噢，没错，为了你的父亲。为了一个你几乎快忘却的男人。我敢肯定，你不知道他最喜欢的歌曲、电影或者演员。他平时会在口袋里放些什么呢？他是左撇子还是右撇子？他喜欢把头发甩到哪边？”

“我叫你闭嘴！”

木板划过一道宽大的弧线，重重地击打在我的胸口上，肺里的空气一下子被抽空了，我的身体跟着旋转，围巾勒得和止血带一样紧。我在空中踢脚，试图转回原位。我的嘴一张一合，宛如搁浅的鱼的鳃部。

博比把木板扔到一旁，看着我的眼神就像是在说：“我警告过你了。”

我感觉自己的肋骨断了，但幸好肺又继续运作起来。“博比，问你最后一个问题。为什么你这么懦弱？我是说，很显然，你知道最该恨谁。看看她做了什么，她不仅瞧不起你爸，还要折磨他。她和其他男人睡觉，让别人都觉得你爸可怜，就连他的朋友也这么觉得。不仅如此，她竟然指控他性侵了自己的儿子……”

博比转过身去，但此刻，哪怕我的沉默都显得铿锵有力。

“她撕碎了你爸写给你的信。她肯定还找到了你保留的照片，销毁了它们。她想把伦尼赶出自己的生活，也赶出你的生活。她甚至厌恶听到他的名字……”

博比变得越来越渺小，仿佛内心在塌陷。他的愤怒变成了悲痛。

“我来猜猜看发生了什么吧。你本来打算先杀了她的。你去找她，轻而易举就找到了。布里奇特从来不是害羞、沉默寡言的人，要知晓她的行踪并不是难事。

“你看着她，等待时机下手。你早已计划周全……详细到每个细节。而现在，是时候了。那个毁了你人生的女人就在几步之外，走过去就可以直接掐死她。她就在那里，就在那里，但你犹豫了。你下不了手。她手无寸铁，你完全可以轻而易举地击倒她。”

我停顿了一下，好让他回忆起当时的场景。“结果你什么都没做，因为你做不到。知道为什么吗？你怕了。再次见到她，你又变回了那个小男孩，下唇颤抖、说话结结巴巴的小男孩。你小时候怕她，现在依然怕她。”

博比因自我厌恶而面部扭曲。同时，他想让我从这个世界上消失。

“总得找个人惩罚。于是你找到了儿童保护档案和那份名单。你着手惩罚那些负责此案的人，杀害他们的一生至爱。但你一直没有摆脱对母亲的恐惧。你以前是个懦夫，一辈子都是个懦夫。你发现她命不久矣的时候是怎么想的？她的癌症是帮你报仇了，还是让你报不了仇？”

“报不了仇。”

“她会死得很痛苦。我见过她。”

他爆发了。“那远远不够！她是个怪物！”他一脚踹在一个金属鼓上，鼓旋转着飞过了院子。“是她毁了我的人生，是她把我逼到了这个地步。”

他嘴角挂着唾沫。他看向我，想得到确认。他希望我说，“你这个可怜的浑蛋，都是她的错。难怪你会这么想”。但我不能这样说，如果我承认他的恨是合理的，他就会一路走到底，再也无法回头。

“我不会帮你找什么拙劣的借口，博比。你经历过一些痛苦的事情，我希望它们没发生过。但看看你身处的世界——非洲有孩子在挨饿，飞机撞进大楼，平民被落下的炸弹炸死，人们死于疾病，囚犯受到折磨，女人被强奸……有些事情我们可以改变，但有些改变不了。有时候，我们只能接受发生了的事情，然后继续活下去。”

他苦笑。“你怎么可以这么说？”

“因为这是真的，而且你知道这是真的。”

“我来告诉你什么是真的。”他看着我，眼都不眨一下。他的声音隆隆作响，“大克罗斯比的海岸公路上有个紧急停车带——在利物浦北面八英里的地方。紧急停车带就在双车道旁。如果你十点之后开车到那里，就会看到那里停着一辆车。你打开车头灯——左灯或者右灯，这取决于你想干什么——等到那辆车和你亮了同一盏灯，你就跟着它开。”

他的声音很刺耳。“她第一次带我到停车带时我才六岁。第一次去时，我只是在一旁看着她。车库里，她躺在桌子上，全身赤裸，像一道自助餐。她身上有几十只手。她来者不拒。痛苦，快乐，对她来说没有区别。她睁开眼睛看着我。‘别那么自私，博比，’她说，‘要学会分享。’”

他身体轻轻抖了下，前后摇摆，目视前方，在脑海中回忆那个画面。“私人会所和时尚酒吧里有太多中产阶级，她不喜欢。她更喜欢单纯的狂欢。我就是这样学会‘分享’的。一开始他们从我身上得到快乐，然后我也从他们身上获取了快感。痛苦和享乐——我母亲的遗产。”

他泪水盈眶。我不知道说什么好。我的舌头变得又厚又刺痛，因为脑部供氧不足，我的视线也逐渐模糊。

我想说些什么。我想告诉他，他不是孤身一人，很多人同样被噩梦困扰，同样朝虚空呐喊过，他们经过打开的窗户时，也同样想过要不要跳下去。我知道他迷失了方向，他遍体鳞伤，但他还可以做出正确的选择。不是每个被虐待的孩子都会变成这样。

“放我下来，博比，我呼吸不了了。”

我可以看到他粗壮的脖颈和修剪不齐的头发。他慢慢转过身来，没看我一眼。刀片从我头顶划过，我向前摔倒，手里依然紧紧地攥着围巾剩下的布料。我的腿部肌肉在抽搐，嘴里有尘土混着鲜血的味道。墙边靠着不少木板，另一面墙上则装了工业水槽。从这里怎么去运河？我得逃出去。

我跪在地上，开始往外爬。博比不见了。金属屑扎进了我的手掌，混凝土碎块和生锈的鼓就像障碍训练场。我终于爬到了出口。一辆消防车停在运河边，警车的灯在闪烁。我想放声大喊，但一点声音都发不出来。

有点不对劲。我爬不动了。我转过头去，看到博比踩在我的外套上。

“他妈的，你的傲慢真让我惊讶。”他边说边抓住我的领子，把我整个人提了起来，“你以为凭这些小孩子的心理学就可以击败我吗？我见过的治疗专家、咨询师和精神病医生，比你收过的劣质的生日礼物还要多。我读过弗洛伊德、荣格、阿德勒、罗杰斯的书，凡是你说得出名字的著作我都看过，这些人就算在冬天渴死了，我都不会撒尿给他们喝。”他再次凑到我面前，“你不了解我，你觉得你进入了我的脑子。放屁！差得远呢！”他将刀片搁在我的耳朵下方。我们呼出的气息交融在一起。

只要他的手腕一扭，我的喉咙就会被割开，像熟透的瓜落地，红色的汁液四溅。他会那么做的。我感觉得到，刀片正贴在我的脖子上。他准备结束这一切。

那一瞬间，我仿佛看到朱莉安娜躺在枕头上看着我，刚睡醒，头发乱糟糟的。我还看到查莉穿着睡衣，身上带着洗发水的香气和牙膏的味道，我在想可不可以数一数她鼻子上有多少颗雀斑。没有数过就死了，岂不可惜？

博比呼出来的热气喷在我的脖子上——刀片却是冷冰冰的。他伸出舌头，舔了舔嘴唇。有那么一阵子，他犹豫了——我不知道为什么。

“我猜，我们都低估了对方。”我一边说，一边缓缓把手伸进大衣口袋，“我知道你不会放我走的。你复仇心切，哪里有商量的余地。你已经投入了太多心血。这已经成了你每天早上起床的动力。这也是为什么我要远离那面墙。”

他动摇了，思考自己是不是漏算了什么。我抓紧了凿子的把柄。

“博比，我有病在身。有时候甚至连走路都困难，右手还动得了，但看看我的左手颤抖得有多厉害。”我抬起毫无知觉的左手。我颤抖的手像某人脸上的胎记和毁容的烧伤疤痕一样吸引了他的目光。

趁这个机会，我右手的凿子穿过大衣，直插进博比的小腹，碰到髋骨之后扭转，刺向横结肠。在医学院修炼三年的功夫可没白费。

他的手还攥着我的领口，但他缓缓跪了下来。我瞄准他的下颚，用尽全力，一拳打了过去。他举手隔挡，可我还是击中了他的脑袋侧面，打得他整个人往后摔。周围的一切仿佛都慢了下来。博比努力想站起来，但我立即迈步向前，一脚踢中他的下巴，这脚虽然看起来笨拙，但威力十足，他再次向后倒去。

有那么一瞬，我盯着他，看着他在地上蜷缩成一团。片刻之后，我像螃蟹走路一样匆匆跑出院子，一旦双腿迈开了，它们还是愿意继续动起来的。虽然动作不甚美观，但反正我也不是罗杰·班尼斯特[①]。

一个警察牵着警犬在运河边搜查，让它跟着气味寻找嫌疑人。他看见我来，往后退了一步。我继续往前跑，两个警员合力拉住我，我却还想继续奔跑。

鲁伊斯抓住我的肩膀。“他在哪儿？”他大喊，“博比在哪儿？”

---

① 英国短跑运动员，神经学家，四分钟内跑完一英里的第一人。

第九章

格雷西姨婆调制的奶茶是世界上最好喝的奶茶。她总爱往茶壶里多添一勺茶叶，往我杯子里多倒一点牛奶。我不知道鲁伊斯上哪儿找的这种奶茶，但喝了它，嘴里的血腥味和汽油味就被冲没了。

我坐在警车的前排，双手捧着杯子。我试图让手停止颤抖，却是徒劳无用的。

“你的伤真的该去医院看看。”鲁伊斯说。我的下唇依旧血流不止。我小心地拿舌头舔了舔伤口。

鲁伊斯剥开一包香烟的玻璃包装纸，递了一根给我。

我摇了摇头。“我以为你戒烟了。”

“我戒不了烟都是因为你。我们追那辆他妈的失窃的租赁车，追了得有差不多五十英里。结果在车里找到了两个十四岁的孩子和一个十一岁的孩子。我们还监视了火车站、机场、公交车站……我动用了西北地区所有警力找你。”

“等我到时给你开张发票吧。”

他盯着他的香烟，脸上既有喜爱，也有厌恶。“你的供状很不错。非常有创意。现在，媒体那帮鬣狗一个个都来我这儿打探消息，就差拿脸来贴我的屁股了——不停地问问题，采访亲戚，当搅屎棍。你逼得我无路可走。”

“你找到那些红边文件了？”

“嗯。”

“名单上其他人呢？”

“我们还在调查。”

他斜倚在拉开的车门上，若有所思地端详我。运河反射的阳光照得他领带上的比萨斜塔别针闪闪发亮。他那双深邃的蓝眼睛注视着停在一百英尺开外的救护车，救护车后是工厂墙壁，仿如相框。

胸口和喉咙的疼痛令我头晕。我把一条粗糙的灰色毯子拉到肩上，光是这么一个动作都疼得我龇牙咧嘴。鲁伊斯和我说，他花了一晚上核查儿童保护文件里的细节。他把文件里的名字在电脑里查了个遍，接着翻出了之前未破的命案。

博比曾在哈克米尔村当市政园丁，直到鲁珀特·厄斯金去世前的几周。二十世纪九十年代初，他曾和凯瑟琳·麦克布赖德在西柯克比的一家诊所参加自残者群体治疗，他们在同一组。

“索尼娅·达顿呢？”我问。

“没找到关联。博比和卖毒品给她的毒贩情况不相符。”

“他以前在她的游泳俱乐部工作过。”

“我会去查一查。”

“他是怎么把凯瑟琳骗来伦敦的？”

“她是来参加工作面试的。你写了一封信给她。”

“不，我没有。”

“那封信是博比代你写的。他从你办公室里偷了信笺。”

“怎么偷的？什么时候？”

鲁伊斯看得出我在强撑。“你提到过，博比的衬衫上绣着‘奈瓦斯普林’这几个字。这是一家法国公司，专门负责给办公楼送饮水机桶装水。目前，我们在检查闭路电视的监控录像。”

“他送——”

“他肩上扛着一桶水，直接从保安身边走过去了。”

“这就解释了为什么他预约迟到，却还能进大楼。”

从破碎的栅栏上望去，我看到博比正躺在垃圾场另一边的担架上。一位医护人员在他头顶举着一个输液瓶。

“他没事吧？”我问。

“还没能帮纳税人省下一笔审判的钱，如果你想问的是这个。”

“不是。”

“可别跟我说，你在替他感到难过？”

我摇了摇头。或许有一天——离现在很远的将来——当我回忆起博比这个人时，我会想起一个曾经身心受损的孩子，慢慢长成一个有缺陷的成年人。但此刻，一想到他对埃莉萨和其他人做过的事，我很开心这个浑蛋成了这副半死不活的样子。

鲁伊斯望着两位警探上了救护车的后部，坐在博比两边。“你和我说过，杀害凯瑟琳的凶手年纪应该偏大……并且更加老练。”

“我以为凶手会是那样的人。”

“你还说，这和性有关。”

“我说的是，她的痛苦能让他性欲高涨，但动机不明确，复仇是其中一种可能性。你知道吧，即便当我确定凶手是博比的时候，我还是无法想象他站在凯瑟琳面前，逼她自残的样子。这种施虐手段太复杂了。但话又说回来，他潜入了那么多人的生活——我的生活。他就像一片无人留意的风景，因为我们把注意力全都集中在最瞩目的景色上了。”

“但你是第一个看穿他的人。”

“我被他放了一支冷箭。”

救护车开走了。水鸟在芦苇间展翅腾空，在苍白的天幕下翻转盘旋。枯枝败叶伸展向天空，仿佛要将鸟儿拽下来。

鲁伊斯把我载去了医院。他想亲眼看着博比做完手术出来。我们跟着前面的救护车，沿圣潘克拉斯路行驶，转进急诊科的停车场。此刻，由于肾上腺素完全退去，我的双脚已经快僵死了，下个车都得挣扎一番。鲁伊斯当场征用了一台轮椅，把我推进了贴满白色瓷砖的公立医院候诊室，这地方我再熟悉不过了。

进了医院，这位侦缉探长一如既往地好心办坏事，不仅对着分诊护士叫“甜心”，还命令她对我“优先照顾”。护士把不满发泄在我身上，格外用力地戳我肋骨之间的位置。我快要晕过去了。

一位年轻医生帮我缝好嘴唇，她染了头发，发型是老式的羽毛式发型，脖子上戴着一条碎贝壳项链。她鼻子上的皮肤粉嫩且起皮，看得出来，她爱去温暖的地方度假。

鲁伊斯上楼监视博比。虽说手术室外已有武装警察重重防守，况且博比还打了全身麻醉，但他还是放不下心。或许他是在用这种方式向我赔不是，因为他不肯早点相信我，但我对此表示怀疑。

我躺在轮床上，尽力让头保持不动，我感到，针滑进我的嘴唇，针线拉扯着唇上的皮肤。医生拿剪刀把线的末端剪断，向后退了一步，端详自己的手艺。

“我妈以前还老说我永远学不会缝纫。”

“缝得怎么样？”

“本来应该等整形外科医生给你缝的，不过我缝得还不错。”她指着她下唇底下的那块凹陷，“跟你耳朵挺配的。”她把乳胶手套扔进垃圾桶，“你还需要拍个X光片。我这就带你上楼。你要不要人推你，还是你自己走？”

“我自己走就好。”

她指了指电梯，叫我跟着地上的绿线走到四楼的放射科。半小时后，鲁伊斯来候诊室找我。我闲坐在候诊室，等放射科医生跟我确认我的身体状况。其实看过X光片，我已经知道自己的状况了：断了两根肋骨，但没有内出血。

“你什么时候能发表声明？”

“等医生帮我把伤包扎好再说。”

“明天再包也不迟。走，我捎你回家。”

我的心底涌出一股悔意，刺痛了我，让我忘却了身上的痛楚。我还有家可以回吗？我还没时间思考今晚该在哪里过夜，明晚又该在哪里过夜。鲁伊斯感觉到了我的困窘，嘀咕了一句：“干吗不回家听听她的话呢？你不是最擅长听别人讲话吗？”紧接着，他又加了一句：“老子家里已经住不下人了！”

到了楼下，他继续对医生颐指气使，等医生帮我把胸口包扎好，看着我吃了止痛药和消炎药，才终于罢休。我穿过走廊，整个人轻飘飘的，仿佛没有重量，跟着鲁伊斯朝他的车走去。

“有一件事我一直不懂，”在朝北驶向卡姆登的路上，我说，“博比本可以杀了我。他都拿刀抵到我的喉咙上了，可他犹豫了，仿佛他不敢跨过这条底线。”

“你说过，他都不敢对自己的母亲下手。”

“这是两回事。他怕他的母亲，但他可不怕别人。”

“唔，布里奇特今早八点去世了，他不用操心了。”

“看来，他失去了最后一个亲人。”

“那倒没有。我们找到了他同父异母的兄弟。我给他留了个口信，告诉他博比在医院。”

不安的感觉如同涌来的潮水，将我缓缓淹没。“你在哪里找到他的？”

“他是伦敦北部的一个水暖工，名叫达菲德·约翰·摩根[①]。”

鲁伊斯正冲无线电对讲机吼叫。他想赶紧把车派到我们家。我也在吼叫——想打通朱莉安娜的手机，但电话占线了。我们离家只有五分钟的路程，但交通状况真是要人命。一辆货车闯了一个五路交叉口的红灯，把卡姆登路堵死了。

鲁伊斯朝人行道上的行人挥手，叫他们闪开。他把头探出窗外。“你他妈的！混球！滚！滚！赶紧他妈的让路！”

原来，这一切酝酿了那么久。这段时间，他一直在我们家——潜伏着。我仿佛能看见他站在我们家地下室，大声嘲笑我。我回想起，警察把我们家花园掘开时他看我的眼神，那似笑非笑的表情和慵懒的傲慢。

如今，一切都说得通了。在利物浦跟踪我的那辆白色货车，是一辆水暖工的车，但他把车门上的磁性垫子取了下来，避免引人注目。那辆失窃的四轮驱动汽车上的指纹不是博比的指纹。把掺假的迷幻药卖给索尼娅·达顿的毒贩的外貌和D. J. 相符——他们是同一个人。

在运河船上，博比会先敲敲甲板，再打开舱门。因为那不是他的船。工作室里全是各种工具和水暖器材。那是D. J. 的日记和笔记。为了销毁证据，博比一把火烧了船。

我不能再坐着等下去了，房子离这儿不到四分之一英里。鲁伊斯叫我等一下，但我已经拉开车门，在街上跑了起来，避开行人、慢跑者、带小孩的母亲、推婴儿车的保姆。目光所及之处，双向车流已经堵死。我按下手机上的“重拨”键，还是占线。

他们两个一手谋划了这一切。一个人怎么可能做得来？博比太容易被人认出来了。在人群里，他是最格格不入的那个。但D. J. 足够隐忍，有能

① 这个名字的前两个首字母缩写为D. J.。

力控制他人。他从不会把目光从目标上移开。

真相大白之时，博比没能对我下杀手，因为他以前从未杀过人，他不敢迈出这一步。运筹帷幄的是博比，但真正上阵的是D. J.。他年纪更大，更老练，更残忍。

我吐在了垃圾桶里，吐完继续往前跑，经过了卖酒的商店、赌博店、比萨店、折扣店、典当行、面包店、“破布和木桶”酒吧。眼前的景物移动得很慢，我的脚已经跑不快了。

我转过最后一个街角，看到房子就在眼前。房子周围没有警车。一辆白色货车停在房子前面，滑动侧门没有关。车里的地板上铺着棕色粗麻布……

我慌慌张张地冲进前门，爬上楼梯。电话被人从听筒上摘下来了。

我放声大喊查莉的名字，声音出来却变成了低沉的呻吟。她正穿着牛仔裤和长袖运动衫坐在客厅里，额头上贴着一块黄色的便利贴。看到我，她像一只刚到家的小狗，冲进我的怀里，头撞上了我的胸膛，疼得我差点没晕过去。

“我们在玩‘我是谁？’的游戏呢，”她解释道，“D. J. 要猜出他是荷马·辛普森。他给我选了谁呀？”

她向我抬头。便利贴的边缘已经卷曲，但我认出了便利贴上那小而整齐的字迹。

你死了。

我深呼一口气，说：“妈妈在哪儿？”

我声音中的紧迫感吓到了她。她向后退了一步，看到我衬衫上的血迹和涔涔汗渍。我的下唇肿了，缝线上浸满鲜血。

“妈妈在地下室。D. J. 叫我在这儿等一会儿。”

“他在哪儿？”

“他说一分钟后就回来，但他已经走了好久了。”

我把她朝前门推去。“快跑，查莉！”

“为什么？”

“快跑！赶紧跑！别停下！”

地下室的门关着，门框里塞着湿纸巾。锁孔里没有钥匙。我转动把手，轻轻把门拉开。

灰尘在空气中打旋——这是煤气泄漏的迹象。我无法在放声大喊的同时屏住呼吸。下楼梯下到一半，我停了下来，让眼睛适应较暗的光线。朱莉安娜倒在新锅炉旁的地上，身子侧卧，右臂枕在头下，左臂伸出，仿佛正指着什么东西。一绺深色的刘海挡住了她的一只眼睛。

我蹲在她旁边，把手伸到她的胳膊下方，将她往后拖。我做梦都想不到，胸口居然能这么疼。白色斑点在我眼前舞动，如同愤怒的昆虫。我一口气都来不及喘，时间已所剩无几。我一步一级楼梯，把朱莉安娜拖上楼，每用一次力都会猛地坐下。一级，两级，三级……

身后传来了查莉的咳嗽声。她抓住我的衣领，想帮我一把，跟我同时用力。

四级，五级……

我们终于来到了厨房，我把朱莉安娜放下，她的头“嘭”地撞在地板上。我会晚些跟她道歉。把她扛到肩上，我痛得忍不住嘶吼，踉踉跄跄地穿过走廊。查莉在我前面。

他会用什么做引爆器？计时器，还是恒温器？中央供暖、冰箱，还是安全灯？

“跑，查莉！快跑！”

屋外是什么时候天黑的？街上停满了警车，车灯闪烁。这一次，我没有停下。我一遍又一遍地喊着同一个字。我穿过马路，躲开车辆，跑到街道的另一头，双膝一软，朱莉安娜倒在泥泞的草地上。我跪在她身旁。

她睁开双眼。我看到，她深棕色的角膜上倒映出一颗小火花，就在那一瞬间，爆炸开始。声音裹挟着冲击波遽然而至。查莉被震得向后摔倒。我努力同时护住她们两个。爆炸没有产生电影里那种橘黄色的火球，只有一团烟尘。残骸碎片如雨点般落下，火焰炽热的气息将我颈上的汗水都蒸干了。

烧成黑色的货车底朝天躺在街道中央。大块大块的屋顶材料和带状的排水沟垂在周围的树上，路上满是碎石块和碎木头。

查莉坐了起来，望着眼前的一片狼藉。那张便利贴还粘在她的额头上，边缘已被烧焦，但字还能看清。我把她搂到胸前，紧紧地抱着她。然后，我抓住那张黄色纸片，手指握成拳头，将纸片碾碎。

尾　声

我最近仍在噩梦中奔跑——身后追赶我的，依旧是那些怪物，那只染了狂犬病的狗，还有那个壮得像英式橄榄球队里的二排前锋的尼安德特人——只不过，如今它们似乎不那么虚幻了。乔克说，这是我开始吃的新药——左旋多巴——带来的副作用。

过去两个月，我的用药剂量减少了一半。他说，这肯定是因为我压力减轻的缘故。他真是会说笑！他每天打电话给我，问我想不想打一局网球。每次我拒绝，他就会给我讲一个笑话。“一个怀胎九月的女人和《花花公子》的中间插页有什么区别？”

“不知道。”

“没区别，因为她老公只能对着漂亮的那位打飞机。”

在乔克说的笑话里，这个的猥琐程度已经算比较低的了，于是我大着胆子给朱莉安娜讲了一遍。她也笑了，但笑得没我大声。

在我们决定是重建还是买一座新房子的这段时间，我们住在乔克的公寓里。这是乔克弥补我们的方式，但我们还没完全原谅他。这段时间，他还和一个名叫凯莉的新女友搬了进来，这位凯莉想成为下一任乔克·欧文斯夫人，不过，她可能得举着捕鲸炮，逼他签一份铁铸的婚前协议，才能把他赶到婚礼圣坛上。

朱莉安娜把他家里的小家电以及冰箱里的过期冷冻食品通通扔了。接着，她出了一趟门，买回来新的床单和毛巾。

感谢老天，她已经不再晨吐了，身子也一天天变大了（除了她的膀胱）。她坚信她怀的是个男孩，因为能给她带来这么多痛苦的只有男人。说这句话时，她总是望着我。接着她笑了起来，但笑得没我大声。

我知道她在密切观察我。我们相互观察对方。或许她观察的是我的疾病症状，又或者她还没有完全信任我。我们昨天又吵了一架——这是我们重归于好后的第一次吵架。我们准备去威尔士一周，她抱怨说，我总是等到最后一刻才开始收拾行李。

“我虽然收拾得晚，但从来不会漏东西。”

“这不是重点。”

“那重点是？”

“你应该早点收拾。早点收拾，压力就不会那么大。”

“谁的压力不会那么大？”

“你啊！”

“但我压力不大啊！”

跟她小心翼翼地相处了五个月后，我很感激她的原谅，于是我打算跟她说清楚一些事情。我问她：“为什么女人会爱上男人，然后又试图改变男人？”

“因为男人需要女人帮助。”她答道，仿佛这是常识。

“但如果我变成了你心目中的理想男人，我就不再是我自己了。”

她翻了个白眼，什么都没说，但从那之后，她就很少挑我刺了。今天早上，她来到我房间，坐到我的大腿上，双手环绕着我的脖子。婚姻本该杀死爱侣间的激情，可今早，她却以那样的激情与我拥吻。查莉喊了句“恶心！”，说罢盖住了眼睛。

“怎么了？”

“你们都开始法式舌吻了。”

“你知道什么是法式舌吻？”

“你们拿舌头舔来舔去的。”

我摸了摸朱莉安娜的肚子，低声道：“真希望咱们的孩子永远别长大。”

我们聘用的建筑师和我在地上的洞旁边见面。这里唯一剩下的东西就是楼梯，但它也搬不走。厨房里的水泥地板在爆炸产生的冲击力下撞穿了屋顶，锅炉被炸到了两条街开外的一个院子里。整个街区，几乎所有房子的玻璃都被冲击波震碎了，有三座房子因此被迫拆除。

查莉说，在爆炸前，她看到一楼窗户前还站着个人。据专家说，爆炸产生的威力能把那一层楼的人当场汽化，这就能解释为什么现场连个指甲、纤维或牙齿碎片都找不到。但话说回来，我不停地问自己，为什么打开煤气，启动计时器，准备引燃锅炉后，D. J. 没有赶紧跑？他明明有足够的时间逃出去，抑或是说，他计划的是一场名副其实的“最终”行动，而这个“最终”，还包括他自己生命的终结？

查莉不明白，这些事他做得出来。有一天，她问我，他现在是不是在天堂里。我有点想和她说：“我只是希望他已经死了。”

他的银行账户已经两个月没动过了，再也没有人见过他。他也再没有任何出境、应聘、租房、买车或兑现支票的记录。

鲁伊斯已经理清了早期发生的事。D. J. 生于布莱克浦。他的母亲是一位缝纫机械工，二十世纪六十年代末嫁给了伦尼，后死于车祸，那年，D. J. 年仅七岁。他的外祖父母把他抚养成人，一直到伦尼再婚。就是那时，D. J. 迷上了布里奇特。

我猜，他应该经历过博比经历过的所有事，虽说两个孩子面对性虐待或施虐狂的反应是绝不可能完全一样的。伦尼是他们两人生活中最重要的人，而他的死便是造成今天这一切的根源。

D. J. 在利物浦结束了他的学徒生涯，成为一名技艺精湛的水暖工。他就职于当地一家公司，身边人对他的印象更多是恐惧，而非喜爱。某晚在酒吧里，他仅仅因一个女人听他讲笑话抖包袱时没有笑，便把一个碎瓶子砸到了她的脸上。

八十年代末，他销声匿迹，后来在泰国重新出现，在当地经营一家酒吧和一家妓院。两个试图走私几公斤海洛因并带离曼谷的青年瘾君子被逮捕了，两人告诉警方，他们是在D. J. 的酒吧里跟毒贩碰头的，但D. J. 趁警方将他跟走私案联系在一起，对他进行突击搜查之前，便逃之夭夭，离开了泰国。

他又出现在澳大利亚，在东海岸的建筑工地上打工。在墨尔本，他跟一位圣公会牧师交了朋友，并开始管理一家流浪者收容所。有那么一段时间，他似乎改过自新了。冷不防给人一记重拳，打断别人的鼻子，拿脚把别人的肋骨踢断这种事再也没做过。

人的外表往往是有欺骗性的。眼下，维多利亚的警方正在对那家收容所展开调查，因为收容所在四年内失踪了六个人。在D. J. 于英国重新现身的十八个月前，依然有人在兑现这些失踪者的福利支票。

我不知道他是怎么找到博比的，但那也不是什么难事。考虑到当年D. J. 离家出走时两人的年龄差异，他们对彼此而言几乎就是陌生人，可他们却找到了同样的欲望。

博比脑海里有关复仇的幻想仅仅只限于幻想，但D. J. 既有经验，同时又缺乏同情心，足以令这些幻想成真。他们一个是建筑师，一个是建筑工。博比拥有创造力，而D. J. 拥有工具。这样的结合，便造就了一个能按计划行事的精神变态者。

凯瑟琳或许是在运河船里遭受折磨，并最终被杀害的。博比观察了我很久，他很清楚要去哪里埋尸体。同时他还知道，十天之后，我会去墓园。他们中的一人必定在大门附近的电话亭里打电话报了警。把铁锹放在格雷西的墓碑旁是为了平添一分恐怖，这一举动最终带来了“爆炸性”的结果。

几周过去了，其他一些细微的线索也都解释得通了。博比从我母亲那里得知，我们家的水暖设备出了问题。她出了名地爱跟别人唠叨自己儿孙的事，叫人厌烦。她甚至给他看了相册，以及我们为了翻新屋子而提交给地方议会的建筑计划图。

D. J. 往街上的每个信箱里都塞了传单。他完成的每一份小工都为他赢得一位推荐人，最后成功让朱莉安娜聘用了他。进入我们家后，事情就简单了，不过那天下午朱莉安娜发现他在我的书房里时，他差点当场慌了手脚，也就是那时，他编了个故事骗她说，他看到有人闯进了我们的房子，他把他赶走了，他去书房是为了检查有没有东西被偷。

博比将在下个月月底接受审判。他还没进入抗辩阶段，不过他们觉得他应该会进行无罪抗辩，毕竟他犯的案虽说严重，却属于间接犯案。没有实物证据表明，他曾手握凶器——凯瑟琳、埃莉萨、博伊德、厄斯金、索尼娅·达顿，以及埃丝特·戈尔斯基，都不是他亲手杀死的。

鲁伊斯说，审判结束后，这个案子就算告终了。但他错了。这个案子永远不会有结案的那一天。许多年前，人们就想逃避这一切，看看现在发生了什么。如果我们对自己犯下的错视若无睹，那我们注定会一错再错。不要不去想白熊。

圣诞节前夕发生的这一连串事情，如今回望，似乎已成了一段离奇怪诞的模糊梦境。那些事我们避而不谈，但经验告诉我，迟早有一天，我们要面对它。有时，夜深时分，一听到车门“砰”地关上，或人行道上传来沉重的脚步声，我的思绪便不安分起来，我会感到悲伤、抑郁、沮丧和焦虑。我变得很容易受惊。我会想象，有人在门口或在路边的车里监视我。一见到白色货车，我就忍不住想看清司机的脸。

这些都是人体应对震惊和创伤的正常反应。我了解这些东西，这或许是好事，但我还是希望自己停下来，不要再分析自己了。

当然了，我依旧被疾病缠身。我参与了一家研究型医院开展的研究项目，是芬威克让我参加的。我每个月都要开车去医院，在衬衫口袋上夹一张卡片，一边等医生叫我，一边翻阅《乡村生活》。

每次来，技术主管都会递给我一颗樱桃。“今天感觉如何？”

“啊，既然你这么问了，那我就不妨和你说，我得了帕金森病。”

他疲倦地笑了下，给我打了一针药，接着测试我的协调能力，用摄像机测量我身体颤抖的程度及频率。

我知道，这个病会越来越严重。但管他的！我已经很幸运了。得帕金森病的人有许多，但不是谁都有一个漂亮的妻子，一个可爱的女儿，还能盼望着一个即将降临人世的新生命。

致　谢

我要感谢马克·卢卡斯和LAW的所有团队，感谢他们的忠告、智慧和理智。我要感谢厄休拉·麦肯齐，以及跟她一起把赌注压在我身上的人，感谢她的信任。

我要感谢我的三位朋友、家人—— 伊丽莎白·里斯、乔纳森·马戈利斯和马丁·福雷斯特，感谢他们的盛情款待与友谊，他们愿意回答我的问题，倾听我的故事，分享我的旅程。

最后，我还要感谢薇薇恩，感谢她的爱与支持。她陪伴着我的角色，与我一同度过了无数个不眠不休的夜晚。如果是别的女人，或许就去睡客房了。

著作权合同登记号：图字18-2020-037

图书在版编目（CIP）数据

嫌疑人 /（澳）迈克尔·罗伯森（Michael Robotham）著；吕卓琳，叶家晋译 . -- 长沙：湖南文艺出版社，2020.9
书名原文：The Suspect
ISBN 978-7-5404-9754-5

Ⅰ. ①嫌… Ⅱ. ①迈… ②吕… ③叶… Ⅲ. ①推理小说—澳大利亚—现代 Ⅳ. ① I611.45

中国版本图书馆 CIP 数据核字（2020）第 140353 号

上架建议：畅销·外国文学

XIANYIREN
嫌疑人

作　　者：［澳］迈克尔·罗伯森
译　　者：吕卓琳　叶家晋
出 版 人：曾赛丰
责任编辑：刘雪琳
监　　制：吴文娟
策划编辑：许韩茹
特约编辑：包　玥
版权支持：辛　艳
营销支持：闵　婕
封面设计：一亩幻想
版式设计：潘雪琴
出　　版：湖南文艺出版社
（长沙市雨花区东二环一段 508 号　邮编：410014）
网　　址：www.hnwy.net
印　　刷：北京天宇万达印刷有限公司
经　　销：新华书店
开　　本：875mm × 1270mm　1/32
字　　数：345 千字
印　　张：13
版　　次：2020 年 9 月第 1 版
印　　次：2020 年 9 月第 1 次印刷
书　　号：ISBN 978-7-5404-9754-5
定　　价：55.00 元

若有质量问题，请致电质量监督电话：010-59096394
团购电话：010-59320018